Anja Langrock

ES KÖNNTE FÜR IMMER SEIN

© Anja Langrock
Deutsche Erstausgabe Juni 2019

Impressum:
Anja Langrock
Östlefeldweg 31
86859 Igling

anja_langrock@web.de
facebook.com/AnjaLangrockAutorin

Lektorat: Vanessa Wuzynski
Korrektorat: Vanessa Wuzynski
© Cover- und Umschlaggestaltung: Laura Newman –
design.lauranewman.de
Stockgrafiken: © AnnelyBlooms / canva.com
Buchsatz: © LoreDana Arts - loredanaarts.de

Herstellung und Verlag: BoD - Book on Demand, Norderstedt
ISBN: 978-3-738606-85-0

Bibliografische Informationen der Deutschen
Nationalbibliothek: Die Deutsche Nationalbibliothek
verzeichnet diese Publikation in der Deutschen
Nationalbibliografie, detaillierte bibliografische Daten sind im
Internet über http://dnb.bnb.de abrufbar.

Die Autorin

Anja Langrock wurde 1980 in Trier geboren und lebt heute mit ihrem Mann und zwei Kindern in Bayern. Seit ihrer Kindheit hat sie große Freude daran sich Geschichten auszudenken und sich in Träumen zu verlieren. Mit der Überlegung ihre Ideen auch aufzuschreiben, setzt sie sich erst seit einigen Jahren auseinander. Seitdem lässt sie die Leidenschaft nicht mehr los und sie nutzt jede freie Minute, um ihr nachzugehen. Sie liebt es bei einer Tasse Cappuccino und guter Musik ihre Gedanken und Emotionen zu Papier zu bringen.

Doch erst jetzt wagt sie den Schritt ihr erstes Buch auch der Öffentlichkeit zugänglich zu machen.

Die Möglichkeit in die völlig unterschiedlichen Rollen und Charaktere ihrer Protagonisten zu schlüpfen, um diese zum Leben zu erwecken und sie auf ihrem Weg zu begleiten, ist für sie das Großartige am Schreiben.

FSC
www.fsc.org

MIX

Papier aus ver-
antwortungsvollen
Quellen
Paper from
responsible sources

FSC® C105338

Speed Dating
eine bedeutungsschwere Erfahrung

„Die Zeit ist um. Partnertausch", flötete eine übertrieben fröhliche Stimme durch den Raum, um den nächsten Wechsel einzuleiten.

Ich seufzte erleichtert auf. Endlich waren die sieben Minuten, welche ich mich gezwungenermaßen mit diesem bestenfalls als langweilig zu bezeichnenden Mann unterhalten musste, vorüber. Wobei unterhalten einen gewagten und hochtrabenden Begriff darstellte. Sieben Minuten konnten sich gewaltig in die Länge ziehen, wenn der Gesprächspartner freiwillig kein Wort von sich gab. Eine einsilbige Antwort war das Höchste der Gefühle gewesen. Schlimmer konnte es nicht mehr werden, in dieser Hinsicht war ich mir zumindest sicher.

Ich versuchte mich mit einer positiven Stimmung und mehr Elan und Engagement als ich wirklich verspürte, auf den nächsten Gesprächspartner einzulassen.

„Hallo ich bin Barbie", stellte ich mich unter dem Nickname vor, den mir meine reizende Schwester ausgesucht hatte.

„Griaß di, Schneckerl", war seine prompte Reaktion, die mir sofort eine Gänsehaut bescherte. Sein lüsterner Gesichtsausdruck ließ mich hoffen, dass die sieben Minuten schnell vorbei wären. Mein nicht vorhandenes Interesse an diesem niveaulosen Mann sank in das Bodenlose.

Mit seinem nächsten, unangebrachten Kommentar riss er mich aus meinen düsteren Gedanken.

„Du basst scho in mei Beideschema, Madl. Koannst net a bisserl zulega? A bisserl mehr Holz vor der Hüttn fänd i scho sche."

„Bitte? Es fällt mir schwer dich zu verstehen. Aber ich denke nicht, dass ich dein Schneckerl werde. Nein danke."

Ich bemühte mich unter großer Aufbietung aller Willenskraft ein ablehnendes Schütteln zu vermeiden.

Er sah mich augenzwinkernd an. Anscheinend war er der Meinung seiner unwiderstehlichen, maskulinen Ausstrahlung wäre jede Frau hoffnungslos ausgeliefert.

Nach weiteren vier Runden war ich mit meinen Nerven am Ende. Worauf hatte ich mich nur eingelassen, dachte ich wütend. Ich ärgerte mich einmal mehr über meine Gutmütigkeit und Unfähigkeit, Nein sagen zu können. Meine Schwester hatte mich, mit dem Vorwand mit mir abends in einen Club gehen zu wollen, nach München gelockt. Allerdings stellte sich schnell heraus, dass sie mich bei einem Speed-Dating angemeldet hatte.

Natürlich weigerte ich mich dem zuzustimmen. Für so ein Event war ich mit meiner introvertierten Art überhaupt nicht geeignet. Small Talk war eine Fähigkeit, welche mich leider nicht auszeichnete.

Jana appellierte an mein Gewissen, sie habe schließlich schon bezahlt und würde das Geld nicht zurückerhalten. Auf meinen wütenden Einwurf, sie könne selber hingehen, ich hatte sie schließlich nicht gebeten, mir zu helfen, sah sie mich nur mit süffisantem Gesichtsausdruck an und erwiderte mit selbstzufriedenem Grinsen: „Wer von uns beiden ist auf der Suche nach einem Freund? Bist das du oder ich?"

Irgendwann hatte sie mich soweit, dass ich des Friedens willen einwilligte. Ich sah mich außerstande den Unmut meiner Schwester auf mich zu ziehen. Ich wusste, sie konnte sehr lange beleidigt und nachtragend sein. Deshalb befand ich mich nun in der unangenehmen Situation, in die ich mich freiwillig niemals begeben hätte.

Einen Partner musste ich noch hinter mich bringen, dann wäre es geschafft. Es war ein gutaussehender Mann, der mich charmant anlächelte. Ich konnte mir kaum vorstellen, dass es ihm nicht möglich war, auf anderem Wege eine Partnerin zu finden. Leider verflüchtigte sich der positive Eindruck sogleich als er den Mund aufmachte. Seine Arroganz und Selbstverliebtheit war kaum zu ertragen. Wenigstens erwartete er nicht, dass ich in den Monolog über seine Lobpreisung eingriff. Deshalb schweiften meine Gedanken bald ab und ich hörte seinen Ausführungen nur noch mit halbem Ohr zu, während ich den Blick durch den Raum über die anderen Pärchen gleiten ließ. Wahrscheinlich war diese Reaktion eine Schutzhaltung, um über seine selbstverfasste Lobrede keinen Brechanfall zu bekommen.

Danach begann er sich über den Kleidungsstil der Frau, mit welcher er sich zuletzt getroffen hatte, auszulassen. Mit Kommentaren wie, „Es war ihr nicht einmal peinlich mir mitzuteilen, dass sie ihre Kleidung bei H&M und C&A kaufen musste", brachte mich dieser arrogante Kerl in Rage. Eigentlich hatte ich nicht vorgehabt auf seine provokanten Äußerungen einzugehen, aber nun konnte ich nicht mehr an mich halten.

Ich verdrehte die Augen und erwiderte übertrieben entsetzt: „Nein, das ist ja unglaublich, das ist einfach unmöglich" und konnte es mir nicht verkneifen, leicht gereizt eine nicht ganz wahre These aufzustellen: „Also ich kaufe meine Klamotten nur bei Kik und Takko." Mit dieser Aussage wollte ich ihn herausfordern einen dummen Kommentar zu erwidern, damit ich einen Grund geboten bekäme, das Gespräch vorzeitig abzubrechen. Dieser Typ war so unglaublich oberflächlich, dass ich mich kaum imstande sah, weiterhin höfliche Konversation zu betreiben.

„Das sieht man deinem Outfit gar nicht an", wiegelte er großzügig ab: „Noch lieber würde ich dich allerdings ohne Klamotten sehen", sagte er mit einem anzüglichen und lüsternen Blick auf mich.

Oh Gott, womit habe ich dies verdient, dachte ich resigniert. Warum hatte ich mich überhaupt überreden lassen? Weshalb sollte ich gerade heute meinen Traummann kennenlernen? Die meisten Männer, die ich traf, fand ich nach kurzer Zeit uninteressant oder arrogant. In dieser Meinung fühlte ich mich nach meinem heutigen Erlebnis einmal mehr bestätigt.

Endlich kam der erlösende, schon wohlbekannte Ausspruch: „Die Zeit ist um. Bitte vergessen Sie nicht auf Ihrem Sympathiekärtchen Ihre Bewertung zu hinterlassen."

Ich lachte leise auf, kein erheiterndes Lachen, lediglich ein ironisches. Was, außer Nein, sollte ich auf dieser Karte hinterlassen? Es gab bestimmt Persönlichkeiten, für welche Speed-Dating eine interessante und erwünschte Abwechslung ihres Alltags war. Ich hingegen konnte dieser nichts abgewinnen. Es würde wohl bei einer einmaligen Erfahrung bleiben.

Bevor mich jemand in ein weiteres Gespräch verwickeln konnte, beschloss ich schleunigst die Veranstaltung zu verlassen, da ich mich anschließend mit meiner Schwester verabredet hatte.

Ich sah sie an der Bar sitzen, wobei sie der Versuchung mit dem Barkeeper zu flirten nicht widerstehen konnte.

„Ich brauche unbedingt einen Drink, einen Gin Tonic bitte", rief ich dem Barkeeper zu, während ich mich bei meiner Schwester beschwerte.

„Was stimmt denn nicht mit mir?" rief ich verzweifelt und ließ mich erschöpft auf dem Barhocker neben Jana fallen.

Auf ihre neugierige Nachfrage gab ich meine Erfahrungen zum Besten, woraufhin sie zu lachen begann.

„Ich kann dir gar nicht sagen, welche Erfahrung die Schlimmste war. Ich glaube, es war die Begegnung mit dem Engelsanbeter. Er begrüßte mich tatsächlich mit folgenden pathetischem Wortlaut: – Lass uns herausfinden, ob du dazu berufen bist, mein Engel zu werden –.

Ich erwiderte verdutzt, wie ich mir das vorzustellen habe. Daraufhin folgte ein schier unendlicher Monolog über seine Engel, welche ihm in allen Lebenslagen halfen, die richtigen Entscheidungen zu treffen und seinen Lebensweg mitzubestimmen. Danach setzte er sich tatsächlich wie

Buddha hin, schloss die Augen, erhob theatralisch die Arme gen Himmel und nahm kosmische Beziehungen zu den Engeln auf. Leider entsprach ich nicht den Wunschvorstellungen seines bedeutungsschweren Ratgebers, teilte er mir abschließend bedauernd mit. Kannst du nun annähernd verstehen, warum der Abend für mich ein einziges Desaster war?", rief ich theatralisch aus.

Jana zeigte natürlich kein Mitleid mit mir, sondern meinte lediglich: „Nun bist du um eine Erfahrung reicher. Außerdem klang es doch eigentlich ganz lustig und kurzweilig."

Auf meinen finsteren Blick verstummte sie schließlich doch.

„Ich weiß um meine Schwächen, ich finde an jedem Mann etwas auszusetzen. Ich lege mir Ausreden und Argumente zurecht, um mir einzureden, dass es sich nicht lohnt, jemanden näher kennenzulernen." Ich kam auf mein eigentliches Problem zu sprechen.

„Laura, das ist genau der Punkt, du gibst keinem Mann die Chance ihn kennenzulernen. Sobald dir jemand näherkommt, machst du einen Rückzieher und nimmst dir dadurch die Möglichkeit, dich auf jemanden einzulassen", argumentierte Jana leicht genervt.

„Du hast Recht, aber ich kann mich nicht so einfach ändern. Ich erwarte jedes Mal, wenn ich jemanden kennenlerne, dass ein besonderer Moment auftritt, dass von Beginn an eine elektrisierende Stimmung zwischen uns herrscht. Ich möchte keine Zeit an Männer verschwenden, die ich langweilig finde", rief ich etwas uneinsichtig.

„Viel Spaß beim weiteren Singledasein", konterte Jana sarkastisch.

„Außerdem kenne ich es nicht anders und ich komme deshalb damit gut zurecht. Ich kann mir gar nicht vorstellen, mich auf jemanden voll und ganz einzulassen. In meinem bisherigen Leben kann ich tun und lassen, was ich möchte und muss auf niemanden Rücksicht nehmen", versuchte ich mir mein Singleleben schön zu reden. „Auf keinen Fall werde ich noch einmal an solch einem Event teilnehmen. Ich warne dich, noch so eine Aktion und wir sind geschiedene Leute," wütend funkelte ich sie an. So leicht wollte ich es ihr nicht machen.

„Du spinnst doch total!", fiel mir Jana ins Wort, ohne meinen Einwurf bezüglich des Speed-Datings zu beachten: „Es ist ein so unglaublich schönes Gefühl sein Leben mit einem anderen Menschen zu teilen. Jemanden an seiner Seite zu haben, der dich mit all deinen Fehlern bedingungslos liebt und dich vermisst, wenn du nicht da bist."

Ich musste nach Janas theatralischen Appell an die Liebe lachen. „Jana, das klingt nach dem Drehbuch einer Seifenoper. Warum hast du deinen Freund nach zwei Jahren verlassen, nachdem auf ihn genau diese Attribute zutrafen?"

„Weil er ein Langweiler war. Aber ich gebe zu, meine Liebesliste ist noch verbesserungswürdig", gab Jana ungerührt zurück.

Ich rief dazwischen: „Ich vervollständige sie um einige Eigenschaften:

1. Es muss ein Mann sein, der über ein wenig Machoallüren verfügt.
2. Er muss definitiv in der Lage sein, seine eigene Meinung zu vertreten.
3. Natürlich sollte es jemand sein, mit dem man sich auch einmal richtig streiten kann, damit nach dem großen Krach eine romantische Versöhnung folgen kann.
Und nicht zu vergessen:
4. Er sollte einen auf Händen tragen und einem jeden Wunsch von den Lippen ablesen.

Das hast du mir in der Theorie schon genau dargelegt, nur glaube ich, es könnte schwierig werden einen Mann kennenzulernen, der beide beschriebenen Seiten in sich vereint", meinte ich skeptisch.

Jana antwortete träumerisch, dass sie eigentlich dachte, ihren Traummann schon gefunden zu haben. Anscheinend sah er das aber etwas anders als sie.

Ich beobachtete meine kleine Schwester nachdenklich. Es hatte den Anschein als käme Jana über ihre letzte Affäre, welche sie nach der Trennung von ihrem Freund geführt hatte, nicht hinweg. Jana war mit 22 Jahren, zwei Jahre jünger als ich, hatte aber viel mehr Erfahrung in Liebesangelegenheiten aufzuweisen.

Ich wünschte mir oftmals etwas mehr von ihrer Offenheit, Lockerheit und Spontaneität im Umgang mit dem männlichen Geschlecht. Andererseits wurden die Männer, die ich bis dahin getroffen hatte, dadurch auch nicht interessanter. Ich musste einfach warten, bis ich den Richtigen treffen würde. Trotzdem belastete mich der Umstand zunehmend, dass ich anscheinend beziehungsunfähig war. Ich konnte mir einfach nicht vorstellen einen der Männer, die ich in letzter Zeit getroffen hatte, weiteren Einblick in mein Leben zu gewähren.

Bei jeder Kontaktaufnahme überlegte ich mir nach kürzester Zeit verzweifelt, wie ich ihn wieder loswerden konnte, da ich zunehmend gereizter wurde, je länger sie auf mich einredeten. Hatte ich sie endlich erfolgreich in die Flucht geschlagen, fühlte ich mich erleichtert und konnte mich langsam wieder entspannen. Insgeheim gestand ich mir ein, dass es auch an mir lag und nicht nur an deren Charaktereigenschaften. Wahrscheinlich hatte ich einfach Angst meine geheimsten Gefühle und Gedanken einem anderen Menschen mitzuteilen. Ich hatte Bedenken jemanden so nahe an mich heranzulassen, vielleicht aus Furcht verlassen oder von einem anderen Menschen enttäuscht zu werden. Ich konnte meine Gefühle selber nicht genau analysieren.

Deshalb konnte ich mir irgendwie nicht vorstellen, dass in mein Leben ein Mann trat, der es schaffen würde, mir dieses Gefühl der Geborgenheit zu vermitteln, das mich veranlassen könnte, mich voll und ganz auf ihn einzulassen.

Aber war es erstrebenswert diese unvergleichlichen, tiefgehenden Gefühle niemals zu verspüren, nur aus Angst verletzt zu werden? Natürlich konnte man argumentieren, was man nicht kennt, kann auch nicht vermisst werden, aber ich wollte unbedingt in die Geheimnisse der Liebe eingeweiht werden, Ängste hin oder her. Ich wollte endlich mitreden können, wenn sich meine Freundinnen über ihre Erfahrungen austauschten.

Entschlossen versuchte ich diese negativen Gedanken zu verjagen und bemühte mich den Abend doch noch zu genießen. Nach drei weiteren Gin Tonic und einem amüsanten Gespräch mit meiner Schwester, beschlossen wir den Abend zu beenden, da keine attraktiven Männer in unser Blickfeld traten.

Reisepläne und andere Überraschungen

Einige Tage später ließ ich mich abends nach getaner Arbeit erschöpft auf mein Sofa fallen. Es war heute ein anstrengender Tag gewesen. Ich arbeitete als Buchhändlerin und hatte den Traum irgendwann eine kleine Buchhandlung zu besitzen, die ich nach meinen Ideen und Buchvorschlägen gestalten und ausstatten könnte. Ich sah den Laden vor meinem geistigen Auge und verbrachte die eine oder andere Stunde damit, mir Gedanken zu machen, wie mein eigenes Geschäft aussehen sollte. Noch war es leider nicht soweit und ich musste mich als Angestellte mit anstrengenden Kunden und nervigen Arbeitskollegen herumärgern.

Plötzlich sah ich das Display meines Handys aufleuchten, müde stand ich auf um abzuheben.

Meine beste Freundin Vanessa war am Apparat, „Hallo Laura, hast du Lust und Zeit in zwei Wochen mit mir nach Berlin zu fahren? Ich bin noch nie in unserer Hauptstadt gewesen und dachte mir, dass könnte ein lohnendes Ziel für einen weiteren Mädelsurlaub sein. Lass uns gemeinsam Berlin erkunden. Ich würde gerne für eine Woche fahren, damit sich die lange Fahrt lohnt", verkündete mir Vanessa aufgeregt.

„Das klingt gut, ich bin dabei. Ich habe noch einige Tage Resturlaub aus dem Vorjahr. Ich wurde neulich von meinem Chef schon darauf angesprochen, dass ich diese in nächster Zeit nehmen soll", rief ich sogleich begeistert und plötzlich kein bisschen müde in den Hörer.

„Frage doch Jana ob sie uns begleiten möchte", redete Vanessa munter weiter.

„Gute Idee. Ich werde sie nachher anrufen und fragen."

Vanessa unterbrach mich und fragte: „Ich würde gerne ab Samstag fahren. Jana wird wohl einige Tage Uni schwänzen können oder was meinst du? "

„Wir kennen doch alle Jana, sie glänzt an der Universität bei ihrem Architekturstudium doch eher durch Abwesenheit als durch Leistung, das sollte kein Problem darstellen", rief ich lachend.

„Was ist mit Katrin, fährt sie auch mit?" Katrin war meine andere beste Freundin. Wir waren eine eingeschworene Viererclique, die viel gemeinsam unternahm.

Sie müsse leider arbeiten, teilte mir Vanessa etwas traurig mit. Katrin arbeitete als Krankenschwester und hatte einige Doppelschichten übernommen, die sie nicht tauschen konnte.

Zwei Wochen später an einem Samstagvormittag, machten wir uns, gleich nach der Arbeit mit einer begeisterten Jana und einem voll beladenen Auto auf den Weg vom Allgäu in das 600 Kilometer entfernte Berlin. Die Fahrzeit verging wie im Fluge, mit guter Musik, zu der wir fröhlich mitsangen. So kamen wir nach siebenstündiger Fahrt, dank Navigationssystem, am frühen Abend in unserem Hostel an. Kaum hatten wir ausgepackt, wollte Jana sich sogleich mit vollem Elan in das Nachtleben stürzen.

Vanessa und ich waren von dieser Idee nicht so angetan und überredeten Jana erst einmal unseren mitgebrachten Weißwein zu öffnen und auf dem Balkon des Hostels zu genießen.

„Nun könnt ihr beiden Landpomeranzen auch mal etwas Großstadtluft schnuppern", lästerte Jana spaßeshalber, die in München studierte und kein Verständnis für Menschen aufbringen konnte, die ein Leben auf dem Land oder in einer Kleinstadt bevorzugten.

„Als ob unsere Kleinstadt nichts zu bieten hätte", ging ich auf ihr Spiel ein „Wir haben eine total stylische Dorfdisco, leider gehen wir dort nie hin. Deshalb haben wir bis jetzt die Gelegenheit verpasst, die angesagte High Society unserer Stadt kennenzulernen", scherzte ich.

Gut gelaunt begannen wir uns für unseren Clubaufenthalt zu stylen.

„Was meint ihr, welcher Dresscode ist für den Club angesagt?", stellte Vanessa die entscheidende Frage.

„Schick, aber nicht zu overdressed, das passt nicht in das lässige Berlin", warf meine weltgewandte Schwester sofort ein.

Etwas später präsentierte uns Jana ein enges, sehr kurzes Paillettenkleid.

Ich litt zum Glück nicht unter einem geringen Selbstbewusstsein und fühlte mich in meinem gewählten Outfit, engen Röhrenjeans, hohe Stiefel und eine schickes, körperbetontes T-Shirt, wohl.

„Was bitte ziehst du an, wenn es heißt, elegante Abendgarderobe erforderlich?", fragte ich Jana mit hochgezogener Augenbraue.

„Laura, was für eine Frage, ein bodenlanges, elegantes Seidenkleid mit Pumps und dazu natürlich jede Menge Schmuck", rechtfertigte sie mit einem kleinen Seitenhieb ihr Outfit.

Ich trug meistens gar keinen Schmuck, deshalb ihre Anspielung auf die Accessoires.

„Ich bin schön genug, da muss kein Armband oder eine Kette von mir ablenken, das habe ich nicht nötig", erwiderte ich halb im Spaß, halb im Ernst.

„Und wie gefällt dir der Club?", rief mir Jana ins Ohr, als wir uns auf der Tanzfläche bewegten.

„Viel besser als die letzten Male, als wir in München ausgegangen sind. Dort habe ich mich nicht so wohl gefühlt, wie heute. In diesem Club wird gute Musik gespielt, es ist eine coole Location und ich bin heute richtig gut gelaunt. Im Klartext, ich befinde mich in Partystimmung", war meine Antwort.

„Deine Ausstrahlung ist super, ich konnte schon einige Typen beobachten, die dir sehr interessierte Blicke zugeworfen haben", motivierte mich Jana. „Ich verstehe wirklich nicht, warum du keinen Freund findest."

Ich blieb kurz stehen und schaute Jana verdrossen an, da sie es nicht unterlassen konnte, dieses unliebsame Thema anzusprechen. „Diese Diskussion unterlassen wir heute lieber", unterbrach ich meine Schwester, fasste sie an den Händen und zog sie wieder auf die Tanzfläche.

Normalerweise würde ich mich eher als introvertiert bezeichnen, ich stand nicht gerne im Mittelpunkt, aber beim Tanzen sah es anders aus. Sobald ich mich überwunden hatte die Tanzfläche zu betreten, konzentrierte ich mich ausschließlich auf die Musik, schloss die Augen und begann mich ganz dem Rhythmus und den damit verbundenen Emotionen hinzugeben. Plötzlich war es mir ganz egal, was andere über mich tuscheln könnten, ich ließ mich voll und ganz fallen. Natürlich gab mir das Wissen, dass ich mich gut bewegen konnte, zusätzliche Sicherheit. Es war schon des Öfteren vorgekommen, dass Jana und ich durch unseren ausgefallenen Tanzstil Aufmerksamkeit erregt hatten und auch diesmal schafften wir es wieder einmal, dass die Tanzfläche immer leerer und die Zuschauermenge größer wurde.

Als ich später zur Toilette ging, um mich nach dem Tanzen etwas frisch zu machen, betrachtete ich mich nachdenklich im Spiegel und rief mir nochmals Janas Worte in das Gedächtnis. Eigentlich hatte sie Recht, mir fiel es ebenfalls auf, dass ich bei Männern zumeist gut ankam. Ich wurde oftmals beachtet, nicht nur in Discotheken, sondern auch im Alltag. Wenn ich in der Stadt unterwegs war oder beim Einkaufen, warfen mir immer wieder Männer interessierte und anerkennende Blicke zu. Meistens blieb es leider nur beim Anschauen. Ich vermutete, dass viele Männer der Meinung waren, ich sei arrogant und überheblich, da ich zum Schutz zumeist meine abweisende Miene aufsetzte.

Ich war blond, langhaarig und mittelgroß mit einer normalen, weiblichen Figur. Nach meiner kritischen, aber realistischen Selbsteinschätzung hielt ich mich eigentlich für recht hübsch.

An meinem ausgeprägten Selbstbewusstsein kann es eigentlich nicht scheitern, dachte ich in mich hinein grinsend. Aber woran lag es dann? Ich seufzte, verscheuchte die Gedanken und machte mich auf den Weg zu Jana und Vanessa, die ich an der Bar erblickte.

Plötzlich versperrte mir ein großer, sehr gut aussehender Mann mit markanten Gesichtszügen den Weg.

„Hallo, ich bin Niklas und möchte dich gerne auf einen Drink einladen", sagte er lässig.

„Wie komme ich denn zu dieser großen Ehre?", rutschte es mir heraus, bevor ich über eine diplomatische Antwort nachdenken konnte. Jetzt hatte ich es schon wieder getan. Sei etwas freundlicher, sonst hast du ihn schneller verjagt als dir lieb ist, hielt ich mit mir selber Fürsprache. Zum Glück nahm es mir der hübsche Kerl nicht übel.

„Ich habe dich beim Tanzen beobachtet und dachte mir, dass du bestimmt Durst bekommen hast. Somit habe ich den perfekten Grund gefunden dich anzusprechen. Denn du gefällst mir."

Ich war perplex über seine direkte Antwort und wusste zuerst überhaupt nicht, was ich sagen sollte.

„Das ist nett von dir, danke. Ich hätte gerne einen Gin Tonic." Während er die Drinks bestellte, versuchte ich meine Fassung wieder zu erlangen. Schnell schnappte ich mir eines der beiden Gläser, die Niklas in der Hand hielt und trank aus Verlegenheit einen großen Schluck.

Währenddessen beobachtete mich Niklas mit einem durchdringenden Blick, der mir durch alle Glieder fuhr.

Endlich einmal ein Mann, der mir auf Anhieb gefällt, schoss es mir durch den Kopf. Aber er wirkt doch recht selbstgefällig und sehr von sich überzeugt, dachte ich leicht abschätzig. Dies war eine Eigenschaft, die mir bei Männern sonst nie gefallen hat. Er machte auf mich den Eindruck, als ob er genau wüsste, dass er jede Frau haben könnte, wenn er nur mit dem kleinen Finger schnippte.

Laura, gib ihm eine Chance, warte doch erst einmal ab, wie sich das Gespräch entwickelt. Nach zwei Sätzen wirst du seinen Charakter bestimmt noch nicht einschätzen können, hielt ich im Geiste mit mir Zwiesprache. Außerdem war ich scheinbar oberflächlich genug, ihm alleine wegen seines unverschämt guten Aussehens keine Abfuhr zu erteilen.

„Sollen wir auf die Dachterrasse gehen? Dort ist die Musik etwas leiser und wir können uns besser unterhalten", schlug Niklas vor.

„Gerne, wenn du mir noch verrätst, wo die Terrasse ist, ich war hier noch nie."

„Vorsicht Stufe!", Niklas fasste mich scheinbar unabsichtlich am Arm und ich bekam von der elektrisierenden Berührung eine Gänsehaut.

„Herrlich, von hier aus hat man eine tolle Aussicht auf Berlin, ist das schön", rief ich begeistert aus.

Niklas beobachtete mich einen Augenblick belustigt und fragte mich neugierig: „Ist dir wirklich nicht aufgefallen, dass ich dich vorhin beim Tanzen die ganze Zeit beobachtet habe?"

Ich schaute ihn erstaunt an und erwiderte: „Ich dachte, das wäre ein lockerer Spruch gewesen, mit dem du Frauen ansprichst, um sie in ein Gespräch zu verwickeln. Aber zurück zu deiner Frage, nein ich habe es tatsächlich nicht bemerkt. Beim Tanzen konzentriere ich mich auf die Musik und den Rhythmus, da beschäftige ich mich nicht damit, zu zählen, wie viele Typen mich beobachten. Ich habe dich vorhin, als du mich angesprochen hast, das erste Mal gesehen." Wohlweislich verschwieg ich ihm die bestehende Tatsache, dass ich bestimmt über meine Füße gestolpert wäre, hätte ich seine interessierten Blicke bemerkt.

Niklas reagierte etwas beleidigt: „Also das passiert mir selten, dass ich mit meinen 1,88 Metern übersehen werde.

Eigentlich werden die Frauen auf mich ziemlich schnell aufmerksam."

„Entschuldige, dann hast du dieses Mal eben Pech gehabt. Ich habe dich ja nicht mit Absicht übersehen", reagierte ich leicht genervt. Vielleicht hatte mich mein erster Eindruck doch nicht getäuscht. Dieser charismatische, gutaussehende Mann war sich seiner Wirkung auf Frauen, für meinen Geschmack, etwas zu sehr bewusst.

Er bemerkte anscheinend, dass er ein wenig überzogen reagiert hatte und entgegnete scherzend mit treuherzigem Blick: „Vielleicht siehst du ja schlecht und hast deine Brille vergessen? Bitte enttäusche mich nicht, sonst weiß ich nicht, wie ich diesen Schicksalsschlag je überwinden soll."

Ich brach in schallendes Gelächter aus. Gut, er war vielleicht von sich überzeugt, aber auch zu Recht, wie ich ehrlicherweise zugeben musste. Er hatte Humor und konnte über sich selber lachen, eine Eigenschaft, die mir bei einem Mann sehr wichtig war. Nachdem sich nun die angespannte Atmosphäre etwas entladen hatte, verbrachten wir eine schöne gemeinsame Zeit und unterhielten uns angeregt. Ich berichtete aus meinem Leben, woher ich kam und dass ich in Berlin meinen Urlaub verbrachte. Außerdem erfuhr ich, dass Niklas als Sportjournalist arbeitete und in Berlin wohnte. Er erzählte mir, dass er sich vorhin kaum auf das Gespräch mit seinen Kumpels konzentrieren konnte, da er immer wieder zu mir auf die Tanzfläche blicken musste. Selten hatte ihn der Anblick einer tanzenden Frau derart in Bann gezogen.

„Als die beiden nach Hause gehen wollten, hatte ich mich entschieden hierzubleiben. Ich hätte es bereut, wenn ich die Gelegenheit ungenützt hätte verstreichen lassen dich anzusprechen."

Ich verschluckte mich an meinem Drink. Himmel, war dieser Typ vielleicht direkt. Dadurch schaffte er es im Laufe der Unterhaltung ständig mich aus der Fassung zu bringen. Es schien als hätte er keinerlei Befürchtung seine

Gefühle offen darzulegen. Allerdings kassierte er wahrscheinlich eher selten einen Korb. Im Gespräch wirkte er nun viel lockerer und entspannter. Zwar war er immer noch ein unverkennbar cooler Typ, aber das störte mich nicht mehr, da ich den Eindruck hatte, er war er selbst. Dadurch kam er bei mir sehr sympathisch und authentisch an.

Ich war von unserem Gespräch wie gefesselt und bemerkte nicht, wie schnell die Zeit verging.

Nach einem zufälligen Blick auf meine Uhr fuhr ich erschrocken auf: „Ist es schon so spät? Ich muss nach meinen Mädels schauen."

„Treffen wir uns morgen wieder oder besser gesagt heute?" fragte Niklas zögernd. „Ich würde dir gerne Berlin zeigen, wenn du Lust hast."

Anscheinend war Niklas doch nicht so cool wie es den Anschein hatte, er wirkte ziemlich nervös, wie ich reagieren würde. Irgendwelche Spielchen mit Männern zu treiben war nicht meine Art. Diese weiblichen Attribute hatte ich nie erlernt und rief deshalb spontan: „Gerne", und strahlte über das ganze Gesicht, dann tauschten wir unsere Handynummern aus.

Ich wollte mich gerade verabschieden, um mich auf die Suche nach Jana und Vanessa zu machen, da hielt Niklas mich am Arm zurück und für einen kurzen Augenblick war ich mir nicht sicher ob er mich küssen würde. Er schaute mir tief in die Augen, „Wie soll ich dich denn eigentlich nennen, nachdem du mir nicht deinen Namen verraten möchtest?"

Ich lachte, „Habe ich mich etwa gar nicht vorgestellt? Wie peinlich. Also gut, ich verrate es dir, ich heiße Laura."

„Dann bis morgen Laura, ich freue mich", verabschiedete sich Niklas von mir.

Mit einem seligen Grinsen machte ich mich auf die Suche nach meinen Mädels.

Zu Beginn unseres Gespräches hatte ich die Befürchtung gehegt, dass Niklas es lediglich auf einen One-Night-

Stand abgesehen hatte. Nachdem er jegliche Versuche in diese Richtung unterlassen hatte, hoffte ich nun, dass er darüber hinaus Interesse an mir zeigte.

„Wo warst du denn die ganze Zeit?", fragte mich Vanessa neugierig. „Ich dachte schon, du wärst ins Klo gefallen", musste sich Jana natürlich gleich einmischen.

„Ihr werdet es nicht glauben, ich habe einen tollen Typen kennengelernt", platzte ich begeistert heraus ohne auf Janas Sprüche einzugehen. „Er ist 27 Jahre alt, kommt aus Berlin, ist groß, blond und sieht einfach unglaublich gut aus."

„Habe ich das richtig verstanden? Du hast dich länger als drei Sätze mit einem dir unbekannten Mann unterhalten? Er hat dich nicht gelangweilt und du hast ihn nicht nach kürzester Zeit in die Flucht geschlagen? Wo ist er? Ich möchte dieses göttliche Exemplar kennenlernen, welches dieses Wunder vollbracht hat." Jana schaute sich völlig ungläubig im Raum um.

„Du tust ja gerade so als hätte ich verkündet, dass ich ihn morgen heiraten werde", antwortete ich leicht beleidigt. Aber wenn ich ehrlich war, hatte sie eigentlich Recht, ich hatte mich schon lange nicht mehr so wohl in Gesellschaft einer neuen Bekanntschaft gefühlt. Die Begegnung mit Niklas war genauso intensiv und elektrisierend, wie ich es mir immer vorgestellt hatte. Ich musste ständig an ihn denken. Was er jetzt wohl in diesem Augenblick machte, ob er sich auf dem Heimweg befand, wird er an mich denken oder wollte er lediglich höflich sein? Nein, er wirkte aufrichtig an mir interessiert, ihm konnte die knisternde Spannung zwischen uns doch nicht entgangen sein, beruhigte ich mich. Müde, aber glücklich machte ich mich mit Vanessa und Jana auf den Heimweg zurück in das Hostel.

Das Wiedersehen

Am nächsten Morgen, kurz nachdem wir uns bei einem ausgiebigen Frühstück mit viel Kaffee, Brötchen und Obst für unseren Stadtbummel gestärkt hatten, klingelte mein Handy.

„Das ist Niklas", rief ich aufgeregt, ich hatte seine Nummer natürlich noch in der Nacht in mein Handy eingespeichert.

„Hallo?" sagte ich fragend in mein Telefon, als ob ich nicht wüsste, wer sich am anderen Ende des Apparates befand.

Jana verdrehte schon die Augen, eine ihrer Lieblingsbeschäftigungen und ich musste mir ein Lachen verkneifen.

„Hallo hier ist Niklas, guten Morgen. Ich hoffe, du bist schon wach und kannst dich noch daran erinnern, mir deine Nummer gegeben zu haben."

„Erstens wenn ich nicht wach wäre, könnte ich schwerlich mit dir telefonieren und zweitens so viel habe ich gestern auch wieder nicht getrunken, immer diese Unterstellungen."

Jana platzte schon halb vor Lachen und murmelte vor sich hin: „Laura, wenn du das wieder vermasselst."

„Einen Moment bitte Niklas, ich gehe nach draußen, hier gibt es zu viele Störfrequenzen", mit einem ärgerlichen Blick auf Jana verließ ich den Frühstücksraum.

„Das muss ich jetzt nicht verstehen, oder?", warf Niklas etwas verwirrt ein. „Der Empfang war doch gut."

Ich musste lachen. „Die Störfrequenz war meine Schwester, die unqualifizierte, nicht erwünschte Kommentare zu unserem Telefonat abgegeben hat. Entschuldige bitte meine etwas unfreundlich wirkende Begrüßung. Leute, die mich besser kennen, können damit umgehen. Ich habe vergessen, dass wir uns erst einmal unterhalten haben und du mit meinen, manchmal etwas seltsamen, Charakterzügen noch nicht vertraut bist", versuchte ich mich zu retten.

„Es scheint mir, als ob es mit dir nicht langweilig wird. Und es klingt, als wärt ihr Mädels ein recht chaotischer Haufen, aber sehr lustig und sympathisch. Um wie viel Uhr wollen wir uns heute treffen?", meinte er plötzlich unvermittelt das Thema wechselnd.

Da ich keine Lust hatte, ihn durch die Begegnung mit Jana abzuschrecken, verabredeten wir uns am Brandenburger Tor.

„Gut dann bis um 11 Uhr, im Moment ist der Touristenandrang nicht so groß, da werden wir uns nicht verfehlen", erwiderte Niklas.

„Bis später, ich freue mich", rief ich in das Telefon.

„Ich bin wirklich zu blöd. Warum verabrede ich mich schon in einer Stunde? Ich weiß doch noch nicht einmal, was ich anziehen soll", seufzte ich panisch auf.

„Stell dich nicht so an, Jeans oder Shorts, es wird heute wieder warm werden, dazu dein enges, schwarzes Top und Ballerinas. Fertig ist dein Tagesoutfit und für das erste Date ist es nicht zu übertrieben", stellte mir Jana souverän und in Windeseile meine Klamotten zusammen.

Ich hielt mich an ihren Vorschlag, da meine Schwester einen stilsicheren Geschmack hatte und machte mich eine halbe Stunde später auf den Weg zum Brandenburger Tor.

Niklas war schon da und erwartete mich mit einem glitzernden Strahlen in seinen Augen.

Er hatte wirklich wunderschöne Augen, in denen man versinken konnte. Er nahm mich zur Begrüßung kurz in den Arm, gab mir einen gehauchten Kuss auf beide Wangen und schon wurden meine Knie weich.

Reiß dich zusammen, Laura. Du benimmst dich wie ein Teenager, sprach ich im Geiste.

Verlegen begrüßte ich Niklas und musterte ihn verstohlen. Er sah heute bei Tageslicht noch besser aus als am gestrigen Abend. Außerdem hatte er einen guten Kleidungsstil, es wirkte, als legte er viel Wert auf sein Aussehen und Auftreten. Er trug ein Poloshirt von Lacoste, eine Jeans mit schickem Gürtel und sportliche Sneakers.

„Dann zeig doch mal deine Qualitäten als Fremdenführer, ich habe schon hohe Erwartungen an dich", scherzte ich.

„Ach tatsächlich!", erwiderte Niklas mit hochgezogener Augenbraue, „Welche meiner unzähligen Qualitäten soll ich dir denn beweisen?"

„Das hättest du wohl gerne", warf ich ein. Ich zog ihn ungeduldig am Arm, „Auf geht´s, sonst sehe ich heute nichts mehr von Berlin. Und selbstverständlich interessieren mich nur deine Fähigkeiten als Berlininsider. Oder an was hast du denn so gedacht?", fragte ich unschuldig.

„Mir würde da schon noch etwas anderes einfallen, aber das hebe ich mir für später auf. Schließlich muss ich mein Image als geheimnisvoller Mann aufrechterhalten."

Wir machten uns lachend auf den Weg und Niklas zeigte mir einige Sehenswürdigkeiten, unter anderem den Reichstag, die Berliner Mauer und weitere historische Gedenkstätten.

Es war ein wunderschöner Frühlingstag, Sonnenschein, blauer Himmel und ein leichter Lufthauch lag in den Bäumen.

Nach einigen ermüdenden Stunden des Laufens, Niklas war der Meinung, Berlin lernt man am besten zu Fuß kennen, beschlossen wir in einer Cafeteria einzukehren, um uns zu erholen und zu stärken.

„Ich habe Hunger", rief ich erschöpft, „Ich brauche zur Stärkung jetzt erst einmal ein Sandwich oder eine Pizza, und du?"

Erstaunt und belustigt schaute Niklas mich an, schon wieder dieser enervierend offene Blick, der mir durch Mark und Bein ging. „Also wie eine typische Frau benimmst du dich nicht gerade. Solltest du dir nicht der Form halber drei

Salatblätter ohne Dressing bestellen?"

„Wenn du mich dann nach Hause trägst, gerne", entgegnete ich schlagfertig. „Ich breche zusammen, sollte ich jetzt nichts zu essen bekommen. Du willst meine schlechte Laune, die mit knurrendem Magen unweigerlich auftritt, lieber nicht zu spüren bekommen. Außerdem ist das Frühstück schon Stunden her und wir sind gefühlte 100 Kilometer durch Berlin gelaufen."

Niklas verschluckte sich vor Lachen fast an seiner Cola, „Ich gebe mich geschlagen, die Argumente sprechen für dich. Deine Ehrlichkeit ist einfach umwerfend süß. Ich bestelle auch eine Pizza, obwohl ich normalerweise viel Wert auf eine gesunde Ernährung lege."

„Lass dich meinetwegen nicht von einem Salat abhalten, ich lasse mir meine Pizza trotzdem schmecken. Nicht, dass du dir mit 500 Gramm mehr auf den Rippen, deine Figur ruinierst, das möchte ich wirklich nicht verantworten", scherzte ich augenzwinkernd.

„Wir können ja einen Kompromiss aushandeln, wir teilen uns eine Pizza und nehmen Salat dazu. Was meinst du?"

Damit war ich einverstanden und während des Essens berichteten wir abwechselnd aus unserem Leben, Arbeit, Freunden und Hobbys.

Niklas konnte sehr interessant und fesselnd erzählen. Ich vermutete, dass er ein sehr guter Journalist war, obwohl er sein Studium erst kürzlich beendet hatte und somit quasi Berufsanfänger war.

„Ich stelle fest, dass wir in einigen Bereichen sehr gegensätzlich sind", zog ich ein Resümee unserer Berichte.

„Was genau meinst du damit?", fragte Niklas leicht misstrauisch.

„Zum einen der Bereich Ernährung, ich esse vor allem ungesunde Lebensmittel. Du wiederum legst viel Wert auf ausgewogene, gesunde Produkte. Zum anderen treibst du sehr viel Sport, Joggen, Tennis und Golfen. Ich mag Sport überhaupt nicht, es macht mir überhaupt keinen Spaß."

„Du hast Ski fahren vergessen" warf Niklas mit einem frechen Grinsen ein.

Ein paar Mal im Jahr bildete ich mir ein, sportlicher zu werden. Aber dieser Plan hielt meistens nur einige Wochen an, dann ließen mein anfängliches Engagement und meine Begeisterung leider schnell nach. Mir mangelte es leider in vielen Bereichen an Disziplin und Durchhaltevermögen. Ich begeisterte mich schnell für neue Ideen und Hobbys, aber nach kurzer Zeit ließ das Interesse jedes Mal spürbar nach, vor allem im Bereich Sport.

„Ich glaube du übertreibst, so wie du dich auf der Tanzfläche bewegen kannst, siehst du mir nicht wirklich unsportlich aus. Mir hat es gefallen, was ich gesehen habe." Er warf mir einen begehrlichen Blick zu, der mich schon wieder aus dem Konzept brachte. Rasch versuchte ich mich auf meine Antwort zu konzentrieren.

„Tanzen gehe ich ungefähr viermal im Jahr und dadurch wird meine Ausdauer nicht wirklich effektiv trainiert. Aber du hast schon recht, ich übertreibe gerne mal. Wenn ich eine Sportart finden würde, die mir wirklich Freude bereitet, könnte ich mich leichter überwinden, diese auch wirklich regelmäßig auszuüben", stimmte ich ihm zu.

„Wir könnten zusammen trainieren gehen, das macht mehr Spaß", schlug Niklas vor.

„Genau, du wirst mein Personaltrainer, fragt sich nur, wer von uns beiden mehr Freude daran haben wird", entgegnete ich leicht indigniert.

„Auf der anderen Seite haben wir auch einige Gemeinsamkeiten, zum Beispiel unseren Humor. Wir können über die gleichen Dinge lachen und nehmen uns selber nicht so ernst", hielt Niklas dagegen.

Nachdem wir uns darauf geeinigt hatten, dass wir uns zum einen sehr zu ähneln schienen und zum anderen, dass Gegensätze sehr belebend sein konnten, ließen wir uns die Pizza schmecken. Den Nachmittag verbrachten wir im Park, gingen spazieren, saßen im Gras und unterhielten uns.

Mir kam Niklas so vertraut vor, als ob ich ihn schon ewig kennen würde und ihm schien es ähnlich zu gehen. Selten fiel es mir derart leicht mich einem Fremden gegenüber so entspannt zu zeigen. Viel zu schnell ging der schöne Tag zu Ende und Niklas brachte mich am Abend zum Hostel zurück.

„Heute Abend habe ich leider schon etwas vor, die Verabredung kann ich unmöglich absagen", Niklas schien es wirklich leid zu tun.

„Kein Problem", rief ich großzügig, obwohl ich insgeheim etwas enttäuscht war. Was war so wichtig, dass er die Verabredung nicht verschieben konnte? Nachdem wir einen wunderschönen Tag miteinander verbrachten, hatte ich eigentlich erwartet, dass er es auch kaum abwarten konnte, mich wiederzusehen.

„Schade, aber wenn du es nicht ändern kannst, macht es nichts", ergänzte ich in die auftretende Stille hinein. Dabei stand mir die Enttäuschung anscheinend in mein Gesicht geschrieben. Niklas fühlte sich wohl angegriffen und reagierte leicht ungehalten: „Ich kann meine Tagesplanung nicht ausschließlich nach dir richten, tut mir leid!"

„Das hat auch keiner von dir verlangt", rief ich gekränkt aus.

„Du hast von mir erwartet, dass ich mein Treffen absage. Das konnte ich zwischen deinen Worten doch heraushören", rechtfertigte sich Niklas.

„Du kennst mich wirklich schon in und auswendig. Oder sind das deine Fähigkeiten als Womanizer, die es dir möglich machen, meine geheimen Gedanken zu lesen?", entfuhr es mir.

Niklas sah mich frostig an und schoss augenblicklich zurück: „Das ist wieder einmal eine typisch weibliche Reaktion. Glaube mir, darin kenne ich mich aus. Und ich kann dir eines sagen, es nervt mich, dass Frauen immer versuchen einen vollkommen zu vereinnahmen."

Ich sah ihn nur stumm an und wusste nicht, wie ich auf

seine unfreundlichen Äußerungen reagieren sollte. Unter keinen Umständen wollte ich, dass sich die unschöne Situation noch mehr zuspitzte. Wie konnte dieser Tag, der so wunderschön begonnen hatte, so eskalieren? Warum ließ er sich zu solchen Gemeinheiten hinreißen? Ich wurde aus diesem mysteriösen Kerl einfach nicht klug. Es war als würde er zwei Gesichter besitzen, welche ich nicht miteinander in Einklang bringen konnte.

Als er sah, dass es mir nicht gut ging und mich unsere erste Meinungsverschiedenheit ziemlich traf, nahm er meine Hand, hielt sie ganz fest und sagte leise: „Ich weiß nicht, was gerade in mich gefahren ist. Ich kann mich für mein Verhalten bei dir nur entschuldigen, das war wirklich unmöglich. Du hast mir gar nichts getan und ich benehme mich dir gegenüber wie ein grober Klotz. Ich bitte dich, gib mir noch mal die Möglichkeit, dies wieder gerade zu biegen."

Er blickte mich verzweifelt an. Wie sollte ich da wissen, woran ich bei ihm war? Ich ließ mich durch seine zweifelsohne ernst gemeinten Worte nur zu gerne besänftigen und antwortete großzügig: „Natürlich möchte ich dich wiedersehen, so schlimm war es nun auch wieder nicht."

„Danke Laura, ich mach das wieder gut. Noch einmal werde mich gewiss nicht so im Ton vergreifen. Das verspreche ich dir. Ich werde mich morgen bei dir melden. Ich wünsche dir einen schönen Abend, bis zum nächsten Treffen", verabschiedete er sich von mir.

„Wie war deine Verabredung?", riefen Jana und Vanessa wie aus einem Munde, als ich das Zimmer betrat.

„Ich weiß nicht so genau", begann ich zögerlich, während ich innerlich noch versuchte meine verworrenen Gedanken zu ordnen. Dabei wurde ich prompt von Jana unterbrochen: „Heißt das, der Typ hat dich nach fünf Minuten schon wieder gelangweilt? Wäre ja auch zu schön um wahr zu sein, wenn das bei dir mal was werden würde." Sie warf mir einen verständnislosen Blick zu.

„Jetzt lass Laura doch einmal aussprechen", warf Vanessa ein, die oftmals der ruhende Pol zwischen Jana und mir war.

„Danke Vanessa, ich kann euch erst einmal beruhigen, Niklas ist toll. Der Tag mit ihm war wunderschön und ist leider viel zu schnell vergangen. Aber heute Abend hat er keine Zeit, er hat schon eine Verabredung."

„Was soll das bitte im Klartext heißen?", rief meine ungeduldige Schwester aus.

„Er hat keine Veranlassung gesehen, es mir genauer zu erklären. Welches Treffen ist bitte so wichtig, dass er es nicht hätte absagen können?", redete ich mich in Rage.

Wohlweislich verschwieg ich Niklas unangebrachte Reaktion, da ich Janas Vorbehalte nicht schüren wollte.

Jana und Vanessa warfen sich einen vielsagenden Blick zu, „Mir scheint, du hast dich endlich ernsthaft verliebt, sonst würdest du dich nicht so aufregen. Das ist ja so toll", Jana klatschte begeistert in die Hände.

„Ja es kann sein, dass ich mich in Niklas verlieben könnte. Aber was bringt mir das, wenn er mich anscheinend doch nicht so interessant findet, wie ich zuerst dachte?"

„Reg dich nicht so auf, vielleicht trifft er sich ja mit seiner Oma", schlug Jana vor, um mich zu beruhigen.

„Genau, um 22 Uhr in der Disco", erwiderte ich sarkastisch.

„Wie seid ihr denn verblieben?", mischte sich Vanessa in unseren Disput ein.

Er wird mich morgen anrufen, sofern er es auch wirklich macht" gab ich pessimistisch zurück.

„Diskutieren und Vermutungen anstellen bringt doch nichts, warten wir den morgigen Tag doch einfach ab", meinte Vanessa. „Ehrlich gesagt finde ich es nicht ungewöhnlich, dass er seinen Plan nicht ändert, immerhin habt ihr den halben Tag miteinander verbracht und morgen ist schließlich auch noch ein Tag."

So ging ich mit vielen Gedanken und Fragen, die mich beschäftigten, ins Bett.

In der Nacht wälzte ich mich schlaflos von der einen Seite auf die andere. Erst war mir heiß, dann kalt. Schließlich hatte ich Durst und ständig kreisten meine Gedanken um Niklas seltsame Reaktion bei unserer Verabschiedung. Wahrscheinlich interpretierst du wieder Dinge herein, die sich schlussendlich als völlig harmlos herausstellen, versuchte ich mich zu beruhigen. Über diese Gedanken konnte ich irgendwann endlich einschlafen.

Shopping und andere schöne Dinge

Als ich nach dieser unruhigen Nacht wie gerädert aufwachte, warf ich sofort einen Blick auf mein Handy. Kein Anruf, keine SMS und es war schon 11 Uhr. Schlecht gelaunt stand ich auf und fiel auf dem Weg zum Badezimmer erst einmal über Janas Anziehsachen, die sie auf dem gesamten Boden verteilt hatte.

„Kannst du denn deine blöden Klamotten nicht aufräumen? Immer musst du alles liegen lassen, du könntest wenigstens ein wenig Rücksicht auf deine Mitmenschen nehmen. Du bist so unglaublich schlampig, das regt mich wirklich auf", ließ ich meinem Frust freien Lauf.

Jana und Vanessa schauten ungläubig und verschlafen aus ihren Betten heraus.

„Spinnst du? Mach halt deine Augen auf. Ich habe von deinem Gebrüll mitten in der Nacht fast einen Herzinfarkt erlitten", empörte sich meine kleine Schwester.

Ich setzte mich mit Janas Klamotten in der Hand auf einen halbwegs freien Stuhl.

„Reg dich wieder ab, ich bin enttäuscht, weil Niklas nicht anruft. Tut mir leid, du kannst ja nichts dafür, dass er gestern anscheinend nur nett sein wollte und mehr nicht."

„Laura jetzt warte doch erst einmal ab. Vielleicht möchte er nicht zu aufdringlich erscheinen und meldet sich erst später. Du weißt doch wie Männer ticken."

„Das ist das Problem, ich weiß es eben nicht, sonst würde ich mich da nicht so hineinsteigern.

Aber ich sollte mir den Tag nicht verderben lassen. Auch wenn er nicht anruft, wir unternehmen nachher etwas Schönes. Das wird mich ablenken", versuchte ich die aufgeheizte Stimmung zu entkräften.

Nach dem Frühstück gingen wir shoppen, eine Tätigkeit, die meine Laune schlagartig verbesserte. Während den

Stunden, die wir vergnügt beim Klamotten anprobieren verbrachten, bemühte ich mich Niklas aus meinen Gedanken zu vertreiben, was mir ganz gut gelang. Nachdem ich drei Jeans, fünf Oberteile, ein Paar Schuhe und zwei Kleider gekauft hatte, machte ich mir weniger Gedanken um irgendwelche unzuverlässige Typen, als um mein verdächtig leeres Konto.

„Wenn Niklas mich in diesem sexy Kleid sieht, dann wollen wir mal sehen, ob er mich noch einmal versetzt, immerhin war es teuer genug", konnte ich zum Ende dieses schönen Tages schon wieder scherzen.

Voll beladen mit Einkaufstüten, wollten wir uns gerade auf den Rückweg machen, als plötzlich mein Telefon klingelte.

„Wo ist denn das blöde Telefon?", rief ich ärgerlich, während ich hektisch in meiner Tasche suchte, dann hatte ich es endlich gefunden.

„Hallo Laura, ich dachte, du gehst gar nicht mehr dran. Hast du schon kein Interesse mehr an mir?", begrüßte mich ein gut gelaunter Niklas.

Ich wurde rot und war froh, dass er mich weder sehen noch Gedanken lesen konnte.

„Ich konnte mein Handy nicht finden. Meine Tasche ist wohl zu groß oder hat zu viel Inhalt, je nachdem, wie man es sehen möchte. Aber ich freue mich, von dir zu hören."

„Tut mir leid, dass ich mich erst jetzt melde, ich habe es vorher nicht geschafft. Hoffentlich hast du einen schönen Tag verbracht. Aber nun die Frage aller Fragen. Hast du heute Abend schon etwas vor? Ich würde mich sehr freuen, wenn du Zeit hast und wir uns sehen können", fragte Niklas etwas atemlos.

Im ersten Augenblick wollte ich Niklas eine schnippische Antwort geben und ihn etwas zappeln lassen. Dann entschied ich mich vernünftigerweise dagegen, denn welchen Anspruch konnte ich auf ihn und seine Aufmerksamkeit geltend machen? Wir kannten uns schließlich kaum und er hatte mir gegenüber keinerlei Verpflichtungen. Außerdem befand ich mich nicht in der Position, von Niklas Rechtfertigungen über sein Leben einzufordern.

„Ja, ich hatte einen schönen Tag, wir waren ausgiebig Klamotten einkaufen und sind gerade noch unterwegs und nein, ich habe heute Abend noch nichts geplant. Wir können gerne etwas unternehmen", erwiderte ich.

Nun überwog die Freude, dass er sich gemeldet hatte. Die Enttäuschung, den ganzen Tag nichts von ihm gehört zu haben, verblasste.

„Ich hole dich um 20 Uhr ab, wäre das in Ordnung?"

„Ja das sind noch 2 Stunden, das schaffe ich, bis dann", antwortete ich.

„Gott sei Dank", rief Jana inbrünstig: „Der Tag ist gerettet."

Ich drängte die Mädels zum Aufbruch, damit ich genügend Zeit hatte mich für meine Verabredung fertig zu machen. Im Hostel angekommen, sprang ich schnell unter die Dusche und wusch mir die Haare. Nachdem ich mich geschminkt hatte, zog ich mein elegantes und zugleich sportliches, blau-weiß gemustertes Sommerkleid an. Niklas hatte mich ins Kino eingeladen und anschließend wollten wir den Abend in einer Bar ausklingen lassen.

Der Abend gestaltete sich wunderschön. Der Kinobesuch eignete sich gut, um vorsichtigen Körperkontakt aufzunehmen. Niklas legte wie zufällig seine Hand auf meine und streichelte sie zärtlich. Ich befand mich in einem Zustand der Glückseligkeit und wurde durch die Berührung so sehr abgelenkt, dass ich die Hälfte der Filmhandlung gar nicht mitbekam. Allerdings bekam ich es ein wenig mit der Angst zu tun. Wenn eine zarte, aber dennoch harmlose Berührung ausreichte mich in diesen desolaten Zustand zu versetzen, was würde erst passieren, falls Niklas forscher wurde?

Nachdem ich mich sowieso nicht auf die Filmhandlung konzentrieren konnte, versuchte ich unauffällig Niklas zu betrachten und sah geradewegs in seinen unverwandten Blick, der auf mich gerichtet war. Mir wurde siedend heiß, vor Verlegenheit griff ich in die Popcorntüte, obwohl ich in diesem Moment alles andere als Appetit verspürte.

Niklas lachte amüsiert und ich fragte mich, warum ich peinlich berührt war. Schließlich hatte ich ihn beim unverhohlenen Starren ertappt, was ihm nicht im Mindesten zu interessieren schien.

„Bekommst du überhaupt etwas vom Film mit?", fragte ich ihn, als ich mich wieder gefangen hatte.

„Nein", war seine prompte Reaktion und sein Grinsen wurde noch etwas verwegener. Er beugte sich zu mir hinüber und flüsterte in mein Ohr: „Du lenkst mich zu sehr ab."

Zwar freute ich mich über seine Worte, aber wieder einmal wusste ich nicht, wie ich reagieren sollte. Ich begnügte mich damit, ihm ein kurzes Lächeln zuzuwerfen, um mich nicht wieder um Kopf und Kragen zu reden.

Danach zeigte mir Niklas eine seiner Stammkneipen, die er oftmals mit seinen Freunden besuchte. Obwohl ich normalerweise Alkohol nicht abgeneigt war, beließ ich es vernünftigerweise bei einem Glas Wein, da ich in seiner Anwesenheit schon nüchtern nicht Herr meiner Sinne war. Ich wollte mich ungern vollends vor ihm blamieren.

Unser zweites Date war genauso schön wie das vorherige Treffen. Nur das Ende gestaltete sich diesmal ganz nach meinem Geschmack, da Niklas sofort eine weitere Verabredung mit mir vereinbarte. Trotzdem war ich etwas enttäuscht, ich hatte gehofft, er werde mich zum Abschied küssen. Der fast gehauchte Wangenkuss konnte da keinesfalls gelten.

Nachdem ich mich von ihm verabschiedet hatte, fiel mir plötzlich auf, dass er kein Wort über seine gestrige Verabredung verloren hatte. Womit oder besser gesagt mit wem er den Abend verbracht hatte, hätte mich brennend interessiert. Nun war es zu spät, um ihn zu fragen.

In den nächsten drei Tagen sahen wir uns meistens abends, da Niklas arbeiten musste. Mir wurde sein Anblick und seine Wesensart immer vertrauter und ich merkte, dass ich mich mit jedem Treffen ein bisschen mehr in ihn verliebte. Wie es ihm ging, konnte ich nicht genau definieren. Mal sah es so aus, als wären seine Gefühle und Interesse für mich genauso intensiv wie meine. Dann verhielt er sich mir gegenüber plötzlich reserviert und hielt mich auf Abstand. Obwohl er alles andere als auf den Mund gefallen war und mich immer wieder durch seine lockeren Aussagen in Verlegenheit brachte, intensivierte er nicht seine Bemühungen mir auch körperlich näher zu kommen. Trotzdem genoss ich jede Minute, die ich mit ihm verbringen konnte.

Leider rückte unsere Abreise immer näher. Deshalb versuchte ich Vanessa und Jana zu überreden, erst am Sonntag heim zu fahren. Zum Glück hatten sie Verständnis für mich und stimmten meinem Plan zu.

Eine romantische Verabredung

Am Freitag hatte ich mich abends mit Niklas verabredet. Ich entschied mich für ein sportliches Outfit, da Niklas mir netterweise noch den Hinweis gegeben hatte, dass ich für unser Date keine elegante Kleidung benötigte. Neugierig überlegte ich, während ich mich umzog, was er sich für mich hatte einfallen lassen.

Nervös behielt ich die Uhr im Auge, wann kam er denn endlich? Es war schon fünfzehn Minuten nach acht und ich wartete vor dem Hostel auf Niklas, da ich mich noch nicht imstande sah, ihn Jana und Vanessa vorzustellen. Da kam er in einem schicken BMW-Cabrio um die Ecke gefahren, und hielt direkt neben mir an.

„Hallo Laura, steig ein, wir machen heute einen Ausflug an Berlins Stadtrand. Ich möchte dir gerne einen meiner Lieblingsplätze zeigen."

„Noch protziger ging es nicht oder?", erwiderte ich spöttisch.

Natürlich prallte mein Sarkasmus mal wieder an Niklas ab: „Was meinst du, etwa mein Auto? Wenn schon protzig, dann hätte ich mindestens mit einem Porsche aufgewartet. Aber ich freue mich auch dich wiederzusehen", in seinen Augen blitzte der Schalk.

Ich wurde natürlich wieder einmal rot im Gesicht und war über die fortgeschrittene Abenddämmerung froh. „Dann bin ich mal gespannt, was du so zu bieten hast", entgegnete ich und ließ mich auf den Beifahrersitz fallen.

Nach einer schönen Autofahrt im offenen Cabrio durch die laue Nacht, kamen wir nach einer Weile an einen abgelegenen, schönen See etwas außerhalb von Berlin an. Niklas erzählte mir, dass er hier gerne Zeit verbrachte und sich mit seinen Freunden zum Grillen, Baden und Sport treiben verabredete. Wir hatten den ganzen See mit seiner herrlichen Umgebung für uns, da er sehr abgelegen lag und kaum von Badegästen genutzt wurde, schon gar nicht am späten Abend. Niklas hatte sich viel Mühe gegeben. Aus dem Kofferraum seines Autos holte er einen Korb und eine Decke.

„Das sieht aber romantisch aus", neckte ich ihn.

„Ich wollte dich überraschen und habe mir einige Gedanken gemacht, wie ich bei dir punkten könnte", entgegnete er mit einem seiner irritierend tiefen Blicke, der mich schon wieder aus der Fassung brachte und meine Herzfrequenz schlagartig in die Höhe trieb. Erst einmal mussten wir eine kurze Strecke laufen, in der ich Zeit hatte mich wieder zu beruhigen, bis wir -laut Niklas- zur schönsten Stelle des Sees kamen.

Dort blieb ich erst einmal stehen und genoss die wunderschöne Atmosphäre. In diesem Augenblick hatte ich das Gefühl, dass meine Sinne alle Eindrücke besonders intensiv wahrnahmen, das Zirpen der Grillen, das Quaken der Frösche und den Geruch von frisch gemähtem Gras. Aus der Ferne konnte ich das leise Läuten von Kuhglocken hören.

„Was für eine unglaublich schöne Nacht", rief ich entzückt aus und betrachtete die zahllosen Sterne am Himmel.

Plötzlich stand Niklas hinter mir, legte den Arm um mich und vergrub seinen Kopf in meinem Haar. Wir blieben regungslos eine Weile so stehen und ließen die Eindrücke auf uns wirken.

Ich war mir der plötzlichen Nähe zu diesem attraktiven, charismatischen Mann bewusst und merkte, dass mich ein wohliger Schauer befiel. Zu meiner Enttäuschung löste sich Niklas etwas später zögernd aus unserer Umarmung und begann die mitgebrachte Decke auszubreiten. Außerdem packte er allerlei Köstlichkeiten aus seinem Korb aus. Ich geriet ins Staunen, an was er alles gedacht hatte. Erdbeeren, Weintrauben, Käse, Baguette und Wein, sogar die dazugehörigen Gläser hatte er eingepackt. Des Weiteren kamen Kerzen zum Vorschein, um unser romantisches Lager zu vervollständigen.

Eine leichte Befangenheit machte sich nach der plötzlichen Nähe, die kurzzeitig zwischen uns geherrscht hatte, breit. Wir unterhielten uns ein wenig über belanglose Dinge, aber die Spannung zwischen uns knisterte förmlich und brannte nach einer Weile lichterloh.

Wir saßen eine Weile auf der Decke und genossen die mitgebrachten Dinge. Schließlich ergriff Niklas die Initiative, er nahm mir mein Weinglas und das Baguette aus der Hand und zog mich nach oben. Bei der Berührung meiner Hand fuhr es mir wie elektrische Schläge durch den Leib. Was würde wohl mit meinem Körper passieren, wenn er mich küsste, nachdem ich schon auf eine einfache Berührung wie elektrisiert reagierte? Er nahm mich an den Händen und schaute mir ernst ins Gesicht, „Ich bin so froh, dass ich dich getroffen habe. Ich konnte, seit wir uns kennengelernt haben, nur noch an dich denken." Er beugte sich vor und küsste mich. Es war wunderschön und ein unbeschreibliches Glücksgefühl durchströmte mich, der Kuss wollte gar nicht enden. Ich merkte, dass Niklas mich gar nicht mehr loslassen wollte.

„Das wollte ich schon vom ersten Augenblick antun. Als ich dich tanzen sah, war ich schon völlig verzaubert, aber niemals werde ich deinen Gesichtsausdruck vergessen, als du die Augen geöffnet hast und schlagartig bemerktest, welche Aufmerksamkeit du erweckt hattest. Es war so süß, wie du rot wurdest und hastig die Tanzfläche verlassen hast. Ich glaube, du bist dir deiner unglaublichen Ausstrahlung gar nicht bewusst. Ich weiß gar nicht, was du mit mir machst. Ich kann nur noch an dich denken, nicht mehr schlafen, nicht mehr essen und nicht mehr arbeiten. Laura, ich glaube, ich habe mich in dich verliebt", brach es aus Niklas mit der ihm so typischen Offenheit heraus.

Ich blickte ihn nach seinem Geständnis zuerst ungläubig, dann erstarrt und zum Schluss über das ganze Gesicht strahlend an und erwiderte glücklich: „Ich habe mich auch in dich verliebt.

Allerdings war ich mir deiner Gefühle nicht sicher. Du hast dich mir gegenüber manchmal so distanziert verhalten, dass ich nicht wusste, woran ich bei dir bin", vertraute ich ihm leise an.

„Ich mach es wieder gut", versprach er leise und nahm zärtlich mein Gesicht in beide Hände und küsste mich wieder.

„Reicht das als Entschuldigung?" fragte er später etwas atemlos.

„Ich glaube nicht, so leicht kommst du mir nicht davon", rief ich übermütig und diesmal ergriff ich die Initiative, schlang meine Arme um ihn, drückte mich an seinen festen, athletischen Körper und küsste ihn zurück.

Irgendwie gerieten wir dabei ins Straucheln und fielen gemeinsam auf unsere Decke. Dass wir inmitten unseres Picknicks lagen, interessierte uns in diesem leidenschaftlichen Moment überhaupt nicht. Glücklich setzten wir uns nach einer Weile wieder auf. Niklas nahm mich in die Arme und ich kuschelte mich an ihn. Lachend zupfte er eine etwas zerquetschte Weintraube aus dem Haar.

„Ist dir kalt?" fragte er mich besorgt, denn für einen Abend Anfang Mai war es zwar überdurchschnittlich warm, aber es war schon fast Mitternacht.

„Nein, du wärmst mich ja, das reicht mir völlig aus."

So saßen wir eine Weile schweigend und entspannt da, als Niklas die Stille durchbrach:

„Das klingt vielleicht blöd, Laura, aber ist es dir schon einmal passiert, dass du einen Menschen triffst, von dem du von Beginn an denkst, das ist die Person, auf die du dein Leben lang gewartet hast? Die einem vom ersten Augenblick an vertraut erscheint."

Erstaunt und etwas perplex dachte ich einen Moment über seine Worte nach. Niklas wirkte so selbstsicher und von sich überzeugt. Es schien als wäre er der Mittelpunkt des Lebens, an welchem er es einigen auserwählten

Personen großzügig gestattete, am Rande teilnehmen zu dürfen. Ich hatte von ihm den Eindruck bekommen, dass er sein Leben nach seinen Wünschen und Bedürfnissen ausrichtete, mit relativ wenig Rücksichtnahme auf andere Mitmenschen. Außerdem konnte er ziemlich ungehalten und unfreundlich reagieren, sobald es nicht nach seiner Vorstellung lief. Es konnte bestimmt vorkommen, dass er dann sogar ausfallend und verletzend werden konnte.

Vielleicht tat ich ihm unrecht. Es war so unglaublich schwierig diesen charmanten, sympathischen aber auch ichbezogenen Menschen einzuschätzen. Er zeigte sich mir von allen Facetten und mir blieb die Aufgabe herauszufiltern, welche Charakterzüge dem wirklichen Niklas, der in diesen Augenblicken er selbst war, ausmachten.

Ich hätte ihm solche romantischen Gedanken gar nicht zugetraut. Es schien ihm wichtig zu sein, eine Partnerin zu haben, bei welcher er sich fallen lassen konnte und mit all seinen Charakterstärken und Schwächen, uneingeschränkt angenommen wurde. Ich dachte mir einmal mehr, dass er schwer durchschaubar war.

Bevor ich antworten konnte, sprach er weiter: „Ich weiß, dass ich dich durch meine widersprüchliche Art dir gegenüber verwirre und verunsichere. Es tut mir leid, dass ich so launisch bin, aber du musst meinen Worten Glauben schenken, bitte. Du bist für mich unglaublich wichtig geworden."

Ich war überrascht über seine Offenheit und Eindringlichkeit mir gegenüber, sodass ich ihn nur mit großen Augen anschauen konnte.

„Du sagst ja gar nichts, ich habe Unsinn erzählt", wollte er einen Rückzieher machen.

Niklas schaute mich vorsichtig an und ich erkannte, dass er Angst hatte, durch einen dummen Kommentar meinerseits verletzt zu werden.

„Ich liebe dich", diesen Spruch konnte jeder sagen, mal ernsthaft, für andere nur so dahingesagt. Welche ehrlichen

Gefühle einen wirklich bewegten, welche Bedeutung hinter diesen magischen drei Wörtern steckte, vermochte kaum jemand in Worte fassen. Nur die wenigsten offenbarten ihre geheimen Gefühle gegenüber einem anderen Menschen. Ich rief mir ins Gedächtnis, dass es nicht nur für mich als Frau schwer war, mich einem Mann voll und ganz zu öffnen, sondern dass auch er sich vor einer ablehnenden Antwort fürchtete. Er, der immer cool, unnahbar und unverletzlich auftrat. Man musste einem anderen Menschen schon sehr vertrauen, um seine persönlichen Gedanken mitzuteilen, so ging es Niklas anscheinend mit mir. Auch ich verspürte plötzlich das brennende Verlangen ihm zu zeigen, wie wichtig er mir war und dass ich ihm voll und ganz vertraute. Mir wurde plötzlich bewusst, dass es eigentlich ganz einfach war, mich ihm zu öffnen.

„Das klingt gar nicht blöd. Mir ist dieses Erlebnis tatsächlich bis zu dem Moment als ich dich traf, noch nie widerfahren. Eigentlich glaube ich nicht an die Liebe auf den ersten Blick, aber mit dir ist es mir so ergangen, genau wie du beschreibst. Du kamst mir von Beginn an unendlich vertraut vor und ich würde mit dir am liebsten jede Minute verbringen. Das ist eine Eigenschaft, die ich von mir überhaupt nicht kenne. Ich finde fast alle Menschen nach kürzester Zeit unglaublich anstrengend, egal wie gerne ich sie mag und brauche anschließend eine Auszeit von ihnen.

Bei dir ist das zum ersten Mal anders. Ich kann in deiner Gegenwart so sein wie ich bin und mich komplett fallen lassen. Zum Glück habe ich mich bisher nie auf einen Kompromiss eingelassen und abgewartet bis ich jemanden getroffen habe, den ich wirklich liebe", beendete ich meinen Monolog ein wenig schüchtern.

Bildete ich es mir ein oder zog sich Niklas in diesem Moment etwas von mir zurück? Es herrschte kurz Stille zwischen uns, die diesmal aber eher belastend wirkte. Dann war der Moment vorüber, Niklas gab mir einen Kuss auf die Wange und sagte leise, er sei froh, dass er der Mann sei, der diese Gefühle in mir auslöste.

Spät in der Nacht packten wir langsam und widerwillig unsere Sachen zusammen und machten uns auf den Rückweg zum Parkplatz. Wir benötigten für den Heimweg fast die doppelte Zeit als für den Hinweg, weil wir immer wieder Pausen einlegten, um uns zu küssen.

So kamen wir nur sehr langsam voran.

Am frühen Morgen gegen drei Uhr brachte mich Niklas zu meinem Hostel zurück. Er wollte mich unbedingt vom Parkplatz bis zur Eingangstüre begleiten. Auch gegen meine Proteste, dass ich auf dem kurzen Stück nicht verloren gehen werde, blieb er völlig immun.

„Ich will sicher sein, dass dir nichts passiert, sonst könnte ich vor lauter Sorge nicht schlafen." Er blickte mich treuherzig an.

„Natürlich kann ich nicht verantworten, dass du um deinen Schlaf gebracht wirst", erwiderte ich grinsend. Vor der Türe nahm er mich in seine starken Arme und flüsterte mir in mein Ohr:

„Ich will dich gar nicht gehen lassen. Ruf mich doch sofort an, wenn du wach bist, ich kann es kaum abwarten. Schlaf gut Laura", er schaute mich liebevoll an.

„Das könnte etwas später werden, obwohl ich es kaum erwarten kann dich wieder zu sehen. Aber ich brauche meinen Schönheitsschlaf", ich grinste Niklas schelmisch an.

„Als ob du diesen nötig hättest", erwiderte er charmant.

Nach einem langen, intensiven Kuss, bei dem meine Knie erneut weich wurden, verabschiedeten wir uns nach langem Zögern voneinander.

Leise, um Vanessa und Jana nicht aufzuwecken, schlich ich mich in unser Zimmer, aber ich hatte nicht mit Janas Neugier gerechnet. Natürlich wurde sie wach und versuchte mich sofort aus der Reserve zu locken: „Ich habe dich bestimmt hundertmal angerufen. Warum bist du nicht drangegangen? Weißt du eigentlich wie spät es ist? Ich habe mir Sorgen gemacht, immerhin kennen wir deinen Märchen-

prinzen nicht. Was wäre, wenn er sich als Psychopath entpuppt hätte?", ereiferte sie sich empört.

„Stopp, Jana ich bin unglaublich müde! Morgen werde
ich dir alles erzählen. Sei beruhigt, Niklas ist ein völlig nor-
maler Mann, mit dem ich sehr gerne meine Zeit verbringe.
Deshalb ist es auch so spät geworden. Wir haben nicht gemerkt, wie schnell die Stunden vergangen sind, sonst hätte
ich mich bei dir gemeldet, es tut mir leid."

Das war wieder typisch. Jetzt wurde mir ein schlechtes
Gewissen aufgebürdet, weil ich mich einmal mit jemandem
amüsierte, ohne vorher allen Bescheid zu geben. Ich war
doch kein kleines Kind mehr, welches Rechenschaft über
seine Pläne ablegen musste. Als ob Jana jemals vor einem
Date Auskunft über ihr Treffen gab. Langsam merkte ich,
dass meine Gedanken immer negativer wurden und ich
mich in etwas hineinsteigerte, weil ich übermüdet war.

Anscheinend merkte Jana mir an, welche Gefühlsregungen mich beschäftigten und lenkte ein:

„In Ordnung, dann gedulde ich mich bis morgen, schlaf
gut Schwesterherz und träum schön von deinem Niklas."

„Werde ich machen, gute Nacht."

Zuerst dachte ich, ich sei viel zu aufgeregt zum Schlafen, aber dann überfiel mich die Müdigkeit doch ziemlich
schnell und ich schlief traumlos bis zur Mittagszeit durch.

Es ist nicht alles Gold, was glänzt

Am nächsten Morgen war unser Disput vergessen und ich stand Jana und Vanessa Rede und Antwort. Ich erzählte von Niklas Bemühungen und unserem wunderschönen Abend, als mich Jana unterbrach: „Hast du etwa mit ihm geschlafen?" fragte sie anklagend.

„Jana, du bist wirklich unmöglich", schaltete sich Vanessa ein: „Wenn Laura uns das erzählen möchte, wird sie es von sich aus tun, sonst geht es uns nichts an."

„Was heißt hier, das geht uns nichts an? Ich bin schließlich ihre Schwester", empörte sich Jana, als ob ihr diese unbestreitbare Tatsache das Recht gäbe, alle meine Geheimnisse zu erfahren. Mittlerweile hatte ich meine Sprache wiedergefunden und schaltete mich in die Auseinandersetzung ein, bevor diese eskalierte.

„Es geht dich zwar tatsächlich nichts an, aber damit du beruhigt bist, nein ich habe nicht mit ihm geschlafen. Nicht, dass ich mir darüber keine Gedanken gemacht habe. Hätte Niklas mich mehr gedrängt, wäre mein ohnehin kaum vorhandener Widerstand wohl in Windeseile verflogen. Aber das hat er nicht getan, und darüber bin ich im Nachhinein ganz froh."

„Gott sei Dank", rief Jana erleichtert dazwischen.

„Das ist doch wieder typisch für dich. Wie viele One Night Stands hattest du schon? Ich glaube, du hast den Überblick verloren. Aber mir würdest du Vorhaltungen machen, wenn ich mit dem Mann, den ich liebe, Sex habe", entgegnete ich wütend.

„Laura darum geht es doch gar nicht", beschwichtigte mich meine kleine Schwester: „Du bist ganz anders als ich, das wissen wir alle hier und ich glaube, du würdest es anschließend bereuen. Du hast so lange auf den Richtigen gewartet, dass du es nicht nötig hast, dich ihm beim ersten

Treffen hinzugeben", erläuterte meine hitzige Schwester verblüffend vernünftig.

Ich dachte einen Moment über ihre Worte nach und gab zu: „Deshalb habe ich es auch nicht gemacht. Genau aus den Gründen, die du uns aufgezeigt hast. Nur habe ich nicht bewusst darüber nachgedacht, sondern intuitiv gehandelt, weil ich genau so bin, wie du beschrieben hast. Es wäre übrigens beim sechsten Date passiert, übertreibe doch nicht immer so", fügte ich noch etwas zusammenhangslos an.

Vanessa nahm mich daraufhin in den Arm und drückte mich fest. Ihre ehrliche Freude über mein gefundenes Glück berührte mich mehr als ich gedacht hätte, da Vanessa eine zurückhaltende Persönlichkeit war, die oftmals nur wenig von ihren Gefühlen preisgab. Im Gegensatz zu meiner aufbrausenden Schwester war ihre Persönlichkeit wohltuend unkompliziert.

Vanessa lebte seit ihrem 18. Lebensjahr in einer festen Beziehung und war mittlerweile seit fünf Jahren mit ihrem Freund Sebastian glücklich. Ihr waren One Night Stands und ständige Treffen mit unterschiedlichen Männern ein Fremdwort. Deshalb sagte sie jetzt aus tiefster Seele: „Bin ich froh, dass ich das alles nicht mehr mitmachen muss, das wäre nichts für mich. Ich habe einen Mann gefunden, der mir alles bedeutet."

„Wie schön für dich, nur leider sterbenslangweilig", lästerte Jana leise nur für meine Ohren bestimmt, da sie immer noch etwas empört war, weil Vanessa ihr vorhin in den Rücken gefallen war.

Ich gab ihr einen Stoß mit meinem Ellenbogen, konnte ihr aber nicht böse sein. Schließlich wusste ich, dass sich Jana, trotz all ihrer Affären, wieder nach einer festen Beziehung sehnte.

Ich warf einen Blick auf meine Uhr und sprang mit einem erschrockenen Aufschrei vom Bett auf. „Jetzt haben wir uns total verquatscht. Ich wollte doch Niklas anrufen. Nun ist es schon 12 Uhr, was er jetzt wohl denkt."

„Hoffentlich hat er sich nicht vor lauter Liebeskummer, weil du dich nicht gemeldet hast, im Fluss ertränkt", Janas Stimme triefte vor Sarkasmus.

„Jana, deine Ironie kannst du dir sonst wo hinstecken, lass mich in Ruhe telefonieren."

„Ich finde es schade, dass wir so wenig Zeit miteinander verbringen", warf Jana kleinlaut ein.

Ich legte mein Handy beiseite und setzte mich neben sie: „Ich weiß, dass ich mich euch gegenüber nicht gerade fair verhalte. Aber ihr könnt auch zu zweit Berlin erkunden und meine Zeit mit Niklas ist sowieso viel zu kurz. Wie unsere Beziehung nach meinem Aufenthalt in Berlin weitergehen soll, steht noch in den Sternen. Bitte verzeihe mir meinen Egoismus und gönne mir mein Glück mit Niklas", bat ich sie um Verständnis.

Vanessa beschloss zu diesem Zeitpunkt sich diskret zurückzuziehen, um unsere schwesterliche Aussprache nicht zu gefährden.

„Ich weiß, du würdest es so machen. Du kannst anderen ihr Glück aus vollem Herzen gönnen, auch wenn es in deinem Leben nicht so gut läuft. Das macht dich so liebenswert und besonders. Aber ich bin anders und mir fällt es wirklich schwer hinter dir zurückzustehen. Sonst bin ich es, die ihre Zeit mit Männerbekanntschaften verbringt. Ich bin frustriert, dass ich all die Tage noch keinen interessanten Typen kennengelernt habe. Die Zuschauerrolle bekommt mir nicht. Aber lass dich dennoch von mir nicht aufhalten, ich werde schon nicht im Selbstmitleid ertrinken", begann Jana, mit Tränen in den Augen, schon wieder zu scherzen.

„Und ich liebe an dir deine Ehrlichkeit, auch wenn diese manchmal schonungslos und verletzend offen ist. Ich denke, du bist über Jonas noch nicht hinweg. Du redest dir ein, es wäre lediglich deine gekränkte Eitelkeit, weil er die Affäre beendet hat. Aber insgeheim weißt du, dass du ihn liebst, sonst hättest du keine Probleme hier in Berlin einen

Kerl aufzureißen. Meinst du nicht, du hast noch eine Chance bei Jonas? Zumindest versuchen könntest du es doch", versuchte ich meine kleine Schwester aufzubauen.

„Du hast recht. Ich habe die Hoffnung, dass er mir doch verzeihen kann, noch nicht aufgegeben. Aber ich habe ihn nun einmal betrogen, diese Verletzung wird er so schnell nicht vergessen. Es tut mir so leid, ich würde es sofort rückgängig machen, wenn ich könnte. Bis er mich verlassen hatte, wusste ich doch gar nicht, wie viel er mir bedeutet", gestand sich Jana reumütig ein.

Insgeheim dachte ich mir, der Dämpfer geschah ihr recht. Sie bildete sich ein, sie könne mit den Gefühlen anderer Menschen spielen. Jetzt erlebte sie am eigenen Leib, wie schlecht es sich anfühlte, als der Mann den sie liebte, ihr den Laufpass gab. Natürlich hütete ich mich meine Gedanken laut auszusprechen. Ich hatte die vage Ahnung, dass Janas Einsichtigkeit klare Grenzen hatte.

Trotzdem tat es mir leid zu sehen, dass es meiner Schwester offenkundig nicht gut ging. Ich umarmte sie und sie gab mir lächelnd das Einverständnis Niklas anzurufen.

„Hallo Niklas, jetzt habe ich endlich Zeit gefunden mich bei dir zu melden. Wir hatten hier eine mittlere ausgewachsene Krise und ich musste mich um meine Schwester kümmern. Aber nun habe ich es nicht mehr ausgehalten und wollte endlich deine Stimme hören", sprach ich aufgewühlt ins Telefon.

„Gut, dass du dich gemeldet hast. Ich habe schon gedacht, ich wäre so armselig und könnte deinen Anruf nicht abwarten. Ich hatte mein Handy bestimmt schon dreimal in der Hand, dann dachte ich mir, du wirst schon anrufen, wenn du Zeit hast. Ich freue mich dich nachher zu sehen. Ich muss allerdings heute noch an einem Artikel über das Endspiel der Eishockey-Weltmeisterschaft schreiben. Den habe ich heute kurzfristig von meinem Redaktionsleiter auferlegt bekommen, da ein Arbeitskollege krank geworden ist."

„Lass uns am späten Nachmittag treffen, wir können ja in die kleine, anheimelnde Cafeteria gehen, in der wir am ersten Tag waren", schlug ich vor.

„In Ordnung, dann arbeite ich noch ein bisschen an meinem Bericht. Jetzt kann ich mich endlich wieder konzentrieren, nachdem du dich gemeldet hast, bis später. Ich freue mich."

So nützte ich die unerwartete Zeit, um mit Jana und Vanessa gemütlich am Pool zu relaxen und auszuspannen. Die Stimmung zwischen uns Mädels war wieder locker und gelöst, und wir genossen den nächsten schönen Tag in Berlin und planschten im Wasser.

Niklas und ich kamen gleichzeitig am Café an und er nahm mich ungeduldig in seine Arme und wir küssten uns lange. Zwischen uns herrschte eine aufgeheizte, knisternde Atmosphäre und ich merkte, dass in mir eine Leidenschaft geweckt wurde, von der ich gar keine Ahnung hatte, dass ich sie besaß.

„Ich glaube wir setzen uns lieber, die Leute schauen uns schon an", entgegnete ich etwas verlegen über die Aufmerksamkeit, die wir in der Öffentlichkeit erlangten.

Niklas ließ von mir ab, auch ihm war seine Erregung anzumerken, er grinste mich schelmisch an und Händchen haltend gingen wir zu einem Tisch, ließen uns dort nieder und bestellten unsere Getränke.

„Du wirkst etwas außer Atem, Niklas. Woran könnte das denn liegen?" Ich konnte es mir nicht verkneifen, ihn etwas aufzuziehen.

„Das liegt wohl an dir. Am liebsten wäre ich jetzt mit dir an einem einsamen Ort, um dir die Kleider vom Leibe reißen, deinen wunderschönen Körper zu bewundern und dich stundenlang zu lieben", verkündete Niklas mit der ihm eigenen Offenheit und Selbstsicherheit.

Plötzlich gab es einen lauten Knall. Wir blickten uns zeitgleich um und sahen, dass die Kellnerin direkt hinter uns, ihr Tablett mit den Getränken hatte fallen lassen. Mit hochrotem Kopf entschuldigte sich das junge Mädchen, wobei sie es vermied Niklas anzuschauen. Sie versprach uns sofort neue Getränke zu bringen.

„Kein Problem, das kann doch jedem mal passieren. Ich helfe dir beim Aufräumen."

Vergeblich versuchte ich die junge Frau, die völlig aufgelöst wirkte, zu beruhigen, während ich Niklas einen strafenden, strengen Blick zuwarf. Schließlich war er ja nicht ganz unschuldig an dieser Situation.

Kaum trat die Kellnerin aus unserem Blickfeld, lachten wir bis uns die Tränen kamen.

„Niklas, du bist unmöglich", brachte ich schließlich mühselig heraus, als ich mich etwas beruhigt hatte: „Das arme Mädchen war völlig mit den Nerven am Ende. Die denkt bestimmt, du bist sexsüchtig."

„Das waren keine Sprüche. Alles, was ich entgegnet habe, war ernst gemeint. Ich habe nur ausgesprochen, was ich jetzt wirklich gerne machen würde", entgegnete Niklas völlig ungerührt.

„Das glaube ich dir aufs Wort. Ich würde dich aber trotzdem bitten, das nächste Mal in der Öffentlichkeit etwas diskreter zu sein. Vielleicht bin ich auch prüder als ich dachte", stellte ich leicht verlegen fest.

„Dein Wunsch sei mir Befehl, entschuldige mein Schatz", gab dieser selbstsicher auftretende Mann zurück.

Als die Kellnerin mit neuen Getränken zurückkam, bemühte sich Niklas um ein freundliches Gesicht. Er fing ein banales Gespräch über eine Sportveranstaltung an, welche gerade in Berlin stattfand, um das arme Mädchen nicht noch mehr aus der Fassung zu bringen.

Sie verließ unseren Tisch fluchtartig mit einem eingeschüchterten Blick in Niklas Richtung, als habe sie Angst, er könnte sich jederzeit auf sie stürzen.

Niklas erzählte mir interessante Geschichten über einige kenianische Langstreckenläufer, die er an der BIG 25

Berlin, einer Laufveranstaltung über 25 Kilometer, interviewen durfte.

„Dein Job klingt ziemlich aufregend, dagegen ist mein Beruf langweilig und fad." Schon erzählte ich ihm von meinem geheimen Traum einer eigenen Buchhandlung.

Er fand das nicht abwegig und konnte nachvollziehen, dass ich gerne selbstständig arbeiten wollte. Auch er hatte Vorgesetzte und Mitarbeiter, mit denen er nicht immer zurechtkam. Aber er war im Journalistengeschäft ein Neuling und wusste dies einzuordnen.

„Man braucht einen langen Atem, um sich auf der Leiter langsam hochzuarbeiten. Aber ich konnte durch gute Berichte und Reportagen schon manches Mal punkten und darf nun auch interessante Themen übernehmen. Das war aber nicht immer so gewesen. Als ich vor einem Jahr anfing, musste ich über einen Kinderfußballverein, bei dem vor allem Kinder von Prominenten spielen, berichten. Das war wirklich spannend und vor allem sehr anspruchsvoll", meinte er ironisch. „In deinem Beruf stelle ich es mir nicht viel anders vor, du bist noch nicht lange dabei. Außerdem tragen die Mitarbeiter, die in der Hierarchie über einem stehen, Sorge von jungen, engagierten Kollegen überholt zu werden."

„Genau das ist der Grund, warum mir die unliebsamen Aufgaben übertragen werden, bei welchen ich natürlich keine Gelegenheit bekomme zu zeigen, welches Potenzial in mir steckt. Aber mit der oftmals unfreundlichen und herablassenden Art mir gegenüber, komme ich schlecht zurecht. Ich versuche es an mir abprallen zu lassen. Zum Glück arbeiten in unserer Buchhandlung auch normale, nette Menschen und da sie einige Abteilungen hat, kann man sich ganz gut aus dem Weg gehen. Leider habe ich keine Möglichkeit meine Ideen und Vorschläge mit einzubringen, meistens bin ich lediglich eine Verkäuferin und das war eigentlich nicht meine Berufsvorstellung", fuhr ich niedergeschlagen fort.

Niklas tröstete mich, indem er mich küsste. Manchmal brauchte es keine Worte, um jemanden aufzuheitern. Außerdem machte er den Vorschlag, bevor wir aufbrachen noch eine Kleinigkeit zu essen.

Diesen Wunsch konnte ich ihm natürlich nicht abschlagen.

„Ich wusste doch, mit der Aussicht auf ein leckeres Sandwich mit viel Mayonnaise und Kalorien, kann ich dich wieder aufbauen", zog er mich, mit dezentem Hinweis auf meinen gesunden Appetit, auf.

„Mach dich nur lustig. Aber mal ernsthaft, findest du mich eigentlich nicht zu dick?" fragte ich mit einem ängstlichen Seitenblick auf ihn.

Eigentlich verfügte ich über eine gesunde Sichtweise meiner Figur gegenüber. Aber ich musste auch realistisch erkennen, dass ich keine Modellmaße besaß und Niklas hatte einen unglaublich athletischen, muskulösen Körper. Er war sehr schlank und hatte kein Gramm überflüssiges Fett an sich. Bei so viel geballter Perfektion, kamen bei mir doch einige Minderwertigkeitskomplexe ans Tageslicht, da ich schon ein paar Kilogramm weniger wiegen könnte und vor allem durchtrainierter sein müsste. Ich konnte mir einfach nicht vorstellen, dass ein so perfekt aussehender Mann wie Niklas, auf eine Durchschnittsfrau wie mich stand. Ich gab ja zu, dass ich gerne etwas übertrieb, denn ich wog 62 Kilogramm bei einer Größe von 1.70 Metern, was einer völlig normalen Figur entsprach. Außerdem beruhigte ich mich jedes Mal, wenn ich vor einer Krise stand und abnehmen wollte, dass ich ein äußerst hübsches Gesicht hatte und die Figur ließe sich schließlich jederzeit ändern. Aber im Moment nützten mir diese Mutmacher alles nichts und ich wollte von Niklas Klarheit haben.

Niklas blickte mich perplex an, als ob ich Chinesisch mit ihm gesprochen hätte. Nach einem Moment der Stille, hatte er sich gefangen und beruhigte mich mit seinen nächsten Worten: „Ich würde niemals solche Sprüche machen, wenn ich nicht der Meinung gewesen wäre, dass dir deine unglaubliche Ausstrahlung und Schönheit in jedem Augenblick bewusst ist. Du bist wunderschön und deine Figur ist perfekt. Ich verstehe gar nicht, warum Frauen immer glauben, dass Männer, solange sie selber durchtrainiert sind, auf androgyne, athletische Körper stehen. Das würde sich ja anfühlen als ob ein Mann in meinen Armen liegt, und ehrlich gesagt, darauf kann ich verzichten."

„Du willst mir also weismachen, dass es dich völlig kalt lassen würde, wenn hier eine Frau mit Modelmaßen 90/60/90 vorbeiläuft?", provozierte ich ihn misstrauisch, auch wenn ich mich natürlich über seine lieben Worte freute.

„Laura, verstehe mich bitte nicht falsch. Ich bin ein Mann und würde bei einer schönen Frau natürlich gucken. Aber es ist nicht so, dass dies Grundvoraussetzung bei der Wahl meiner Freundin ist. Da bin ich gottlob nicht so oberflächlich, es geht nicht nur um das Äußere. Aber ich denke, das weißt du. Eigentlich wollte ich damit aussagen, dass es mir egal ist, ob jemand fünf oder zehn Kilogramm mehr oder weniger wiegt. Natürlich möchte ich keine dicke Freundin, das gebe ich ehrlich zu. Aber ich bin nicht so engstirnig, dass es für mich ein Problem darstellen würde, wenn meine Freundin ein paar Kilogramm zunimmt", erklärte er inbrünstig und ich merkte, ihm war wirklich daran gelegen, dass ich ihn verstand.

„Ich glaube, das leuchtet mir ein, aber da wir schon beim Thema sind, welche anderen Eigenschaften schätzt du denn an mir?" fragte ich ihn unschuldig.

Niklas stöhnte auf und sah mich mit einem treuherzigen Dackelblick an: „Das habe ich mir jetzt selbst eingebrockt. Glückwunsch Niklas, jetzt sieh zu, wie du aus der Nummer wieder herauskommst", erwiderte er humorvoll. „Mal überlegen, außer deinem bereits erwähnten umwerfenden Aussehen, sehe ich eine bezaubernde Frau, die einfühlsam, warmherzig, humorvoll, unglaublich liebenswert ist, aber auch über eine leidenschaftliche, erotische Aura verfügt ...“

„In Ordnung, es reicht. Deine Lobeshymne wird mir langsam peinlich. Aber egal, ob sie tatsächlich der Wahrheit entspricht oder deiner schriftstellerischen Ader entsprungen ist, ich freue mich darüber“, unterbrach ich ihn lachend.

„Das ist mal wieder typisch Frau. Erst keine Ruhe geben, bis man sich die Blöße gibt, sein Innerstes zu offenbaren und dann auch noch dessen Echtheit anzweifeln. Jetzt fällt mir auch nichts mehr ein, wie ich dich überzeugen kann“, Niklas raufte sich in gespielter Verzweiflung die Haare.

„Bist du eigentlich nicht neugierig, warum ich mich in dich verliebt habe?“ fragte ich ihn nach einer Weile interessiert.

Niklas überlegte und reagierte darauf in seiner gewohnten Coolness: „Ich sehe es dir an, dass du mich liebst. Das strahlst du mit jeder Faser deines Körpers aus. Nein, im Moment reicht mir diese Gewissheit völlig aus. Ich bin nicht neugierig. Aber ich komme bestimmt einmal auf deine Frage zurück.“

Niklas überraschte mich immer wieder, aber deshalb war unsere noch frische Beziehung etwas ganz besonderes. Ich war erstaunt, dass er über so eine große Sensibilität verfügte, wahrzunehmen, wie sehr ich ihn jetzt schon liebte, obwohl ich es nicht aussprach.

Wir Frauen müssen wirklich in jeder Situation alles zerreden, ärgerte ich mich über meine Reaktion. Niklas hatte Recht, er spürte meine Liebe zu ihm und ich fühlte seine unbändige, große Liebe und Leidenschaft mir gegenüber. Zumindest war ich mir ziemlich sicher, ruderte ich gedanklich etwas zurück. Warum war es mir so wichtig, es aus seinem Mund zu hören, hinterfragte ich mich kritisch. Wahrscheinlich trat ich ihm gegenüber so unsicher auf, weil ich noch nie eine ernsthafte, längere Beziehung geführt hatte. Ich hatte Angst enttäuscht zu werden, wenn ich mich einem Mann voll und ganz hingab. Aber ich erkannte, dass dies Unsinn war. Entweder ließ ich mich auf diesen Mann, den ich jetzt schon über alles liebte, voller Vertrauen ein oder ich konnte das gerade beginnende, zarte Band zwischen uns, gleich beenden.

Mich überkam mit einem Mal ein Gefühl der Ruhe und inneren Zufriedenheit. Ich erkannte, dass ich mich schon längst entschieden hatte, unserer Beziehung eine Chance zu geben. Eine andere Möglichkeit kam für mich nicht in Frage, Ängste hin oder her.

Nachdem wir unsere Diskussion ruhen ließen, konnten wir unser Essen in angenehmer, harmonischer Atmosphäre genießen. Dabei beschlossen wir abends in einen weiteren angesagten Club zu gehen, über den sich Niklas begeistert äußerte.

Davor wollten wir den Nachmittag bei einem Spaziergang durch den Park ausklingen lassen.

Während wir Händchen haltend durch die engen Wege des romantischen Parks liefen, genossen wir die schöne Stimmung des wunderschönen Frühlingstages. Ein leichter Lufthauch ließ die Blätter im Schattenlicht spielen, die Vögel zwitscherten und der Blumenduft versüßte die Luft. Schweigend ließen wir die Eindrücke auf uns wirken, die wir durch ein Gespräch nicht verderben wollten. Bildete ich mir nur ein, oder wirkte Niklas im Laufe unseres Spaziergangs immer angespannter und nervöser? Plötzlich kam mir die Stille zwischen uns erdrückend vor, sie belastete mich zunehmend.

Nachdem wir weitere zehn Minuten ohne ein Wort zu sagen, gelaufen waren, musste ich die Gesprächspause unterbrechen. Ich fragte Niklas direkt: „Was ist denn los mit dir? Mir kommt es so vor, als würde dich etwas bedrücken."

Niklas sah stur zu Boden, während er weiterlief. Nachdem er nicht reagierte, fuhr ich aufmunternd fort: „Eine Weile schweigen kann ich ebenfalls genießen. Aber den ganzen Spaziergang kein Wort zu verlieren, kommt mir langsam etwas komisch vor, vor allem nachdem wir uns den ganzen Tag angeregt unterhalten haben. Vielleicht denke ich wieder mal nur aus Sichtweise einer Frau, aber dann kläre mich bitte auf", ich lächelte ihm vorsichtig zu.

Er blieb abrupt stehen, seufzte und warf mir einen schiefen Blick zu.

„Laura ich muss mit dir sprechen. Aber es fällt mir schwer den Anfang zu machen. Die ganze Zeit habe ich mir einen passenden Text im Kopf zurechtgelegt. Deshalb war ich so still. Jetzt ist mein Gehirn wie leergefegt und ich stelle fest, es ist wohl unmöglich die richtigen Worte zu finden. Wahrscheinlich gibt es diese gar nicht", begann mein Freund zögernd.

Er nahm mich an den Händen und strich mir eine widerspenstige Haarsträhne, die der Wind aus meinem Pferdeschwanz gelöst hatte, aus dem Gesicht.

Mich überkam ein mulmiges Gefühl. Seine Geste war so liebevoll, aber seine Worte machten mir Angst. Ich hatte keine Vorstellung davon, was er mit mir besprechen musste. Was belastete ihn so, dass er Schwierigkeiten hatte, sich mir zu offenbaren? Ich wusste nicht, wie ich reagieren sollte und schaute ihn schweigend aus großen Augen an. Zu meiner Überraschung konnte er meinem Blick nicht standhalten.

Dieser Mann, der über ein schier unerschöpfliches Maß an Selbstbewusstsein und Souveränität verfügte, zeigte mir seine Unsicherheit und Verletzlichkeit.

Verzweifelt brach es aus ihm heraus: „Laura, ich weiß, dass es unverzeihlich ist, aber ich wusste nicht, wie ich es dir schonend beibringen soll. Ich habe eine Freundin."

Ich stand im ersten Augenblick wie versteinert da. Mir kam es vor als legte sich ein Felsbrocken auf meine Seele und mir blieb erst einmal kurz die Luft weg. Hatte ich gerade richtig gehört? Nein, ich musste ihn falsch verstanden haben, das konnte einfach nicht wahr sein. Ich musste mich vergewissern und fragte fast lautlos und monoton: „Was hast du gesagt?"

„Es tut mir so leid, ich hätte es dir sofort während unseres ersten Treffens sagen müssen. Aber ich hegte die Befürchtung, dass du dich sofort von mir zurückgezogen hättest. Du hättest mir mit diesem Wissen keinesfalls noch eine Chance gegeben, dich kennenzulernen. Später habe ich es einfach nicht über das Herz gebracht, dir wehzutun. Du warst so glücklich. Und ich gebe zu, ich war egoistisch und habe deine Gesellschaft so sehr genossen, dass ich es nicht zerstören wollte."

Langsam gewann ich meine Fassung wieder und meine Verzweiflung wurde nun von einer maßlosen Wut überlagert, die wie ein Vulkan aus mir herausbrach. Ich konnte Niklas Gestammel nicht mehr hören und unterbrach ihn lautstark: „Du bist ein richtiges Arschloch. Du denkst, ein derart toller Typ wie du, kann mit jeder Frau nach Belieben spielen, da alle Mädchen sich von deinem Charisma blenden lassen und auf dich hereinfallen. Herzlichen Glückwunsch, du hast wieder einmal eine Bestätigung deiner schier unglaublichen Wirkung auf Frauen bekommen. Es fällt mir schwer, aber ich muss zugeben, dass auch ich auf deine schauspielerischen Fähigkeiten hereingefallen bin."

„Laura, du verstehst das völlig falsch. Bitte lass es mich doch erklären.", versuchte Niklas sich zu rechtfertigen.

„Blöd, dass du mit deinem Geständnis nicht gewartet hast, bis ich mit dir geschlafen habe, damit hättest du dein Image noch deutlich aufwerten können", warf ich aufgebracht ein.

Niklas hielt mich immer noch an den Armen fest und ich schrie ihn an: „Lass mich los, ich kann dich nicht mehr sehen." Mit einem Ruck riss ich mich von ihm los. Ich konnte seine Nähe plötzlich nicht mehr ertragen. Bestürzt bemerkte ich, dass mir die Tränen in die Augen traten. Diese Blöße wollte ich mir vor diesem widerlichen Kerl keinesfalls geben. Ich drehte mich weg und lief los. Ich sah nur noch verschwommen und mir war es egal, welchen

Weg ich einschlug. Ich wollte einfach nur weg von diesem Mann, der mich so verletzt hatte.

Jetzt fiel es mir wie Schuppen von den Augen. Niklas Verabredung an dem Abend, als er keine Zeit hatte, war seine Freundin gewesen. Seine manchmal seltsamen Reaktionen auf meine Kommentare ließen sich nun auch erklären. Als ich ihm berichtete, froh darüber zu sein, auf meine große Liebe gewartet zu haben und mich auf keine halbgare Beziehung eingelassen zu haben, hatte er sich von mir zurückgezogen. In diesem Moment, dachte ich mir, es wäre nur Einbildung. Jetzt wurde mir mit deutlicher Brutalität aufgezeigt, dass meine Intuition doch richtig war. Ich verfügte über ein großes Gespür, Stimmungen und Gefühlsregungen anderer Menschen zu bemerken und richtig einzuschätzen.

Wie konnte ich nur so dumm gewesen sein, auf sein Geschwätz hereinzufallen? Warum war ich nicht misstrauisch geworden? Die demütigende Wahrheit lautete, dass ich seinen Worten Glauben schenken wollte.

Niklas blieb mit hängenden Armen wie festgewachsen stehen und sah mir hilflos nach.

Es sah so aus, als wüsste er nicht, wie er reagieren sollte. Plötzlich kam Bewegung in ihn und bevor ich um die Ecke aus seinem Blickfeld verschwand, rannte er los, um mich einzuholen.

„Laura, du kannst mich nicht einfach so stehen lassen", rief er als er mich eingeholt hat. Da ich stur weiterlief, hielt er mich von hinten am Arm fest.

Ungläubig drehte ich mich zu ihm um und starrte ihn an: „Ich glaube nicht, dass du dich in der Position befindest, in welcher du Erwartungen an mich stellen kannst. Von dir lasse ich mich bestimmt nicht weiter demütigen." Die Wut, die ich verspürte, sprach durch meine funkelnden Augen Bände.

„Was hätte ich für eine Intention dich aufzuhalten, wenn ich dich nicht aufrichtig lieben würde? Beruhige dich und höre mir bitte zu. Ich müsste doch froh sein, dich los zu sein, und würde mich hüten dir hinterherzulaufen, wenn es mir nicht wichtig wäre, dass du mir glaubst."

Ich wurde etwas ruhiger und das erste Mal, seit seiner schockierenden Beichte, erreichten mich seine eindringlichen Worte wirklich. „In Ordnung, dann erkläre mir doch bitte, warum du mich angelogen hast", gab ich ihm die Chance sich zu erklären.

„Ich lebe seit zwei Jahren mit meiner Freundin Martina zusammen, mit der ich seit fast drei Jahren eine Beziehung führe. Ich war nicht darauf vorbereitet eine Frau kennenzulernen, die mich völlig um den Verstand bringt und mich plötzlich mein gesamtes bisheriges Leben in Frage stellen lässt. Ich war der Meinung, dass die Gefühle meiner Freundin gegenüber groß genug seien und ausreichend für eine langjährige Beziehung waren. Bis dahin wusste ich nicht, wie es sich anfühlt, jemanden wirklich zu lieben", begann Niklas zuerst zögernd. Mit jedem ausgesprochenen Wort schien er an Sicherheit zu gewinnen und fuhr ermutigt fort zu berichten, wie es sich für ihn anfühlte, eine Frau getroffen zu haben, die ihm nicht mehr aus dem Kopf ging und an die er jede Sekunde denken musste. Dieses Erlebnis war für ihn eine völlig neue Erfahrung. Er verspürte zum ersten Mal das Gefühl wirklich zu einer anderen Person zu gehören.

„Wir beide bilden eine Einheit, ich komme mir ohne dich als eigenständige Person verloren vor. Wenn ich mit dir zusammen bin, fühle ich mich wie die Hälfte eines Ganzen. Wenn ich alleine bin, fehlst du mir so sehr, dass es körperlich schmerzt. Mit dir zusammen werde ich ruhig und gelassen und fühle mich unglaublich zufrieden."

Niklas bemühte sich ehrlich zu mir zu sein und erklärte, er führte bis jetzt ein sehr ruheloses Leben. Ständig musste er sich beschäftigen, entweder arbeitete er oder trieb extremen Sport. Er habe sich nie damit auseinandergesetzt, an was dies liegen könnte. Deswegen habe er nicht gemerkt, dass ihm in seiner Beziehung etwas fehlte. Er kannte es nicht anders und war zufrieden mit dem, was seine Beziehung ausmachte.

Leise fuhr er fort: „Seit ich dich kenne, reicht mir das nicht mehr aus. Ich kann meiner Freundin zuliebe keinen Kompromiss schließen. Dabei würde ich und auch sie nicht glücklich werden. Vielleicht mache ich es mir zu einfach, aber ich werde um diese Beziehung nicht kämpfen. Egal, wie du dich entscheidest, ich werde mich in jedem Fall trennen", schonungslos warf Niklas alle Argumente, die ihm einfielen in die Waagschale.

Als ich nicht antwortete, ergänzte Niklas: „Es tut mir leid, dass ich dir diese Tatsache so lange verschwiegen habe, aber ich habe dich zu keiner Zeit angelogen. Bitte habe ein wenig Verständnis für mich, dass es mir schwerfiel, mich dir zu offenbaren. Ich hoffe, du hast während unserer Treffen gespürt, wie wichtig du mir bist. Vielleicht macht dieser Gedanke es dir leichter, meinen Worten Glauben zu schenken und mir zu verzeihen." Niklas warf mir einen bittenden und zugleich sehnsüchtigen Blick zu.

Ich hörte in mich hinein und spürte, dass von meinen aggressiven Gefühlen ihm gegenüber nichts mehr übrig war. Zurück blieb nur eine große Traurigkeit. Ich wusste nicht, wie ich reagieren sollte, aber seiner Erklärung schenkte ich Glauben. Außerdem war ich mir nun sicher, dass er keine Spielchen mit mir trieb. Seine aufrichtige Liebe zu mir war ehrlich gemeint.

Aber wie konnte ich es verantworten, eine bestehende, anscheinend recht glückliche Beziehung, was diese bei einer Dauer von fast drei Jahren wohl offensichtlich war, zu zerstören? Andererseits kannte ich Martina nicht. Warum sollte ich immer Rücksicht auf die Gefühle anderer Menschen nehmen? Natürlich käme es für mich nie in Frage, einer Freundin oder Bekannten den Freund auszuspannen. Aber hatte ich nicht auch das Recht auf eine glückliche Beziehung? Ich hatte durch eine zufällige, aber zugleich schicksalhafte Begegnung, die Liebe meines Lebens gefunden. Sollte ich mein Glück einfach kampflos fallenlassen, um die Gefühle einer Fremden nicht zu verletzten?

„Niklas, ich weiß nicht welche Reaktion du nun von mir erwartest", begann ich zögerlich: „Momentan kann ich nur folgendes sagen. Ich glaube dir, dass du Gefühle für mich hast und dir eine Beziehung mit mir wünschst. Aber ich weiß nicht, ob ich das kann. Du lebst in einer festen Partnerschaft. Möchtest du diese wirklich für mich aufgeben? Wird unsere Liebe groß genug sein, um Unwägbarkeiten wie eine Entfernung von 600 Kilometern zu überstehen? Wir kennen uns doch eigentlich kaum. Vielleicht bereust du deine Kurzschlusshandlung in einigen Wochen, wenn die rosarote Wolke verblasst ist. Wie oft werden wir uns sehen können? Ich habe Angst davor, dass du irgendwann aufwachst und feststellst, die kurzzeitige Vertrautheit zwischen uns, ist wie fortgewischt. Und dann wirst du dir deine langjährige Beziehung zurück wünschen."

Er fiel mir ins Wort und sagte resolut: „Das stimmt nicht. Ich weiß, dass wir es schaffen werden!"

Ich ging auf seine Feststellung nicht ein und fuhr fort, ihm meine Bedenken nahe zu bringen: „Außerdem weiß ich nicht, wie ich mit meinem schlechten Gewissen umgehen soll, dass ich einer Anderen den Mann weggenommen habe. Wir bauen unsere Beziehung auf dem Unglück eines anderen Menschen auf. Dazu müssen wir stehen, sollten wir uns dafür entscheiden zusammenzubleiben," bemerkte ich unglücklich.

Niklas hörte sich den Rest meiner Rede still an, und unterbrach mich nicht noch einmal. Als ich endete, sagte er bestimmt: „Laura, ich liebe dich und ich wiederhole mich noch einmal, deine Entscheidung spielt für meinen Entschluss keine Rolle. Ich werde mich in jedem Fall von Martina trennen. Solltest du mir keine Chance geben, würde für mich eine Welt zusammenbrechen, aber ich werde Martina nicht als Notlösung benutzen. Meine Beziehung ist definitiv zu Ende."

„Warum hast du dich dann nicht, vor unserem Gespräch, von ihr getrennt? Natürlich sieht es für mich so aus, als ob du dich absichern möchtest und abwarten wolltest, wie ich reagieren werde", warf ich ihm vorwurfsvoll vor.

„Das kann ich dir erklären. Am Sonntagabend hatte ich mich mit dir nicht treffen können, weil ich eine Verabredung hatte. Da hatte ich mit Martina vereinbart, zu unserem Lieblingsitaliener zum Essen zu gehen", begann Niklas seine Erklärung.

Kühl warf ich ein: „Komme bitte zum Punkt, ich bin an keinen Details aus deiner Partnerschaft interessiert. Das möchte ich mir nicht antun."

„Der Grund war, wir hatten ein Abschiedsessen zu zweit geplant, da Martina am nächsten Tag nach London flog, um Bekannte zu besuchen", begann er weiter zu erklären, ohne auf meine Bemerkung einzugehen: „Sie verbringt dort fast zwei Wochen und kommt erst am kommenden Samstag zurück."

Er begann mir seine Beweggründe ausführlich darzulegen. Montagvormittag hatte er seine Freundin zum Flughafen gebracht und war erst am frühen Nachmittag zurückgekommen. Deshalb hatte er keine Gelegenheit gehabt, sich früher bei mir zu melden.

„Obwohl ich dich liebe und mein Glück unbeschwert mit dir genießen möchte, konnte ich mit Martina nicht am Vorabend ihrer Abreise Schluss machen. Auch wenn ich sie nicht mehr liebe, ich respektiere sie und hege ihr gegenüber noch freundschaftliche Gefühle. Ich wollte ihr das nicht antun", fuhr er weiter fort. Natürlich befand sich Niklas in einem großen Zwiespalt. Es war auch für ihn nicht einfach gewesen, mit den ungewohnten Geschehnissen umzugehen. Es war niemals seine Absicht gewesen zweigleisig zu fahren, das war nicht seine Art mit Frauen umzugehen.

„Und ja, zu diesem Zeitpunkt wusste ich noch nicht, wohin unsere Reise gehen wird, natürlich wollte ich meinen Entschluss gründlich überdenken. Aber eines wusste ich mit Sicherheit, ich musste dich unbedingt wieder treffen. Es war die richtige und einzig mögliche Entscheidung und ich bin froh, sie getroffen zu haben. Ich musste einfach herausfinden, was es mit dieser Anziehungskraft, die du auf mich ausübst, auf sich hat. Auch wenn ich dir nun diese Last aufbürden musste. Ich habe keinen anderen Ausweg gesehen", mit diesen Worten schloss Niklas seine Begründung ab.

Ich seufzte und sagte resigniert: „Das ist genau der Grund, warum ich mich in dich verliebt habe, du bist rücksichtsvoll und wolltest Martina nicht verletzen. Natürlich hätte ich nicht gewollt, dass du dich von ihr vor ihrem Abflug trennst. Aber wie soll das jetzt mit uns beiden weitergehen?", fragte ich zögernd.

Er nahm mich sehr vorsichtig in den Arm, als hätte er Angst, ich könnte ihn erneut zurückweisen und sprach leise: „Mein Vorschlag wäre, wir machen dort weiter, wo wir aufgehört haben", und küsste mich zärtlich auf die Stirn.

Ich war versucht mich fallen zu lassen und Niklas Vorschlag nachzugeben. Es wäre so einfach, ich fühlte mich in seinen Armen geborgen und sicher. Aber ich konnte es nicht!

Mit dem Wissen um seine Freundin und die ungeklärten Verhältnisse ihrer Beziehung, kam für mich nur eine Entscheidung in Frage. Auch wenn diese mich sehr viel Kraft kostete und es fast unmöglich schien, meinen Entschluss auszusprechen.

„Niklas, es tut mir leid, aber ich kann das nicht. Es bricht mir fast das Herz, aber ich kann mich erst auf dich einlassen, wenn du deinen Entschluss wirklich in die Tat umgesetzt hast. Am Ende entscheidest du dich doch gegen mich. In der Zwischenzeit hätten wir aller Wahrscheinlichkeit nach miteinander geschlafen und du hättest deine Freundin betrogen. Natürlich hast du sie jetzt schon hintergangen. Aber ein paar harmlose Küsse könnte sie dir vielleicht verzeihen, nicht aber einen Seitensprung. Und auch für mich würde es noch schwerer werden, solltest du doch deiner Beziehung den Vorzug geben. Ich liebe dich jetzt schon so sehr, aber jede Minute, die ich mit dir verbringe, intensiviert meine Gefühle."

Nun konnte ich meine Tränen nicht mehr zurückhalten und sie liefen mir über die Wangen.

Niklas sah mich hilflos an, ich spürte, er litt mit mir, wusste aber, dass er an der bestehenden Situation im Moment nichts ändern konnte. Er nahm mein Gesicht zwischen seine großen, einfühlsamen Hände und küsste mir zärtlich die Tränen von den Wangen.

„Ich werde zu meiner Entscheidung stehen. Aber ich kann verstehen, dass du die Befürchtung hast, dass meine Entschlusskraft ins Wanken geraten könnte, sobald ich Martina gegenüberstehen werde. Deshalb respektiere ich deine Entscheidung schweren Herzens", sagte er niedergeschlagen.

„Ich möchte dich bis dahin nicht sehen, morgen reise ich sowieso ab. Aber ich habe Angst, dass ich doch schwach werde, sollten wir uns noch einmal sehen. Bitte akzeptiere meinen Entschluss und versuche nicht mich zu überreden. Es fällt mir schon so schwer genug, standhaft zu bleiben", bat ich ihn mit zitternder Stimme. „Du hast somit die Gelegenheit noch mal in dich zu hören, um eine Entscheidung ohne meine Beeinflussung zu treffen", bemerkte ich großzügig.

„Ich habe mir nicht gewünscht, dass dieser Tag, der so wunderschön begonnen hat, so endet. Aber ich bin froh, dass du mir glaubst und mir die Möglichkeit zugestehst, es dir zu beweisen. Ich werde mich bei dir melden, sobald ich mit Martina gesprochen habe. Mir werden die Tage bis Samstag unglaublich lang erscheinen, aber wir werden es durchstehen!"

Zum Abschied erlaubten wir uns einen letzten leiden-schaftlichen Kuss, der mein Blut in Wallung geraten ließ, bevor wir uns schweren Herzens trennten.

„Soll ich dich nicht wenigstens zum Hostel zurückbe-gleiten?", fragte mich Niklas besorgt.

„Ich habe kein gutes Gefühl dich in dieser niederge-schlagenen Stimmung alleine zu lassen. Dort kann sich deine Schwester um dich kümmern, dann weiß ich dich gut aufgehoben. Bitte erlaube es mir."

Ich konnte nur den Kopf schütteln und drehte mich von ihm ab und flüsterte tonlos: „Bis hoffentlich bald." Ich hatte keine Kraft mehr, ihm noch mal zu erklären, wie sehr ich ihn brauchte.

Er hielt sein Versprechen, ließ meine Hand kraftlos aus seiner gleiten und gab mich frei.

Mit der größten Beherrschung, die ich aufweisen konnte, unterdrückte ich meine Tränen auf dem Rückweg zum Hostel. Trotz meiner Gefühlsachterbahn wollte ich mich nicht der Neugierde der Gesellschaft aussetzen, indem ich einen Heulanfall bekäme.

„Laura halte durch, du schaffst das", machte ich von meiner Eigenart Gebrauch, im Geiste Zwiesprache mit mir zu halten.

Die Fahrt mit der S-Bahn kam mir ewig vor. Ich ver-suchte krampfhaft an etwas anderes zu denken und mich abzulenken, aber das funktionierte natürlich nicht. Meine Gedanken wurden von Niklas beherrscht und wie unsere ungewisse Zukunft aussehen würde. Müde kam ich nach einer halben Stunde Fahrt, bei der ich auch noch viermal umsteigen musste, am Hostel an. Ich holte mir den Schlüs-sel an der Rezeption ab und ging langsamen Schrittes Rich-tung Zimmer.

Natürlich, wenn man seine Freunde einmal braucht, sind sie nicht da, dachte ich zynisch als ich das leere Zim-mer sah. Ich wusste, dass ich mich Vanessa und Jana ge-

genüber ungerecht verhielt. Schließlich konnte ich kaum
von ihnen erwarten, dass sie den ganzen Tag auf mich warteten, bis ich von meinem Treffen zurückkam. Mit diesem
Gedanken versuchte ich mich zu beruhigen. Ich legte mich
aufs Bett und vergrub mein Gesicht im Kissen. Nun konnte
ich meinen aufgestauten Gefühlen endlich freien Lauf lassen. Die Tränen flossen wie Sturzbäche aus mir heraus.
Nach einigen Minuten hatte ich mich etwas beruhigt. Das
Weinen hatte eine befreiende Wirkung auf mich und es ging
mir schon ein wenig besser. Ich ging in das Badezimmer
und erschrak sogleich über den erschreckenden Anblick
meines Antlitzes, welches mir rot und verquollen entgegen-
sah.

„Laura, siehst du schlecht aus. Wenn Niklas dich so
sehen würde, nähme er sogleich Reißaus und ginge zu seiner Martina zurück", rief ich erschrocken aus und dachte
mir, wenigstens hatte ich meinen Humor nicht gänzlich verloren.

Zum Glück gibt es Freunde

„Halli Hallo, wir sind wieder da", schallte es in einer Lautstärke durch den Raum, die beinahe die Wände zum Wackeln brachte.

Ich seufzte, eigentlich hätte ich gerne noch eine Weile alleine verbracht, um mich wieder zu fangen, bevor ich den Mädels entgegentreten musste. Ich konnte es gar nicht leiden, die ganze Welt an meinem Gefühlsleben teilhaben zu lassen. Meistens verhielt ich mich sehr kontrolliert und reserviert. Ich hatte aber so eine leise Ahnung, dass dies heute nicht möglich sein würde. Zu sehr belastete mich die Situation um meine ungewisse Zukunft mit Niklas. Da ich mich nicht die ganze Zeit im Badezimmer verstecken konnte, holte ich tief Luft, sprach mir Mut zu und trat Jana und Vanessa entgegen.

„Und wie war dein Tag?" rief mir Jana freudig und gut gelaunt entgegen. Offenbar hatten wenigstens sie und Vanessa einen schönen Tag verbracht.

„Laura was ist denn los? Du schaust gar nicht gut aus, bist du krank?", stellte Vanessa besorgt fest. Vanessa, die Feinfühligere von beiden, bemerkte sofort, dass es mir offenkundig nicht gut ging, nahm mich in den Arm und wir setzten uns auf die Bettkante. Da bemerkte auch Jana, dass mit mir etwas nicht in Ordnung war und ließ sich auf der anderen Seite neben mir nieder.

„Schatz was hast du denn?", fragte sie mich besorgt, als meine Tränen schon wieder zu fließen begonnen.

„Ich hasse es zu weinen, aber die blöden Tränen lassen sich einfach nicht vorschreiben, zu verschwinden", versuchte ich mit zittriger Stimme die Situation zu entschärfen.

„Was hat dieser Mistkerl gemacht, dass es dir so schlecht geht?", empörte sich Jana hellsichtig. Sie hatte einen sechsten Sinn dafür, wenn ein Mann schuld an den

Tränen einer Frau war.

„Er hat eine Freundin", brach es aus mir heraus. Eigentlich wollte ich es den beiden schonend mitteilen, aber ich konnte es einfach nicht mehr für mich behalten.

„Wie bitte, spinnt der total? Wie oft hat er sich mit dir getroffen? Fünfmal, sechsmal und hält es nicht für nötig, dir das mitzuteilen", schimpfte Jana lauthals.

„Siebenmal", warf ich kleinlaut ein.

„Das ist wirklich die Höhe: Ich bin sprachlos, das tut mir so leid für dich", mischte sich Vanessa betroffen in unser Gespräch ein.

„Anscheinend wollte er dich ins Bett bekommen und als das nicht sofort funktioniert hat, serviert er dich eiskalt ab, da ihm anscheinend die Mühe zu groß geworden war. Laura, ich bin froh, dass du noch nicht mit ihm geschlafen hast, das wäre so viel demütigender für dich geworden", entgegnete Jana aufgebracht.

„Moment mal", unterbrach ich sie rasch, bevor sie sich noch mehr über Niklas ausließ: „Es ist ein bisschen anders, als ihr denkt. Niklas liebt mich wirklich, davon bin ich überzeugt. Es fiel ihm unglaublich schwer mir mitzuteilen, dass er seit Jahren in einer festen Beziehung lebt."

„Der arme Junge, ich habe großes Mitleid mit seinem Interessenskonflikt", Janas Stimme triefte vor Sarkasmus.

Ohne sie zu beachten, berichtete ich den beiden von meinem Gespräch mit Niklas. Ich erzählte von der schweren, verfahrenen Situation, in welcher er sich befand und welche Konsequenzen ich daraus gezogen hatte.

„Laura, das glaubst du ihm doch nicht wirklich?" Jana schaute mich mitleidig und zugleich entsetzt an.

„Du bist viel zu gutgläubig! Er kann dir doch viel erzählen. Es muss doch gar nicht stimmen, dass seine Freundin weggefahren ist. Wie praktisch für ihn, das sieht mir schon sehr nach Ausrede aus." Jana war schon immer eine äußerst misstrauische Person, die von ihren Mitmenschen erst einmal das Schlechteste annahm, bis sie eines Besseren belehrt wurde. Sie war der Meinung, dass sie sich so einige Enttäuschungen ersparen konnte.

Entrüstet sprang ich auf, ich vertrat die Meinung, ich sei weder besonders leichtgläubig, noch naiv. Ich war mir sicher, dass ich Niklas nicht nur glauben wollte, sondern dass er die Wahrheit gesagt hatte.

„Jana, hör auf damit. Es stimmt, was er gesagt hat. Nur bin ich mir nicht sicher, ob er das in einer Woche, wenn ich im fernen Allgäu weile und nur noch eine leise, angenehme Erinnerung bin, auch noch so sieht. Spätestens im Gespräch mit seiner Freundin wird sich herausstellen, ob seine Gefühle für mich tatsächlich so groß sind, wie er im Moment glauben mag", schloss ich realistisch meinen Monolog ab.

Jana sah aus, als ob sie mich mit völlig anderen Augen wahrnehmen würde: „So eine ehrliche Einschätzung hätte ich dir in deiner Verliebtheit gar nicht zugetraut", erwiderte sie in ihrer typischen Direktheit.

„Danke für dein Vertrauen", entgegnete ich verstimmt.

Mal wieder war es Vanessa, die eine Situation zwischen uns entschärfte: „Diese Diskussion bringt doch jetzt nichts, dir wird nichts anderes übrig bleiben als abzuwarten. Ich finde deine Entscheidung, ihn bis dahin nicht mehr zu treffen auf jeden Fall vernünftig. Ich bin froh, dass du die Stärke besessen hast, ihm das klar zu machen."

„Egal, wie sehr ihr die Situation schönreden wollt. Ich bleibe bei meiner Meinung und finde es trotzdem unmöglich, wie er sich benommen hat. Ich hege ihm gegenüber große Vorbehalte und Vorurteile, obwohl ich ihn bis jetzt noch nicht persönlich getroffen habe. Ist für ihn vielleicht auch besser so", fügte sie boshaft an.

„Können wir bitte das Thema wechseln? Unser Disput führt doch in eine Sackgasse. Erzählt mir lieber wie euer Tag war und was ihr für heute Abend geplant habt." Ich wollte nicht mehr über Niklas sprechen, das musste ich nun mit mir selber ausmachen. Es hatte gut getan mir meinen Kummer von der Seele zu reden. Das Wissen, dass die beiden hinter mir standen, gab mir zusätzlich Kraft, aber helfen konnten sie mir nicht.

Jana blickte mich ungläubig an und wollte gerade etwas erwidern, als sie Vanessas Blick auffing, die sie anlächelte und den Kopf schüttelte. Daraufhin klappte Jana ihren Mund wieder zu und gab ausnahmsweise einmal ohne Diskussion nach. Beide bemühten sich um Normalität und erzählten mir abwechselnd von ihren Erlebnissen und Plänen für den bevorstehenden Abend.

„Wir bleiben heute am besten im Hostel, ich kann verstehen, dass dir heute nicht nach Ausgehen zumute ist. Wir verbringen einen ruhigen Abend und betrinken uns", schlug Vanessa vor.

„Das ist wirklich lieb, dass ihr euch so um mich sorgt, aber ich wäre heute Abend lieber alleine, ich brauche etwas Zeit für mich. Außerdem ist heute unser letzter Abend in Berlin und ihr könnt euch wohl Schöneres vorstellen, als mit mir im Zimmer zu sitzen und Trübsal zu blasen", entgegnete ich auf ihren Vorschlag.

„Kommt nicht in Frage, wir lassen dich nicht alleine, Süße", Jana legte mir fürsorglich ihren Arm um die Schultern. Wenn sie wollte, konnte sie sehr einfühlsam sein.

„Ihr würdet mir einen Gefallen tun, indem ihr ausgeht. Ich habe das ernst gemeint. Jana, du kennst mich, ich brauche viel Zeit für mich alleine und die letzten Tage waren immer Leute um mich herum. Jetzt sehne ich mich nach Ruhe", versuchte ich sie zu überzeugen.

Anscheinend waren meine Argumente schlagkräftig genug, denn sie gab schließlich nach und mit einem letzten besorgten Nachfragen, ließen sie sich von mir überzeugen, dass sie mich beruhigt alleine lassen konnten.

Endlich Ruhe, dachte ich mir zwei Stunden später, als sich Jana und Vanessa endlich auf den Weg gemacht hatten. Ich kuschelte mich in meine Decke und versuchte ein Buch zu lesen, das ich mir vor meinem Aufenthalt aus unserer Buchhandlung mitgenommen hatte. Normalerweise las ich ein Buch in Windeseile, aber heute konnte ich mich kaum auf den Text konzentrieren. Ich musste jeden Abschnitt zweimal lesen und wusste nachher doch nicht um welche Handlung es ging.

Nach einer Weile gab ich auf, warf das Buch auf mein Nachtkästchen und holte mein Handy aus der Tasche, keine SMS, kein Anruf in Abwesenheit. Obwohl ich Niklas gebeten hatte, sich nicht bei mir zu melden, war ich dennoch enttäuscht, dass er mir nicht einmal eine SMS geschickt hatte. Das ist mal wieder typisch weibliche Logik, dachte ich frustriert. In mir herrschte eine große Unruhe und ich lief im Zimmer auf und ab. Inzwischen bereute ich es, meine Mädels vertrieben zu haben, nun konnte ich mit der gewünschten und herbeigesehnten Stille nichts anfangen und ich mir wurde zunehmend unwohl. Ob ich Niklas anrufen sollte? Schon begann ich seine Nummer einzugeben, gerade im letzten Augenblick bevor die Verbindung hergestellt wurde, bremste ich mich und legte schnell auf. So tief würde ich nicht sinken, dass ich ihn am ersten Abend unserer auferlegten Trennung, die wohlgemerkt von mir ausging, anrief. Das war gerade noch einmal gutgegangen, dachte ich erleichtert. Stattdessen beschloss ich meine Freundin Katrin anzurufen. Ich hatte Sehnsucht nach ihr, denn normalerweise fuhren wir meistens zu viert weg. Ich hoffte, sie war zu Hause und musste im Augenblick nicht arbeiten. Schon nach dem dritten Klingeln nahm sie ab.

„Hallo Katrin, ich wollte mich mal bei dir melden. wie geht es dir denn so, du Arme? Wir vermissen dich hier, du fehlst uns", begrüßte ich sie mit etwas schlechtem Gewissen, denn aufgrund der aufregenden Erlebnisse der letzten Tage, hatte ich kaum an sie gedacht.

„Lieb, dass du dich meldest. Ich dachte schon, ihr hättet mich vergessen", entgegnete eine erleichterte Katrin.

Auf ihre Nachfrage über unsere Erlebnisse in Berlin, erzählte ich ihr von der Begegnung mit meinem Traummann und den daraus resultierenden Folgen. Es brach förmlich aus mir heraus. Es tat gut mit jemandem zu sprechen, der die Situation aus sicherer Distanz betrachtete. Katrin fand die richtigen Worte: „Ich bin mir sicher, dass Niklas es ernst meint. Warum sollte er sonst behaupten, er würde sich von seiner Freundin trennen? Das würde doch keinen Sinn ergeben. Deiner Beschreibung nach klang er sehr überzeugend und schien sich seines Entschlusses sicher zu sein."

„Meinst du das wirklich?", fragte ich hoffnungsvoll: „Oder willst du mich nur besänftigen?"

„Natürlich meine ich das ernsthaft. Auch Freunde kann und sollte man nicht immer vor Negativem schützen. Deshalb stehe ich zu meinen Aussagen", erwiderte Katrin mit ruhiger Stimme.

„Danke Katrin, deine aufbauenden Worte haben mir gutgetan. Jetzt geht es mir etwas besser, ich werde Jana und Vanessa deine Grüße ausrichten", verabschiedete ich mich von ihr.

„Halte die Ohren steif Laura, wir sehen uns dann in den nächsten Tagen."

Nachdenklich legte ich den Hörer auf und dachte über Katrins Worte nach. Mit meiner wiedergefundenen Ruhe ging ich zu Bett und hoffte Schlaf zu finden. Eigentlich war ich mir sicher, dass ich nicht einschlafen könnte. Aber anscheinend hatten mich die Erlebnisse des Tages derart erschöpft, dass ich sofort in einen traumlosen Schlaf fiel, aus dem ich auch nicht erwachte, als Vanessa und Jana nach Hause kamen.

Am nächsten Tag herrschte eine niedergeschlagene Stimmung, denn von meiner gestrigen wiedergefundenen Zuversicht war heute nichts mehr zu spüren. Dementsprechend dünnhäutig reagierte ich auf jede Äußerung der beiden.

„Laura ich habe wirklich viel Verständnis für dich und

ich leide mit dir, aber das gibt dir nicht das Recht uns wie deinen Fußabstreifer zu behandeln", regte sich Jana auf, als ich auf ihre freundliche Nachfrage, ob ich mit ihnen frühstücken wollte, wieder gereizt und unwillig reagiert hatte.

„Es tut mir leid, ich möchte euren Urlaub nicht vollends ruinieren, ich gelobe Besserung", versuchte ich gute Miene zum bösen Spiel zu machen. Ich hakte mich rechts und links bei den beiden ein und erleichtert machten wir uns auf den Weg zum Frühstücksraum.

„Dafür, dass du Liebeskummer hast, bekommst du aber bemerkenswert viel herunter", stellte Jana kritisch fest, nachdem ich zwei belegte Brötchen, Rührei, Obstsalat und zwei Milchkaffee verzehrt hatte.

Ich bedachte sie mit einem schiefen Blick und antwortete spöttisch: „Jana, bei Liebeskummer schmerzt das Herz, nicht der Magen, da musst du wohl etwas verwechselt haben."

Vanessa brach in ein befreites Lachen aus und auch Janas empörte Miene verzog sich zu einem Grinsen: „Manchmal bist du echt unmöglich", schimpfte sie mit mir.

„Außerdem habe ich seit gestern Nachmittag nichts mehr zu mir genommen und ihr wisst genau, dass ich nie eine Mahlzeit ausfallen lasse. Dass ich gestern nichts mehr gegessen habe, ist doch besorgniserregend genug."

Nach unserem späten Frühstück hatte keiner mehr Lust, etwas in Berlin zu unternehmen und ich drängte zum Aufbruch. Zum Glück wollten die Mädels auch nach Hause. Vanessa und ich mussten am nächsten Tag arbeiten und Jana hatte einen wichtigen Kurs an der Universität, den sie nicht ausfallen lassen durfte. Deshalb wollten wir nicht zu spät nach Hause kommen.

Schweigsam packten wir unsere Koffer ins Auto, nachdem wir unsere Unterkunft bezahlt hatten und den Schlüssel an der Rezeption abgegeben hatten.

Danach entbrannte eine kurze Diskussion, wer von uns fahren sollte. Eigentlich war es mein Auto, den gesamten

Hinweg war ich gefahren, aber ich sah mich heute außerstande meine Konzentration auf den Straßenverkehr zu lenken.

„Du weißt doch, dass ich ungern auf der Autobahn fahre. Ich finde es unfair, dass ich jetzt dazu genötigt werden soll", teilte Jana wenig rücksichtsvoll ihre Meinung mit.

Ich beendete die Auseinandersetzung, indem ich mich auf den Beifahrersitz setzte und den Ausführungen meiner Schwester keine Beachtung schenkte. Sollten die beiden doch zusehen, wie wir nach Hause kamen. Kleinlaut aber endlich still, kroch Jana auf die Rückbank und Vanessa setzte sich hinter das Steuer. Die Fahrt zog sich ewig hin und ich gab vor, die meiste Zeit zu verschlafen, da mir nach einer Unterhaltung nicht der Sinn stand. Zuerst setzten wir Jana an ihrer WG in München ab. Zum Abschied umarmte sie mich und flüsterte mir ins Ohr, dass alles gut werden würde. Jana konnte sehr liebenswert sein und ich schämte mich etwas über meine Ungehaltenheit ihr gegenüber.

Um 20 Uhr kamen Vanessa und ich endlich in unserer Kleinstadt Kaufbeuren an. Wir verabschiedeten uns und vereinbarten morgen in unserer Mittagspause ein Treffen. Müde fuhr ich das letzte Stück nach Hause, ich hatte kaum mehr Kraft meinen Koffer und weitere Utensilien, die sich im Auto angesammelt hatten, auszuräumen. Aber dann riss ich mich zusammen und räumte auch noch die Einkaufstüten, Taschen, Kaffeebecher und leere Brotzeittüten aus.

„Das ist wieder typisch, wenigstens ihren Abfall hätten sie mitnehmen können", schimpfte ich dabei leise vor mich hin.

Ungewissheit

Am nächsten Morgen hätte ich mich am liebsten in der Arbeit krankgemeldet, aber dann siegte die Vernunft. Während der Arbeit konnte ich mich zumindest ablenken und musste nicht ständig an Niklas denken. Das würde mir guttun. Zumindest war ich bemüht, mir diesen positiven Aspekt einzureden. Ich versuchte mich aus meiner Lethargie zu reißen, trank eine Tasse Kaffee und machte mich auf die Fahrt zu meiner Arbeitsstelle. Wenigstens besaß ich die Fähigkeit, mich während der Arbeit auf meine Aufgaben zu konzentrieren und konnte private Probleme und Ereignisse außer Betracht lassen. Deshalb stürzte ich mich mit übertriebener Begeisterung auf meine vor mir liegenden Beschäftigungen. Sogar der Aufgabe das Buchlager aufzuräumen, ging ich mit solch großem Elan nach, dass mich sämtliche Kollegen mit irritiertem Blick musterten. Normalerweise sah man mir bei derart niederen Tätigkeiten meinen Unmut ins Gesicht geschrieben. Aber heute war ich froh über jegliche Arbeit, die mich von Gedanken über Niklas abhielt. So vergingen die ersten Stunden meines Arbeitstages relativ schnell.

Als nächste Aufgabe wurde mir die Kasse zugeteilt, da meine Kollegin in die Mittagspause ging. Da zu diesem Zeitraum relativ viele Kunden ihre Mittagspause zu einem Besuch in der Buchhandlung nutzten, war diese Aufgabe ziemlich anspruchsvoll. Ich bemerkte, dass die Schlange vor der Kasse immer länger wurde, aber manche Kunden schienen sich nicht daran zu stören oder ließen sich nicht aus der Ruhe zu bringen. Eine Frau, die ich als nächstes bedienen wollte, war sich unschlüssig, ob ihrer Enkelin das Buch wirklich gefallen würde und erkundigte sich in aller Seelenruhe bei mir, ob ich ihr darüber Auskunft geben könnte.

Ruhig Blut Laura, versuchte ich meine langsam steigende Gereiztheit einzudämmen und erklärte der Dame freundlich: „Wenn Sie sich nicht sicher sind, können Sie bei meinem Kollegen nochmals Auskunft einholen oder Sie haben auch die Möglichkeit das Buch innerhalb von 14 Tagen umzutauschen."

Eigentlich dachte ich, meine Erklärung wäre klar und deutlich formuliert gewesen. Aber die Verwirrung war der Frau in ihr Gesicht geschrieben: „Ach du meine Güte, was soll ich denn nun machen? Wenn ich Ihren Mitarbeiter befrage, dann muss ich mich wieder hinten in der Reihe anstellen. Nein, ich glaube, das möchte ich nicht."

„Möchten Sie das Buch dann kaufen?", fragte ich mit einer Engelsgeduld, auf die ich in dieser Situation sehr stolz war.

„Ich glaube, dann überlege ich es mir lieber noch einmal. Ich werde es zurücklegen", entschied sie sich schlussendlich.

Endlich konnte ich weiter abkassieren, in der wartenden Menge hörte ich schon unterdrückte Ausrufe wie: „Endlich, das wurde aber auch Zeit!"

Ich verstand es, dass die Leute langsam ihre Geduld verloren, aber ich konnte an der bestehenden Situation nichts ändern. Wie oft hatte ich für die Eröffnung einer zweiten Kasse plädiert, aber nein, auf meine Argumentation legte man keinen Wert. Als nächstes stand eine aufgetakelte Blondine mittleren Alters vor mir, die mir mit ihrer Kreditkarte vor den Augen herumfuchtelte.

Ich bemerkte freundlich: „Guten Tag. Das macht 43 Euro und 55 Cent. Unser Kartenlesegerät steht vor Ihnen, da können Sie Ihre Karte hineinstecken."

Die übertrieben geschminkte Frau schaute mich ungläubig an und erwiderte aufgebracht: „Ich glaube, Sie wissen wohl nicht, wer ich bin, sonst würden Sie nicht die Unverschämtheit besitzen, so mit mir umzugehen. Ich bin eine sehr gute Kundin Ihres Ladens und erwarte ein gut geschultes Personal. Sie werden doch die Höflichkeit besitzen, diese Aufgabe für mich zu übernehmen. Ich denke, diese Tätigkeit gehört zu Ihrem Zuständigkeitsbereich." Überlegen und von oben herab, blickte sie mich an.

Normalerweise reagierte ich vernünftig auf unverschämte Kunden und würde ihr wortlos den Gefallen tun. Aber in diesem Moment platzte mir über ihre herablassende und abwertende Art der Kragen und ich fauchte zurück: „Nein ich weiß nicht, wer Sie sind, und das ist mir ehrlich gesagt auch egal, denn bei uns werden alle Kunden gleich behandelt. Ich sehe nur, dass Sie anscheinend keine Manieren erlernt haben, sonst wüssten Sie, wie man wertschätzend mit Mitmenschen umgeht. Sie scheinen es ja sehr nötig zu haben, aller Welt mitzuteilen, dass Sie jemand ganz Besonderes sind."

Mit diesen Worten riss ich ihr die Karte aus der Hand, steckte sie in das Kartenlesegerät und sagte verächtlich: „Das war jetzt wirklich schwer, kaum zu schaffen."

Nach meinem Ausbruch erschrak ich, was hatte ich getan? Auf der anderen Seite hatte es mich auch erleichtert, mir nicht alles bieten zu lassen. Was glaubte Sie denn, wer sie war, dass sie so mit ihren Mitmenschen umsprang, dachte ich empört.

Die unangenehme Blondine kreischte hysterisch los und rang um Fassung über meine grobe Behandlung ihr gegenüber. Durch den Lärm aufgeschreckt, sah ich aus dem Augenwickel, wie sich meinen Chef besorgt der Kasse näherte.

„Frau von Aschhoff, wie schön Sie einmal wieder in unserem Laden begrüßen zu dürfen. Warum haben Sie sich denn nicht um meine persönliche Beratung bemüht? Gibt es ein Problem, wie kann ich Ihnen zu Diensten sein? ", bemerkte er jovial und unterwürfig.

Mein Gott, das durfte nicht wahr sein. Dieser aufgeblasene Schnösel überschlug sich fast vor Eifer, es dieser Frau von Aschhoff recht zu machen.

Sie fühlte sich geschmeichelt über die ungeteilte Aufmerksamkeit des Filialleiters und ließ sich von ihm, nach der Bezahlung ihrer Bücher zu einem Tässchen Kaffee, wie es mein Chef so nett ausdrückte, einladen.

Ich hörte, wie sie sich besänftigte und begann, sich über meine unglaubliche Unverschämtheit zu beklagen. Sie habe doch gar nichts getan, als ich aus heiterem Himmel auf sie losging.

Das würde noch ein Nachspiel haben. Der Blick, den mir mein Vorgesetzter zuwarf, sprach Bände. Ich straffte die Schultern und wandte mich den wartenden Kunden zu, die wie erstarrt in der Menge stehen geblieben waren: „Der Nächste bitte, die Vorführung ist nun beendet." Damit hatte ich die Lacher auf meiner Seite.

Kurze Zeit später kam Herr Blessing mit unheilvollem Blick auf mich zu. „Frau Hellwig könnte ich Sie bitte kurz in meinem Büro sprechen?", bellte er mich an. Was als Frage formuliert wurde, war in Wirklichkeit eine deutliche Anweisung, welcher ich unverzüglich nachzukommen hatte.

„Was ist denn in Sie gefahren? Wie können Sie dieses unmögliche Verhalten, Frau von Aschhoff gegenüber, an den Tag legen? Sie ist eine unserer besten Kunden und in der Stadt eine angesehene Persönlichkeit", warf er mir vorwurfsvoll vor, kaum dass er die Türe seines Büros geschlossen hatte.

„Es tut mir wirklich leid, ich hätte souveräner reagieren sollen, aber sie hat mich unmöglich behandelt."

„Das ist eine unglaubliche Unterstellung, ich erlebe Frau von Aschhoff als freundliche, sehr sympathische Persönlichkeit. Außerdem ist Ihnen doch hoffentlich die oberste Devise unseres Geschäftes geläufig, der Kunde ist König?", echauffierte sich mein Chef.

Ich gab es auf mich zu rechtfertigen, Herr Blessing hatte in einem Recht. Ich hätte mich niemals so herausfordern lassen dürfen. Andererseits regte ich mich über den Umstand auf, dass er sich nur so empörte, weil es sich um eine gern gesehene Kundin handelte. Wäre es eine unbekannte Person gewesen, hätte er nicht so überzogen reagiert. Soviel zu einer weiteren Geschäftsrichtlinie, die unser Filialleiter gerne predigte: Alle Kunden werden gleich behandelt, dachte ich empört. Aber ich versuchte gute Miene zum bösen Spiel zu machen und sagte zerknirscht: „Ich kann nur noch einmal betonen, dass dies nicht mehr passieren wird und es mir unglaublich leidtut." Ich war insgeheim selber stolz auf meine schauspielerischen Fähigkeiten, aber ich wollte schließlich meinen Job nicht gefährden.

Gönnerhaft betrachtete mich Herr Blessing eine Weile, bevor er sich zu einer Antwort herabließ. „Sie wissen schon, dass jetzt normalerweise eine Abmahnung fällig wäre. Aber da ich Sie, meine liebe Frau Hellwig, eigentlich als fähige Mitarbeiterin schätzte, werde ich Ihnen diesen Fehltritt noch einmal ohne Konsequenzen durchgehen lassen." Er begeisterte sich zusehends über seine schier grenzenlose Güte mir gegenüber.

Ich musste die Zähne zusammenbeißen, um nicht wieder einen unfreundlichen, nicht angebrachten Kommentar über seine gönnerhafte Art und Weise mit mir umzugehen, abzugeben: „Danke, das ist sehr freundlich von Ihnen", brachte ich mühselig unter großer Anstrengung hervor.

„Natürlich müssen Sie sich bei Frau von Aschhoff entschuldigen, das versteht sich von selbst", sprach er leider weiter.

Ich seufzte und versprach ihm, mich nach meiner Mittagspause bei der reizenden Dame zu melden und sie um Verzeihung zu bitten. Das fehlte mir gerade noch, dachte ich verbittert. Ich musste mich in meiner Pause unbedingt mit Vanessa beratschlagen, was ich ihr sagen sollte. Mir fiel im Augenblick leider überhaupt nichts Positives oder Konstruktives zu dieser Person ein.

Eine halbe Stunde später lief ich Vanessa vor unserem Stammcafé, in dem wir fast jede gemeinsame Mittagspause verbrachten, in die Arme. Auch Katrin kam in diesem Moment winkend um die Ecke und umarmte uns begeistert: „Meine Frühschicht hat gerade geendet. Ich bin so neugierig zu hören, was ich alles in Berlin verpasst hatte. Ich musste euch unbedingt sofort treffen."

„Ich bin so froh euch zu sehen, ich habe wirklich ein großes Problem und hoffe, ihr könnt mir helfen", rief ich aus, während wir uns auf die Suche nach einem freien Tisch machten.

Vanessa schaute mich mitleidig an und erwiderte: „Ich wollte dich gerade fragen, wie es dir heute geht. Hat Niklas sich bei dir gemeldet?"

„Den habe ich total vergessen, da scheint der furchtbare Vormittag zumindest eine positive Auswirkung zu haben", stellte ich verdutzt fest.

Vanessa schaute mich etwas seltsam an und sagte langsam: „Moment mal, ich dachte dein Problem, über das du mit uns sprechen wolltest, ist Niklas. Oder habe ich etwas verpasst?"

Ich musste über ihren schiefen Blick lachen und stellte einmal mehr fest, was für ein Glück ich hatte, so gute Freunde zu haben. Sogar in Situation, in denen es mir schlecht ging, konnten sie mich aufmuntern.

„Das ist richtig, aber ich habe mich heute Vormittag mit einer Kundin angelegt. Blöderweise hat mein Chef die Eskalation mitbekommen und deshalb bin ich in arge Schwierigkeiten geraten." Schon ließ ich mich über meine Erlebnisse aus und erklärte meinen Freundinnen was geschehen war.

„Jetzt muss ich mich bei dieser aufgeblasenen Schreckschraube doch tatsächlich entschuldigen, und mir fallen leider keine freundlichen Worte ein", beendete ich meine Ausführung etwas geknickt.

„Laura, ich kenne solche Situationen aus der Arbeit im Krankenhaus, manchen Patienten kann man es als Krankenschwester einfach nicht recht machen. Mach dir keine Vorwürfe, ich bin auch schon einmal ausfallend geworden.

Aber du schaffst es schon dich zu entschuldigen, sag einfach, wie leid es dir tut. Schiebe eine Migräne vor und heuchle ein wenig Unterwürfigkeit, das kommt bestimmt gut an", schlug mir Katrin vor.

Während wir uns mit Spaghetti Bolognese stärkten, entwarfen wir gemeinsam einen filmreifen Text, den ich Frau von Aschhoff vortragen sollte.

Ich verabschiedete mich von den Mädels und machte mich mit einem flauen Gefühl im Magen auf den Weg zurück zur Buchhandlung. Mir fiel es unter normalen Umständen schon schwer mich zu entschuldigen, aber in diesen Situationen meinte ich es ernst und konnte zu meinen Worten stehen. Nun musste ich eine Entschuldigung heucheln, die ich nicht vertretbar fand. Ich riss mich zusammen und dachte, erledige das lieber gleich, dann hast du es hinter dir. Deshalb schlug ich sogleich im Computer in unserer Kundendatei ihre Telefonnummer nach. Wenigstens brauchte ich ihr dabei nicht ins Gesicht sehen.

Ich wählte die Nummer und hoffte, dass sie nicht erreichbar wäre: „Ja bitte", hörte ich aber schon ihre snobistische Stimme in den Hörer flöten.

„Guten Tag Frau von Aschhoff. Hier spricht Frau Hellwig von der Buchhandlung *Leseparadies*. Ich wollte mich bei Ihnen aufrichtig für meine furchtbaren Worte heute Vormittag entschuldigen. Ich hatte Migräne, ich weiß das ist keine Begründung für die hässliche Art, wie ich mit Ihnen umgesprungen bin, aber ich schätze Sie als sehr großzügig ein und hoffe Sie können mir irgendwann verzeihen, dass ich Sie so behandelt habe. Ich weiß, mein Auftreten ist durch nichts zu entschuldigen", sprach ich mit reumütiger und bettelnder Stimme. Ich war sehr stolz auf meine schauspielerische Darbietung am Telefon und musste mich beherrschen, nicht in einen Lachkrampf auszubrechen.

Anscheinend nahm mir diese hohlköpfige Blondine meine gespielte Entschuldigung ab und entgegnete hochnäsig: „So eine Unverschämtheit ist mir in meinem bisherigen Leben noch nicht passiert. Aber ich weiß es zu schätzen, dass Sie die Einsicht besessen haben, Ihren Fehler zuzugeben. Ich werde Ihre Entschuldigung annehmen. Auf Wiedersehen", beendete sie das Gespräch abrupt.

Ein Problem weniger, dachte ich erleichtert als ich den Telefonhörer auflegte.

Kaum verließ ich das Büro, wurde ich schon von einem nervösen Filialleiter empfangen, der von mir wissen wollte, wie seine geschätzte Kundin reagiert habe. Ich konnte ihn mit den Worten, dass Frau von Aschhoff meine Entschuldigung angenommen hatte, beruhigen.

Der restliche Arbeitstag verlief zum Glück ohne weitere Vorkommnisse und ich war erleichtert als ich um 18 Uhr endlich Feierabend hatte und machte mich sofort auf die Heimfahrt.

Zu Hause angekommen, beschloss ich mir etwas Gutes zu gönnen und ließ mir ein Bad ein. Dazu stellte ich mir ein Glas Weißwein bereit und legte eine CD von Coldplay in den CD-Player. Genüsslich ließ ich mich in die Badewanne gleiten, mir tat das heiße Wasser gut, und hatte dank des Glases Wein eine entspannende Wirkung auf mich. So verbrachte ich eine Stunde mit Relaxen und konnte meine Seele baumeln lassen. Leider begannen mit der zunehmenden Stille und Ruhe, meine Gedanken um Niklas zu kreisen. Zur Ablenkung beschloss ich am Abend einen Film anzuschauen, welches ich mir vor einer Weile von einer Freundin ausgeliehen hatte. Um Mitternacht entschied ich mich, erschöpft in mein Bett zu taumeln.

Es ist erst Dienstag, wie soll ich das aushalten, war mein erster Gedanke als mich um 7.30 Uhr der Wecker aus den Träumen riss. Niedergeschlagen stand ich auf und machte mich für eine weitere Runde tristen Alltages zurecht. Zum Glück war heute mein kürzester Arbeitstag der Woche und ich beschloss am Nachmittag meine Eltern zu besuchen, die eine Stunde Autofahrt von mir entfernt in

Sonthofen lebten. Ich hatte mich bei ihnen schon seit zwei Monaten nicht mehr sehen lassen und wollte dies heute, kurz entschlossen, nachholen.

Es wurde ein schöner, kurzweiliger Nachmittag, den ich mit meinen Eltern bei Kaffee und Kuchen verbrachte. Später ging ich mit meiner Mutter eine Runde spazieren.

Zuerst war ich versucht, ihr von meinen Problemen mit Niklas zu erzählen, aber dann entschied ich mich doch dagegen. Ich war noch nie eine Person gewesen, die gerne über ihre Schwierigkeiten sprach und außerdem wollte ich meine Mutter nicht beunruhigen und mit meinen Problemen belasten. Zusätzlich hegte ich die Befürchtung, dass sie durch unsere unglückselige Vorgeschichte, Vorurteile gegenüber Niklas bilden würde und das wäre mir auch nicht recht gewesen.

Am Abend verabschiedete ich mich von meinen Eltern und versprach bis zum nächsten Besuch nicht so viel Zeit verstreichen zu lassen.

„Komm gut heim und fahr vorsichtig!", riefen sie mir besorgt hinterher.

Typisch Eltern, dachte ich amüsiert, sie behandeln auch ihre erwachsenen Kinder immer noch als wären sie höchstens fünf Jahre alt.

Gerade als ich meine Haustüre aufsperren wollte, klingelte das Telefon. Bestimmt war das Vanessa oder Katrin, wir hatten für heute Abend einen Kinobesuch geplant.

„Und läuft ein guter Film?", rief ich in den Hörer.

„Darüber kann ich zwar keine Auskunft geben, aber ich hoffe, du sprichst trotzdem mit mir", tönte eine eindeutig männliche Stimme.

„Niklas", rief ich erstaunt aus und ließ vor Schreck fast das Telefon fallen.

„Es ist wohl ein gutes Zeichen, dass du meine Stimme noch erkennst", scherzte er.

Dann wurde er unvermittelt ernst und sagte leise: „Ich weiß, dass ich dir versprochen habe, mich nicht bei dir zu melden. Aber Geduld war noch nie meine Stärke und ich habe es einfach nicht mehr ausgehalten. Die letzten Tage waren die Hölle für mich."

„Ich bin froh, dass du mein Verbot gebrochen hast. Ich bin fast wahnsinnig geworden. Mir ging es gar nicht gut. Ich habe zwar versucht mich abzulenken, aber das war nicht immer möglich und ich bin so froh, mit dir zu sprechen", rief ich glücklich über seinen Anruf in den Hörer.

„Zweimal war ich schon versucht, Martina anzurufen und unsere Beziehung am Telefon zu beenden, aber dann hat mich meine Vernunft jedes Mal zurückgehalten, ihr das anzutun. Ich werde die restlichen Tage durchhalten müssen. Laura ich vermisse dich so sehr, ich hoffe dir geht es gut", fragte er mit sehnsüchtiger Stimme.

„Ich hatte Angst, dass ich dir nicht wichtig genug sein würde und dass du diese Tatsache erkennen würdest, sobald ich aus deinem Blickfeld und somit aus deinem Leben verschwunden war", vertraute ich ihm meine geheimsten Befürchtungen an.

Er lachte leise auf und meinte inbrünstig: „Da brauchst du dir wirklich keine Sorgen machen. Ich habe eher das Gefühl, dass meine Gefühle immer stärker werden, je länger ich dich nicht sehen kann."

Als ich seine Worte auf mich wirken ließ, glaubte ich vor Glück zerspringen zu müssen und auf meinem Gesicht breitete sich langsam ein Strahlen aus. Den Rest des Gespräches unterhielten wir uns über belanglosere Ereignisse und tauschten die Erlebnisse der letzten Tage aus.

Es fiel uns schwer, ein Ende zu finden. Jedes Mal, wenn sich einer von uns verabschiedete, hatte der andere noch etwas zu sagen und so telefonierten wir zwei Stunden miteinander.

Mit schlechtem Gewissen stellte ich danach fest, dass meine Freundinnen mehrmals versucht hatten, mich anzurufen. Ich hatte unseren Kinobesuch schlichtweg vergessen.

Ich nahm mir vor sie später zurückzurufen, sobald der Film zu Ende war. In der Zwischenzeit beschäftigte ich mich, indem ich das Radio laut aufdrehte und mich auf die Couch legte, um von Niklas zu träumen. Das erste Mal seit unserer auferlegten Trennung hatte ich ein positives und glückliches Gefühl. Ich spürte mit einer Sicherheit, die mich überraschte, dass er sich für mich entscheiden würde und unserer glücklichen Beziehung nichts mehr im Wege stand.

Ich war wohl eingeschlummert als das durchdringende Klingeln meines Telefons mich aufschrecken ließ. Ich blickte mich erst einmal orientierungslos um. Da ich mich noch im Halbschlaf befand, hatte ich im ersten Augenblick Schwierigkeiten, Traum und Realität zu unterscheiden.

Als die Wirklichkeit gesiegt hatte, sprang ich auf und ging leicht enttäuscht an den Apparat.

„Laura, was ist denn mit dir los? Wir haben uns Sorgen gemacht, du warst stundenlang nicht erreichbar!", rief eine aufgebrachte Katrin in den Hörer.

„Ach, du bist es", antwortete ich nicht gerade begeistert und warf ihr vorwurfsvoll vor: „Ich hatte gerade einen wunderschönen Traum von Niklas und nun hast du mich aufgeweckt."

„Manchmal spinnst du wirklich. Wir machen uns Sorgen und du liegst zu Hause und lebst in deiner Traumwelt. Wir waren zu einem Kinobesuch verabredet, du hättest zumindest absagen können. Wir hätten es verstanden, wenn dir nicht der Sinn nach einer Romantikkomödie gestanden hätte", empörte sich meine Freundin.

Schuldbewusst versuchte ich mich zu rechtfertigen: „Das tut mir wirklich leid, aber gerade als ich nach Hause kam, rief Niklas an und wir haben die Zeit vergessen und über zwei Stunden miteinander telefoniert. Ach Katrin, wenn du wüsstest, wie glücklich ich bin, er hat mich nicht vergessen."

Über meine Begeisterung über das Telefonat, hatte ich

beinahe vergessen, dass ich mich entschuldigen wollte und fügte hinzu: „Und nachdem ich das Gespräch beendet hatte, ist mir unser Treffen wieder eingefallen, aber da wart ihr schon im Kino. Ich wollte mich gleich danach bei euch melden und bin dann auf der Couch eingeschlafen", gab ich freimütig zu.

„Er hat sie angerufen", rief Katrin begeistert aus ohne meine Erklärung zu beachten.

Anscheinend saß Vanessa neben ihr, denn nach einem Moment ertönte ihre aufgeregte Stimme am Apparat: „Ist das wirklich wahr? Das ist ja toll, ich freue mich so für dich, anscheinend meint er es wirklich ernst mit dir."

Trotz der beruhigenden Aussagen und Meinungen meiner Freundinnen bezüglich Niklas, stellte ich nun fest, dass sie sich keineswegs sicher gewesen waren, ob Niklas mich wirklich liebte und um unsere Beziehung kämpfen würde.

Andererseits waren ihre Reaktionen verständlich, ich wollte von ihnen beruhigt werden. Hätten sie mir ihre Befürchtungen mitgeteilt, wäre es mir noch schlechter gegangen und ich wäre völlig frustriert gewesen. Trotzdem reagierte ich leicht beleidigt: „Du konntest dir also nicht vorstellen, dass Niklas sich in mich verliebt hat. Bin ich so hässlich oder was?", sagte ich ungerecht und kindisch.

„Laura das ist doch lächerlich, du weißt genau, dass es nicht darum geht. Aber es setzt keiner eine dreijährige, scheinbar intakte Beziehung leichtfertig aufs Spiel und deshalb konnten wir uns nicht sicher sein, ob seine Liebe zu dir ausreicht", argumentierte sie überzeugend.

Versöhnlich lenkte ich ein: „Entschuldigung, ich bin momentan etwas dünnhäutig und empfindlich, natürlich weiß ich, wie du es gemeint hast."

„Ihr seht seinen Anruf aber auch als positives Zeichen, oder?", rief ich eifrig. Es war mir plötzlich wichtig von meinen Freundinnen eine Bestätigung zu bekommen, dass dieser Anruf etwas zu bedeuten hatte. Ich wollte mich nicht in irgendwelche Hirngespinste verrennen.

Beide bestätigten mir, dass Niklas anscheinend wirklich mehr in mir sah, als einen Urlaubsflirt. Beruhigt verabschiedeten wir uns und ich konnte in der Nacht so gut, wie schon lange nicht mehr schlafen.

Am nächsten Tag musste ich unbedingt Jana von meinem Telefonat erzählen und rief sie an.

„Jana, du glaubst nicht, was passiert ist. Niklas hat sich bei mir gemeldet und wir haben über zwei Stunden telefoniert", sprudelten die Worte förmlich aus mir heraus.

„Mir fällt gleich mein Ohr ab, wenn du weiter so brüllst", erwiderte sie ungerührt.

„Bei deiner Begeisterung dachte ich, dass er dir mindestens einen Heiratsantrag gemacht hat." Janas Sarkasmus konnte manchmal wirklich anstrengend sein.

„Du bist gemein, du kannst nicht einmal ernst bleiben. Ich werte dies als gutes Zeichen, dass er unserer Beziehung eine Chance geben wird, sonst hätte er mich doch nicht angerufen."

Nun war ich mir plötzlich nicht mehr so sicher wie gestern: „Oder was meinst du?", rief ich etwas ängstlich.

„Hoffentlich hast du Recht, bei den Kerlen weiß man nie. Aber egal wie es ausgeht, du kannst es auf jeden Fall positiv sehen. Entweder wird aus euch beiden ein Paar oder er ist ein noch größerer Mistkerl als ich dachte, wenn er dir erst Hoffnungen macht und diese dann zerstört. Dann kannst du getrost auf ihn verzichten!" Jana meinte dies völlig ernst.

Manchmal war ihr Pessimismus äußerst anstrengend und ich maulte in den Hörer: „Na toll, du hättest einmal im Leben etwas Aufbauendes und Ermunterndes erwidern sollen. Nein selbst das ist zu viel verlangt, dann wäre dir ein Zacken aus der Krone gebrochen."

„Laura bitte entschuldige, du weißt doch, dass ich das nicht ernst gemeint habe. Du bist doch mit meiner Ironie bestens vertraut, wir sind schließlich Schwestern", besänftigte sie mich sogleich.

Normalerweise bestanden unsere Dispute und Gespräche stets aus Ironie und Sarkasmus, wir beherrschten dies beide perfekt. Aber über ein solch ernstes Thema konnte ich nicht spaßen. Zumindest wusste ich ihre Aussagen realistisch einzuordnen und wir redeten eine Weile noch über andere Dinge, wie das bevorstehende Treffen von Jana und ihrem Exfreund Jonas. Sie hatte ihn tatsächlich überzeugen können, sich noch einmal mit ihr zu treffen. Nun hatte Jana die große Hoffnung, dass er ihr noch einmal eine Chance geben würde.

„Ich drücke dir für morgen ganz fest die Daumen, ruf mich sofort an, wenn dein Treffen vorüber ist", wies ich sie an.

„Danke, das kann ich gut gebrauchen, bis dann", verabschiedete sich meine kleine Schwester aufgeregt.

So hat jeder seine Bürde zu tragen, dachte ich leicht niedergedrückt. Ich war mit meinen Problemen nicht alleine, auch andere hatten Sorgen, die sie belasteten. Am Ende musste aber jeder zusehen, dass er diese selber in den Griff bekam, bei manchen Dingen konnten andere nicht helfen. Zumindest wäre Jonas wohl nicht begeistert, wenn ich statt Jana zu ihrem Date antreten würde, dachte ich amüsiert. Ich hoffte für Jana, dass er ihr verzeihen würde, ich könnte dies nicht. Wenn mich mein Freund betrügen würde, wäre das ein so großer Vertrauensbruch, dass ich ihm nie wieder vertrauen könnte. Janas Chance bestand darin, dass sie streng genommen keine Beziehung geführt hatten, sondern lediglich eine Affäre. Ob diese Tatsache ein Freifahrtschein für einen Betrug war, wusste ich nicht. Aber ich konnte leicht reden, da ich vor dieser Entscheidung noch nie gestanden habe. Befand man sich selber in solch einer Situation, sah es bestimmt ganz anders aus. Die Entscheidung, die der Betrogene zu treffen hatte, war schließlich von unterschiedlichen, individuellen Faktoren abhängig.

So hoffte ich, Jonas würde meine Schwester so sehr lieben, dass er die Verletzung überwand.

Zwar hatte ich Jonas erst einmal getroffen, aber ich war der Ansicht, dass die beiden ein sehr schönes Paar abgegeben hatten. Deshalb fand es schade, als ich erfuhr, dass Jana durch ihren Seitensprung die Beziehung zerstört hatte. Ich war gespannt auf das Ergebnis ihres Gespräches.

Wartezeit
–
Bedenkzeit

Niklas lief unruhig in seiner Wohnung auf und ab. Er konnte sich weder auf seine Reportage des Zweitligisten 1.FC Union Berlin konzentrieren, über dessen langjährige Geschichte er berichten sollte, noch sah er sich imstande auf die zahlreichen SMS und Anrufe seiner Freundin zu reagieren. Er seufzte, was hatte er sich da bloß eingehandelt? Er hatte keine Ahnung, was er Martina am Telefon sagen sollte, noch wie er sich derart verstellen konnte, damit sie nicht misstrauisch wurde. Denn sollte Martina etwas bemerken und ihn darauf ansprechen, würde er ihr sicherlich die Wahrheit sagen. Es wäre sonst wirklich unterste Schublade, wenn er so tun würde, als wäre alles in bester Ordnung. Und sobald sie zurückkam, sie mit den Worten: „Hallo Schatz, übrigens ich trenne mich von dir", zu begrüßen.

Plötzlich erblickte er sich, während seines Spaziergangs durch die Wohnung, in einem Spiegel und erschrak. Ein blasses, hohlwangiges Gesicht mit dunkel unterlaufenen Augen, blickte ihm entgegen. „Niklas, du sahst wirklich auch schon mal besser aus", entgegnete er seinem Spiegelbild selbstkritisch.

Es war aber kein Wunder, dass er so schlecht aussah. Er konnte seit der räumlichen Trennung von Laura nicht mehr richtig schlafen. Außerdem belastete es ihn zunehmend, dass er zu Martina nicht ehrlich sein konnte. Vor der anstehenden Trennung und einer damit verbundenen Auseinandersetzung scheute er sich zusätzlich. Seit Tagen legte er sich Worte zurecht, die er Martina nahebringen wollte, in der Hoffnung die Richtigen zu finden, welche sie nicht allzu sehr verletzen würden. Er hegte allerdings die Befürchtung, dass es diese nicht geben würde. Er wollte seiner

Partnerin, mit der er die letzten drei Jahre sein Leben verbracht hatte, nicht weh tun. Aber er wusste, dass er genau dies tun musste, da für ihn die Fortsetzung ihrer Beziehung nicht in Frage kam. Seit er Laura getroffen hatte und ihn die Liebe wie ein unerwarteter Sommerregen überrascht hatte, war ihm deutlich geworden, was ihm in seiner Beziehung gefehlt hatte.

„Immer diese Weiber", schimpfte er plötzlich lauthals: „Es gibt doch nur Probleme mit ihnen, das hat mir jetzt gerade noch gefehlt!"

Eigentlich sollte er sich auf seine Arbeit konzentrieren, da ihm vielleicht eine baldige Beförderung in Aussicht stand, sollte er weiterhin so gute Arbeit abliefern. Aber genau hier lag der Knackpunkt, er konnte im Moment nur mit durchschnittlichen Berichten und Reportagen aufwarten, da er andere Dinge im Kopf hatte. Frustriert trat er mit seinem Fuß gegen einen Stuhl. Dieser fiel scheppernd gegen eine Lampe und riss diese mit sich zu Boden. Dabei zersprang sie in tausend Scherben. Niklas schaute ungläubig auf die Bescherung und machte seinem Ärger Luft: „Glückwunsch Niklas, es gibt wohl keine Person in diesem Universum, die sich noch blöder anstellt als du. Das kann doch alles nicht wahr sein."

Ärgerlich begann er die Scherben aufzuheben. Dabei war er zu bequem einen Kehrbesen zu benutzen und sammelte die Glasstücke mit der Hand auf. Natürlich dauerte es nicht lange und er schnitt sich in die Hand. Mit einem resignierten Ausruf ließ er die Scherben fallen:

„Verdammt tut das weh. Wie kann so ein kleiner Kratzer solche Schmerzen auslösen?", jammerte er wehleidig.

Er machte sich auf die Suche nach einem Pflaster. Nachdem er sich endlich verarztet hatte, begann er im zweiten Anlauf die Scherben aufzuräumen. Diesmal war er vorsichtiger und benützte gleich den Staubsauger. Als er endlich den Abfall beseitigt hatte, ließ er sich erschöpft auf das Sofa fallen und wusste nichts mit sich anzufangen. Er war versucht seinen besten Kumpel Andreas anzurufen, aber es war ihm zu peinlich sich bei ihm, wie ein Mädchen, über seine Beziehungsprobleme auszulassen. Er, der immer cool und lässig auftrat, hatte schließlich bei seinen Freunden einen Ruf zu verlieren. Der Womanizer, der nicht wusste, wie er mit seiner Freundin Schluss machen sollte, da machte er sich ja zur Lachnummer. Natürlich wusste er, dass er übertrieb. Andreas, ein Freund aus Schulzeiten, kannte ihn besser als jeder andere und konnte natürlich seine mühsam aufgebaute Fassade ohne Schwierigkeiten durchblicken. Er wusste genau, Niklas war längst nicht so unnahbar und kühl, wie er anderen, vor allem Leuten, die er nicht gut kannte, weismachen wollte.

Andererseits verspürte er keine Lust sich zu rechtfertigen. Er hatte die vage Vorstellung, dass Andreas ihm Vorhaltungen machen würde, seine Beziehung wegen eines Urlaubflirts – wie er es nennen würde – aufs Spiel zu setzen. So gern er ihn hatte, Andreas konnte unglaublich bieder und korrekt sein. Er hatte seine Freundin doch tatsächlich nach zwei Jahren Beziehung geheiratet. Über diese Tatsache musste Niklas heute noch staunen. Er hatte Andreas bis jetzt etwas bemitleidet und sich insgeheim über ihn lustig gemacht, dass er sich freiwillig so zeitig in den Bund der Ehe begeben hatte. Obwohl er sah, dass Andreas und seine Frau sich wirklich liebten, konnte er dessen Entscheidung nicht nachvollziehen.

Seitdem er Laura getroffen hatte, sah er es aus einem anderen Blickwinkel. Wahrscheinlich war Andreas das unglaubliche Glück zuteilgeworden, den Menschen getroffen zu haben, mit dem er es sich vorstellen konnte, sein ganzes Leben zu verbringen. Was konnte es Schöneres geben? Bis jetzt hatte er die Hochzeit als Bestrafung für seinen besten Freund gesehen.

„Mein Gott, ich werde ja schon komplett sentimental, reiß dich zusammen", rief Niklas zunehmend beunruhigt und frustriert aus.

Nach einer halben Stunde entschied er sich Andreas doch anzurufen, da er mit jemandem über seine Erlebnisse und die dazugehörigen Konsequenzen reden musste. Sonst würde er noch wahnsinnig werden. Er erzählte ihm die ganze Geschichte und zu seiner Überraschung reagierte sein bester Kumpel ganz anders, als er gedacht hätte: „Also dich muss es richtig erwischt haben. So wie du von deiner Laura schwärmst, habe ich dich noch nie erlebt, geschweige denn dich jemals in solchen Worten von Martina reden hören. Ich kann deine Gefühle für Laura natürlich nicht beurteilen. Aber ich denke, wenn du dir wirklich sicher bist, sie zu lieben, dann musst du den Schlussstrich unter deine Beziehung mit Martina setzen. Es würde keinen Sinn machen, diese künstlich aufrecht zu erhalten. Es freut mich für dich, dass du anscheinend einen Menschen gefunden hast, der zu dir gehört, so wie Sabrina zu mir", pflichtete er ihm bei.

„Du überraschst mich immer wieder", erwiderte ein perplexer Niklas: „Ich hätte gedacht, dass du den Moralapostel spielst, der mir auferlegt um meine Beziehung zu kämpfen. Ich bin froh, dass du hinter mir und meiner Entscheidung stehst."

„Für wie altmodisch hältst du mich?", rief Andreas amüsiert aus: „Ich kann sehr wohl unterscheiden, wann es sich lohnt um eine Partnerschaft zu kämpfen und wann man akzeptieren muss, dass sie vorbei ist. Ich bin gespannt auf die Frau, die Iceman Niklas den Kopf verdreht hat", konnte sich Andreas nicht verkneifen, zu scherzen.

„Mach dich nur lustig, ich gebe ja zu, dass ich mich lächerlich benehme. Aber ich bekomme diese wunderbare Frau nicht mehr aus meinem Kopf und kann es kaum erwarten, sie endlich wieder zu sehen", gab Niklas freimütig zu. „Du hast sie übrigens schon einmal gesehen. Erinnerst du dich an die beiden Mädels, die die Tanzfläche gerockt haben als ich neulich länger im Club geblieben bin? Eine davon ist Laura!"

„Klar erinnere ich mich an die beiden, sie haben schließlich gehörig Aufmerksamkeit erregt. Ach, deswegen wolltest du länger bleiben. Du hast es aber gut zu verstehen gewusst, dein Interesse zu verbergen", erwiderte Andreas verblüfft.

„Ich muss euch ja nicht alles auf die Nase binden. Außerdem hätte es in euren Augen wahrscheinlich sehr merkwürdig ausgesehen, wenn ich mit einer anderen Frau flirte. Ich wusste selbst nicht, wie mir geschieht", gab Niklas freimütig zurück.

„Und welche von beiden ist es?", fragte Andreas schließlich gespannt.

Niklas musste über die Neugierde seines besten Kumpels schmunzeln und er wusste genau, mit seiner Antwort würde er ihn sehr überraschen.

„Diejenige, die vielmehr durch Ausstrahlung und Ausdruck gepunktet hat, als durch ihr auffälliges Outfit."

Lauras Anblick hatte ihn derart gefesselt, dass ihm von ihrer Schwester lediglich deren glitzerndes Paillettenkleid in Erinnerung geblieben war.

Kurze Zeit später beendete er das Telefonat und sah sich gezwungen, sich mit dem bevorstehenden Gespräch mit Martina auseinanderzusetzen. Er konnte sie nicht ewig ignorieren, das letzte Mal hatten sie vor zwei Tagen telefoniert. Aber auch da hatten sie nur ein paar belanglose Worte gewechselt, da er einen Abendtermin in der Redaktion vorgeschoben hatte. Zum Glück war am Samstag die Zeit des Wartens endlich vorbei.

Widerwillig rief er Martinas Nummer auf und wählte. Wenn sie nach dem fünften Klingeln nicht abnimmt, lege ich auf. Dann habe ich guten Willen bewiesen, indem ich versucht habe sie anzurufen, legte er sich einen schönen Plan zurecht, während er die Klingeltöne zählte.

Aber gerade als er erleichtert auflegen wollte, meldete sich Martina atemlos: „Niklas, wie schön, dass du dich meldest. Ich habe dich so vermisst, ich halte es ohne dich kaum noch aus. Wie geht es dir, was machst du so ohne mich, vermisst du mich auch?" Martina konnte ohne Punkt und Komma reden und Niklas spürte schon nach dem ersten ausgesprochenen Wort, eine Gereiztheit in sich aufsteigen.

„Hallo Martina" unterbrach er sie schnell als sie ununterbrochen weitersprach. Er hatte schon die Hälfte ihrer zahllosen Fragen wieder vergessen und Kopfschmerzen machten sich auch langsam breit.

„Wie geht es dir? Ich hoffe du verbringst eine schöne Zeit. Erzähle doch mal, was du in London alles erlebst", versuchte er das Gesprächsthema sofort von sich abzulenken, um möglichst wenig Lügen zu verbreiten. Das ließ sich Martina natürlich nicht zweimal sagen. Sie begann einen ausschweifenden Monolog, in dem Niklas nur pflichtschuldig einige Schlagwörter einwarf, um ihren Redefluss am Laufen zu halten, was wahrlich keine schwierige Aufgabe darstellte.

Nachdem sie eine halbe Stunde berichtet hatte, gelang es Niklas sich elegant aus der Affäre zu ziehen: „Es tut mir wirklich leid dich zu unterbrechen, aber Andreas hat gerade an der Tür geläutet. Wir wollen heute mit Kristian einen Männerabend machen und etwas trinken gehen.

Aber wir sehen uns in zwei Tagen. Wann landest du am Samstag?" wollte er abschließend wissen.

„Um 11 Uhr", teilte ihm Martina mit: „Das habe ich dir doch schon ein paar Mal gesagt", meinte sie mit anklagender, quengelnder Stimme.

Schnell besänftigte Niklas seine Freundin, legte dann erleichtert auf und sprach innbrünstig: „Das wäre bis Samstag geschafft."

Anschließend machte er sich ausgehfertig, da er in einer halben Stunde mit seinen Kumpels verabredet war, um in ihrer Stammkneipe etwas trinken zu gehen. Wenigstens das war Martina gegenüber nicht gelogen gewesen, dachte er

schuldbewusst. Er war froh über die willkommene Ablenkung, so konnte er sich nicht weiter das Gehirn zermartern,
was er in Gottes Namen am Samstag zu Martina sagen
sollte. Ihm waren bis jetzt immer noch nicht die richtigen
Worte eingefallen. Jetzt allerdings wollte er erst einmal
einen ungezwungenen Männerabend ohne zickige und anstrengende Frauen genießen.

„Wobei eine ganz Bestimmte muss ich davon ausneh-
men", meinte er lächelnd zu sich selbst, als er an Laura
dachte.

Ein Treffen mit Laura wäre das einzige, was er jetzt
noch lieber machen würde, als mit seinen besten Kumpels,
um die Häuser zu ziehen. Da dies leider unmöglich war,
musste er sich mit der Gesellschaft eines derben Männer-
humors begnügen, was er als Alternative gerne in Anspruch
nahm.

Eine gute und eine schlechte Nachricht

Am Freitag, um acht Uhr morgens, rief mich eine glückliche Jana an, die vor Begeisterung überschäumte: „Du wirst nicht glauben, was passiert ist, ich bin so glücklich", schrie Jana mir ins Ohr.

Ich hielt erst einmal den Hörer einen halben Meter weg: „Mal überlegen, könnte deine gute Stimmung vielleicht mit einem gewissen Herrn namens Jonas zusammenhängen? Irgendwie habe ich habe da so ein Gefühl. Mal überlegen, wie komme ich nur darauf?" musste ich sie etwas ärgern.

„Laura, ich weiß zwar nicht, womit ich das verdient habe, aber er hat mir tatsächlich verziehen. Jonas gibt mir noch eine Chance, allerdings wünscht er sich eine offizielle Beziehung und begnügt sich nicht mehr lediglich mit einer Affäre. Aber das hatte ich mir ja insgeheim längst gewünscht. Hoffentlich werde ich diese nicht wieder in den Sand setzen.

Ich möchte Jonas auf gar keinen Fall noch einmal verlieren. Warum erkennt man sein Glück erst, wenn es zu spät ist? Jetzt werde ich es besser festhalten, ich gelobe Besserung. Schließlich kann ich nicht nur von Jonas erwarten, dass er mich auf Händen trägt. Ich werde mich bemühen, um meine Liebe zu kämpfen und mehr in unsere Beziehung zu investieren. Jonas Liebe ist keine Selbstverständlichkeit, das ist mir bewusst geworden." Jana war kaum zu bremsen, so kannte ich sie gar nicht.

Normalerweise war sie morgens nicht so redselig, aber ich freute mich, dass es ihr gut ging und sie ihre große Liebe zurückgewonnen hatte. Jetzt musste nur ich mich meiner Liebe sicher sein. Wobei ich mir eingestehen musste, dass ich sie eigentlich nicht verloren hatte, da ich sie bis zu diesem Zeitpunkt noch nie richtig besessen hatte. Janas und meine Situation ließen sich überhaupt nicht miteinander vergleichen.

„Und unsere Nacht war erst traumhaft", riss mich Jana unsanft aus meinen Gedanken um Niklas.

„Jonas ist der beste Liebhaber, den ich je hatte. Ich hatte doch tatsächlich vergessen, wie göttlich und traumhaft der Sex mit ihm ist", schwärmte sie begeistert.

„Hoffentlich liegt er gerade nicht neben dir, sonst wird er bei deiner Lobeshymne nur eingebildet. Ehrlich, ich freue mich für dich, aber bevor du dich über genaue Praktiken und Details auslässt, wechseln wir lieber das Gesprächsthema", warf ich amüsiert ein.

„Laura du bist einfach unglaublich prüde. Vielleicht sollte ich statt Sex das nächste Mal Geschlechtsverkehr oder besser noch Liebe machen verwenden", musste sich meine kleine Schwester mal wieder über mich lustig machen, die sich über intime Dinge oftmals sehr offen ausließ. „Und natürlich ist Jonas nicht mehr da, sonst würde ich nicht mit dir darüber reden, sondern hätte etwas Besseres zu tun", erwiderte sie süffisant.

„Jana, ich kenne dich lange genug, du kannst mich sowieso nicht mehr schockieren. Aber ich habe keine Lust, sollte ich auf Jonas treffen, mir Gedanken über seine Qualitäten als Liebhaber zu machen. Ebenso wenig möchte ich mir vorzustellen, auf welche Stellungen er steht oder noch schlimmer, über seine mögliche Schwanzgröße nachzudenken", warf ich trocken ein, so schnell ließ ich mich von ihr nicht aus dem Konzept bringen.

„Also wirklich Laura, manchmal frage ich mich wirklich, wer von uns beiden die Schlimmere ist", Jana mimte die Entsetzte.

Ich lachte und wünschte ihr viel Glück, dass ihre Beziehung diesmal unter einem besseren Stern stand.

„Ich könnte die ganze Welt umarmen", rief Jana aus. Dann besann sie sich darauf, dass auch ich Probleme hatte und nicht nur zum Zuhören da war und fragte mich, wie es mir ginge.

Ich erwiderte, dass es schrecklich war nur dazusitzen und abzuwarten. Ich konnte nicht handeln und war zur Untätigkeit gezwungen und das machte mich rasend. Zum Glück war heute schon Freitag. Nur noch ein Tag und eine Nacht des Wartens, dann hoffte ich samstags möglichst bald von Niklas zu hören. Egal wie es ausging, danach hatte ich wenigstens endlich Gewissheit. In meinen Träumen malte ich mir das Telefonat schon aus und konnte mir den genauen Wortlaut, den er zu mir sagen würde, vorstellen. Natürlich würde es sehr romantisch werden. Ich musste über meine Tagträume und deren Abläufe schmunzeln, was hatte ich bloß für eine unglaublich große Vorstellungskraft. Ich sollte lieber die Realität abwarten und nicht so hohe Erwartungen an Niklas stellen, sonst wäre ich am Ende nur enttäuscht.

Zufällig sah ich auf die Uhr und sprang mit einem Aufschrei entsetzt auf. Jetzt hatte ich durch das Telefonat mit Jana völlig die Zeit vergessen. Ich musste heute zwar erst um 10 Uhr zu arbeiten beginnen, aber nun war es schon 9.30 Uhr und ich hatte bisher weder gefrühstückt noch war ich im Bad gewesen. Ich beschloss auf das Frühstück zu verzichten und sprang schnell unter die Dusche und zog mich dann in Windeseile an. Nach dem Eklat mit Frau von Aschhoff konnte ich es mir wirklich nicht leisten, in der Arbeit schon wieder negativ aufzufallen. Im Gegenteil, ich war die letzten Tage bemüht gewesen meinen Fauxpas wieder auszubügeln. Leider hatte ich bemerkt, dass mein Chef immer noch schlecht auf mich zu sprechen schien. Deshalb war ich ihm bis jetzt erfolgreich aus dem Weg gegangen. Ausgerechnet heute war ich für dieselbe Schicht eingeteilt. Das hieß im Klartext, es würde ihm nicht verborgen bleiben, sollte ich zu spät zur Arbeit erscheinen.

Deshalb stellte ich an diesem Morgen einen neuen Rekord im Fertigmachen auf. Nur 15 Minuten nach meinem Aufschrei, saß ich schon im Auto auf dem Weg zur Buchhandlung.

Wie immer, wenn ich spät dran war, fuhren alle Autofahrer besonders langsam. So auch heute und ich neigte unter Stress zu einem aggressiven Fahrstil. Schon begann ich mich über die anderen Fahrer aufzuregen und drängelte rücksichtslos, um noch über die Kreuzung zu kommen. Die erste Ampel, die ich passieren musste, war natürlich, wie könnte es auch anders sein, rot. Ich seufzte resigniert auf und schlug frustriert auf mein Lenkrad.

Als sie endlich auf grün umschaltete, mir kam es wie Stunden vor, dauerte es ewig bis das Auto vor mir anfuhr, nach einem kurzen Zucken blieb es auch schon wieder stehen. Die Fahrerin hatte den Motor abgewürgt. Das konnte doch nicht wahr sein, dachte ich ungläubig und konnte gerade noch bremsen, bevor ich hinten auffuhr. Wütend begann ich zu hupen und schimpfte vor mich hin. Ich riskierte einen Blick auf meine Uhr, es war vier Minuten vor Zehn. Als ich wieder auf die Straße blickte, musste ich ungläubig registrieren, dass die Ampel auch schon wieder auf Rot umsprang. Dass ich es noch pünktlich zum Arbeitsbeginn schaffte, konnte ich jetzt vergessen. Ich musste schließlich auch noch einen Parkplatz suchen. Ich sollte mir schleunigst eine gute Ausrede parat legen, dachte ich schicksalsergeben.

Als ich endlich an der Buchhandlung angekommen war, brauchte ich geschlagene fünf Minuten, bis ich eine Parklücke gefunden hatte. Ich rannte die letzten Meter zur Buchhandlung Leseparadies, riss die Türe auf und rannte meinem Chef direkt in die Arme.

Er blickt mich blasiert und von oben herab an und sagte widerlich spitz: „Ach, das Fräulein Hellwig geruht sich auch einmal bei der Arbeit zu erscheinen. Klären Sie mich doch bitte auf, ich war der Meinung Ihr Dienstbeginn wäre um 10.00 Uhr nicht um ..." Er warf einen vielsagenden Blick auf seine Uhr: „10.08 Uhr, da muss ich wohl etwas verwechselt haben. Ich warte!"

Durch meinen Körper schoss eine unglaubliche Wut

auf diesen Lackaffen, welcher nur auf eine passende Gelegenheit zu warten schien, um mich niederzumachen. Ich konnte mich nur mit äußerster Mühe beherrschen, keine patzige Antwort zu geben. Ich atmete tief durch und erwiderte mit der größten Freundlichkeit, die ich aufbieten konnte: „Herr Blessing, es tut mir wirklich so leid. Ich wollte bestimmt nicht Ihren Unmut wecken, aber ich musste für meine Oma ein Medikament aus der Apotheke holen. Sie rief mich vorhin verzweifelt an, dass es ihr nicht gut ginge und sie bat mich, es ihr zu holen", log ich mit der Macht der Verzweiflung, was das Zeug hielt.

„Ich weiß, dass Sie ein verständnisvoller Mensch sind, und meine Oma hatte wirklich schlimme Schmerzen. Diesen Gefallen konnte ich ihr doch unmöglich abschlagen. Es wird auch nicht wieder vorkommen", schloss ich meine Erklärung in der Hoffnung, ihn mit meiner rührseligen Geschichte eingelullt zu haben.

Einen Augenblick erwiderte er nichts, dann sagte er gedehnt: „In Ordnung, dann werde ich noch einmal ein Auge zu drücken. Aber Frau Hellwig bitte bedenken Sie, dass Sie Ihren Kredit bei mir nun vollends ausgereizt haben. Bevor Sie das nächste Mal für Ihre Großmutter eine Besorgung während Ihrer Arbeitszeit erledigen, sollten Sie sich dieser Tatsache bewusst sein."

Das klang für mich schon wie eine kleine Drohung, dass ich mir langsam Sorgen um meinen Arbeitsplatz machen konnte, wenn ich mir weitere Schnitzer erlaubte. Ich sah ihm in das Gesicht geschrieben, dass er mir meine Worte nicht abgenommen hatte, aber nun gute Miene zum bösen Spiel machen musste, um nicht als Unmensch dazustehen.

Trotzdem machte ich mir bewusst, dass ich das Unheil für diesen Augenblick zwar abgewendet hatte, aber ich nun umso mehr unter dem wachsamen Blick und der genauen Beobachtung meines Chefs stand. Ich lächelte ihn, wie ich hoffte, dankbar an und sah zu, dass ich mich an meine bevorstehenden Aufgaben machte. Für den restlichen Tag bemühte ich mich, möglichst unsichtbar zu sein.

Als ich im Lager nach der neuen Buchbestellung sah, musste ich mir die Tränen verkneifen. Ich verstand nicht, warum in meinem sonst so geregelten Leben gerade alles schiefging.

Warum fielen meinem Vorgesetzten nur meine negativen Seiten auf? Was war mit der guten Arbeit, die ich der Vergangenheit geleistet hatte? Meine Buchvorschläge, die bei der letzten Bestellung berücksichtigt wurden, kamen bei den Kunden sehr gut an und unser Umsatz war in den letzten Tagen deutlich gestiegen. Nein, diese Tatsache wurde natürlich nicht mir zugeschrieben, sondern die Lorbeeren heimste Herr Blessing ein. Im Moment ging ich äußerst ungern zur Arbeit, eine Tätigkeit, die mir einmal viel Freude bereitet hatte.

Meine Kollegin Manuela fragte mich, als ich mit den neuen Büchern aus dem Lager zurückkam, neugierig: „Was läuft denn gerade zwischen dir und unserem Chef für ein schräger Film ab? Vielleicht bist du momentan wirklich ein wenig unzuverlässig, aber das ist doch kein Grund so mit dir umzugehen."

„Danke das ist nett von dir, ich bin selber ratlos, was er für ein Problem mit mir hat. Warum reagiert er immer nur auf meine Fehler derart überzogen? Irgendwie scheine ich ihn besonders zu reizen", erwiderte ich ratlos.

Manuela blickte mich an und es sah so aus, als ob sie darüber nachdachte ihre Gedanken, die ihr im Kopf herumschwirrten, auszusprechen. Dann schien sie sich entschieden zu haben und sie antwortete langsam, als ob sie sich ihre Worte gut zurechtlegen wollte: „Ich habe mir dazu meine eigene Theorie gebildet. Aber du musst mir versprechen, dass du niemandem erzählst, was ich dir jetzt sage. Ich denke, dass dich Herr Blessing insgeheim toll findet und gerne mehr von dir möchte. Mit seinen überzogenen Kommentaren will er verhindern, dass dies jemand bemerkt."

Vor lauter Schreck über ihre Antwort, ließ ich den ganzen Stapel Bücher fallen, den ich gerade in der Hand hielt. Mit einem schnellen Blick vergewisserte ich mich, dass Herr Blessing meinen erneuten Fehltritt nicht bemerkt hatte.

Meine Arbeitskollegin lachte und sagte: „Keine Sorge, er ist gerade in der Mittagspause und kommt erst in einer halben Stunde wieder. Bis dahin haben wir die Bücher längst an ihren Platz gelegt."

Mittlerweile hatte ich meine Sprache wiedergefunden und rief entgeistert aus: „Das kannst du doch nicht ernst meinen, oder? Herr Blessing ist mindestens Mitte Vierzig. Das kann beim besten Willen nicht wahr sein, du hast gescherzt", bat ich sie flehentlich, ihre Behauptung zurückzunehmen.

Aber im Gegenteil, sie bestärkte ihre Worte auch noch, indem sie mir ihre Überlegungen ausführte: „Ich sehe doch die begehrlichen Blicke, die er dir zuwirft, wenn du nicht hinsiehst. Ich bin nicht blind, außerdem ist er erst sechsunddreißig. Der Arme kann ja nichts dafür, dass er auch noch älter aussieht."

Manuela platzte schon fast vor Lachen, über meinen schockierten und entsetzten Gesichtsausdruck und wurde immer röter im Gesicht.

„Du siehst aus als wäre dir ein Gespenst begegnet", rief sie belustigt aus.

„Du hast gut lachen!" rief ich wütend aus: „Warum musstest du mir deine Überlegungen mitteilen? Wie soll ich denn jetzt mit ihm umgehen? Das war bis jetzt schon schwierig genug, aber nun ist das eine mittlere Katastrophe."

„Stell dich nicht so an", rief Manuela mitleidlos: „Immerhin ist dein Arbeitsplatz gesichert. Egal was er behauptet, du glaubst doch nicht ernsthaft, dass er dich entlassen wird und du somit aus seinem Sichtfeld trittst. Das wird er nie machen", versuchte sie mir die Vorteile schmackhaft zu machen.

„Eigentlich hast du recht", ich grinste frech: „Nun kann ich mir eigentlich alles erlauben. Hoffentlich stimmt deine Prognose auch, dann habe ich Narrenfreiheit."

Meine Kollegin schaute mich zweifelnd an, nicht sicher ob ich scherzte. Ich beruhigte sie, indem ich meinte: „Manuela, das war ein Spaß, aber es nimmt mir etwas Druck nach den letzten Zwischenfällen. Danke für deine Offenheit und dass du mit mir gesprochen hast. Jetzt lass uns schnell die Regale einräumen, bevor unser Chef zurück ist und es den nächsten Rüffel gibt."

Lachend machten wir uns an die Arbeit und der restliche Tag verlief ohne weitere Zwischenfälle.

Ein unangenehmes Geständnis

Niklas wachte am Freitagmorgen gut gelaunt auf. Er war schon wach, bevor ihn der Wecker unangenehm aus den Träumen riss, denn das konnte er gar nicht leiden. Obwohl er heute frei hatte, wollte er nicht zu spät aufstehen, da er sich vorgenommen hatte, eine große Runde zu joggen, um seinen Kopf einmal ganz frei zu bekommen. Das konnte er morgens am besten, wenn die Natur gerade am Erwachen war, der feuchte Tau noch auf den Gräsern lag und keine Menschenseele, außer vielleicht ein einsamer Spaziergänger mit seinem Hund unterwegs war.

Sein Chef hatte ihm netterweise kurzfristig frei gegeben, da sein letzter Artikel druckfrisch auf dem Schreibtisch seines Redaktionsleiters lag. Außerdem hatte er für den Moment keine dringlichen Aufgaben für ihn. Deshalb gestattete er Niklas, einige seiner zahllosen Überstunden, die er in den letzten Monaten angehäuft hatte, abzubauen. Somit kam er unverhofft zu einem verlängerten, freien Wochenende von Freitag bis einschließlich Montag.

„Das habe ich auch dringend nötig", rief Niklas aus tiefster Seele aus, während er sich genüsslich streckte.

Nach dem ganzen Stress und Aufregungen der letzten Zeit, machte sich ein deutlicher Substanzverlust bemerkbar. Zumindest war die Aussicht auf die bevorstehende freie Zeit ein gewichtiger Grund gute Laune zu versprühen, dachte Niklas, während er sich seinen Trainingsanzug überzog. Schnell steckte er seinen Haustürschlüssel ein, band die Schnürsenkel seiner Laufschuhe zu und ging nach draußen. Als er die Türe in das Schloss zog, atmete er tief ein und genoss den Augenblick der Stille und die gute Morgenluft, die noch nicht durch Abgase verunreinigt wurde.

In seinem Wohnviertel in Kreuzberg hielt sich der Verkehr allerdings in Grenzen und der kleine Viktoriapark lag nur ein paar Gehminuten entfernt. Mit seiner Wohnung in

Kreuzberg hatte er sich einen großen Traum erfüllt. Er lebte innerhalb des pulsierenden Stadtlebens, in dem man auf keinerlei kulturelle Ereignisse verzichten musste, auf der anderen Seite war es ihm aber auch wichtig, die Nähe zur Natur um sich zu haben.

Er joggte begeistert und mit viel Motivation durch den Park und beschloss spontan, da es ihm viel Freude bereitete und er sich gut fühlte, die große Runde zu laufen und seine Strecke auf den größeren, etwas entfernten Park namens Hafenheide auszuweiten. Da er gut in Form war, kam er auch nach einer Stunde kaum aus der Puste. Er wunderte sich ein bisschen über diese Tatsache, da er in der letzten Zeit weniger als sonst trainiert hatte. Es gab Zeiten, in denen er fast jeden Morgen lief. Außerdem ging er unter normalen Umständen regelmäßig zum Golf spielen. Sport treiben war ein wichtiger Bestandteil seines Lebens, auf welchen er nur ungern verzichten konnte. Nach zwei Stunden kam er wieder zu Hause an. Dort stellte er sich sofort unter die Dusche und genoss den erfrischenden kalten Strahl. Wenn er durch das Joggen immer noch nicht richtig wach gewesen war, dann spätestens jetzt, dachte er amüsiert. Leider hatte dieser Umstand zur Folge, dass auch sein Geist mit all seinen unliebsamen Gedanken, die er bis jetzt erfolgreich verdrängt hatte, wieder geweckt wurde.

Während des Laufens hatte er es erfolgreich geschafft, seinen Kopf völlig frei zu bekommen. Nun begannen seine Gedanken wieder um das gefürchtete Gespräch mit seiner Freundin, welches ihm noch bevorstand, zu kreisen. Wenn er es sich ehrlich eingestand, lag ihm dies wie ein Fels im Magen. Deshalb bevorzugte er die Taktik des Verdrängens, mit der er oftmals sehr gut gefahren war. Er beschloss sich nicht weiter mit dieser unangenehmen Angelegenheit auseinanderzusetzen, ihm blieb schließlich noch ein ganzer Tag Zeit sich Gedanken zu machen. Niklas machte sich erst einmal eine Tasse Kaffee, setzte sich entspannt an den Küchentisch und schlug die Zeitung auf.

Er las einen interessanten, aber auch beängstigenden außenpolitischen Bericht über die problematische Lage im Nahostkonflikt. Im Gazastreifen fanden, trotz einer im Vorjahr vereinbarten unbefristeten Waffenruhe, erneut Bombenangriffe statt.

Während er vertieft und konzentriert den Artikel las, vergaß er die Welt um sich herum. Seine unbedeutenden Probleme, im Vergleich zu diesen erneut beunruhigenden Entwicklungen im Nahostkonflikt, verschwanden in der Versenkung. Als er zu Ende gelesen hatte, bemerkte er, dass er langsam Hunger bekam. Gerade als er aufgestanden war, um sich ein verspätetes Frühstück zuzubereiten, hörte er einen Schlüssel, der im Schloss herumgedreht wurde. Das kann nicht sein, dachte Niklas fassungslos, als auch schon die Türe mit einem lauten Knall aufgerissen wurde und Martina sich mit lautem Geschrei auf ihn stürzte.

„Überraschung!", kreischte es ihm entgegen.

Ihr Flug sollte doch erst morgen gehen, dachte er entgeistert. Oder hatte er mal wieder etwas durcheinandergebracht? Auch schien sie nicht im Mindesten überrascht zu sein, ihn zuhause anzutreffen.

So entgegnete er ihr nicht gerade einfallsreich: „Was machst du denn schon hier? Du wolltest doch erst morgen kommen. Und woher weißt du, dass ich heute frei habe?" Man konnte der Tonlage seiner Stimme die mangelnde Begeisterung über die Tatsache, dass Martina plötzlich und unvermittelt vor ihm stand, entnehmen. Aber Martina zeichnete sich nicht gerade durch Einfühlsamkeit und Sensibilität aus. Auch konnte sie sich nur schwer in andere Menschen hineinversetzen. Deshalb entgingen ihr die Zwischentöne aus Niklas Worten völlig. Sie warf sich in seine Arme, schmiegte sich an ihn und rief: „Mein Schatz, ich hatte solche Sehnsucht nach dir. Deshalb beschloss ich meinen Flug umzubuchen, um einen Tag früher heimzukommen. Ich wollte dich überraschen, deshalb habe ich deinen Chef gebeten, dir heute freizugeben. Schließlich wusste ich, dass du dich freuen wirst, wenn ich dich nicht so lange alleine lasse."

Die Überraschung war ihr wirklich gelungen, dachte Niklas sarkastisch. Nur leider nicht mit solch positiver Auswirkung, wie sie sich das vorgestellt hatte.

Martina küsste ihn stürmisch und leidenschaftlich und bemerkte auch Niklas Passivität beim Küssen nicht. Auch als er sich schnell aus ihrer Umarmung löste, wurde sie nicht stutzig, sondern blickte ihn mit strahlenden Augen an.

Wahrscheinlich ging unsere Beziehung deshalb so lange gut, da Martina meine schlechten Eigenschaften gar nicht wahrgenommen hat und deshalb nie darauf reagiert hatte, überlegte Niklas resigniert. Er war bisher immer der Ansicht gewesen, dass Martina besonders gutmütig und friedfertig war und deshalb jeglicher Konfrontation und jedem Streit aus dem Weg gegangen war. Oder sie hatte Diskussionen gleich im Keim erstickt, indem sie auf seine Sticheleien, Vorwürfe und Anschuldigungen einfach nicht reagiert hatte. Jetzt wurde ihm mit deutlicher Brutalität schlagartig bewusst, dass Martina diese einfach nicht als solche wahrgenommen hatte. Wahrscheinlich war sie der Meinung, dass wir noch nie eine Auseinandersetzung geführt haben, dachte Niklas ungläubig. Wie konnte man einen Menschen, mit dem man so lange unter einem Dach gelebt hatte und sein Bett geteilt hatte, so wenig kennen?

„Hast du dir schon Gedanken gemacht, wie wir unser Wiedersehen feiern wollen? Vielleicht gehen wir heute Abend zu Vincenco, unserem Lieblingsitaliener und am Nachmittag können wir schwimmen gehen, was meinst du?", riss Martina ihn unsanft aus seinem Gedankenkarussel, indem sie schon die Tagesplanung festlegte.

„Martina ich muss mit dir reden!", unterbrach Niklas sie mit fester Stimme. Schließlich wurde das bevorstehende Gespräch nicht einfacher, je länger er dieses hinauszögerte. Er schob sie ein Stück von sich weg, um wenigstens etwas räumlichen Abstand zwischen sich und seiner Freundin, die bald seine Exfreundin sein würde, zu bringen.

„Mir ist in der Zeit als du weg warst, klar geworden, dass mir in unserer Beziehung etwas fehlt. Martina, ich weiß, dass ist jetzt ein Schock für dich, aber ich möchte mich von dir trennen", rutschte es ihm heraus, bevor er in der Lage war, etwas schonendere Worte zu formulieren. Es lief anders als geplant, wobei wirklich geplant hatte er das Gespräch ja nicht, musste er sich ehrlich zugestehen. Was er im Einzelnen sagen wollte, wusste er nicht. Aber bestimmt hatte er nicht die Absicht gehabt, einfach unsensibel mit der Wahrheit herauszuplatzen, ohne sich vorzubereiten oder seine Gedanken zu sortieren. Er war wütend auf sich. Eine Woche lang hatte er Zeit gehabt, sich eine mildere Wortwahl zu überlegen. Aber er wusste es ja wieder einmal besser und hatte es bis zum Schluss herausgezögert. Andererseits konnte er ja auch beim besten Willen nicht ahnen, dass sich Martina vor lauter Sehnsucht nach ihm, dazu entschied früher heimzufliegen. Beim Anblick der plötzlich auftauchenden Martina war jeglicher schon gefasster Plan über den Haufen geworfen worden. Auch wenn er sich über diesen, bis zu diesem Zeitpunkt nur sehr vage Gedanken gemacht hatte.

Martina, die ihn erst voller Begeisterung und Spannung angeschaut hatte, sah nach Niklas harten Worten erst fragend, dann durcheinander und zum Schluss verzweifelt aus.

„Das kannst du nicht ernst meinen, du machst nur Spaß oder Niklas?", rief sie verwirrt aus.

„Es tut mir leid, dass ich dir wehtun muss. Du musst mir glauben, das war niemals meine Absicht. Du bedeutest mir auch immer noch sehr viel. Aber ich liebe dich nicht mehr und ein gern haben reicht für eine Beziehung leider nicht aus", endlich fand Niklas doch noch rücksichtsvollere Worte.

„Das glaube ich nicht", kreischte Martina los. „Vor meiner Abreise war alles in Ordnung und nach zwei Wochen der Trennung, liebst du mich plötzlich nicht mehr. Das klingt doch völlig absurd."

„Ich möchte dich nicht verletzen, aber ich liebe dich schon länger nicht mehr. Wir haben uns auseinandergelebt und wenn du ehrlich bist, passen wir eigentlich nicht zusammen. Unsere Beziehung ging nur so lange gut, weil du jedem Vorschlag und Idee meinerseits zugestimmt hast und jeder Auseinandersetzung aus dem Weg gegangen bist. Du hast versucht, es mir immer recht zu machen und deine Bedürfnisse ständig hintenangestellt. So ein Ungleichgewicht tut keiner Beziehung gut. Martina, du musst dein eigenes Leben in die Hand nehmen und nicht nur für deinen Partner leben", versuchte er ihr begreiflich zu machen.

Sie schaute Niklas entsetzt an. „Ich mache das doch gerne. Ich habe kein Problem hinter dir zurückzustecken oder mich nach deinen Wünschen zu richten. Du bist der Mann meines Lebens und ich will dich nicht verlieren und ich würde alles für dich tun. Das weißt du doch", versuchte sie Niklas zu überreden.

„Ich will diese vollkommene Aufopferung aber nicht mehr. Ich möchte mit jemandem zusammen sein, der seine eigenen Gedanken, Vorstellungen und Meinungen hat und diese auch offen ausspricht und leben kann. Eine Partnerin, die nicht nur versucht es dem anderen recht zu machen. Natürlich muss man in einer Beziehung Kompromisse schließen, aber man muss auch seine Bedürfnisse ausleben können."

Martina war völlig taub für Niklas Bemühungen ihr seine Beweggründe näher zu bringen und rief aufgebracht: „Du kannst mir viel erzählen, aber das ist doch nicht der Grund. Du hast eine andere Frau kennengelernt. Gib es doch wenigstens zu und suche nicht nach lauter unglaubwürdigen Ausreden. Ich denke, ich habe es wenigstens verdient, dass du ehrlich zu mir bist", sie schaute Niklas seit seinem Geständnis das erste Mal wütend und aufgebracht an.

„Das waren keine Ausreden. Aber ich wollte dir die Tatsache, dass ich jemand anderes getroffen habe, verschweigen. Ich wollte es dir nicht noch schwerer machen, indem ich es dir erzähle", sagte Niklas leise.

„Ich kann dir verzeihen, wenn du mich betrogen hast, solange du mir versprichst, dass du dich nicht noch einmal mit ihr triffst." Martina meinte diese Äußerung tatsächlich völlig ernst.

Es hatte keinen Sinn, dachte Niklas resigniert und raufte sich die Haare. Martina wollte es durch seine milden Erklärungen einfach nicht wahrhaben. Ihm blieb wohl nichts übrig, als ihr die schonungslose Wahrheit mitzuteilen. Anders würde sie sich immer wieder Ausreden zurechtlegen, um sich die Situation schön zu reden.

„Martina, ich bin nicht mit einer anderen Frau ins Bett gegangen. So ein Schwein bin ich nicht, dass ich mit jemandem schlafe, solange wir noch ein Paar sind. Ich habe auch meine Grundsätze, aber", er hob den Arm, um sie davon abzuhalten ihm ins Wort zu fallen: „Ich habe mich in eine andere Frau verliebt. Nein, das ist nicht der richtige Ausdruck. Ich liebe sie, seit dem Augenblick, als ich sie das erste Mal sah. Mir ist so etwas noch nie passiert und auch wenn es total kitschig klingt, es traf mich wie ein Blitz aus heiterem Himmel."

Jetzt unterbrach ihn Martina, die verzweifelt versuchte eine Möglichkeit zu finden, ihre Beziehung doch noch zu retten und warf als letztes Argument in die Waagschale: „Niklas, vielleicht musst du dich eine Weile austoben, du bist verwirrt. Wir legen eine Auszeit ein und du kannst dich mit anderen Frauen treffen. Ich werde auf dich warten."

„Wie kannst du so etwas sagen, hast du gar kein Selbstwertgefühl mehr? Wie könnte ich dir so etwas antun? Martina, ich liebe dich nicht mehr und habe dich wahrscheinlich auch nie richtig geliebt. Denn seitdem ich gespürt habe, wie es sich anfühlt eine andere Person so sehr zu lieben, dass es weh tut, kann ich mich nicht mehr mit einer Beziehung arrangieren, in der ich so etwas nicht einmal ansatzweise erlebt habe. Ich war mit unserer Partnerschaft zufrieden, da ich nicht wusste, dass ich überhaupt zu solchen Emotionen fähig bin. Deshalb ist es definitiv aus", sagte Niklas mit fester und nachdrücklicher Stimme, um keinen Zweifel an seinem Vorhaben mehr aufkommen zu lassen.

Martina blickte ihn verzweifelt aus ihren Rehaugen an und brach in Tränen aus: „Du bist so gemein. Was habe ich dir denn getan, dass du mich so quälst?"

„Das wollte ich wirklich nicht, aber du hast mir keine andere Möglichkeit gelassen, da du dich meinen Argumenten gegenüber völlig taub gestellt hast. Du hättest sonst weiterhin die ganze Zeit die Hoffnung verspürt, ich würde irgendwann zu dir zurückkommen", versuchte Niklas ihr verständlich zu machen.

„Was soll ich denn ohne dich machen?", fragte Martina tonlos.

„Du sollst anfangen dein Leben nach deinen Wünschen und Vorstellungen zu leben. Überlege was dir wichtig ist und was du schon immer gerne machen wolltest, dich aber durch mich hast davon abhalten lassen", versuchte Niklas ihr zu helfen. „Außerdem kannst du natürlich so lange in der Wohnung bleiben, bis du etwas Neues gefunden hast", sagte er, bemüht ihr entgegenzukommen. „Ich werde solange bei Andreas, Kristian oder meinen Eltern unterkommen. Ich gehe jetzt, denn wir sollten lieber möglichst bald einen Schlussstrich ziehen."

Plötzlich brach es aus Martina heraus: „Oder bei deinem Flittchen! Mir ist schlecht, ich muss hier raus, lass mich vorbei", und drängte sich an dem erstaunten Niklas vorbei.

„Wo willst du denn hin?", rief er ihr hinterher, denn seines Wissens nach hatte sie den Kontakt zu ihren Freundinnen, seit sie mit ihm zusammen war, ziemlich schleifen lassen.

„Das kann dir doch egal sein", mit diesen Worten verließ sie die gemeinsame Wohnung.

Seufzend ließ sich Niklas auf einen Stuhl fallen. Kurzzeitig hatte er sich überlegt, ob er ihr folgen sollte. Aber dann sagte er sich vernünftigerweise, dass dies keinen Sinn hätte, da er ihr nicht die Worte sagen konnte, die sie hören wollte.

Er machte sich Vorwürfe, dass er es überhaupt so weit hatte kommen lassen. Ihm hätte viel früher auffallen müssen, dass Martina ihre Beziehung viel wichtiger war als ihm und einiges mehr in diese investiert hatte. Auch wurde ihm erst jetzt bewusst, dass sie eigentlich nur für ihn und seine Bedürfnisse gelebt hatte. Beschämt wurde ihm augenscheinlich bewusst, wie egoistisch er sich verhalten hatte. Das Problem war, dass Martina alle seine Launen und schlechten Eigenschaften widerspruchslos akzeptiert hatte. Wie oft hatte ihn ihr Verhalten auf die Palme gebracht, aber er war einfach zu bequem gewesen, aus seinem geregelten Leben auszubrechen.

Aber er erkannte, dass es für Martina viel leichter gewesen wäre, wenn er den Schlussstrich früher gezogen hätte, bevor er zu ihrem einzigen Lebensmittelpunkt wurde, für den es sich lohnte, zu leben. Jetzt konnte er es nicht mehr ändern.

Trotz der Auseinandersetzung mit seinem schlechten Gewissen, verspürte er nun eine große Erleichterung und eine tiefe innere Ruhe. Plötzlich kam Leben in ihn und er hielt es keine Sekunde länger mehr aus, von Laura getrennt zu sein. Er holte seine Reisetasche aus dem Schrank, füllte diese in Windeseile mit einigen Kleidungstücken, holte seinen Kulturbeutel und warf noch ein Paar Schuhe hinein. Niklas hatte spontan den Entschluss getroffen, ins Allgäu zu fahren, um Laura zu besuchen. Zum Glück hatte sie ihm, während ihrer gemeinsamen Zeit in Berlin, nicht nur die Nummer ihres Festnetzanschlusses gegeben, sondern auch ihre Adresse. Schnell schloss er den Koffer, steckte die Kaffeemaschine aus, kontrollierte noch, ob alle Fenster geschlossen waren und verließ anschließend seine Wohnung. Er legte seine Tasche in den Kofferraum und ließ sich schnell auf dem Fahrersitz nieder.

Eine tiefe Freude umfing ihn, er würde vor Glück in die Luft springen, wenn er nicht die Befürchtung hätte, jemand könnte ihn dabei beobachten. Er konnte es kaum erwarten, Lauras Gesicht zu sehen, wenn er plötzlich vor ihrer Haustüre stand. Vor allem lebte sie in dem Glauben erst morgen von ihm zu hören, da Martina heute planmäßig noch in London weilen würde. Es hatte also auch sein Gutes, dass sie schon heute zurückgekommen war, dachte sich Niklas leicht schuldbewusst. Danach verschwendete er keinen Gedanken mehr an Martina und träumte auf der Autofahrt von der Begegnung mit seiner Traumfrau.

Nach drei Stunden Autofahrt stellte er fest, dass er heute den ganzen Tag noch gar nichts gegessen hatte. Mittlerweile war es 15 Uhr und er beschloss sich eine Pause zu gönnen. Er wusste auch nicht genau, wie lange Laura heute arbeiten musste. Zuerst tankte er sein Auto voll, damit er auf der restlichen Wegstrecke keinen unnötigen Zwischenstopp mehr einlegen musste. Danach begab er sich in den Tankstellenshop und holte sich ein Sandwich, einen Coffee to go, eine Flasche Mineralwasser und zu guter Letzt noch drei Schokoladenriegel. Nach den aufregenden Erlebnissen des Tages, war sein Blutzuckerspiegel nun auf dem Tiefpunkt angelangt und er benötigte unbedingt energiereiche Nahrung. Da er eine innere Unruhe spürte und nicht zu viel Zeit vergeuden wollte, aß er schnell das Sandwich, stürzte den Kaffee hinunter und setzte sich gleich wieder hinter das Steuer. Die drei gekauften Schokoladenriegel aß er während der Fahrt, um schneller bei Laura anzukommen. Als er fertig gegessen hatte, fühlte er sich gestärkt, die Pause hatte er dringend nötig gehabt.

Zum Glück war auf den Straßen wenig Verkehr und er konnte die PS-Zahlen seines BMW voll ausreizen, gab Gas und heizte mit 220 Stundenkilometern über die Autobahn.

Er genoss den Geschwindigkeitsrausch und fühlte sich glücklich und zufrieden, wie schon lange nicht mehr in seinem Leben.

Eine Überraschung
steht vor der Türe

Ein rascher Blick auf die Uhr verriet mir, dass ich in zehn Minuten endlich Feierabend hatte.

Ich überlegte gerade Katrin zu fragen, ob sie mit mir ins Kino gehen wollte. Langsam wurde ich ziemlich nervös, nur noch eine Nacht musste ich überstehen und dann hätte die Zeit des Wartens endlich ein Ende. Ich wusste, dass Vanessa heute etwas mit ihrem Freund Sebastian unternahm. Sie hatte mir neulich erzählt, dass sie für den heutigen Tag Konzertkarten ihrer Lieblingsband, in der Big Box in Kempten, erstanden hatte. Da war es von Vorteil auch eine überzeugte Singlefreundin im Freundeskreis zu haben, denn Katrin war eigentlich immer ohne festen Partner und genoss ihre Freiheit sehr. Sie erklärte oftmals, dass sie es sich einfach nicht vorstellen konnte, ihr Leben mit einer einzigen Person zu teilen. So zählten wir ihre neuen Bekanntschaften und Affären schon lange nicht mehr und gaben uns auch keine Mühe, diese ernsthaft kennenzulernen, denn kaum kannten wir einen Kerl etwas besser, da wurde er auch schon wieder ausgewechselt. Aber ich war der Meinung jeder musste sein Leben so gestalten, dass er sich darin wohl fühlen konnte und sich nicht einfach an die gesellschaftlich konformen Regeln anpasste, um nicht negativ aufzufallen.

Auf jeden Fall hatte Katrin fast immer spontan Zeit für mich, da sie sich nicht mit einem Partner absprechen musste.

Ich hatte die vage Vorstellung davon, dass der heutige Abend für mich zur Geduldsprobe werden würde, wenn ich mich jetzt nicht ablenkte. Wie ich nachts Schlaf finden sollte, daran wagte ich momentan gar nicht zu denken. Andererseits war die lange Woche des Zermürbens und mit den zusätzlichen Problemen in der Arbeit ziemlich belastend für mich gewesen. Nun merkte ich, wie erschöpft ich wirklich war. Eigentlich verspürte ich weder Energie noch Lust, den heutigen Abend in Gesellschaft zu verbringen. Nicht einmal die Aussicht meine Freundin zu treffen, konnte mich wirklich überzeugen. Ich wog gerade noch die Vor- und Nachteile gegeneinander ab, als ich meinen Chef auf mich zukommen sah.

„Ich wünsche Ihnen ein schönes Wochenende", rief er mir freudestrahlend entgegen.

Was ist denn mit dem passiert, dachte ich beunruhigt. Wenn Herr Blessing sich mir freundlich gegenüber verhielt, kam mir das sehr merkwürdig vor.

„Danke, gleichfalls", erwiderte ich kurz angebunden und gleichzeitig reserviert.

„Die nächste Woche wird bestimmt wieder besser verlaufen. Wir machen doch alle einmal Fehler, das kann jedem passieren. Da habe ich doch Verständnis dafür, nichts für ungut", biederte er sich jovial bei mir an.

„Danke. Bis nächste Woche, ich habe es leider eilig", ich sah zu, dass ich schnellstens die Buchhandlung verließ. Kaum war ich aus seinem Blickfeld verschwunden, musste ich mich erst einmal schütteln. Ein freundlicher Herr Blessing war ja fast noch schlimmer, als wenn er versuchte mich fertig zu machen. Ob Manuelas Prognose doch mehr zutraf als ich mir vorstellen konnte? Trotzdem verstand ich seinen Sinneswandel nicht und grübelte die ganze Heimfahrt darüber nach, was das zu bedeuten mochte.

Plötzlich klingelte mein Handy, anscheinend hatte Katrin die gleiche Idee wie ich. Rasch hielt ich am Straßenrand, denn bei meinem Glück geriet ich sonst während des Telefonats in eine Polizeikontrolle.

„Hallo Laura, wollen wir heute um die Häuser ziehen? Ich dachte mir ein wenig Ablenkung würde dir bestimmt guttun!"

„Hallo Katrin, es ist wirklich sehr lieb von dir, das du dir Sorgen um mich machst, aber ich habe mir gerade eben auch schon Gedanken gemacht und bin zu dem Entschluss gekommen, dass ich lieber zu Hause bleibe. Sei mir nicht böse, aber ich bin von den Ereignissen der Woche völlig erledigt und ausgebrannt und ich wäre heute keine amüsante Gesprächspartnerin. Ich würde sowieso nur an Niklas denken, egal wie sehr ich versuche, mich abzulenken."

„Das kann ich gut verstehen, dann mach es dir zu Hause gemütlich. Du wirst sehen, der nächste Morgen ist schneller da als gedacht", munterte mich meine Freundin auf.

„Danke, ich werde jetzt erst mal ein heißes Entspannungsbad nehmen und dann werde ich mir etwas Gutes zu essen kochen. Du weißt ja, mir schlägt so schnell nichts auf den Magen, mein Appetit funktioniert leider immer noch blendend. Wäre ja zu schön um wahr zu sein, wenn der ganze Stress auch eine positive Begleiterscheinung gehabt hätte, wie beispielsweise fünf Kilogramm abzunehmen. Da hätte ich nichts dagegen gehabt", scherzte ich mit Galgenhumor.

Ich versprach ihr mich bei ihr zu melden, sobald ich etwas Neues von Niklas hören würde.

Ich startete den Motor meines Autos und fuhr die letzten Meter nach Hause.

Dort angekommen ließ ich meinen Worten Taten folgen und ließ mir erst einmal das Badewasser ein. Leider hatte dies nicht die gewünschte Entspannung auf mich. So gab ich nach zehn Minuten seufzend auf und wusch mir noch schnell die Haare, nachdem sie nun schon nass geworden waren. Anschließend wollte ich schon in eine alte, gemütliche Trainingshose schlüpfen und meinen Lieblingsfleecepullover anziehen. Dann überkam mich plötzlich das Bedürfnis mich etwas hübsch zu machen. Ich bildete mir damit ein, ich könnte mir besser Mut zu sprechen, dass Niklas morgen die richtige Entscheidung traf. Ich entschied mich spontan für meine Lieblingsröhrenjeans und eine elegante, schwarze Bluse, die meine Figur besonders gut zur Geltung brachte. Zwar verfügte ich meiner Meinung nach über zu breite Hüften, aber im Gegenzug dazu hatte ich eine sehr schmale Taille. Somit konnte diese Tatsache mit der richtigen Kleidung gut kaschiert werden. Danach fühlte ich mich wohler und ging in das Badezimmer, um meine Haare trocken zu föhnen. Da ich mir vor kurzem einen Pony schneiden hatte lassen, dauerte es etwas länger meine Frisur in Form zu bringen. Ich musste meine krausen Haare zuerst glätten, damit die Frisur optimal aussah.

So kannst du dich sehen lassen, dachte ich zufrieden als ich mein Spiegelbild betrachtete.

Ich sah ein hübsches Gesicht, umrahmt von blond gestuftem Haar und große blaue Augen blickten mir entgegen. Nachdem ich mich durch meine optische Verbesserung aufgemuntert hatte und zugleich auch weitere zwei Stunden vergangen waren, beschloss ich mich in die Küche zu begeben und mein Abendessen zu kochen. Gerade als ich in den Kühlschrank blickte und mir überlegte, was ich aus den nicht gerade zahlreich vorhandenen Zutaten zaubern könnte, klingelte es an meiner Haustüre.

Erstaunt dachte ich einen kurzen Augenblick darüber nach, wer das sein mochte. Meine Freundinnen konnten es nicht sein. Jana verweilte in München, meine Eltern neigten nicht zu Spontanbesuchen und ein Zeitungsvertreter konnte es um 21.00 Uhr am Abend wohl kaum sein. Einen Moment überlegte ich, ob ich mir überhaupt die Mühe machen sollte, nachzusehen. Das war eine schlechte Angewohnheit von mir. Manchmal war ich zu faul die Türe zu öffnen. Ich hatte keine Lust, einem renitenten Zeitungsverkäufer geschlagene dreißig Minuten zu erklären, warum ich das Abonnement nicht möchte oder mir die langweiligen Geschichten meiner aufdringlichen Nachbarin anzuhören. Über meine Erinnerung wurde der Besucher ungeduldig und klingelte gleich zweimal hintereinander.

„Was soll das denn, ich komme ja schon!", brummelte ich vor mich hin, als ich mich nicht gerade begeistert zur Haustüre aufmachte.

Ich riss die Haustüre auf und hatte schon einige unfreundliche Worte wegen des stürmischen Klingelns auf den Lippen, als es mir völlig die Beine unter dem Boden wegzog.

„Niklas!", mehr konnte ich beim besten Willen nicht herausbringen.

Ungläubig blickte ich in das Gesicht des Menschen, nach dem ich mich in den letzten Tagen so sehr gesehnt hatte.

„Genau so heiße ich, anscheinend hast du weder meinen Namen noch mein Gesicht vergessen. Aber du siehst ein bisschen blass um die Nase aus, geht es dir nicht gut?", fragte er mich liebevoll und besorgt.

„Was machst du hier?" fragte ich ihn nicht gerade einfallsreich. Nicht einmal in meinen kühnsten Vorstellungen war ich auf so eine Situation vorbereitet gewesen. Ich war gar nicht auf den Gedanken gekommen, dass er mich besuchen kommen könnte. Langsam erlangte ich die Fassung über meine entgleisten Gesichtszüge zurück und eine unbändige Freude sowie Glücksgefühle schossen mir von Kopf bis Fuß. Als sich in meinem Gesicht ein strahlendes Lächeln ausbreitete, registrierte Niklas dieses sofort und begann auch zu grinsen. Das machte sein Gesicht noch viel sympathischer, als es mir ohnehin schon war. Es trat eine völlige Entspanntheit auf, die bei ihm selten zu sehen war. In Momenten absoluter Losgelassenheit war es Niklas möglich so aufzutreten, wie er wirklich war. In solchen Situationen sah er aus wie ein kleiner, frecher Junge, der es faustdick hinter den Ohren hatte. Er wirkte in diesem Augenblick kein bisschen überheblich, arrogant oder selbstverliebt, viel mehr konnte man seine Verletzlichkeit und Sensibilität erkennen. Ich war glücklich, dass ich ihm scheinbar so viel zu bedeuten schien, dass er diese Facetten an sich, in diesen innigen Momenten mit mir, zuließ.

„Darf ich nicht hereinkommen?", fragte er mich leise mit einem Glitzern in den Augen.

„Natürlich, es tut mir leid, ich bin total durcheinander, komm herein", entgegnete ich schnell und fasste ihn voller Angst, er könne es sich anders überlegen und plötzlich von hier verschwinden am Arm. Ich hatte so viele Fragen an ihn, ich wollte wissen, was geschehen war. Wie kam es dazu, dass er in diesem Moment vor meiner Türe stand? Kaum aber hatten wir meine Wohnung betreten, waren alle Fragen aus meinem Kopf entfernt und in der Versenkung der Bedeutungslosigkeit verschwunden. Kaum fiel die Türe hinter uns zu, da schlossen wir uns in die Arme und konnten uns nicht eine Sekunde länger beherrschen und küssten uns leidenschaftlich. Mir sackten unvermittelt die Beine weg, aber Niklas hielt mich mit seinen starken Armen fest und umfasste behutsam meine Taille. Wir wollten uns nicht voneinander lösen und berührten uns immer wieder zärtlich. Worte waren erst einmal unwichtig. Lieber ließen wir unseren Körper durch Berührungen sprechen. Eine ganze Weile lang standen wir in eng umschlungener Umarmung, schließlich löste Niklas sich soweit, dass er mir in die Augen sehen konnte.

„Laura, ich dachte ich werde wahnsinnig, wenn ich auch nur einen Augenblick länger von dir getrennt wäre. Deshalb habe ich mich in mein Auto gesetzt und bin zu dir gefahren. Ich bin so glücklich dich zu sehen und in deiner Gesellschaft verspüre ich eine tiefe Befriedigung und Ruhe. Ich bin mir sicher, dass es die richtige Entscheidung war. Ohne dich kann und möchte ich nicht mehr sein."

Nach seiner kleinen Ansprache nahm er mein Gesicht zwischen seine großen Hände und küsste mich zärtlich, erst auf meine Augen, dann auf meine Nase und zum Schluss, als ich dachte vor Begierde schon halb wahnsinnig zu werden, küsste er mich endlich wieder auf den Mund. So bekam ich die nächsten Minuten erst einmal keine Gelegenheit zu antworten.

„Also eines muss man dir ja lassen, du kannst wirklich gut küssen", platzte ich mit dem ersten Gedanken heraus, der mir durch meine verwirrten Gehirnwindungen schwirrte.

Niklas schaute mich erstaunt und belustigt an und erwiderte selbstironisch: „Eigentlich hatte ich ja schon viele Gelegenheiten, dir mein Talent unter Beweis zu stellen. Dass du es erst jetzt erkennst, spricht ja eigentlich nicht wirklich für mich oder habe ich da etwas falsch verstanden?"

Natürlich wurde ich rot und schlug mir die Hände vor das Gesicht und erwiderte kleinlaut: „Immer muss ich erst reden, bevor ich nachdenke. Das hat mich schon des Öfteren in Teufels Küche gebracht. Ich habe das natürlich schon beim ersten Kuss bemerkt, aber da wollte ich es dir nicht auf die Nase binden. Ich war damals der Meinung, dass du selbige sowieso schon viel zu hoch trägst. Ich wollte nicht, dass dein Selbstbewusstsein und deine Selbstverliebtheit noch größer werden."

Er zog eine Augenbraue hoch, diese Übung beherrschte er perfekt, wie er immer wieder unter Beweis stellte. Neugierig geworden, wollte er es ein wenig genauer wissen: „So hast du mich also am Anfang eingeschätzt. Mit welchen Augen siehst du mich heute?"

Ich blickte in sein freundliches, ehrliches und offenes Gesicht. Ihm schien wirklich daran gelegen zu sein, zu erfahren wie ich ihn einschätzte.

„Jetzt sehe ich einen liebevollen, zärtlichen Mann, der zwar nach außen hin sehr arrogant und hart wirken kann, aber in Wirklichkeit sensibel und verletzbar ist, wie alle anderen Menschen auch. Der sich aber nicht scheut seine Gefühle vor Personen, die ihm wichtig sind, zu zeigen.

Deshalb liebe ich dich so sehr. Natürlich darf auch dein gutes Aussehen und dein perfekter Körper nicht vernachlässigt werden", schloss ich scherzhaft, um meine durchaus ernst gemeinte Aussage etwas zu entkräften.

„Laura, ich glaube dir ist nicht bewusst, dass du die einzige Person in meinem bisherigen Leben bist, die es geschafft hat, dass ich mein Innerstes völlig nach Außen kehre. Plötzlich ist es mir einerlei, ob ich männlich wirke oder gar komisch ankommen könnte. Mein Bedürfnis dich an meinem Seelenleben und innersten Gedanken teilhaben zu lassen, überwiegt alles", legte Niklas schonungslos sein Gefühlsleben bloß.

„Ich bin so froh, dass du bei mir bist, das habe ich mir mehr als alles andere auf dieser Welt gewünscht. Aber erzähl mir doch, warum bist du heute schon da? Martina wollte doch erst morgen zurückkommen. Hast du mit ihr reden können?", fragte ich ihn besorgt.

Niklas Gesichtsausdruck wurde schlagartig angespannt. „Martina wollte mich überraschen und stand heute Morgen plötzlich in unserer Wohnung. Du kannst dir vorstellen, wie groß der Schock für mich war. Ich fühlte mich für unser klärendes Gespräch noch gar nicht bereit und wusste im ersten Augenblick nicht, was ich ihr sagen sollte. Als sie dann aber begann mir zu erzählen, dass sie es ohne mich nicht mehr ausgehalten hatte und mir um den Hals fiel, wusste ich, nun war der Moment der Wahrheit gekommen.

Ich konnte nun nicht mehr zurück und habe sie in ihrer Freude unterbrochen und ihr möglichst schonend versucht die Situation zu schildern, in der ich mich befunden habe."

„Das war wahrscheinlich weder für dich noch für sie besonders einfach", warf ich mitfühlend ein.

„Das Problem war, Martina wollte nicht wahrhaben, dass ich mich ernsthaft von ihr trennen wollte. Sie legte sich Ausreden zurecht und steigerte sich immer mehr in den Gedanken hinein, dass ich nur eine Auszeit benötigte und dann zu ihr zurückkehren werde. Deshalb blieb mir schlussendlich nichts anderes übrig, als ihr die schonungslose Wahrheit zu sagen.

Ich habe sie mit meiner Offenbarung natürlich fürchterlich verletzt. Diese Tatsache tut mir auch wirklich leid und ich habe ihr gegenüber ein ziemlich schlechtes Gewissen, aber im Nachhinein war der Trennungsstrich fällig. Ich verspürte kurz nachdem Martina mich in der Wohnung stehen gelassen hatte, erst einmal eine unglaubliche Leere in mir. Diese hielt aber nur kurz an. Danach machte sich in mir ein Gefühl der Erleichterung breit. Es kam mir so vor als hätte ich bei einem Film auf Reset gedrückt, um meine Geschichte, meine Zukunft komplett umzuschreiben.

Anschließend hielt mich nichts mehr in Berlin. Ich versuchte auf dem schnellsten Wege zu dir zu gelangen und nun stehe ich hier in deiner Wohnung", schloss Niklas seine Berichterstattung.

„Wohin ist Martina nach dem Gespräch gegangen? Es ging ihr bestimmt ziemlich schlecht, sie tut mir wirklich leid. Das klingt jetzt wahrscheinlich ziemlich scheinheilig, denn ich bin natürlich froh, dass du dich von ihr getrennt hast. Obwohl ich sie nicht kenne, fühlt es sich dennoch nicht gut an, dass ich ihr den Mann weggenommen habe und somit für ihr Leid verantwortlich bin", erwiderte ich etwas betrübt.

„Laura du hast keinen Grund dir Vorwürfe zu machen. Mir ist während unseres Gespräches noch einmal deutlich geworden, dass ich die Beziehung eigentlich schon viel früher hätte beenden müssen, da ich Martina nie richtig geliebt habe. Ich war einfach zu bequem den Schlussstrich zu ziehen, du warst am Ende zumindest der Auslöser, sodass ich mich gezwungen sah, endlich zu handeln. Aber das Zusammenleben mit Martina war eigentlich schon lange zu Ende und sie wird irgendwann darüber hinwegkommen", erwiderte er nicht gerade besonders mitfühlend.

„Ich möchte eine Beziehung mit der Frau führen, die ich so sehr liebe, wie ich noch keinen Menschen geliebt habe", sagte Niklas zärtlich zu mir.

„Darüber bin ich unglaublich glücklich. Ich trug zwar die große Hoffnung in mir, du würdest dich für mich entscheiden, da ich wusste, dass deine Gefühle mir gegenüber aufrichtig waren. Aber ich hatte keine Ahnung, was du für Martina fühlst und ob unsere Gefühle füreinander groß genug waren, um diese Situation zu überstehen", legte ich ihm meine Ängste und Befürchtungen, die ich gehegt hatte, offen dar.

Mittlerweile hatte er sich hingesetzt und mich auf seinen Schoss gezogen. Eng umschlungen saßen wir da, glücklich die Gesellschaft und die Nähe des anderen zu spüren. Plötzlich schoss mir ein Gedanke durch den Kopf und ich musste leise vor mich hin lachen. Niklas schaute mich erstaunt und belustigt an und fragte mich, was denn so witzig sei und ob ich ihn dran teilhaben lassen möchte. Ich erzählte ihm, dass ich nach der Arbeit gebadet hatte und eigentlich schon meine hässliche, kaputte, aber sehr bequeme Jogginghose und mein uraltes Lieblingsshirt in der Hand hatte.

„Ich verspürte aber plötzlich das Bedürfnis mich ein wenig schön zu machen und hatte mich deshalb für das jetzige Outfit entschieden. Ich musste nun darüber lachen, was du wohl für ein Gesicht gemacht hättest, wenn ich dich in meinen nicht nur hässlichen, sondern auch noch unvorstellbar unvorteilhaften Klamotten begrüßt hätte. Wahrscheinlich hättest du gleich wieder auf dem Absatz kehrtgemacht und wärst nun wieder gen Berlin unterwegs", entgegnete ich mittlerweile lauthals lachend.

Niklas schaute mich belustigt an und sagte gespielt gekränkt: „Dass du mich für so oberflächlich einschätzt, hätte ich nicht erwartet. Ich finde dich natürlich auch noch im uralten Freizeit- und Couchoutfit unglaublich sexy", erklärte er inbrünstig.

„Niklas, du hast meine Jogginghose noch nicht gesehen, sonst würdest du nicht so waghalsige Prognosen abgeben. Außer du bist vielleicht blind und hast mir diese Tatsache bis jetzt verschwiegen", musste ich ihn aufziehen.

„Du bist ganz schön frech, Kleine", sagte er und begann mich zu kitzeln, „Das wirst du mir büßen", erwiderte er.

„Ach ja, dann bin ich ja mal gespannt, wie du das anstellen möchtest", forderte ich ihn heraus.

Ich wand mich aus seiner Umarmung heraus, sprang schnell auf und rief, um ihn aus der Reserve zu locken: „Dafür musst du mich erst einmal bekommen", und schaute, dass ich fortkam. Natürlich hatte ich es erst über den halben Flur geschafft, als er mich lachend einholte und mich fest in seine Arme nahm.

„Der Plan ging wohl nicht ganz auf", zog er mich auf.

„Das liegt nur daran, dass meine Wohnung so klein ist", verteidigte ich meinen erfolglosen Fluchtversuch.

Er verschloss meinen noch sprechenden Mund mit seinen Lippen, die so unglaublich fordernd, aber zugleich zärtlich waren.

Nun war ich still und beschloss nicht mehr so viel zu reden, sondern lieber zu genießen und mich den Berührungen völlig hinzugeben. Niklas Hände wanderten nach einer Weile unter meine Bluse und erkundeten meinen Körper. Kurzzeitig kam mir ein natürlich typisch weiblicher Gedanke, hoffentlich findet er meine Hüften nicht zu dick. Dann entspannte ich mich wieder und genoss die Berührung auf meiner Haut. Wie tausend feine Nadelstiche empfand ich die Liebkosung meiner Haut, prickelnd und aufregend, aber nicht unangenehm.

Im Gegenteil, ich merkte wie mein Körper immer mehr auf die Berührungen reagierte und schmiegte mich näher an Niklas heran, auch meine Hände machten sich wie selbstständig und ferngesteuert auf Entdeckungstour. Niklas Waschbrettbauch war natürlich perfekt durchtrainiert, kein Gramm Fett zu viel, aber dennoch nicht übertrieben muskulös. Es fühlte sich sehr angenehm an und ich wollte mehr. Ich wollte diesen tollen Körper nicht nur spüren, sondern auch sehen und so zog ich ihm kurz entschlossen das T-Shirt über den Kopf.

Niklas blickte mich leicht überrascht über meine plötzliche Eigeninitiative an, aber er fing sich schnell wieder und schien meine Entschlossenheit gut zu finden.

Ich begann ihn am Bauch zu küssen und wanderte langsam mit meiner Zunge bis zu seinen Brustwarzen herauf. Sein Atem begann schneller zu werden als ich anfing diese zu küssen. Ich konnte seine Erregung spüren und er schien mein Handeln zu genießen.

Plötzlich entschied er sich wieder die Initiative zu übernehmen und hob mich kurz entschlossen hoch und trug mich Richtung Schlafzimmer. Trotz der elektrisierenden Stimmung, die zwischen uns herrschte – man konnte es förmlich knistern hören und ich dachte, ich müsse von seinen Berührungen ein Schlag versetzt bekommen, so geladen kam mir die Luft vor – konnte er immer noch Scherze machen.

„Wenn ich gewusst hätte, wie schwer du bist, hätte ich es mir noch einmal überlegt, ob ich dich ritterlich trage. Wie kann jemand der leicht und grazil wie eine Feder aussieht, so viel wiegen?", fragte er mich ehrlich erstaunt.

Ich kicherte und schimpfte mit ihm, dass er die romantische Stimmung durch seine dreisten Worte zerstörte und erwiderte: „Du hast dich gerade noch einmal aus der Bredouille gerettet, indem du mich mit solch poetischen Worten beschrieben hast, sonst könntest du nun alleine das Schlafzimmer aufsuchen", gab ich zurück. „Anscheinend bist du einfach nur zu schwach, du musst wohl mehr trainieren", neckte ich ihn liebevoll.

Dies konnte er natürlich nicht auf sich beruhen lassen und er gab anzüglich zurück: „Dann beginne ich wohl gleich mal, an meiner Ausdauer zu arbeiten," und trug mich wie versprochen, in das Schlafzimmer. Dort angekommen ließ er mich vorsichtig auf das Bett gleiten und küsste mich feurig. Währenddessen knöpfte er die einzelnen Knöpfe meiner Bluse auf.

„Noch schwerer hättest du es mir nicht machen können", keuchte er zwischen zwei Küssen.

Ich lachte: „Zuerst kommt die Arbeit, dann das Vergnügen", und zog ihn wieder zu mir herab.

Danach begannen wir uns langsam gegenseitig komplett zu entkleiden. Niklas musterte mich ohne ein Wort zu sagen. Nach einer Weile, in der ich mich schon ängstlich fragte, was er wohl an mir auszusetzen hatte und ob er mich mit Martina vergleichen würde, erwiderte er leise: „Laura, du bist wunderschön. Warum bist du so unsicher? Ich spüre doch, du hast Bedenken, dass ich etwas an dir nicht schön finden könnte. Ich finde dich perfekt und das ist mein voller Ernst." Er begann mich wieder am ganzen Körper zu berühren und in mir brannte ein Feuer, dass ich der Meinung war, er müsse sich an den Berührungen verbrennen.

Als ich es fast nicht mehr aushielt und ich ihm zuraunte: „Nun mach schon", lachte er und fragte mich schließlich ernsthaft: „Möchtest du wirklich mit mir schlafen? Wenn du von mir verlangst aufzuhören, dann sag es jetzt, sonst glaube ich nicht, dass ich mich noch lange unter Kontrolle habe."

Ich war einmal mehr über seine einfühlsame Art und seine Rücksichtnahme erstaunt. Er schien es zu verstehen, wenn ich noch nicht bereit wäre, mit ihm zu schlafen. Streng genommen hatten wir uns erst einige Male getroffen. Wir kannten uns bis jetzt eigentlich kaum. Aber Niklas kam mir so vertraut vor, als ob ich ihn schon ewig und in und auswendig kennen würde, sodass ich das große Bedürfnis verspürte, mit ihm zu schlafen. Unsere Körper sollten sich endlich miteinander vereinigten, wie unser Geist es schon getan hatte.

Ich konnte mir in dieser Situation nichts Schöneres vorstellen, als ihn endlich in mir zu spüren. Deshalb lachte ich belustigt auf und fragte ihn: „Das ist jetzt nicht dein Ernst, oder? Wenn du es jetzt wagst aufzuhören, dann kannst du gleich wieder nach Berlin verschwinden."

Niklas warf mir einen undurchschaubaren, aber zugleich belustigten Blick zu und sprach leise wie zu sich selbst: „Das hätte ich mir gleich denken können." Was ich natürlich hörte, aber im Augenblick keine Bedeutung schenkte, da ich anderweitig beschäftigt war.

Niklas und ich verbrachten die nächsten Stunden im Bett. Später lagen wir kuschelnd und eng umschlungen im Bett und ich sagte leise: „Das war unglaublich schön, ich bin so froh, dass wir nicht länger gewartet haben. Dieses Erlebnis hätte ich nicht verpassen wollen."

„Wenn ich jetzt sterben würde, geschähe dies als glücklicher Mann", sagte Niklas etwas makaber.

Ich drehte mich zu ihm herum, um ihm in die Augen zu schauen und sagte spitz: „Ich fasse diese Aussage als Kompliment auf."

Er lachte und besänftigte mich, indem er mich liebevoll auf meinen Kopf küsste und meine Haare verwuschelte, natürlich meine er dies als Kompliment. Er habe noch mit keiner Frau so eine schöne Nacht verbracht, vertraute er mir mit eindringlichem Blick an.

Irgendwann schlief ich völlig entspannt in seinen Armen ein, ich fühlte mich aufgehoben und sicher. Ich konnte die ganze Nacht gut schlafen, obwohl ich mein Bett mit jemand anderem teilen musste. Normalerweise mochte ich es lieber alleine zu schlafen, in solchen Situationen hatte ich zumeist einen unruhigen Schlaf. Am nächsten Tag wachte ich in der Regel schlecht gelaunt und wie gerädert auf.

Heute Morgen war das anders. Als ich aufwachte, fiel mein erster Blick auf meinen schlafenden Freund und ich beobachtete ihn eine Weile liebevoll, wie er so völlig entspannt dalag und ein Glücksgefühl machte sich in mir breit. Ich hatte diese wunderschöne Nacht mit diesem fantastischen Mann nicht geträumt, er lag tatsächlich in meinem Bett. Spontan küsste ich ihn auf den Mund, davon wurde er wach und als er die Augen aufschlug und mich erblickte, breitete sich ein Strahlen auf seinem Gesicht aus. Er zog mich in seine Arme und küsste mich intensiv.

„Gott sei Dank bist du über meinen Anblick am Morgen nicht völlig schockiert", scherzte ich, nachdem er mich freigab.

„Vielleicht habe ich meine Gesichtszüge nur besonders gut unter Kontrolle", gab Niklas schlagfertig zurück.

„Du bist unmöglich", rief ich lachend und knallte ihm aus Rache das Kopfkissen gegen sein Gesicht.

Wir alberten eine Weile herum, was in einer leidenschaftlichen Umarmung endete, und wir liebten uns am Morgen gleich noch zweimal.

„Du bist ganz schön unersättlich", neckte mich Niklas etwas später.

„Gut, dass deine Kondition anscheinend doch besser ist als gedacht, sonst hättest du meine Erwartungen nicht erfüllen können", gab ich diesmal schlagfertig zurück.

Wir ergänzten uns wirklich gut und hatten den gleichen Sinn für Humor. Gespräche mit Personen, die keine Ironie oder Sarkasmus verstanden, fand ich äußerst anstrengend, da ich immer aufpassen musste, was ich sagte, weil sie meine Aussagen oftmals ernst nahmen und deshalb verletzt oder beleidigt reagiert hatten.

Niklas war zum Glück anders. Er verstand mich, wir hatten viel Spaß miteinander und konnten uns gegenseitig aufziehen.

„Ich könnte den ganzen Tag hier mit dir verbringen", gab Niklas offenherzig zu.

„Mir gefällt es auch und ich genieße es sehr, aber ich muss zugeben, dass ich ziemlich hungrig bin. Du etwa nicht?", fragte ich ihn ehrlich erstaunt, als er mich anblickte.

„Laura, ich genieße unsere romantische Stimmung und du machst sie mit deinem knurrenden Magen kaputt", schimpfte er spaßeshalber mit mir.

„So gut müsstest du mich doch mittlerweile kennen, dass ich keine Mahlzeit auslassen kann, ich habe gestern Abend schon nichts gegessen. Denn gerade als ich anfangen wollte zu kochen, stand ein gewisser Herr vor der Türe und hielt mich davon ab", verteidigte ich mich.

„In Ordnung du hast mich überzeugt, nicht dass du vor

lauter Erschöpfung nach der sportlichen Einlage bewusstlos wirst, wenn ich dich vom Essen abhalte", machte er sich einmal mehr über mich lustig.

Er sprang aus dem Bett auf und hielt mich davon ab aufzustehen: „Nein du bleibst liegen und machst es dir gemütlich. Ich bereite das Frühstück zu."

Ich war ziemlich gerührt über seine Fürsorge und Bemühungen. Trotzdem konnte ich einfach nicht über meinen Schatten springen und fiel manchmal dennoch in alte, negative Verhaltensmuster zurück. So antwortete ich nicht gerade freundlich: „Aber auf Toilette gehen darf ich schon noch alleine, oder?"

Niklas blickte mich überrascht und etwas verletzt an: „Ich habe es nur nett gemeint, ich möchte dir doch keine Vorschriften machen. Laura, das hast du falsch verstanden."

„Es tut mir leid Niklas, ich bin manchmal wirklich unausstehlich. Du wirst mit der Zeit feststellen, dass das Leben mit mir nicht nur strahlend schön ist, sondern das ich ganz schön anstrengend und schwierig sein kann. Ich kann meine Freude nur nicht immer zeigen und reagiere ungehalten in solchen Situationen, die mich besonders berühren. Wahrscheinlich um zu überspielen, wie viel es mir bedeutet, dass du so nett zu mir bist", entgegnete ich hilflos und aufgewühlt, in der Hoffnung, er brachte die Bereitschaft auf, meine komplizierte Denkweise zu verstehen.

Er kam zu mir zurück und nahm mich wortlos in die Arme. Durch seinen Körperkontakt wurde ich etwas ruhiger. Dann bemerkte er vorsichtig: „Ich weiß, dass du nicht viel Erfahrung in Hinblick auf eine Partnerschaft hast und ich kann verstehen, dass es schwierig ist, dich mir völlig zu öffnen und dich hinzugeben. Vielleicht sitzt in dir auch immer noch die Angst verlassen zu werden. Mir ist bewusst, dass du dich nicht von heute auf morgen ändern kannst. Aber ich wünsche mir, dass du immer ehrlich zu mir bist und mir deine Befürchtungen mitteilst. Ich denke, dann können wir gemeinsam besser damit umgehen und es kommt nicht zu Verletzungen durch Missverständnisse." Er sprach behutsam und verständnisvoll mit mir, in der Hoffnung mir seine Sichtweise darlegen zu können.

„Du hast Recht, etwas Besseres als einen Partner zu finden, den man über alles liebt, kann mir nicht passieren. Eigentlich verspüre ich auch das Gefühl und die Sicherheit, dir alles sagen zu können, was mich bewegt. Aber ich habe meine Fehler, ich verspreche dir daran zu arbeiten", bemerkte ich.

„Wir haben alle unsere guten und schlechten Seiten, warte nur ab bis du all meine negativen Eigenschaften kennenlernst." Niklas gab sich Mühe, mich wieder aufzuheitern. Dies gelang ihm auch, denn diese Aussage bot mir die Möglichkeit mich über seine Verhaltensweisen auszulassen.

„Ich weiß, du bist arrogant, selbstverliebt, egoistisch und blasiert. Niklas, bitte sage mir nicht, dass mich noch mehr negative Seiten an dir erwarten, das würde ich nicht überleben", erläuterte ich ihm und bemühte mich um einen ernsthaften, besorgten Blick.

„In Ordnung, ich gebe zu, diese Retourkutsche habe ich selber herausgefordert", bemerkte er, während sein Blick lächelnd auf mir ruhte. Er küsste mich auf meine Nasenspitze und löste sich dann von mir, um unser Frühstück vorzubereiten.

Ich ließ mich wieder zurück auf das Bett fallen und träumte vor mich hin. Ich war so glücklich wie noch nie in meinem Leben. Ich konnte es kaum glauben, dass ich endlich den Mann gefunden hatte, mit dem ich es mir vorstellen konnte, mein Leben zu verbringen.

Er sah nicht nur unglaublich gut aus, er war einfühlsam und zärtlich und der Sex mit ihm war auch herausragend gut, gab ich im Geist zu. Natürlich hütete ich mich das laut vor Niklas auszusprechen, dann würde ich nur wieder rot werden. Laura, manchmal bist du wirklich unglaublich prüde, dachte ich amüsiert. Irgendwann würde ich es ihm schon erzählen.

Niklas betrat das Zimmer und balancierte vorsichtig das Tablett, um den Kaffee nicht zu verschütten. Er setzte sich auf die Bettkante, hielt mir eine Tasse hin und sagte: „Ich weiß gar nicht, wie du deinen Kaffee trinkst, du magst ihn doch oder?"

Ich stellte immer wieder erstaunt fest, wie viel wir voneinander nicht wussten. Vor allem die kleinen Details und Besonderheiten unseres Lebens, waren dem jeweilig anderen nicht bekannt. Daran konnten wir feststellen, wie kurz wir uns erst kannten und es noch eine Zeitlang dauern würde, bis wir uns gegenseitig mit unseren Eigenarten und Vorlieben kennen würden.

„Ich bin kaffeesüchtig, mich wundert es wirklich, dass dir diese Tatsache noch nicht aufgefallen ist. Ich kann auf vieles im Leben verzichten, aber auf Kaffee, das geht gar nicht," teilte ich ihm einen weiteren kleinen Baustein aus meinem Leben mit.

„Bitte mit viel Milch, Zucker mag ich nicht", erklärte ich ihm weiter.

Nun erntete ich einen amüsierten Blick und wusste schon, dass er mich wieder aufziehen würde: „Das erstaunt mich jetzt aber, denn ich weiß immerhin schon um deine Vorliebe für Süßigkeiten, und Zucker ist meines Erachtens nach süß."

„Klar, dass du mir das jetzt vorhalten wirst. Aber ernsthaft, mir schmeckt Kaffee mit Zucker nicht, das bringe ich nicht hinunter. Dann esse ich lieber ein Nutellabrot dazu", begründete ich ernsthaft.

Niklas verschluckte sich und ich musste ihm erst mal auf den Rücken klopfen, bis er sich wieder beruhigt hatte und er erwiderte: „Bevor du einen Zuckerentzug bekommst, trägst du natürlich Sorge, diesen wieder rechtzeitig auszugleichen."

„Immer musst du dich über mich lustig machen",

schmollte ich beleidigt.

Niklas streckte mir als Geste der Entschuldigung eine Brötchenhälfte beschmiert mit Nutella entgegen und entgegnete liebevoll: „Dafür kann ich hellsehen und habe schon eine Semmel vorbereitet, die deinen Geschmack wohl treffen wird."

Lachend schlossen wir einen Waffenstillstand und genossen unser Frühstück.

Ein unliebsamer Anruf

Unser Frühstück wurde durch das Läuten eines Telefons unterbrochen und Niklas sprang auf und rief mit vollem Mund: „Das ist mein Handy, ich weiß gar nicht, wo ich es gestern hingelegt habe", er ging in den Flur und fand es dort in seiner Jackentasche.

„Hallo?", rief er in den Hörer. Nachdem Niklas kurz zuhörte, entgegnete er mit einem Grinsen im Gesicht: „Ich habe das Klingeln nicht gehört, ich war anderweitig beschäftigt." Dabei warf er einen vielsagenden Blick in meine Richtung.

Ich musste mir das Lachen über seinen Gesichtsausdruck verkneifen. Mit wem er wohl telefonierte, fragte ich mich.

Es war seine Mutter, die ihm am anderen Ende besorgt fragte, wo er sich aufhalte, da sie ihn seit gestern Abend versucht habe zu erreichen und er nie an das Telefon ginge.

„Niklas, ich weiß zwar nicht genau, was zwischen Martina und dir vorgefallen ist, aber eines weiß ich, nämlich dass das arme Mädchen gestern bei mir vor der Türe stand und am Boden zerstört war. Was hast du denn mit ihr gemacht?", fragte ihn seine Mutter vorwurfsvoll.

Das durfte doch nicht wahr sein, dachte Niklas ungläubig und erwiderte: „Du willst mir jetzt nicht ernsthaft weismachen, dass Martina bei dir war und sich ausgeheult hat, oder?"

„Natürlich stimmt das. Warum sollte ich das erfinden?", sagte seine Mutter Brigitte indigniert.

„Ich denke, sie hatte eigentlich die Hoffnung gehegt, dich bei uns anzutreffen und dann ließ sie sich ein wenig von mir trösten. Sie war schließlich völlig aufgelöst. Martina ist übrigens immer noch da. Sie hat hier geschlafen, ich konnte sie in dieser Verfassung unmöglich alleine lassen. Sie hat doch niemanden. Du weißt genau, dass sie kaum Freunde hat und ihre Eltern in Baden-Württemberg leben. Also wenn du ihr etwas mitzuteilen hast, kommst du am besten hier vorbei. Übrigens finde ich es wirklich merkwürdig von deiner Freundin zu erfahren, dass du dich von ihr getrennt hast. Wann wolltest du diese Tatsache eigentlich mir und deinem Vater mitteilen?", fragte sie verstimmt und verletzt.

Niklas verdrehte die Augen und erwiderte genervt: „Darf ich jetzt auch mal etwas sagen? Bist du mit deinen Anschuldigungen fertig? Ich weiß nicht, was Martina dir erzählt hat. Aber es wäre nett, wenn du erst einmal die Sichtweise deines Sohnes anhören würdest, bevor du dir ein Urteil bildest", begann er aufgebracht und wurde kurzerhand von seiner Mutter unterbrochen, die kühl einwarf: „Das hätte ich gerne gemacht, aber du hast ja beschlossen, uns mal wieder aus deinem Leben auszuschließen."

„Mama, ich schließe euch nicht aus, aber ich bin 27 Jahre alt und du kannst nicht erwarten, dass ich als erstes bei euch anrufe, wenn sich etwas Unvorhergesehenes in meinem Leben ereignet. Ich hätte schon noch mit dir gesprochen, aber im Moment habe ich eben andere Prioritäten gesetzt."

In diesem Augenblick entschloss ich mich diskret zurückzuziehen, als mir die Situation bewusst wurde. Anscheinend hatte sich Martina bei den Eltern ihres Exfreundes eingenistet, dachte ich leicht gehässig. Ich hatte mich während des Telefonats angezogen und gab Niklas ein Zeichen, dass ich eine Runde spazieren gehen würde.

Er registrierte es am Rande seiner Aufmerksamkeit und ich war mir nicht sicher, ob er nachher noch wusste, dass ich gegangen war.

Die frische Luft tat mir gut, es hatte in der Nacht geregnet und der erdige Duft eines Regentages stieg mir in die Nase und ich atmete tief ein. Ein mulmiges Gefühl beschlich mich, während ich ziellos umherlief. Mein zukünftiges Leben lag bis vor wenigen Augenblicken noch rosig vor mir. Nun erkannte ich, dass diese Momentaufnahme eine Seifenblase war, die jederzeit zerplatzen konnte. Ich überlegte, was für mich der Umstand bedeutete, dass sich Niklas Mutter so gut mit Martina verstand und für ihre Position Partei ergriff. Anscheinend mochte sie ihre bis dato angehende Schwiegertochter in spe ziemlich gerne, wenn sie ihren Sohn derart angriff. Ich hätte wohl einen schweren Stand, wenn ich sie kennenlernen sollte. Sie wusste schließlich momentan noch nichts von meiner Existenz und wunderte sich über die seltsame Reaktion ihres Sohnes. Auch über Martina machte ich mir Gedanken. Sie liebte Niklas wohl mehr als gedacht und ich hatte eine leise Vorstellung davon, dass sie nicht so schnell über ihn hinwegkommen würde, wie sich Niklas das eingeredet hatte.

Nach einer halben Stunde beschloss ich, dass sie genügend Zeit hatten sich auszusprechen. Außerdem war ich ziemlich neugierig zu hören, wie Niklas Mutter auf die Neuigkeit reagiert hatte, dass ihr Sohn eine neue Freundin hatte.

„Ich bin wieder da", rief ich, als ich die Türe meiner Wohnung aufsperrte.

Niklas saß am Esstisch und sprang auf, als er mich sah. Aufgewühlt kam er auf mich zu und sagte: „Warum bist du gegangen? Es tut mir leid, dass du unsere Meinungsverschiedenheit mitbekommen hast. Aber ich hätte das Gespräch doch beendet, wenn du mir gesagt hättest, dass es dich belastet."

Erstaunt blickte ich ihn an und sagte trocken: „Ich bin zwar sensibel, aber so sehr dann auch wieder nicht, dass ich diese Belastung nicht aushalten könnte. Niklas, ich bin nicht labil!"

Jetzt hatte ich ihn schon wieder vor den Kopf gestoßen. Was war nur mit mir los, fragte ich mich verzweifelt. Als ich seine betroffene Miene sah, versuchte ich schnell die Situation zu retten, indem ich sagte: „Es ist wirklich süß, dass du dir um mich so viel Sorgen und Gedanken machst. Ich muss ehrlich zugeben, als ich spazieren war, habe ich tatsächlich ein mulmiges Gefühl verspürt. Ich habe mir überlegt, wie deine Mutter wohl auf mich reagieren wird, nachdem sie zu Martina anscheinend ein inniges Verhältnis hat", endlich konnte ich ihm meine Befürchtungen mitteilen und es ging mir etwas besser.

„Was hat denn deine Mutter nun auf deine Erklärung geantwortet?", fragte ich neugierig.

„Sie hat verstanden, dass ich keine Beziehung aufrechterhalten kann, wo keine Gefühle füreinander mehr da sind. Martina tut meiner Mutter natürlich leid, aber ich glaube, du hast die Situation falsch verstanden. Sie hat Martina aus Mitleid aufgenommen, nicht weil sie sich so gut verstehen. Ich hatte bisher den Eindruck, dass meine Mutter mit Martinas Art nicht zurechtgekommen ist. Im Streit habe ich ihr sogar einmal vorgeworfen, dass sie meine Freundin nicht mag und sie konnte diesen Vorwurf damals nicht wirklich entkräften. Du wirst ihr gefallen, sie kann mit selbstständig denkenden Menschen, die ihre eigene Meinung vertreten, deutlich mehr anfangen, als mit Mitläufern und angepassten Frauen wie Martina."

Diese Aussage beruhigte mich etwas und er bekräftigte diese, indem er weiter ausführte: „Sie ist schon sehr neugierig auf die Frau, die ihrem Sohn so sehr den Kopf verdreht hat. Sie hat gespürt, wie glücklich ich bin und kann meinen Entschluss nachvollziehen. Ich habe zu meiner Mutter eigentlich ein recht gutes Verhältnis. Wahrscheinlich war sie deshalb so ungehalten über die Tatsache, dass ich sie nicht daran teilhaben lasse, was gerade in meinem Leben passiert ist."

„Wie wird sie Martina wohl wieder los?", stellte ich eine nicht unwichtige Frage: „Sonst kannst du deine Eltern in der nächsten Zeit nicht mehr besuchen."

„Das ist ihr Problem, sie hat sich diese Situation schließlich selber zuzuschreiben. Andererseits kenne ich meine Mutter, spätestens in zwei Tagen erträgt sie Martina nicht mehr und wird schon einen Weg finden und wenn sie Martina persönlich nach Stuttgart zu ihren Eltern fährt", gab Niklas lachend zurück.

Wir beschlossen den weiteren Tag nicht mit Gedanken an Martina oder Niklas Mutter zu verschwenden, sondern wollten uns ganz auf uns konzentrieren.

Eine sportliche Betätigung jagt die nächste

„Was möchtest du denn heute unternehmen?“ fragte ich ihn zögernd. Bestimmt erwartete er von mir, dass ich ein Sight-Seeing Programm für das schöne Allgäu zusammenstellen würde.

Leider eignete ich mich überhaupt nicht als Fremdenführerin, ich kannte die meisten Sehenswürdigkeiten gar nicht, Schloss Neuschwanstein mal ausgenommen.

„Mir ist das ganz egal. Hauptsache ich kann Zeit mit dir verbringen, was wir machen interessiert mich nur zweitrangig“, riss mich Niklas aus meinen Überlegungen.

Mit einem Blick nach draußen schlug ich vor: „Dann lass uns doch in ein Thermalbad fahren. Das heutige Wetter lädt nicht gerade dazu ein, in die Natur zu gehen, sonst hätte ich vorgeschlagen in den Bergen wandern zu gehen. Aber ich denke, das heben wir uns für einen schöneren Tag auf. Anschließend kann ich dir noch die nächstgelegene Stadt zeigen, die recht schön und heimelig ist, da können wir durch die Straßen bummeln und einen Kaffee trinken gehen“, versuchte ich eine Tagesplanung aufzustellen.

Niklas blickte mich einmal mehr mit seinem typischen amüsierten, enervierten Blick an und erwiderte: „Dann hoffe ich mal, dass in der Therme heute FKK Tag ist, denn ich habe in der Eile nicht daran gedacht, eine Badehose einzupacken.“

Mittlerweile lachte er schallend über meinen entsetzten Gesichtsausdruck, als ich mir diese Situation bildlich vorstellte. Ich schüttelte mich und fiel in sein ansteckendes Lachen ein.

„Du meine Güte, daran habe ich gar nicht gedacht, dann müssen wir uns etwas anderes überlegen“, entgegnete ich.

„Ich vermute mal, dass sogar ihr auf dem Lande über ein Geschäft verfügt, welches Bademode vertreibt. Dann lass uns dort kurz vorbeifahren und ich kaufe mir eine. Das ist doch gar kein Problem. Ich finde deine Idee nämlich ziemlich gut, ich hätte schon Lust einen entspannten Wellnesstag zu verbringen. Nach dem Stress und den Aufregungen der letzten Tage täte dies uns beiden ganz gut", bremste mich Niklas.

Ich packte meine Badesachen und einige Handtücher ein und dann fuhren wir, natürlich mit Niklas schicken BMW, los. Ich musste selber zugeben, dass das Fahrgefühl in diesem Wagen wesentlich komfortabler war als in meinem alten VW-Polo, der mittlerweile schon 12 Jahre alt war.

Kurz darauf hielten wir beim Sportgeschäft an, welches auf dem Weg nach Bad Wörishofen lag und gingen hinein. Dort blickte eine junge, hübsche Verkäuferin meinen Freund sehr interessiert an, grüßte ihn freundlich und bot eilfertig ihre Hilfe an, falls er Schwierigkeiten haben sollte.

Mir warf sie einen kurzen verächtlichen Blick zu, als wolle sie eine lästige Ameise zerdrücken. Danach ignorierte sie mich vollkommen, als ob ich gar nicht vorhanden wäre.

Während sie sprach, schaffte sie es tatsächlich, sich zwischen mich und meinen Freund zu drängeln. Sie lächelte Niklas anhimmelnd an.

Niklas antwortete in seiner gewohnt lässigen Art: „Das ist nett von dir, aber falls ich beim Anprobieren der Badehose Hilfe benötige, frage ich meine Freundin, ob sie mir zur Hand geht." Unschuldig und ernst blickte er die Verkäuferin an, die sofort rot wurde und nicht wusste, was sie erwidern sollte.

Ich musste mich wegdrehen, da ich vor Lachen fast platzte und vor lauter Beherrschung schon einen hochroten Kopf hatte. Ich tat so als ob ich mich für die neue Collection Badeanzüge interessieren würde, die direkt neben mir hing. Ich bewunderte Niklas um seine Stärke, immer eine passende Antwort auf den Lippen parat zu haben. Er strahlte in jeder Situation eine derart große Souveränität und Sicherheit aus, dass man neidisch werden konnte. In solchen Augenblicken fragte ich mich erneut, warum dieser fantastische Mann ausgerechnet an mir so großen Gefallen gefunden hatte.

Nachdem wir uns nun in Ruhe mit der Bademode befassen konnten, fand er sofort eine Badehose, die ihm gefiel. Die aufdringliche Verkäuferin war weit und breit nicht mehr zu sehen, sie hatte sich vor lauter Peinlichkeit wohl unsichtbar gemacht. Als wir an die Kasse gingen, bediente uns ein freundlicher, älterer Herr, der den Anschein erweckte, als gehöre ihm der Laden. Niklas konnte es natürlich nicht lassen und erkundigte sich scheinbar besorgt bei dem netten Mann, wo denn die reizende Verkäuferin geblieben war. Der Chef erwiderte, seine Kollegin benötigte eine kurze Pause, er wüsste nicht warum. Anscheinend ginge es ihr nicht gut. Niklas mimte den mitfühlenden Kunden und wünschte der Kollegin gute Besserung.

Nach diesem kleinen Zwischenfall konnten wir nach wenigen Minuten weiterfahren.

Kaum saßen wir im Auto, rief ich amüsiert aus: „Niklas du bist manchmal wirklich unglaublich, die arme Verkäuferin war völlig schockiert. Wo nimmst du immer diese Sprüche her? Hast du die auswendig gelernt, um in passenden Gelegenheiten damit um dich zu werfen?", fragte ich aufrichtig interessiert.

„Laura diese Person war absolut unmöglich. Glaubst du, ich habe die giftigen Blicke nicht gesehen, die sie dir zugeworfen hat? Ich habe genau hören können, was sie sich gedacht hatte: Diese dumme Kuh hätte ihren Freund ruhig alleine eine Badehose kaufen lassen können, sie muss wohl die ganze Zeit auf ihn aufpassen. Da konnte ich es mir wirklich nicht verkneifen, nachdem sie mir diese Vorlage geboten hatte."

„Es hat mir auch wirklich gutgetan, ich freue mich natürlich, wenn du auch in der Öffentlichkeit Partei für mich ergreifst", sagte ich glücklich.

„Ich habe die Sprüche übrigens nicht auswendig gelernt, die fallen mir einfach so ein", beantwortete Niklas meine vorher gestellte Frage.

Ohne weitere Zwischenfälle kamen wir in der Therme an und verbrachten dort einige schöne Stunden, in denen wir entspannen und relaxen konnten.

„Sollen wir hier noch eine Kleinigkeit essen oder wollen wir aufbrechen und in Kaufbeuren zu Abend essen gehen?", fragte ich ihn, als der Tag sich dem Abend zuneigte.

„Ich würde lieber in die Stadt gehen und diese noch bei Tageslicht sehen. Dann können wir dort essen gehen, außer du kannst es bis dahin nicht mehr aushalten. Immerhin ist unser Frühstück schon einige Stunden her", neckte er mich liebevoll.

„Jetzt stelle mich doch nicht immer als gefräßig dar, das stimmt einfach nicht", reagierte ich beleidigt.

„Nein gar nicht. Soll ich dich daran erinnern, was du alles gefrühstückt hast? Mal überlegen, eine Semmel mit Nutella, eine Semmel mit Schinken und Käse, einen frisch gepressten Orangensaft, Kaffee, ach und die Riesenportion Rührei habe ich ganz vergessen, Aua", rief Niklas empört aus, als ich ihm mit voller Wucht meinen Ellenbogen in die Rippen boxte.

„Das hat wirklich weh getan, ich habe doch nur die Wahrheit gesagt und du brichst mir gleich meine Rippen", wollte er an mein Mitleid appellieren.

„Jetzt sei nicht so wehleidig, selbst schuld, wenn du dich immer über mich lustig machen musst", antwortete ich völlig immun auf seine Mitleidsnummer.

Er blickte mich mit treuherzigem Blick an, nahm mich in die Arme und küsste mich.

„Zählt das auch als Entschuldigung?", fragte er mich unschuldig.

„Ausnahmsweise lasse ich das gelten", scherzte ich und

wir machten uns gut gelaunt auf den Weg zu seinem Auto und fuhren nach Kaufbeuren.

Dort zeigte ich ihm die beschauliche Kleinstadt und erzählte ihm von der Besonderheit des alljährlichen größten historischen Kinderfest Bayerns, dem Tänzelfest. Er klang sehr interessiert und beschloss spontan mich im Juli zu besuchen, um sich das Fest anzuschauen und mit mir über das abendliche Lagerleben zu schlendern. Immerhin waren es nur noch zwei Monate bis dahin, da lohnte es sich schon zu planen. Während wir händchenhaltend durch die Straßen schlenderten, klingelte mein Handy. Zuerst wollte ich es ignorieren. Aber nach Niklas erstaunter Nachfrage, ob ich nicht annehmen möchte, hielt ich es an mein Ohr und rief resigniert: „Ja, bitte", in den Hörer. Ich hatte natürlich schon gesehen, dass meine Schwester anrief. Aber ich wollte ungern in Niklas Anwesenheit mit ihr telefonieren.

„Ich habe schon dreimal versucht dich zu erreichen, ist dein antikes Handy jetzt doch mal kaputtgegangen, oder was?", rief eine empörte Jana in den Hörer.

Ich verdrehte die Augen und blickte mich nach meinem grinsenden Freund um, der natürlich jedes Wort mithören konnte. Bei der Lautstärke, die Jana an den Tag legte, war das kein Wunder.

„Hallo Jana, ich freue mich auch von dir zu hören, ich habe seit Stunden gar nicht auf mein Handy geschaut und somit bis jetzt nicht gesehen, dass du angerufen hast, also war das kein Boykott meinerseits", versuchte ich sie zu beruhigen.

Ich hielt den Hörer zu und sagte leise zu Niklas: „Das ist meine Schwester, jetzt könnte es etwas länger dauern."

„Mit wem sprichst du da über mich?", fragte sie misstrauisch, sie hatte mit ihren Luchsohren natürlich verstanden, was ich gesagt habe. Jetzt musste ich ihr natürlich die Wahrheit sagen, auf der anderen Seite konnte ich vor Niklas nicht so offen, wie sonst reden. Möglichst lässig gab ich von mir: „Ich spreche mit Niklas!", trotz meinen Bemühungen, überschlug sich meine Stimme fast vor Begeisterung.

„Das verstehe ich nicht, hast du jetzt zwei Telefone oder was?", erwiderte Jana ungeduldig, sie konnte es gar nicht leiden, wenn sie etwas nicht nachvollziehen konnte.

Anscheinend ging es auch über ihre Vorstellungskraft, dass Niklas sich von Berlin auf den Weg gemacht hatte, um mich zu besuchen.

„ER STEHT HIER NEBEN MIR!", ich betonte jedes Wort überdeutlich in der Hoffnung, sie verstehe den Wink und würde diskret den Rückzug antreten.

Natürlich Fehlanzeige, sie schrie wieder zurück: „Laura, das ist ja toll. Hat er jetzt endlich mit seiner Tussi Schluss gemacht?"

Bevor ich antworten konnte, rief Niklas lautstark neben mir in den Hörer, dass ich sogleich zusammenzuckte: „Ja, hat er", um Janas Wissensdurst zu befriedigen.

„Jana, kann ich dir das nicht ein anderes Mal erzählen. Wir wollen gerade essen gehen", versuchte ich sie abzuwürgen.

„In Ordnung, aber seid ihr jetzt ein Paar?" wollte sie neugierig wissen.

Dies konnte ich ihr aus tiefster Seele bestätigen und sie schien für den Moment zufrieden zu sein und wünschte mir noch einen schönen Abend.

„Ich liebe meine Schwester, aber sie kann so anstrengend sein. Vor allem wird Jana in diesem Augenblick schon wieder am Telefon hängen und meine Freundinnen anrufen, um diese auf den neuesten Stand zu bringen. Dann wird es nicht lange dauern und sie melden sich bei mir.

Ich befürchte fast, du wirst nicht drum herumkommen, sie kennenzulernen. Sie sind sehr neugierig auf dich und wenn sie erfahren, dass du da bist, besuchen sie uns bestimmt in den nächsten Tagen", versuchte ich ihn schonend auf meine Freundinnen vorzubereiten.

„Ich habe nichts dagegen sie zu treffen, denn sie sind

ein wichtiger Bestandteil deines Lebens und ich möchte so schnell wie möglich an allen Belangen teilnehmen, die dich betreffen, um dir nahe zu sein. Außerdem erzählst du mir viel von deinen Freundinnen und deiner Schwester und ich finde es schön zu wissen, von wem du redest", erwiderte mein verständnisvoller Freund.

Momentan war es mir ehrlich gesagt wichtiger, Zeit mit ihm allein zu verbringen. Eigentlich war ich nicht allzu sehr erfreut, wertvolle Minuten unseres kurzen Wochenendes mit anderen teilen. Aber er hatte natürlich recht. Schließlich wollte ich ebenfalls seine besten Freunde und seine Familie kennenlernen, wenn ich ihn das nächste Mal in Berlin besuchen würde.

Den ausstehenden Familienbesuch bei meinen Eltern, würde ich allerdings noch eine Weile aufzuschieben, beschloss ich spontan. Wir machten uns auf dem Weg zu meinem Lieblingsrestaurant, um dort zu Abend zu essen. Zum Glück hatte ich vorher daran gedacht einen Tisch zu reservieren, denn als wir das Lokal betraten, waren fast alle Tische besetzt.

Es war Wochenende und das Restaurant genoss einen ausgezeichneten Ruf. Ein zuvorkommender Kellner begrüßte uns und wir wurden zu einem Tisch geführt. Wir saßen in einer Nische, was mir ganz recht war, denn als ich mich im Lokal umsah, wurde ich blass und rief leise aus: „Oh nein, die hat mir gerade noch gefehlt. Ich hatte Frau von Aschhoff zwei Tische weiter in Gesellschaft ihres wohlhabenden Gattens erblickt.

„Was ist denn mit dir los?", fragte mich Niklas besorgt.

„Siehst du die übertrieben geschminkte Frau am Tisch schräg gegenüber? Das Ehepaar stellt quasi Kaufbeurens Prominenz dar und ist in der Stadt hoch angesehen, da Herr Aschhoff schon größere Summen für gemeinnützige Projekte gespendet hat. Aber seine Frau ist total unmöglich, ich hatte neulich in der Arbeit eine unschöne Auseinandersetzung, die mir fast eine Abmahnung eingehandelt hätte", erklärte ich Niklas.

Darüber wollte er natürlich mehr erfahren und ich erzählte ihm von meinem Erlebnis mit Frau von Aschhoff.

Er blickte mich ironisch an und erwiderte: „Ich habe ja auch schon am eigenen Leibe verspüren müssen, dass du manchmal erst redest, bevor du nachdenkst. In diesem Fall hast du eigentlich das Recht auf deiner Seite gehabt, nur hättest du dir die folgenden Konsequenzen vorher vergegenwärtigen müssen."

Ich war froh meine Sorgen mit ihm teilen zu können und erzählte ihm auch von den Schwierigkeiten mit meinem Chef und die Schlussfolgerungen meiner Kollegin auf sein merkwürdiges Verhalten mir gegenüber.

Mittlerweile lachte er lauthals über meine teils komischen Ausführungen. Ich musste ja zugeben, für andere klang dies sehr lustig. Aber wenn man selber in dieser Situation steckte, sah man es mit etwas anderen Augen. Seine durchdringende Stimme tönte durch das Lokal: „Laura, irgendwas scheint mit dir nicht zu stimmen. Warum gerätst gerade du immer wieder in so merkwürdige Situationen? Das passiert keinem anderen Menschen, den ich kenne, zumindest nicht in so kurzer Zeit. Lass uns hoffen, dass wir dieses Wochenende nicht deinem Chef über den Weg laufen. Sonst sieht es für dich schlecht aus, sollte er bemerken, dass du einen Freund hast", machte er sich über die Tatsache lustig, dass mein Chef aller Wahrscheinlichkeit in mich verliebt war.

„Könntest du bitte etwas leiser sein? Die Leute schauen schon. Ich möchte nicht, dass Frau von Aschhoff uns sieht und ich gezwungen bin, freundlich zu dieser Zimtzicke zu sein", zischte ich ihm wütend zu.

„Wenn du wüsstest, wie entzückend du aussiehst, wenn du wütend bist. Du bist so süß." Niklas ließ sich natürlich nicht aus der Ruhe bringen.

Natürlich verzieh ich ihm, als er mich liebevoll anlächelte. Seinem Charme konnte ich einfach nichts entgegensetzen und so sehr ich mich auch bemühte meine Wut aufrechtzuerhalten, sie verrauchte einfach sofort. Als wir gegessen hatten, tranken wir noch ein Glas Rotwein und machten uns, nachdem wir ein großzügiges Trinkgeld hinterlassen hatten, auf den Heimweg.

„Schön, dass wir wieder zu Hause sind, ich bin total erledigt und müde. Ich frage mich nur warum?", überlegte ich, als ich die Haustüre aufschloss.

„Mir würde da schon etwas einfallen. Mal sehen, vielleicht liegt das an einer der sportlichen Aktivitäten, die wir heute betrieben haben" legte Niklas mir seine Erklärung über meine Müdigkeit dar.

Ich war im ersten Augenblick etwas irritiert. In Ordnung, wir waren schwimmen, aber so anstrengend war das nun auch wieder nicht gewesen. Als ich ihn anblickte und sein flegelhaftes Grinsen sah, wurde mir natürlich klar, dass er auf unsere Aktivitäten heute Morgen im Bett anspielte. Ich wurde mal wieder rot, sagte aber dennoch lässig: „Jetzt bilde dir mal nichts darauf ein, so sehr hast du mich auch wieder nicht gefordert."

Er kam langsam auf mich zu, blieb direkt vor mir stehen und sah mir tief in die Augen und erwiderte: „Dann hast du nichts dagegen, wenn ich meine Fähigkeiten und Qualitäten nochmals unter Beweis stelle, oder? Auf der anderen Seite kann ich es natürlich verstehen, solltest du für jegliche Anstrengung zu müde sein. Dann werde ich das wie ein Mann auf mich nehmen", forderte er mich heraus.

Er hatte noch nicht einmal fertig gesprochen, da schlang ich schon meine Arme um ihn und küsste ihn herausfordernd.

„Mal sehen, was du noch zu bieten hast", rief ich und räkelte mich lasziv.

Es war schon fast beunruhigend, was dieser Mann in mir auslöste. Die schlichte Nähe zu ihm reichte aus, um meinen Puls in alarmierende Höhe zu katapultieren und er löste ein Begehren in mir aus, für das ich keine Worte finden konnte. Auf dem Weg zum Schlafzimmer begannen wir uns mit einer Ungeduld zu entkleiden, die zeigte, dass wir es kaum noch abwarten konnten, miteinander zu schlafen. In meinem Kopf hatte das Denken ausgesetzt, mein Bewusstsein nahm nichts anderes mehr wahr als ihn und ich gab mich völlig seinen Berührungen und meiner Erregung hin. Irgendwie schienen wir genau zueinander zu passen, unsere Berührungen und Bewegungen waren aufeinander abgestimmt, als hätten wir sie einstudiert.

Am nächsten Morgen wachte ich wieder als Erste auf. Normalerweise war ich eine ausgewiesene Langschläferin, aber ich wollte keine Minute länger als nötig verschlafen, um die restliche Zeit mit diesem wunderbaren Mann zu verbringen. Diesmal schlüpfte ich leise aus dem Bett, um ihn nicht zu wecken und bereitete das Frühstück vor.

Mit einem Blick auf die Terrasse stellte ich fest, dass es zu kühl war, um draußen zu frühstücken. Der Himmel war noch wolkenverhangen, obwohl es den Anschein erweckte, als ob die Sonne zu späterer Stunde hervorkommen könnte. Ich gab mir besonders viel Mühe den Küchentisch zu dekorieren, damit für eine gemütliche Atmosphäre gesorgt war. Gerade als ich die Kerzen anzündete, kam mein verschlafener Freund mit verwuschelten Haaren aus dem Schlafzimmer. Er umarmte mich von hinten und drückte mir einen Kuss in den Nacken: „Ich bin aufgewacht und du warst nicht da. In diesem Moment habe ich dich schon vermisst, ich weiß gar nicht, wie ich es ab Dienstag ohne dich aushalten soll", flüsterte er leise.

„Wir haben noch zwei Tage, die wir miteinander verbringen können, lass uns nicht vom Abschied reden", unterbrach ich ihn schnell.

„Du hast Recht, ich gehe schnell unter die Dusche, dann können wir frühstücken. Oder willst du zuerst duschen?", fragte er mich.

„Nein du Langschläfer, im Gegensatz zu dir bin ich schon seit einer halben Stunde wach und habe schon längst geduscht", neckte ich ihn.

Er beeilte sich und zehn Minuten später saßen wir am gedeckten Tisch und frühstückten ausgiebig. Wir hatten für den heutigen Tag eine Wanderung in den Bergen geplant. Das Wetter wurde mit jeder Minute immer schöner und wir stärkten uns für die bevorstehende Anstrengung. Während des Frühstücks blickte sich Niklas in meiner Küche um, als sähe er diese zum ersten Mal. „Also die geborene Hausfrau bist du ja nicht gerade. Besonders aufgeräumt sieht es nicht aus und die Fenster hast du wohl schon seit Jahren nicht geputzt."

Natürlich konnte er eine Gelegenheit mich aufzuziehen, nicht ungenützt verstreichen lassen.

Im gespielten Entsetzen schlug ich mir die Hände vor den Mund und sagte dann tonlos. „Verflixt, ich wusste doch, dass ich dir noch etwas beichten wollte, bevor du dich von Martina trennst. Jetzt ist es mir wieder eingefallen. Ich wollte dir mitteilen, dass es mir Putzen, Staubsaugen, Waschen und Aufräumen absolut keinen Spaß bereiten. Falls wir einmal zusammenwohnen werden, kannst du dich schon mal darauf einstellen, dass ich mich weigere hinter dir her zu räumen. Es wird ein Putzplan aufgestellt, in dem du genauso viele Aufgaben übernehmen wirst wie ich", erwiderte ich: „Das habe ich jetzt ernst gemeint", fügte ich aus Sicherheit noch an.

Niklas sah mich perplex an und sagte dann: „So genau wollte ich es gar nicht wissen. Gut, dass wir im Moment noch zwei Wohnungen haben. Wir können uns ja, wenn wir zusammenleben, eine Putzfrau leisten. Was meinst du dazu? Ich putze nämlich auch nicht gerne."

„Das ist eine gute Idee, dafür kann ich mich begeistern", stimmte ich seinem Plan sofort zu. „Übrigens brauchst du gar nicht so übertreiben, ich habe meine Fenster höchstens ein Jahr nicht geputzt", versuchte ich mich abschließend würdevoll zu verteidigen.

Später saßen wir im Auto auf dem Weg nach Oberstdorf, um von dort aus wandern zu gehen.

„Wehe dir, wenn du eine zu anstrengende Route aussuchst", warnte ich Niklas, der genau um meine nicht vorhandene Kondition Bescheid wusste.

Er blickte auf mich herab und erwiderte: „Ich bringe dich schon noch in Form, keine Sorge."

„Genau deswegen mache ich mir solche Gedanken. Wenn es mir zu anstrengend wird, kehre ich in eine Hütte ein und du kannst alleine weiterwandern."

„Ich suche eine kurze, einfache Runde aus. Bist du dann zufrieden?", besänftigte er mich.

Die erste Weghälfte hielt ich erstaunlich gut mit und Niklas passte seine Geschwindigkeit an meine an. Wir blieben immer wieder stehen, um die herrliche Berglandschaft zu genießen und unsere Blicke in die weit entfernten Täler schweifen zu lassen.

Niklas legte seine Arme von hinten um mich und eng umschlungen genossen wir den sagenhaften Ausblick. Es war ein perfekter Tag, warm aber nicht zu heiß, eine leichte Brise lag in der Luft und ein strahlend blauer Himmel mit einzelnen weißen Wolken zog über uns hinweg.

Nach drei Stunden begann ich leicht zu jammern, dass es wirklich anstrengend sei und ob nicht bald die Hütte käme, damit wir einkehren könnten. Nach einer weiteren Stunde bekam Niklas meinen Unmut zu verspüren, der immer dann auftrat, wenn ich müde oder hungrig war und ich sah ihn finster an. Nun war ich müde und hungrig. Niklas sollte eigentlich langsam in der Lage sein, diese Alarmsignale zu erkennen. Zu seinem Glück trat in diesem Augenblick die Einkehrhütte in unser Blickfeld. Ich warf ihm unter meinem Pony einen schiefen Blick zu und rief grollend: „Jetzt hast du wirklich noch einmal Glück gehabt."

Er schaute mich amüsiert an und erwiderte: „Was regst

du dich denn auf, Kleine? Du hättest nur ein Wort zu sagen brauchen, dann hätte ich dich getragen."

Ich trat nach ihm und rief übermütig, er sei ein Scheusal und legte einen Endspurt hin.

Glücklich ließ ich mich auf die Holzbank fallen und genoss es mit Niklas in der Sonne zu sitzen und einen Germknödel mit Vanillesoße zu essen.

„Was für ein herrlicher Tag", rief ich entzückt aus.

„Die Antwort hätte vor zehn Minuten aber noch ganz anders geklungen", gab Niklas trocken zurück.

„So wird es dir mit mir wenigstens nicht langweilig", schoss ich zurück.

„Die Befürchtung habe ich wirklich nicht", erwiderte er mit einem Lächeln auf den Lippen.

Ein Treffen mit guten Freunden

Als wir am späten Nachmittag auf dem Heimweg im Auto saßen, schlug ich Niklas vor: „Wir könnten doch eigentlich heute meine Freundinnen zum Abendessen einladen. Was meinst du dazu? Dann könnten wir morgen unseren letzten gemeinsamen Tag alleine verbringen."

„Ruf die beiden doch gleich einmal an, nicht dass sie schon etwas vorhaben", schlug Niklas vor.

Während ich Vanessas Nummer aufrief, sagte ich erklärend zu Niklas: „Du kennst meine Freundinnen nicht. Um nichts in der Welt würden sie sich die Gelegenheit entgehen lassen, dich kennenzulernen. Den Mann, der es geschafft hat, sich mehr als drei Sätze mit mir zu unterhalten ohne dass es mir zu langweilig wurde."

Niklas blickte mich kapitulierend an und hob kurz die Arme: „Du meine Güte, auf was habe ich mich da eingelassen? Ich bekomme es schon mit der Angst zu tun, drei Frauen und ein Mann. Können sie nicht ihre Freunde mitbringen?", fiel ihm eine rettende Idee ein.

Ich kam nicht dazu, ihm zu antworten, da in diesem Augenblick meine Freundin an den Apparat ging: „Hallo ich bin es, Laura", rief ich in den Hörer: „Ich wollte dich fragen, ob du und Katrin heute Zeit und Lust habt zu mir zum Essen zu kommen, damit ihr Niklas einmal kennenlernt. Du kannst auch gerne Sebastian mitbringen. Niklas hat sich schon sehr besorgt geäußert, wie er den Abend in reiner Mädchenrunde überstehen soll", erklärte ich ihr aufgeregt.

„Das klingt nach einem guten Plan. Natürlich kommen wir, ich bin ja schon so gespannt auf deinen Freund, ich werde Katrin Bescheid geben. Übrigens ist Jana auch hier, sie hatte sich überraschend für eine Nacht bei mir einquartiert. Ich glaube, sie wollte es sich nicht entgehen lassen, Niklas zu treffen. Nachdem sie gehört hat, dass er hier ist, gab es für sie kein Halten mehr."

„Na gut, dann lernt Niklas euch alle gleich auf einmal kennen, hoffentlich ist er nicht allzu sehr überfordert. Dann treffen wir uns um 20.00 Uhr bei mir zu Hause, bis später", beendete ich das Gespräch.

„Mir ist gerade ein Gedanke gekommen. Kannst du überhaupt kochen oder müssen wir eine Pizza bestellen?", warf Niklas eine nicht ganz unwichtige Frage ein.

„Natürlich kann ich kochen. Traust du mir das etwa nicht zu? Ich mag zwar nicht die ordentlichste Person sein und putze nicht gerne, aber kochen kann ich", versicherte ich ihm in enthusiastischem Tonfall.

„Ich frage mich nur gerade, mit welchen Zutaten du kochen möchtest. Als ich gestern das Frühstück zubereitet habe, war der Kühlschrank ziemlich leer", erwiderte Niklas ironisch mit hochgezogener Augenbraue.

„Das habe ich total vergessen, ich wollte eigentlich einkaufen gehen. Aber dann standst du plötzlich vor der Türe und ich habe nicht mehr daran gedacht. Also bist du daran schuld", schloss ich nicht gerade logisch meine Schlussfolgerung.

„Wir müssen jetzt noch schnell beim Supermarkt vorbei fahren", wies ich ihn an.

„Heute ist Sonntag!", Niklas blickte mich vielsagend an.

„Verdammt, das habe ich ganz vergessen. Dann lass uns zur Tankstelle fahren und schauen, was wir dort alles bekommen."

„Brauchst du nicht erst einmal ein Rezept?", fragte er mich skeptisch.

„Niklas, ich koche sowieso nicht nach Rezept, notfalls improvisiere ich eben", erklärte ich ihm betont geduldig, wie einem kleinen Kind.

Niklas warf mir einen schrägen Blick zu, der wohl besagte, dass er meinen Kochkünsten nach dieser Aussage noch weniger traute und er erwiderte besorgt: „Du weißt schon, dass wir heute Gäste bekommen, da sollte das Gericht schon schmecken."

„Jetzt hab doch einmal etwas Vertrauen in mich", erwiderte ich leicht gekränkt. Rasch verschaffte ich mir in der Tankstelle einen Überblick über das Sortiment und wählte scheinbar wahllos einige Produkte aus. Schließlich hatten wir es eilig, denn mittlerweile zeigte die Uhr schon fast 19 Uhr an.

Niklas war während des Einkaufes verdächtig still, anscheinend traute er sich nichts Gegenteiliges mehr zu behaupten. Aber die Skepsis stand ihm in sein hübsches Gesicht geschrieben.

Zu Hause angekommen, verfrachtete ich Niklas auf die Couch vor den Fernseher und wies ihn an, mich um Himmels willen unter keinen Umständen in der Küche zu stören.

„Ich kann dir auch gerne helfen", bot er mir eilfertig an. Anscheinend hatte er wirklich die Befürchtung, ich würde das Gericht ruinieren.

„NEIN, ich brauche meine Ruhe und kann es nicht leiden, wenn mir beim Kochen jemand über die Schulter blickt", erwiderte ich energisch und schob ihn aus der Küche.

„Jetzt habe ich dich durchschaut, du willst heimlich ein Fertiggericht aus der Gefriertruhe zaubern", rief er triumphierend aus und machte, dass er aus der Küche kam, bevor ich ihn mit dem Messer, welches ich gerade in der Hand hielt, attackierte.

Ich musste vor mich hin schmunzeln, als ich die Zucchini in kleine Scheiben schnitt. Manchmal war Niklas wirklich ein richtiger Kindskopf, aber ausgesprochen süß, musste ich ihm zugutehalten. Ich genoss seine Gesellschaft so sehr. Keine einzige Minute mit ihm würde ich mehr missen wollen. Vor dem bevorstehenden Abschied fürchtete ich mich mehr als ich zugeben wollte. Die Vertrautheit, welche von Beginn an zwischen uns geherrscht hatte, wurde innerhalb der gemeinsam verbrachten Zeit noch größer. Wir lernten uns mit unseren Eigenarten und Angewohnheiten immer besser kennen. Trotzdem hegte ich die Befürchtung, dass wir uns fremd werden würden, wenn wir räumlich für längere Zeit getrennt waren.

„Kommst du zurecht?", unterbrach eine besorgte Stimme meine Gedankengänge.

„Wenn du mich nicht immer ablenken würdest, wäre ich schon viel weiter", stellte ich eine nicht ganz wahre These auf.

Ich konzentrierte mich wieder auf das Kochen und briet das Gemüse in Olivenöl mit vielen Gewürzen an. Danach setzte ich Wasser für die Fusilli auf. Ich hatte beschlossen, im Angesicht der Kürze der Zeit, die mir zur Verfügung stand, Nudeln mit Gemüse, Krabben und einer Sahne – Senfsoße zu machen. Ich mischte spontan noch einige Zutaten wie Streichkäse unter die Soße, damit diese noch mehr Würze erhielt und lobte beim Abschmecken meine hervorragenden Kochkünste.

„Du kannst jetzt kommen und mir beim Tisch decken helfen, dann kann ich noch schnell ins Bad gehen und mich frisch machen", wies ich ihn an.

„In Ordnung, dein Wunsch sei mir Befehl", gab er sich geschlagen.

Nachdem ich aus dem Bad kam, war der Tisch auch schon fertig gedeckt und ich rief: „Dann fehlen jetzt nur noch die Gäste. Ich muss gestehen, ich bin etwas nervös. Hoffentlich sind sie nett zu dir." Ich hatte Janas und Vanessas Vorbehalte noch im Ohr, während sie sich über ihn ausließen, als es mir in Berlin nach seinem Geständnis so schlecht ging.

Gerade als er misstrauisch nachfragen wollte, was diese Aussage zu bedeuten hatte, klingelte es an der Türe.

„Ich gehe aufmachen, du könntest schon einmal den Wein öffnen", mit diesen Worten ging ich aus der Küche, um meine Freunde hereinzulassen.

„Hallo Vanessa, hallo Sebastian, schön, dass du es einrichten konntest mitzukommen. Ich glaube, Niklas hätte sich sonst etwas unwohl in Gesellschaft von vier Mädels gefühlt", begrüßte ich die beiden.

„Das ist ein Gerücht", tönte es aus der Küche: „Glaubt ihr bloß nicht, ich fühle mich in Anwesenheit von Frauen immer wohl, je mehr desto besser."

Ich warf ihm einen vielsagenden Blick zu, als er auf meine Freunde zukam und rief sarkastisch: „Da spricht unser Frauenexperte."

Er ignorierte mich und begrüßte Vanessa und Sebastian herzlich: „Ich freue mich euch endlich kennenzulernen. Laura hat schon viel von euch erzählt, ich bin Niklas", er streckte ihnen zur Begrüßung die Hand entgegen.

Ich sah amüsiert, dass Vanessa bei Niklas Anblick erst einmal die Kinnlade herunterfiel. Sie stand einen Augenblick mit offenem Mund da, bis sie sich zusammenriss und ihn ebenfalls freundlich grüßte. Ich lachte in mich hinein, ich hatte meinen Freundinnen zwar erzählt, dass Niklas gut aussah, aber was für ein hübscher Mann er in Wirklichkeit war, hatte ich ihnen verschwiegen. Wir gingen in die Küche und Niklas schenkte erst einmal jedem ein Glas Wein ein. In diesem Augenblick fragte ich Vanessa: „Wo habt ihr eigentlich Jana gelassen, ich dachte, ihr bringt sie mit?"

„Sie war noch nicht fertig, als wir aufgebrochen sind. Du kennst doch deine Schwester, ihr Makeup saß noch nicht perfekt. Deshalb holt Katrin sie nach ihrer Schicht ab, sie müssten aber bald da sein", erklärte Vanessa mir.

Das war mal wieder typisch Jana. In jeder Situation wollte sie perfekt sein und sich in das Rampenlicht stellen. Für meinen Freund musste sie sich gar nicht so herausputzen, der gehört schließlich mir, dachte ich ein wenig eifersüchtig. In diesem Moment war ich unglaublich froh, dass sie sich gerade mit Jonas versöhnt hatte und sich zumindest derzeit nicht auf Männerjagd befand.

Wir unterhielten uns in lockerer Atmosphäre und ich war erleichtert, dass Niklas sich mit meinen Freunden gut zu verstehen schien und sie sich angeregt unterhielten. Nach fünfzehn Minuten klingelte es erneut an der Türe und ich begrüßte Jana und Katrin mit einer Umarmung. Jana hatte kein Auge für mich, sie drängelte sich rücksichtslos an mir vorbei und rief mit lauter Stimme: „Wo ist er denn? Ich bin so neugierig, hast du ihn etwa vor mir versteckt?"

Niklas kam aus der Küche und erwiderte trocken: „Nein, heute hat Laura mir ausnahmsweise Ausgang aus der Rumpelkammer gegeben. Aber schön dich kennenzulernen, ich war schon sehr gespannt auf Lauras kleine Schwester."

Jana war doch tatsächlich für einen kurzen Augenblick sprachlos und blickte Niklas fassungslos an. Sie fing sich dann aber erstaunlich schnell wieder und hauchte mit tiefer Stimme: „Die Freude ist ganz meinerseits. Ich konnte es kaum erwarten, endlich den Mann kennenzulernen, der es geschafft hat, das Herz meiner Schwester zu erobern. Deshalb wusste ich schon vor unserer Begegnung, dass du etwas ganz Besonderes bist."

„Gut Jana, das reicht fürs erste, komm mal mit, ich habe ein Glas hervorragenden Wein für dich", und zog sie entschieden aus Niklas Bann.

Währenddessen erhielt er die Gelegenheit einige Worte mit Katrin zu wechseln, die das Gespräch der beiden belustigt verfolgt hatte, sich aber im Hintergrund hielt, wie es ihre Art war. Sie hatte es nicht nötig mit allen Mitteln auf sich aufmerksam zu machen, sie fiel schon durch ihre positive Ausstrahlung und wunderschönen, schwarzen Korkenzieherlocken auf.

„Da nun endlich auch die Letzten eingetroffen sind", begann ich meine kleine Ansprache mit einem kleinen Seitenhieb auf meine Schwester: „dürft ihr euch nun setzen, das Essen ist nämlich fertig."

Ich lobte mich im Stillen für meine hervorragenden Kochkünste. Ich hatte es sogar noch geschafft, als Vorspeise einen Salat und das dazugehörige, mit Ziegenkäse und Olivenöl überbackene Baguette vorzubereiten.

Niklas warf mir beim Austeilen des Essens einen erstaunten Blick zu. Mir tat die Genugtuung gut, ihm bewiesen zu haben, dass ich eine gute Köchin war.

Wir genossen die angenehme Atmosphäre und Niklas fand sich mühelos in unsere kleine Clique ein, als ob er schon immer dazugehören würde. Durch seine lockere und offene Art kam er bei den anderen gut an und war als Gesprächspartner durch seine witzige Erzählweise sehr beliebt. Er konnte viele lustige Anekdoten von sich geben und alle hingen förmlich an seinen Lippen. Ich war einmal mehr verblüfft, wie gut Niklas mit Frauen umgehen konnte. Alle drei schienen restlos begeistert von ihm zu sein. Seiner ungeteilten Aufmerksamkeit konnte sich jede einzelne gewiss sein. Ich wurde schon fast ein wenig eifersüchtig auf meine Mädels. Auf der anderen Seite war ich sehr erleichtert, dass er es sofort geschafft hatte, den ersten negativen Eindruck, den meine Freundinnen von ihm gewonnen hatten, durch sein charmantes Wesen wieder revidieren zu können. Ich unterbrach meine Gedankenwelt, da mir abrupt eingefallen war, dass ich über unsere gelöste Stimmung das Hauptgericht vergessen hatte zu servieren.

„Hoffentlich ist es nicht ganz verkocht. Warum sagt denn keiner etwas von euch? Ihr müsst doch Hunger haben", rief ich erschrocken aus.

„Wir haben doch reichlich Wein, der reicht mir aus, um den Magen zu füllen", entgegnete Jana aus voller Überzeugung.

Mit einem Blick auf vier geleerte Weinflaschen war ich geneigt, ihr recht zu geben. Ich hatte gar nicht bemerkt, dass auch ich während des Redens mindestens drei Gläser getrunken hatte. Deshalb fühlte ich mich auch schon leicht beschwipst.

„Genau aus diesem Grund wäre es wohl sinnvoll, etwas in den Magen zu bekommen, damit wir die anderen Flaschen auch noch trinken können", war meine logische

Schlussfolgerung.

Als ich aufstand, geriet ich peinlicherweise ins Schwanken. Ich hatte wohl doch schon ein Glas zu viel getrunken. Eine Tatsache, welche mir im Sitzen gar nicht aufgefallen war, stellte ich leicht erstaunt fest.

Ich servierte unsicher und leicht schwankend das Essen, Niklas warf mir einen belustigten Blick zu und fragte mich liebenswert: „Soll ich dir vielleicht behilflich sein? Du siehst mir so aus, als wärst du nicht mehr ganz sicher auf deinen zwei Beinen, nicht dass dein schönes Essen auf dem Fußboden landet."

Ich erwiderte so würdevoll ich konnte, bemüht jegliches Lallen aus meiner Stimme fernzuhalten: „Mir geht es hervorragend und ich bin kein bisschen beschwipst, huch", rief ich erschrocken aus, als ich über Janas Stuhlbein stolperte und fast die Teller in meiner Hand fallen ließ.

„Genau Laura, du siehst noch äußerst nüchtern aus" musste meine Schwester sich einmischen, die selber alles andere als gut aussah.

Niklas sprang lachend auf, nahm mir vorsichtig die Teller aus der Hand, küsste mich und erwiderte spöttisch: „Ich helfe dir lieber, denn deinen Entgegnungen zum Trotz, siehst du mir doch ziemlich betrunken aus."

Mit seiner Hilfe konnten wir uns endlich das Essen schmecken lassen. Ich bekam einiges an Lob für mein selbst kreiertes Gericht zu hören und freute mich darüber sehr. Wir saßen in lockerer Runde bis weit nach Mitternacht zusammen.

Erst als Vanessa erschrocken ausrief: „Du meine Güte, es ist schon fast 2.00 Uhr. Sebastian und ich müssen morgen beide arbeiten. So ungern ich aufbrechen möchte, die Vernunft siegt, wir müssen heim", stellten wir fest, wie schnell die Zeit vergangen war.

Vanessa war Verkäuferin in einer Modeboutique und fing erst um 10.00 Uhr an, aber Sebastian arbeitete in einer Bank und sein Arbeitstag begann schon um 8.00 Uhr morgens.

Da Vanessa kaum Alkohol trank, hatte sie sich für den Abend als Fahrerin angeboten. Sie nahm nicht nur Jana mit, sondern fuhr auch Katrin nach Hause, die ihr Auto bei mir stehen ließ, da sie sich in keiner fahrtauglichen Lage mehr befand. So verabschiedeten sich die Vier in feuchtfröhlicher Stimmung von uns und dann standen wir alleine in unserer plötzlich stillen Wohnung.

Ich umarmte Niklas und sagte erschöpft zu ihm: „Das war wirklich ein schöner Abend, ich bin froh, dass meine Freunde dich mögen. Aber jetzt bin ich glücklich, wieder alleine zu sein, ich bin so müde, dass ich gleich umfalle."

„Ich finde deine Freunde und deine Schwester ausgesprochen nett und ich habe mich in dieser Runde auch sehr wohl gefühlt. Ich muss dir gestehen, dass ich zu Beginn schon etwas nervös war, wie ich bei deinen Leuten ankomme. Vor allem deine misstrauische Schwester war nicht so leicht zu überzeugen, ob ich für dich wirklich gut genug bin, um dich zu verdienen. Ich glaube, sie liebt dich wirklich sehr und hatte große Befürchtungen, dass ich dir wehtun könnte. Aber nun konnte ich sie hoffentlich von meinen ehrlichen Absichten überzeugen."

Müde aber trotzdem überrascht blickte ich ihn an, es war wieder einmal erstaunlich, wie treffend er Jana eingeschätzt hatte. Auch seine schonungslose Eröffnung der Tatsache, dass er nervös gewesen war, zeichnete ihn aus. Ich fragte mich einmal mehr, wie er es schaffte, sich dies nicht anmerken zu lassen. Diese Fähigkeit schien ihm wohl angeboren zu sein.

„Lass uns zu Bett gehen", sagte ich leise und nahm seine Hand, die so gut zu meiner passte.

Der Abschied

Am nächsten Morgen wachte ich niedergeschlagen auf. Heute Abend musste Niklas zurück nach Berlin fahren, da er am Dienstag ein wichtiges Meeting in der Redaktion hatte. Ich hatte nun die unliebsame Aufgabe vor mir, mich in der Arbeit krank zu melden.

Um nichts in der Welt hätte ich heute in die Buchhandlung gehen können. Es war unvorstellbar diese letzten, kostbaren Stunden mit Niklas zu verpassen, während ich pflichtbewusst zur Arbeit ging. Deshalb stand ich stand auf und nahm das Handy zur Hand. Hoffentlich war Manuela am anderen Ende der Leitung, betete ich im Stillen. Ausnahmsweise hatte ich einmal Glück, es war tatsächlich die Stimme meiner Lieblingskollegin, die sich am anderen Ende meldete.

„Hallo Manuela, es tut mir leid, aber mir geht es gar nicht gut. Ich glaube, ich habe mir eine Magen-Darm-Grippe eingefangen", krächzte ich mit leidender Stimme in den Hörer.

„Ich werde heute nicht arbeiten können. Wie es morgen aussieht, kann ich dir noch nicht sagen. Ich werde mich noch einmal melden, falls ich nicht kommen kann", verblieb ich mit ihr. Als sie mir aufrichtig und mitfühlend gute Besserung wünschte, überkam mich kurzzeitig ein schlechtes Gewissen, dass ich sie mit der ganzen Arbeit alleine ließ. Aber als mein Blick auf meinen wunderbaren Freund fiel, waren alle Gedanken an Manuela und meine Arbeit wie weggefegt. Ich konzentrierte mich nur noch auf ihn, als ich wieder zurück in das Bett stieg und er mich dort mit seinen starken, aber sensiblen Händen umfing und zu sich herunter zog.

Wir beschlossen den Großteil des Tages im Bett zu bleiben. Da ich ja offiziell krank war, wagten wir es nicht, vor die Türe zu gehen. Ich konnte es mir nicht leisten auch noch beim Krankfeiern erwischt zu werden.

Gegen diesen Vorschlag hatten wir beide nichts einzuwenden und wir genossen die Stunden der Zweisamkeit. Wir standen lediglich auf, um uns etwas zu Essen zuzubereiten, als wir hungrig wurden. Sonst lagen wir eng umschlungen im Bett und erzählten uns weitere Geschichten und Details aus unseren bisherigen Leben. Auch von seinem Freundeskreis berichtete er mir, denn auch ich war schon neugierig auf seine Freunde.

„Vor allem Andreas und seine Frau Sabrina werden dich mögen. Ich glaube, ihr liegt genau auf einer Wellenlänge. Bei Kristian bin ich mir nicht so sicher, er mochte Martina sehr gerne. Ich hatte sogar die Vermutung, dass er für sie schwärmte, auch wenn er das nie zugegeben hat.

Ich könnte mir vorstellen, dass du bei ihm erst einmal einen schweren Stand haben wirst", bereitete er mich schon einmal vor.

„Danke, jetzt werde ich noch mehr Angst vor der ersten Begegnung haben. Diesen Umstand hättest du mir nicht unbedingt erzählen müssen", brummte ich vor mich hin.

„Laura, ich bin mir sicher, dass du keine Probleme haben wirst, ihn mit deinem Charme, um den kleinen Finger zu wickeln. Aber ich möchte, dass du ihn und seine eventuell reservierte Art dir gegenüber verstehst", begründete er seine Offenheit.

„Unser Freundeskreis besteht neben den dreien noch aus Sabrinas bester Freundin, sie heißt Iris. Ich glaube, ihr werdet euch ebenfalls sehr gut verstehen. Iris konnte nie besonders viel mit Martinas Art anfangen und wird froh sein, dass ich endlich eine Freundin gefunden habe, die wirklich zu mir passt."

Mittlerweile hatte ich durch seine sehr anschauliche Erzählung über seine Freunde und deren Eigenarten schon eine gute Vorstellung gewinnen können. Ich freute mich darauf, sie persönlich kennenzulernen. Am Spätnachmittag konnten wir uns überwinden aus dem Bett aufzustehen und

Niklas packte seine Sachen wiederwillig in die Reisetasche ein. Er stopfte diese einfach hinein und ich musste, trotz des Kloßes in meinem Hals, über diesen Anblick lachen und fragte ihn scherzend: „Und du nennst mich unordentlich, was bist du dann bitte?"

Er blickte vom Boden zu mir auf und sagte leise: „Ich möchte unsere letzten gemeinsamen Minuten nicht mit ordentlichem Zusammenlegen meiner Anziehsachen verbringen. Lieber nütze ich diese Zeit, dich in den Arm zu nehmen und zu küssen."

Mit dieser Rede stand er vom Boden auf, ließ den Pullover, welchen er gerade in der Hand hielt, achtlos zu Boden gleiten und begann seinen Worten Taten folgen zu lassen.

Er nahm mich in die Arme und vergrub sein Gesicht in meinen Haaren und ich konnte sein Herz dicht an meinem Körper schlagen hören. Dann schaute er in meine Augen und ich sah seinen traurigen Blick und mir kam es vor, als ob ich tief in seine Seele blicken könnte.

Er begann mich wild und ungestüm zu küssen und ich hatte das Gefühl, als müsse er sich an mir festhalten, um sich nicht zu verlieren. Auch ich klammerte mich an ihn und wusste nicht, wie ich die Kraft aufbringen sollte, ihn gehen zu lassen.

„Ich weiß nicht, wie ich die Zeit bis zu unserem Wiedersehen überstehen soll", sagte ich ratlos und traurig.

„Es dauert doch gar nicht mehr so lange, bis du mich besuchen kommst, mein Schatz", erwiderte er in dem Bemühen mich aufzuheitern.

Ich musste in meiner Arbeitsstelle meinen Urlaubsplan für ein ganzes Jahr im Voraus aufstellen, und ich hatte in drei Wochen, vierzehn Tage Urlaub, die ich natürlich in Berlin bei Niklas verbringen wollte.

„Du hast recht, es könnte schlimmer aussehen. Diese Zeit bekommen wir auch herum, wir telefonieren einfach jeden Tag miteinander", stimmte ich ihm schon etwas positiv gestimmter zu.

Niklas holte seine Reisetasche aus dem Schlafzimmer. Zögernd und schweren Herzens machten wir uns bereit Abschied voneinander zu nehmen. Er küsste mich noch einmal leidenschaftlich, dann ein letzter Blick zurück und er ging.

Ich schloss die Türe und brachte es nicht über mich ihm nachzuschauen, denn ich wusste, dass ich sofort in Tränen ausbrechen würde. An der Türe ließ ich mich kraftlos und ausgelaugt zu Boden gleiten. In diesem Augenblick fühlte ich mich völlig leer und konnte erst einmal überhaupt nichts spüren. Ich saß eine Weile kauernd da, als mich plötzlich eine Traurigkeit überfiel und ich in Tränen hätte ausbrechen können. Mühselig stand ich auf und versuchte mich zu beherrschen, und sprach laut mit mir selber: „Laura das ist ein völlig lächerliches Verhalten. Du müsstest der glücklichste Mensch auf Erden sein. Nach diesem traumhaften Wochenende gibt es keinen Grund für Tränen. Du siehst ihn schon in drei Wochen wieder."

Ich beschloss mich abzulenken und begann mit übertriebenem Elan die Küche, die nach der gestrigen Feier immer noch wie ein Schlachtfeld aussah, aufzuräumen. Bei der Gelegenheit putzte ich gleich noch alle Schränke aus und saugte die ganze Wohnung. Es wäre doch gelacht, wenn ich mich unterkriegen lassen würde. Dann klingelte das Telefon und ich sah, dass es meine Schwester war. Erleichtert mit jemanden reden zu können, ging ich dran.

„Störe ich gerade bei einem Schäferstündchen oder ist er schon gefahren?"

„Er ist vor einer Stunde gefahren", erwiderte ich traurig und meine Stimme zitterte schon wieder bedenklich.

„Laura ich muss dir gratulieren. Lange genug hat es ja gedauert, aber ich muss zugeben, das Warten hat sich wirklich gelohnt. Du hättest mir schon einmal erzählen können, wie gutaussehend, nein das ist das falsche Wort, ich meinte wie hübsch dein Niklas ist.

Ich habe selten einen so schönen Mann gesehen, der dazu auch noch unglaublich nett ist. Ich hatte wegen seiner Vorgeschichte wirklich große Vorbehalte gehegt. Nachdem ich aber erlebt habe, wie er dich gestern angesehen hat und mit dir umgegangen ist, bin ich nun davon überzeugt, dass eure Liebe sogar eine Fernbeziehung aushalten kann. Das hätte ich mir zuvor nicht vorstellen können. Ich gebe zu, ich hatte arge Bedenken, dass es nicht gut gehen wird."

Wenn Jana einmal anfing zu lamentieren, war es besser sie nicht zu unterbrechen und diesmal wollte ich es gar nicht. Ihre Worte freuten mich und ich begann mich sogleich besser zu fühlen.

„Das ist wirklich lieb von dir, vor allem weiß ich, dass deine Worte von Herzen kommen und aufrichtig gemeint sind. Wenn es anders wäre, würdest du dich auch nicht scheuen, mir die Wahrheit zu sagen", entgegnete ich.

„Jetzt müssen sich nur noch Jonas und Niklas kennenlernen, dann können wir etwas zu viert unternehmen, das habe ich mir schon lange gewünscht", schlug meine Schwester begeistert vor.

„Versprochen, wenn Niklas das nächste Mal im Allgäu ist, besuchen wir euch in München. Jetzt fahre ich in der zweiten Juniwoche erst einmal nach Berlin, ich kann es kaum noch erwarten", bemerkte ich mit viel besserer Laune als zu Beginn unseres Gespräches.

Wir verabschiedeten uns und ich wünschte ihr eine gute Nacht.

Kaum hatte ich aufgelegt, klingelte es schon wieder und mein Herz schlug schneller, denn es war Niklas: „Hallo Kleine, ich hatte solche Sehnsucht nach dir, dass ich unbedingt deine Stimme hören musste. Aber wie es aussieht, hast du dich ja anderweitig getröstet. Wie viele Stunden hast du telefoniert? Ich habe bestimmt schon zwanzigmal probiert dich zu erreichen."

„Armer Niklas", erwiderte ich mit mitfühlender Stimme: „Wenn ich gewusst hätte, dass du mich anrufst, hätte ich Jana schneller abgewürgt. Aber du weißt ja, wenn sie einmal in Fahrt kommt, ist sie so schnell nicht zu bremsen."

Wir sprachen noch ein paar Minuten, dann beendete Niklas das Gespräch, da er sich auf den Verkehr konzentrieren musste. Immerhin hatte er noch einige Stunden Fahrt vor sich.

Plötzlich klingelte es an meiner Haustüre. Wer konnte das abends nach 21.00 Uhr noch sein? „Kann man denn niemals seine Ruhe haben?", schimpfte ich leise vor mich hin.

Am liebsten hätte ich mich auf die Couch gelegt und an den traumhaften Besuch von Niklas gedacht. Mit viel Glück wäre ich sanft in einer wunderschönen Traumwelt gelandet und hätte dadurch alle negativen Dinge aus meinem Bewusstsein gestrichen. Es sollte wohl nicht sein.

„Katrin, was machst du denn hier?", fragte ich im ersten Augenblick nicht gerade enthusiastisch, als ich meine Freundin verwundert anblickte.

„Ich habe gestern ausgiebig bei dir gefeiert und etwas zu viel Wein getrunken, um noch mit dem Auto nach Hause zu fahren, falls du dich noch daran erinnern kannst", rief Katrin gut gelaunt.

„Außerdem brauchte ich einen Vorwand dich zu besuchen, da ich es kaum noch abwarten konnte, mich mit dir über Niklas zu unterhalten. Ich wollte natürlich sichergehen, dass ich eure traute Zweisamkeit nicht störe, deshalb komme ich erst so spät", fügte sie erklärend hinzu.

„Wie kommst du überhaupt ohne Auto hierher?" einen Blick auf ihre sexy High Heels werfend, war mir klar, dass sie unmöglich gelaufen sein konnte.

„Möchtest du auch eine Tasse Kaffee? Ich kann dir natürlich auch ein Glas Wein anbieten. Aber ich befürchte, wenn ich eine Flasche öffne, wird diese in einer halben Stunde leer sein und dann kannst du wieder nicht mit dem

Auto nach Hause fahren", begründete ich meinen wohlmeinenden Ratschlag mit sehnsüchtigem Blick auf die Weinflasche.

„Bitte kein Wort über alkoholische Getränke, wenn ich nur an Wein denke, wird mir schon wieder übel. Ich habe gestern wohl ein paar Gläser zu viel erwischt. Zu einem Kaffee sage ich aber gerne ja", kam sie auf meine Frage zurück.

„Ich glaube, du wärst zu einer früheren Uhrzeit gar nicht in der Lage gewesen mich zu besuchen, wenn ich mir deinen Gesundheitszustand genauer anschaue", musste ich sie necken.

Katrin wechselte unvermittelt das Thema: „Ich bin übrigens von einem gutaussehenden Typen namens Simon gefahren worden. Ich habe ihn heute Mittag zufällig kennengelernt."

Ich verdrehte die Augen und erwiderte: „Wie machst du das bloß? Fast jeden Tag triffst du einen interessanten Mann. Ich werde nie angesprochen, für mich interessiert sich keiner", maulte ich beleidigt vor mich hin.

Natürlich, jeder der Katrin einmal begegnet war, konnte nachvollziehen, warum sie ständig von Verehrern umschwärmt wurde. Als bis dato Alleinstehende, kam ich mir in ihrer Gegenwart manchmal als unscheinbares Mauerblümchen vor. Mir war bewusst, dass diese Tatsache weniger mit ihrem bezaubernden Aussehen, als mit ihrem offenen, lockeren und aufgeschlossenen Wesen zu tun hatte. Aber trotzdem war es nicht immer einfach gewesen, damit umzugehen. Ich gönnte es ihr von Herzen, dass sie beim männlichen Geschlecht so beliebt war. Trotzdem war ich froh, von Natur aus mit der Fähigkeit gesegnet zu sein, kaum Eifersucht oder gar Missgunst anderen gegenüber zu verspüren.

„Ich glaube, ich muss dich an ein paar bestehende, nicht zu übersehende Tatsachen erinnern", erwiderte Katrin lachend: „1. Obwohl ich ständig neue Bekanntschaften habe, finde ich einfach nicht den Richtigen, für den ich bereit wäre, monogam zu leben.

2. Wer hat sich denn gerade einen super aussehenden Typen geangelt? So viel zum Thema, du wirst nie angesprochen", nahm meine Freundin mir den Wind aus den Segeln.

Ein Lächeln umspielte in Erinnerung an Niklas meine Lippen und ich erwiderte friedfertig:

„In Ordnung, ich gebe mich geschlagen, dass mit Niklas stimmt tatsächlich. Es kommt mir fast wie ein Wunder vor, dass er mich an diesem schicksalhaften Tag angesprochen hat. Aber zurück zu dir, du willst mir doch nicht ernsthaft gestehen, dass du dich nach einer beständigen, festen Beziehung sehnst und deine Freiheit und One Night Stands aufgeben möchtest?", fragte ich neugierig.

„Schließt denn das eine, das andere aus?", fragte sie mich mit unschuldigem Augenaufschlag.

„Katrin du bist wirklich einmalig, aber ich fühle mich wieder einmal darin bestätigt, dass du für eine tiefgehende Beziehung noch nicht reif bist", zog ich aus ihrer provokanten Frage die richtigen Rückschlüsse, als ich ihren Blick sah.

„Nun lenk doch nicht immer vom eigentlichen Thema ab", sagte Katrin nachdenklich und ergänzte dann direkt und unbefangen: „Erzähl doch einmal, ist Niklas im Bett genauso gut, wie er aussieht? Dann musst du traumhafte Stunden und sexuelle Erlebnisse hinter dir haben."

Eigentlich müsste ich nach jahrelangem Umgang mit meiner Freundin auf ihre schonungslose Offenheit vorbereitet sein, aber ich reagiert erst einmal entsetzt: „Das ist doch wieder einmal typisch für dich. Kannst du nicht mit einer harmlosen Frage beginnen? Immer musst du mit der Tür in das Haus fallen."

„Du bist so süß Laura. Du wirst schon ganz rot im Gesicht, also muss der Sex gut gewesen sein", rief sie entzückt aus.

„Ich stehe dazu, ich bin wirklich in gewissen Situationen befangen und zurückhaltend. Aber ich werde deine Neugierde befriedigen, er ist einmalig, phänomenal, experimentierfreudig, unglaublich befriedigend und geht auf meine Wünsche ein", führte ich mutig und zunehmend offener aus, schließlich war Katrin meine beste Freundin.

„Na also, das war doch gar nicht so schwierig auszusprechen", lobte sie mich und fuhr fort:

„Du siehst wie eine zufriedene Katze aus, die an einem Sahnetopf genascht hat", zog sie einen anschaulichen Vergleich.

„Eher wie eine Katze, die gleich in einen Sahnetopf gefallen ist", wollte ich meiner Begeisterung noch genauer Ausdruck verleihen und wir brachen beide in schallendes Gelächter aus.

„Ich glaube, du hast da etwas Entscheidendes verwechselt. Wenn dann war er es, der in den Sahnetopf gefallen ist", merkte sie süffisant an.

„Katrin", schrie ich empört aus, dann schlug ich mir die Hände vor dem Mund: „Musst du denn immer so vulgär werden?"

Traf man Katrin das erste Mal, bemerkte man ein schönes, liebenswürdiges Mädchen, das sehr unschuldig und süß aussah. Wer sie jedoch genauer kannte, wurde schnell eines Besseren belehrt. Wahrscheinlich machte sie die Diskrepanz zwischen ihrem Aussehen und Verhalten so bemerkenswert und interessant.

Mittlerweile liefen uns vor Lachen schon die Tränen über die Wangen und als ich mich wieder etwas beruhigt hatte, bemerkte ich: „Danke, dass du mich aufgemuntert hast und noch bei mir vorbeigeschaut hast. Mir ging es vorhin wirklich nicht besonders gut. Nach diesem aufregenden Wochenende, habe ich mich plötzlich so alleine gefühlt und bin über deine Gesellschaft sehr froh. Du hast es geschafft mich auf andere Gedanken zu bringen."

Ich umarmte sie und drückte ihr spontan einen Kuss auf

die Wange.

„Du meinst, meine oberflächliche, seichte aber amüsante, sorglose Art hat dich aus deinen tiefschürfenden Gedankengängen emporgerissen", sagte sie, sich selbst auf den Arm nehmend.

„Ich würde es etwas anders ausdrücken. Deine offenherzige, aufmunternde, einfühlsame und unglaublich lebenslustige Art hat mich aufgemuntert."

Wir unterhielten uns noch eine Weile über den gelungenen gestrigen Abend und Katrin versicherte mir mehrmals, wie gut Niklas und ich zusammenpassten. Wir hätten gute Chancen, das neue Traumpaar unserer Clique zu werden. Diese Sätze konnte sie meiner Ansicht nach nicht oft genug wiederholen und ich wurde nicht müde, sie mir immer wieder anzuhören.

Leider hatte Katrin am nächsten Tag Frühschicht, was bedeutete, ihr Arbeitstag begann um 6.00 Uhr. Deshalb verabschiedete sie sich bald darauf von mir und küsste mich zum Abschied auf die Wange. Wir verabredeten uns für den kommenden Mittwochnachmittag. Katrin versprach mir, sich ein Programm zur Aufmunterung für mich zu überlegen. Noch wollte sie mir nicht verraten, was sie vorhatte. Ich sollte mich überraschen lassen.

Außerdem versprach ich, sie mit Neuigkeiten bezüglich Niklas auf dem Laufenden zu halten.

Gut gelaunt und fröhlich vor mich hin summend, machte ich mich nach dem Besuch bettfertig und kuschelte mich mit einer Wärmflasche, als Ersatz für Niklas Körperwärme, in mein Bett.

Da fiel mein Blick auf den Boden und ich sah, dass er seinen fallengelassenen Pullover, vergessen hatte einzupacken. Ich hob ihn auf, versteckte meine Nase in ihm und atmete tief ein. Ich roch Niklas Aftershave, nahm den Pulli mit in mein Bett und schlief mit einem letzten Gedanken an unsere schöne gemeinsame Zeit ein.

Der Alltag und andere Sorgen

Als ich am Morgen im Halbschlaf erwachte, suchte ich im ersten Augenblick Niklas Nähe und seine zärtliche Umarmung, bis mir leider nur allzu schnell die unliebsame Realität wieder verdeutlichte. Die positive Stimmung, welche ich am Abend zuvor noch verspürt hatte, war wie weggeblasen. Es kostete mich allerhand Überwindung, genügend Kraft zu sammeln, um aufzustehen. Die Versuchung den Telefonhörer in die Hand zu nehmen und in der Arbeit anzurufen, um mich für einen weiteren Tag krank zu melden, war verlockend groß.

Ich seufzte, verwarf diesen Gedanken und stand mit gespielt schwungvollem Elan, mit dem ich mich selber von der Richtigkeit meines Handelns überzeugen wollte, aus dem Bett auf.

Vierzig Minuten später war meine Laune zwar noch nicht nennenswert gestiegen, aber ich befand mich zumindest in meinem Auto auf dem Weg in die Buchhandlung. Immerhin war ich heute pünktlich, rief ich mir in das Bewusstsein, um mich aufzumuntern.

Ich konnte mir selber nicht genau erklären, warum ich heute Morgen so schlechte Laune hatte. Natürlich belastete es mich, dass Niklas zurück nach Berlin gefahren war. Aber ich hatte schon die ganze Nacht ohne ihn verbracht und hatte somit die Gelegenheit gehabt, mich schon einmal an den jetzigen Zustand zu gewöhnen. Als ich tief in mich hineinhörte und versuchte meine negativen Gefühle zu erforschen, machte ich mir langsam bewusst, dass mein Unwohlsein auch im direkten Zusammenhang mit dem beunruhigenden Verhalten zu tun hatte, dass mein Chef in letzter Zeit an den Tag gelegt hatte.

Ein unfreundlicher, unverschämter, anmaßender und herablassender Vorgesetzter, die Liste zutreffender Attribute, konnte ich unbegrenzt fortsetzen, dachte ich grinsend, war schon schwer zu ertragen. Aber ein plötzlich freundlicher, zuvorkommender und einschmeichelnder Chef, jagte mir gelinde gesagt ein wenig Furcht ein.

Deshalb hatte ich heute ein flaues Gefühl im Magen. Ich hegte große Befürchtungen, welche unliebsamen Überraschungen mich heute wieder erwarten würden. Außerdem hatte ich Manuelas Theorie über unseren Chef nicht vergessen. Verdrängen, ja das hatte ich versucht, aber vergessen konnte ich ihre Worte nicht. Sie spukten mir auf dem Weg unablässig durch den Kopf „Herr Blessing ist in dich verliebt", es war unmöglich mir dieses Schreckensszenario vorzustellen. Ich stellte mir die Frage, wie um Himmels Willen ich mit diesem Wissen im Hinterkopf, Herrn Blessing gegenübertreten sollte. Gemessenen Schrittes ging ich Richtung Buchhandlung, während ich lief, wurden meine Schritte immer langsamer.

Ich redete mir selber Mut zu und dachte mir „Laura wo ist dein Kampfgeist, Esprit, und Willensstärke geblieben? Es wäre doch gelacht, wenn du mit einem verliebten Herrn Blessing nicht umgehen könntest, nachdem du ein Jahr lang seine Gemeinheiten über dich hast ergehen lassen." Diese neue Situation müsste doch große und wohltuende Erleichterungen meines Arbeitsalltages mit sich bringen, versuchte ich mir Mut zu machen. Der plötzliche Sinneswandel meines Chefs verwunderte mich dennoch. Als ich die Türe zu meiner Arbeitsstelle öffnete, fiel mein Blick sogleich auf Manuela. Meine Augen durchsuchten in Zeitraffer den Raum, aber Herrn Blessing konnte ich zum Glück nicht erblicken.

„Hallo Laura, mit dir habe ich heute ehrlich gesagt gar nicht gerechnet. Du hast dich gestern ziemlich krank angehört. Ich bin der Meinung, es wäre besser gewesen, du hättest dich richtig auskuriert und wärst noch einige Tage zu Hause geblieben. Das hätte dir bestimmt gutgetan. Du siehst ganz blass und müde aus", sagte Manuela fürsorglich.

„Mir geht es heute schon viel besser, manchmal wirkt ein Tag Pause, Ausruhen und viel Schlafen einfach Wunder. Außerdem wollte ich Herrn Blessing nicht weiter gegen mich aufbringen. Du weißt schließlich um unser angespanntes Verhältnis", erklärte ich ihr mit schlechtem Gewissen.

„Unser Chef stellt kein Problem mehr da, er hat sich gestern sehr besorgt nach dir erkundigt", erwiderte meine Kollegin mit einem wissenden Blick.

Womit wir beim direkten Thema gelandet waren. Dies hatte ich elegant und unauffällig eingeleitet und Manuela war gleich darauf eingestiegen. Ich fragte sie scheinheilig: „Mir ist am Freitag sein seltsames Verhalten mir gegenüber aufgefallen. Er war zu mir auffallend freundlich, das kam mir äußerst merkwürdig vor. Hast du vielleicht eine Ahnung, warum er sich plötzlich so anders verhält?"

Sie grinste mittlerweile über das ganze Gesicht und erklärte mir leicht selbstgefällig: „Natürlich kann ich dir das erklären. Schließlich hast du seine Freundlichkeit dir gegenüber, mir zu verdanken."

Ich blickte sie verdutzt an. Ich konnte ihr ansehen, dass sie vor Mitteilungsbedürfnis fast platzte und schon fuhr sie unaufgefordert fort: „Ich habe unserem Chef dezent und natürlich äußerst diskret darauf aufmerksam gemacht, wie unangebracht sein Verhalten dir gegenüber ist. Des Weiteren habe ich ihm mitgeteilt, dass du mit dem Gedanken spielst deine Anstellung aufzugeben, da du sein Mobbing nicht länger ertragen kannst und die Belastung für dich zu groß wird. Dies habe ich ihm natürlich in blumigen Worten und übertriebenen Erklärungen dargestellt." Sie blickte mich erwartungsfreudig und stolz an.

„Natürlich", murmelte ich benommen vor mich hin: „Manuela, wie konntest du nur? Stell dir vor, deine Aktion wäre missglückt und Herr Blessing hätte anders reagiert, indem er es mir freigestellt hätte zu gehen? Was hätte ich dann machen sollen, warum musstest du dich einmischen?", rief ich aufgebracht, als ich meine Stimme endlich wiedergefunden hatte.

„Keine Sorge, ich hatte die Situation vollkommen im Griff. Ich hätte das niemals riskiert, wenn ich mir über seine Gefühle nicht hundertprozentig sicher gewesen wäre", beruhigte sie mich voller Überzeugung.

„Da habe ich ja noch einmal Glück gehabt", erwiderte ich sarkastisch, so leicht wollte ich sie nicht davonkommen lassen.

„Ich weiß gar nicht, was du hast. Du müsstest mir eigentlich dankbar sein", entgegnete eine ehrlich erstaunte Manuela.

„Du hättest seinen entsetzten Gesichtsausdruck sehen müssen, als ihm bewusst wurde, welche Auswirkung es für ihn hätte, solltest du tatsächlich eine Kündigung in Erwägung ziehen. Er war über die Aussicht, dich nicht mehr fast täglich sehen zu können, regelrecht schockiert", führte Manuela fröhlich ihre Ausführungen fort. Ihr war die sichtliche Freude daran, förmlich ins Gesicht geschrieben.

„Willst du mich wirklich nicht verstehen oder tust du nur so?", fragte ich mittlerweile leicht genervt: „Mit einem liebeskranken Vorgesetzten kann ich noch schlechter umgehen, als mit einem herablassenden Chef", versuchte ich ihr verzweifelt zu erklären.

Meine Argumente prallten förmlich an ihr ab, sie wischte mit einer Armbewegung meine Einwände einfach fort und erwiderte ungerührt: „Stell dich nicht so an. Die Vorteile wirst du schon noch erkennen und dann nütze sie aus." Mit diesen Worten ließ sie mich einfach stehen, da die erste Kundschaft den Laden betrat.

Mit offenem Mund sah ich ihr gedankenverloren zu, wie sie einen freundlichen, älteren Herrn bediente und dachte noch über ihre Worte nach, als unser Chef plötzlich das Geschäft betrat.Ich erwachte abrupt aus meiner Versunkenheit und machte mich mit gemurmeltem Gruß in seine Richtung an meine Arbeit.

Als ich abends die Haustüre zu meiner gemütlichen, kleinen Wohnung aufsperrte, konnte ich es kaum erwarten, es mir mit einer Tasse heißer Schokolade auf der Couch gemütlich zu machen und mit Niklas zu telefonieren. Den ganzen Tag hatte ich die Uhr im Blickfeld gehabt, aber der Zeiger kroch förmlich nur so dahin. Natürlich hatten wir ausgerechnet heute nur wenig Kundschaft im Geschäft und auch sonstige Aufgaben waren rar gesät gewesen.

Lediglich einige kurze Gespräche mit Manuela und meiner anderen Kollegin Sonja, die nur stundenweise arbeitete, hatten mir einige Lichtblicke in meinem tristen Arbeitsalltag verschafft.

Ich warf einen kurzen Blick auf die Uhr, um mich zu vergewissern, dass Niklas schon Feierabend hatte. Danach wählte ich erwartungsfroh und plötzlich kein bisschen müde seine Nummer.

„Hallo meine Süße, ich wollte dich auch gerade anrufen, zwei Dumme ein Gedanke", rief ein vergnügter Niklas, schon nach dem ersten Läuten in meinen Hörer.

„Anscheinend denken wir nicht nur permanent aneinander, sondern haben auch noch dieselben Ideen und gleichen Gedankengänge", antwortete ich ihm begeistert.

„Hast du meine letzte SMS bekommen?", fragte mich mein Freund.

„Welche der unzähligen Nachrichten und Liebeserklärungen meinst du?", fragte ich scherzhaft zurück. Im Laufe des Tages hatten wir uns gegenseitig fast stündlich SMS geschrieben, in denen wir unsere Sehnsucht nacheinander kundtaten und uns die kleinen Dinge des Alltages mitteilten, die uns beschäftigten.

„Bist du heute überhaupt zum Arbeiten gekommen, nachdem du dir stundenlang Gedanken über deine literarischen Ergüsse, die du an mich gesendet hast, machen musstest?", spottete ich liebevoll.

„Mach dich nur lustig. Du kannst ruhig zugeben, dass dir meine dichterischen und literarischen Fähigkeiten imponiert haben", ging er auf meine scherzende Art ein. „Wer hat denn auf jede meiner Nachrichten postwendend geantwortet?" Ich konnte ihn förmlich durch das Telefon grinsen sehen.

„Ich vermisse dich schon nach einem Tag so sehr. Wie soll ich die nächsten drei Wochen überstehen?" Diese Frage stellte ich mir nicht zum ersten Mal und war daher rhetorisch gemeint, da keiner von uns beiden eine zufriedenstellende Antwort wusste.

„Was ich dich schon den ganzen Tag fragen wollte, wo wohnst du denn jetzt eigentlich?" wechselte ich abrupt das Thema, bevor mich die Traurigkeit übermannte und das wollte ich, während der kostbaren Minuten unseres Gespräches, nicht zulassen.

Niklas wurde unvermittelt ernst und beantwortete meine Frage: „Martina war schon ausgezogen, als ich nach Berlin zurückkam. Ich habe mit meiner Mutter gesprochen. Sie hat Martina schonend beigebracht, dass ich nicht zu ihr zurückkehren werde. Daraufhin hat sie in unserer Wohnung ihre persönlichen Dinge eingepackt und ist zu ihren Eltern gefahren. Sie hat ein paar Mal versucht mich anzurufen und meine Speicherkapazität war durch ihre permanenten SMS total überlastet. Aber ich habe darauf verzichtet, mit ihr zu sprechen. Sie soll erst einmal Abstand zu mir gewinnen und dann können wir vielleicht vernünftig miteinander reden. Zum jetzigen Zeitpunkt sehe ich keinen Sinn darin."

„Gut, dass sie ihre Eltern besucht. In einer anderen Umgebung, in der sie nicht alles an dich erinnert, kann sie bestimmt besser abschalten und sich von ihren Eltern trösten lassen."

Ich verspürte in Erinnerung an die unglückliche Martina immer noch einen Hauch schlechten Gewissens. Deshalb wendeten wir uns rasch erfreulicheren Dingen zu und schmiedeten Pläne für meinen bevorstehenden Besuch. Ich wusste meine Verdrängungstaktik hinsichtlich der Exfreundin meines Freundes gegenüber war egoistisch. Aber ich konnte und wollte an der bestehenden Situation gar nichts ändern, musste ich ehrlich zugeben. Daher konnte ich meine scheinheilige Haltung eigentlich gleich aufgeben. Niklas gehörte nun zu mir, dachte ich besitzergreifend, ich gebe ihn bestimmt nicht mehr her. Trotzdem bereitete mir die Vorstellung, jemals zufällig auf Martina zu treffen, deutlich Unbehagen und ich hoffte, dass ich auf dieses Erlebnis verzichten konnte.

Am folgenden Nachmittag war ich mit Vanessa und Katrin verabredet. Mir schwante schon Böses, als Katrin mir auftrug meine Sportsachen mitzubringen. Das Letzte, was mir in meiner Verfassung in den Sinn kam, war Sport zu treiben. Schon gut gelaunt war es mir kaum möglich, mich dahingehend zu motivieren. Aber ich wollte keine Spielverderberin sein und machte gute Miene zum bösen Spiel.

Bei Katrin angekommen, fragte ich erst einmal misstrauisch: „Was habt ihr beiden heute mit mir vor? Eigentlich dachte ich, ihr wolltet mich aufmuntern und nicht für noch schlechtere Laune sorgen."

Katrin betrachtete mich mit hochgezogener Augenbraue und sagte süffisant: „Hast du noch nie davon gehört, dass man beim Sport treiben Endorphine, also auf gut Deutsch Glückshormone, produziert?"

Ich erwiderte ihren Blick mit finsterer Miene und meinte sarkastisch: „Dann ist mit mir tatsächlich irgendetwas nicht in Ordnung. Ich habe noch nie erlebt, dass ich mich nach einer sportlichen Betätigung besser gefühlt habe. Im Gegenteil, ich fühlte mich hinterher jedes Mal wie von einem LKW überrollt."

Natürlich konnte Katrin diese Aussage nicht so stehen lassen und erwiderte provokant: „Also mir würde da schon eine sportliche Einlage einfallen, nach der es dir bestimmt besser geht und du dich rundherum wohl fühlst."

Ich sah sie erstaunt an und wollte mich gerade erkundigen, woher sie das wissen wollte, als mir schlagartig klar wurde, auf welche Begebenheit sie anspielte.

„Welche schmutzigen Gedanken wieder einmal in deinem Kopf zutage kommen. Sex als Sport anzusehen, darauf kannst auch nur du kommen", schimpfte ich spaßeshalber mit ihr. Dann fuhr ich grinsend fort: „In Ordnung, dann mag ich ab heute genau eine Sportart gerne. Du kannst dir wahrscheinlich schon denken, welche das ist. Ich bin der Meinung die Ausübung einer Sportart ist ausreichend." Ich versuchte sie mit ihren eigenen Waffen zu schlagen.

Unterdessen traf auch Vanessa ein. Sowohl Katrin als auch Vanessa waren ziemlich sportlich.

Ich jammerte noch eine Weile vor mich hin, aber Katrins ausschlaggebendes Argument überzeugte mich schlussendlich doch.

„Stell dir einfach vor, wie überrascht Niklas das nächste Mal sein wird, wenn du ihm beiläufig deine verbesserte Kondition vor Augen führst."

„Ihr habt mich überredet. Auf geht's, worauf wartet ihr noch?", rief ich übermütig und wollte schon motiviert los joggen.

Vanessa verdrehte die Augen und sagte spöttisch: „Hast du noch nie etwas von Aufwärmen gehört?"

Seufzend blieb ich stehen und machte widerwillig und halbherzig einige Aufwärmübungen mit.

„Solltest du morgen Muskelkater verspüren, brauchst du dich aber nicht bei uns beschweren", drohte Katrin, die meine missmutigen Versuche beobachtete.

Ich beschloss mich auf diese niveaulose Unterhaltung gar nicht erst einzulassen. Danach begannen wir endlich zu laufen. Wie immer überzog ich im Tempo und lief viel zu schnell, was zur Folge hatte, dass mir nach kürzester Zeit die Puste ausging.

„Ich brauche eine Pause", keuchte ich deshalb nach wenigen Minuten. Dies zog die ungläubigen Blicke meiner Freundinnen auf sich. Wütend rief ich: „Ich habe euch schließlich vorgewarnt."

Mir zuliebe gingen wir einige Schritte, dann erhöhten sie stetig das Tempo und liefen weiter. Nach einem weiteren Kilometer hatte ich endgültig genug. Meine ohnehin schon geringe Motivation hatte sich nun vollends verflüchtigt. Ich blieb einfach stehen und ließ die beiden unbemerkt weiterlaufen. Ihnen würde schon irgendwann auffallen, dass ich nicht mehr hinter ihnen herlief, wobei hinterher trotten es wohl besser treffen würde, dachte ich erheitert.

Dann kam mir der Gedanke, dass sich eine nahe gelegene Cafeteria sich nur wenige Minuten entfernt befand. Ich beschloss mich in aller Ruhe gemütlich in das Café zu setzen. Sollten die beiden sich doch alleine verausgaben. Ich wusste schließlich wie man das Leben genießt, dachte ich selbstgefällig. Gesagt, getan. Gerade als ich mich erleichtert auf einen Stuhl niederließ, klingelte mein Handy. Eine empörte Katrin war am anderen Ende der Leitung.

„Wo bist du denn? Wir haben auf dich gewartet, aber du warst plötzlich verschwunden."

„Ich habe euch gewarnt! Nachdem ihr überhaupt keine Rücksicht auf mich genommen habt, habe ich beschlossen euch einen kleinen Denkzettel zu verpassen", sagte ich beleidigt. Dann fuhr ich fort, sie ein wenig zu ärgern: „Ich sitze gerade in einem Café, genieße die herrlichen Sonnenstrahlen und trinke einen Latte Macchiato."

Ich hörte ihre entrüstete Stimme, als sie Vanessa über meinen Boykott aufklärte. Vanessa fand meine Aktion anscheinend erheiternd, zumindest konnte ich sie lachen hören. Auch Katrin war schnell besänftigt und sie versprachen, später in der Cafeteria vorbeizukommen. Währenddessen genoss ich den hervorragenden Apfelkuchen und fand meinen Entschluss keinen Sport zu treiben, eine kluge Entscheidung.

Ein fast perfekter Plan

Endlich Samstag, dachte ich erleichtert, als ich die Türe der Buchhandlung sorgfältig hinter mir absperrte. Zwei arbeitsfreie Tage lagen vor mir und ich merkte, wie sich die Anspannung der letzten Tage langsam löste. Egal wie Manuelas Sichtweise aussah, ich persönlich empfand Herrn Blessings neue Art mit mir umzugehen, äußerst anstrengend. Deshalb hatte ich die ganze Zeit versucht, ihm aus dem Weg zu gehen. Dies hatte leider nicht so funktioniert, wie ich mir das vorgestellt hatte. Mir kam es vor, als habe er mir regelrecht aufgelauert, um mich mit freundlichen Worten gnädig zu stimmen. Angefangen hatte es mit seiner besorgten Nachfrage über mein Wohlbefinden am ersten Arbeitstag. Dies waren tatsächlich seine Worte gewesen. Wer bitte redet freiwillig so geschwollen, dachte ich gehässig.

Er schien sich wirklich zu ängstigen, dass ich kündigen könnte, dachte ich angewidert.

Ich ließ meinen Kopf langsam kreisen und versuchte meine verspannten Nackenmuskeln etwas zu lösen. Wenigstens hatte ich einen angenehmen Abend in Gesellschaft meiner Freundinnen in Aussicht und nun freute ich mich darauf, einige entspannte Stunden zu verbringen. Außerdem war ich neugierig, wie sie Herrn Blessings Verhalten einschätzen würden.

„Hallo, schön euch zu sehen", begrüßte ich meine Mädels, die schon in der Kneipe auf mich warteten. Ich war einmal mehr die Letzte. Pünktlichkeit war eine Tugend, die ich leider nicht besaß. Irgendwie schaffte ich es jedes Mal, egal wie viel Zeit ich einplante, zu trödeln, bis ich wieder zu spät dran war. Andererseits wussten die Menschen, die mir nahe standen um meine kleine Schwäche und begegneten ihr mit einem Augenzwinkern.

„War ja wieder logisch, dass wir fast verdursten müssen, bis du uns mit deiner Anwesenheit beehrst", scherzte Katrin, nachdem wir uns umarmt hatten.

„Ihr zwei seht wirklich halb vertrocknet aus. Was sehe ich da auf eurem Tisch stehen? Zwei Weinschorlen, ich scheine schon zu halluzinieren", spottete ich schlagfertig zurück.

„Einen Chardonnay bitte", rief ich der vorbeilaufenden Kellnerin zu, die meine Bestellung mit einem Kopfnicken zur Kenntnis nahm, bevor ich mich wieder meinen Freundinnen zuwandte.

„Und hast du Simon, deine neueste Errungenschaft, wieder getroffen?", fragte ich Katrin neugierig, da ich wissen wollte, ob sie mit ihrer Fahrgelegenheit eine neue Affäre begonnen hatte.

Sie grinste mich überlegen an und erwiderte: „Ich soll also meine Geheimnisse vor euch ausbreiten. Ich bin mir nicht sicher, ob ich zwei so braven, unschuldigen Mädchen solche verruchten Details zumuten kann", rief sie lachend, als sie unsere erst gespannten, dann zunehmend empörten Mienen zur Kenntnis nahm.

„Wir wollten dir nur einen Gefallen tun, uns selbstlos als Gesprächspartner anzubieten, bevor du vor unterdrücktem Mitteilungsbedürfnis fast platzt." Ich blickte sie schelmisch an.

Vanessa kam mir als Verstärkung zur Hilfe und ergänzte: „Meinetwegen wenn es unbedingt sein muss, erbarme ich mich eben auch."

„Also gut", Katrin gab ihre gespielt gezierte Haltung nur zu gerne auf und verriet uns strahlend: „Ich war vor zwei Tagen mit ihm im Bett und es war so großartig. Groß im wahrsten Sinne des Wortes, wenn ihr versteht, was ich meine. Ich überlege gerade sogar, ihn nochmal zu treffen."

„So genau wollte ich es dann doch wieder nicht wissen", murmelte Vanessa verlegen vor sich hin.

„Bist du krank?", fragte ich sie besorgt: „Du hast nur

One Night Stands! Zweimal mit demselben Typen zu schlafen, kommt für dich normalerweise nicht in Frage. Wenn ich dich an deine Prinzipien erinnern darf."

„Es gibt schließlich für jede Regel eine Ausnahme. Mit Simon würde ich so weit gehen, dass ich mir vorzustellen könnte eine Affäre anzufangen, von Beziehung spricht niemand. Aber ich würde mich freuen, ihn wiederzusehen, da ich oft an ihn denke und dieses Gefühl habe ich keinem anderen Kerl gegenüber je verspürt."

Mit hochgezogener Augenbraue blickte Vanessa erst mich und dann Katrin an und sagte dann trocken: „Es geschehen noch Zeichen und Wunder. Wobei man eine Affäre eigentlich nicht als Wunder bezeichnen kann, obwohl dies bei Katrin ja schon fast einem Eheversprechen gleichzusetzen ist."

„Apropos Eheversprechen, wie läuft es eigentlich bei dir und Sebastian?", frage ich Vanessa. „Bei euch ist immer noch nichts von einem Beziehungsblues zu spüren, oder?"

Ich bewunderte die beiden um ihre beständige Beziehung, die fast nur Höhen und nur wenige Tiefen durchfuhr. Ich hoffte, Niklas und mir kam dasselbe Glück zuteil und wir würden ebenfalls eine lange, glückliche und liebevolle Beziehung führen können. Meine Gedanken sprach ich dann auch aus und Vanessa erwiderte: „Das wünsche ich dir auch von Herzen, du hast es wirklich verdient, nachdem du so lange auf den Richtigen gewartet hast."

Katrin lachte spöttisch und rief: „Da haben sich wirklich zwei Romantiker gefunden. Ich frage mich manchmal wirklich, wie ich euch beide als beste Freundinnen ertragen kann. Aber ihr seid so süß, ansonsten hättet ihr mich mit eurem sentimentalen Geschwätz schon längst in die Flucht geschlagen."

„Fragt sich nur, wer hier wen aushalten kann", schoss ich mit funkelnden Augen zurück.

„In Ordnung, ich biete euch einen Waffenstillstand an, ich gebe eine Runde aus", rief Katrin und von dieser Idee waren wir alle drei sehr angetan.

Als wir unsere bestellten Getränke vor uns stehen hatten, kam ich zu meinem Problem zurück und sagte: „Was ich euch schon die ganze Zeit berichten wollte, ihr wisst doch um das leidige Problem mit meinem Chef", begann ich meine Ausführung und war mir der ungeteilten Aufmerksamkeit der beiden sicher. Ich gab ihnen eine Kurzfassung über Manuelas Theorie, ihrer Eigeninitiative und Herrn Blessings Sinneswandel mir gegenüber zum Besten.

Nachdem ich geendet hatte, herrschte für einen kurzen Augenblick völlige Stille. Dann brachen beide zeitgleich in schallendes Gelächter aus. So laut, dass sich die Leute an den Nachbartischen kopfschüttelnd zu uns umblickten.

Ich presste meine Lippen aufeinander und knurrte fast lautlos: „DAS IST NICHT KOMISCH! Ich weiß gar nicht, was es da zu lachen gibt."

Meine erfolglosen Bemühungen hatten nur zu Folge, dass die beiden noch mehr lachten.

„Laura, du müsstest deinen Gesichtsausdruck sehen, das ist so komisch", brachte Katrin zwischen ihren Lachanfällen mühselig hervor.

Eigentlich wollte ich die beiden nicht so leicht davonkommen lassen, aber mich packte nun selber ein unbändiger Lachreiz. Um diesen zu unterdrücken, trank ich erst einmal einen großen Schluck Wein. Prompt verschluckte ich mich und bekam einen Hustenanfall.

Drüber musste ich selbst zu lachen anfangen und wir ernteten weitere empörte Blicke der anderen Gäste.

Als wir uns nach einigen Minuten wieder beruhigt hatten, sagte Vanessa verständnislos: „Ich verstehe nicht, warum gerade du immer in derart unangenehme Situationen gerätst. Was willst du denn jetzt machen?"

„Das ist das Problem, ich bin absolut ungeübt im Umgang mit solchen Gegebenheiten. Mir fehlt es an einer gewissen Lockerheit und Souveränität, um diesen Umstand positiv auszunutzen. Deshalb habe ich eigentlich gehofft, ihr habt einige gute, brauchbare und hilfreiche Vorschläge parat. Was ernte ich hingegen, nichts als hysterisches Gelächter. Ihr seid mir wirklich zwei schöne Freunde", sagte ich so würdevoll wie möglich und zugleich leicht beleidigt.

„Herr Blessing ist doch steinalt, soweit ich mich noch an ihn erinnern kann", warf Katrin ungläubig ein.

„Dasselbe dachte ich auch, bis mich Manuela über sein wahres Alter aufklärte. Er ist anscheinend erst 36 Jahre alt", ich schüttelte einmal mehr fassungslos den Kopf über die Tatsache, dass Herr Blessing sich tatsächlich Chancen bei mir ausrechnete.

„Am besten präsentierst du ihm bei nächster Gelegenheit deinen Freund. Dann bekommt er sogleich aufgezeigt, auf welche Kerle du stehst und er definitiv den Kürzeren zieht", gab Katrin den ersten sinnvollen Beitrag des heutigen Abends von sich.

„Ich glaube, das ist keine gute Idee. Was ist, wenn er seine schlechte Laune aus verletzter Eitelkeit wieder an Laura auslässt?", widersprach Vanessa.

„Da hast du Recht, das habe ich nicht bedacht, nächster Vorschlag: Du kündigst deine Stelle, das war nur ein Scherz", machte sie sogleich einen Rückzieher, als sie meine finstere Miene sah.

„Mir ist gerade eine tolle Idee eingefallen", rief Vanessa begeistert aus.

Katrin und ich warfen uns einen vielsagenden und verschwörerischen Blick zu, welcher aussagte, dass wir uns nicht besonders viel von dieser Idee ausrechneten. Natürlich bemerkte Vanessa diesen und meinte gekränkt: „Dann eben nicht, ich wollte dir nur helfen."

„Vanessa ich habe das nicht böse gemeint. Ich bin über jeden Vorschlag dankbar und sei er noch so abwegig. Also bitte sprich dich aus", versuchte ich sie zu besänftigen.

Zum Glück konnte Vanessa einem nie lange böse sein und sie sagte nach kurzem Überlegen: „Herr Blessing muss abgelenkt werden. Wir brauchen eine Frau, die ihn betört und ihm den Kopf verdreht, sodass er darüber seine geheimen Gefühle für dich vergisst." Vanessa begann sich zusehends für ihren Plan zu begeistern.

„In der Theorie hat deine Idee wirklich etwas für sich, das muss ich ehrlicherweise zugeben. Aber wie willst du jemanden finden, der auf diesen ältlichen, biederen und lüsternen Herren steht?", brachte Katrin das Hauptproblem zur Sprache.

Vanessa strahlte sie an und erwiderte lachend: „Die perfekt geeignete Person habe ich doch schon längst gefunden. Du übernimmst den Job."

Damit hatte sie tatsächlich geschafft, dass Katrin einen Augenblick mit offenem Mund dasaß.

Jetzt war ich es, die über den Anblick meiner komisch guckenden Freundin einen Lachanfall bekam.

„Moment", bremste Katrin unsere Begeisterung über den perfekten Plan, indem sie empört entgegnete: „Willst du mir etwa unterstellen, dass ich so tief sinken würde, mich mit Herrn Blessing einzulassen? Bloß weil ich auf One Night Stands stehe, heißt das nicht, dass ich mit jedem Mann schlafe. Dieser Umstand sollte dir eigentlich geläufig sein." Nun war es Katrin, die uns empört anblickte.

Ich beeilte mich das Missverständnis aufzuklären: „Ich glaube Vanessa hat gemeint, dass du in der Lage wärst, Herrn Blessing in kürzester Zeit durch deine bezaubernde Art und dein verführerisches Aussehen einzuwickeln. Darüber hinaus soll er mich, das unscheinbare Mäuschen, neben dieser exotischen und erotischen Frau vergessen."

„Der Plan klingt gut", entgegnete Katrin ernsthaft.

Ich musste schon wieder lachen: „Eingebildet bist du gar nicht, oder? Du hättest zumindest anstandshalber protestieren können, dass es schwierig werden könnte, Herr Blessings Verliebtheit mir gegenüber etwas entgegenzusetzen."

Katrin umarmte mich und drückte mir ein Bussi auf die Wange: „So habe ich das nicht gemeint. Aber ich glaube, wenn ich mich wirklich anstrenge und regelmäßig als Kundin, die den Geschäftsführer vergöttert, in eurem Laden auftrete und somit ständig in seinem Bewusstsein präsent bin, könnte der Plan tatsächlich aufgehen."

Wir beschlossen unsere Idee mit einem weiteren Glas Wein und tranken auf das Wohl meines Chefs und sein hoffentlich baldiges Entlieben.

Schöne Momente in Berlin

Endlich, ich konnte es kaum glauben, die Zeit des Wartens war vorüber. Mein Urlaub hatte mit dem Schließen der Ladentüre begonnen. Die letzten Arbeitstage glichen einem Spießrutenlauf. Ich befand mich andauernd auf der Flucht vor meinem Chef. Ich lebte in ständiger Sorge, er könne einen Annäherungsversuch wagen, aus welchem ich mich wahrscheinlich nicht besonders elegant aus der Affäre gezogen hätte.

Katrin hatte bis jetzt leider noch keine Gelegenheit gehabt, Herrn Blessing mit ihren Reizen zu betören, da sie beruflich stark eingebunden war. Sie hatte mir versprochen, während meines Urlaubs nicht untätig zu sein und ihren ersten Annäherungsversuch zu starten. Ich hoffte, er würde in meiner Abwesenheit für ihre Reize offen sein.

Ich beschloss mir den schönen Tag nicht mit weiteren unangenehmen Gedanken zu ruinieren. Daraufhin schob ich die Gedanken an meinen Chef in den letzten Winkel meines Unterbewusstseins und konzentrierte mich nun vollständig auf die Fahrt nach Berlin.

Die Vorfreude auf die gemeinsame Zeit mit meinem Freund durchfuhr mich wie ein Blitz und jeder Gedanke an meine Arbeit war vergessen. Da ich heute schon mittags Feierabend hatte, beschloss ich sofort nach der Arbeit nach Berlin zu fahren, um keine Stunde unnötig zu vergeuden. Ich hatte sogar schon meinen Koffer und zusätzlich noch eine kleine Reisetasche gepackt. Grinsend erinnerte ich mich an meine Packaktion. Ich konnte natürlich auf kein Kleidungsstück verzichten. Bei jedem schönen Kleid, T-Shirt oder Hose hatte ich mir gesagt, bestimmt gibt es einen Anlass, an welchem ich genau diese Garderobe tragen möchte. Deshalb hatte ich natürlich zu viel eingepackt.

Je näher ich Richtung Berlin kam, desto nervöser wurde ich. Hoffentlich verstanden wir uns genauso gut, wie bei seinem Besuch bei mir. Ich bekam langsam eine Vorstellung davon, welche Probleme eine Fernbeziehung mit sich brachte. Unter anderem auch die Tatsache, dass man sich fremd wurde. Sobald die erste Verliebtheit verschwunden wäre, könnte es problematisch werden. Ich seufzte kurz auf und beschloss, mich nicht mit zukünftigen Problemen zu befassen, die momentan noch gar nicht aktuell waren.

„Sie sind an ihrem Zielort angekommen", gab das Navigationssystem von sich, als ich endlich vor Niklas Wohnblock stand.

Ich streckte mich erst mal und warf bei dieser Gelegenheit noch einen verstohlenen Blick in den Rückspiegel. Ich war zwar eigentlich nicht eitel, aber für Niklas wollte ich natürlich gut aussehen. Dann klingelte ich bei Niklas Petersen. Einen Augenblick später lagen wir uns auch schon in den Armen, er musste mich gesehen haben, als ich ankam.

Glücklich küssten wir uns ausgiebig und wollten uns erst einmal nicht mehr trennen. Es dauerte eine Weile, bis wir in der Lage waren, die ersten Worte zu wechseln. In diesen kurzen Minuten lösten sich meine Bedenken sofort in Wohlgefallen auf, da ich dieselbe Intensität unserer Gefühle, unbändige Leidenschaft und Vertrauen füreinander spürte, wie bei unserem letzten Treffen. Wir verstanden uns auch ohne Worte und wussten sofort, was in dem anderen vorging oder ihn beschäftigte.

Einträchtig stiegen wir die fünf Stockwerke zu Niklas Wohnung hoch. Ich sagte lachend: „Kein Wunder, dass du über eine gute Kondition verfügst. Wenn ich jeden Tag so viele Stufen laufen müsste, könnte ich mich sogleich beim New Yorker Marathon anmelden. Allerdings wenn wir weiterhin so viele Pausen einlegen, kommen wir wohl nie oben an", spielte ich dezent auf unsere vielen Zwischenstopps an, die wir benötigten, um uns immer wieder zu küssen. Im dritten Stockwerk fragte mich Niklas ächzend und mit hochgezogener Augenbraue: „Sag mal, was in Gottes Namen ist in diesem Koffer drinnen? Hast du die halbe Buchhandlung eingepackt oder was kann sonst so schwer sein?"

Ich erwiderte neckend: „Ich wollte dir nur einen Gefallen tun, damit du eine Gelegenheit bekommst, deine Stärke unter Beweis zu stellen. Aber anscheinend mangelt es dir an dieser Fähigkeit etwas. Jetzt weiß ich auch, warum wir so viele Kusspausen einlegen, das ist deine Alibifunktion."

„Kleine, wenn du weiterhin so frech bist, kannst du deine Koffer alleine nach oben tragen, dann habe ich mich zum letzten Mal als Gentleman gezeigt."

Ich konnte ihn schnell mit einem weiteren Kuss versöhnen und er trug ohne Murren meinen, zugegeben verdammt schweren, Koffer bis zu seiner Wohnung.

Niklas hatte auch in Bezug auf die Inneneinrichtung einen guten Geschmack. Seine Wohnung war stilsicher eingerichtet. In der Berliner Altbauwohnung mit den hohen Wänden und den altmodischen Stuckverkleidungen, bildete seine dezente, moderne Einrichtung einen schönen Kontrast. Die lichtdurchflutenden Räume mit den großen Fenstern und dunklen Dielenböden, dazu die weißen Möbel, die durch einige Farbtupfer in der Dekoration unterbrochen wurden, gefielen mir außerordentlich gut.

„Deine Wohnung ist viel schöner als meine. Kein Wunder, dass dich Martina bei dieser Wohnung nicht verlassen wollte. Wenn ich hier einmal eingezogen bin, wirst du mich auch nicht mehr los", zog ich ihn schmunzelnd auf.

Er schaute mich beleidigt an und erwiderte: „Mein Auto, mein Haus, meine Jacht, ach ich vergaß, das habe ich dir noch gar nicht gestanden. Ich habe gar keine Jacht, hoffentlich bin ich jetzt noch gut genug für dich."

Ich lachte, nahm ihn in die Arme und sagte: „Ich werde dir noch einmal verzeihen, da du doch noch über einige andere vorzügliche Qualitäten und Eigenschaften verfügst, die eine Jacht wieder wettmachen." Zärtlich küsste ich ihn. Als unser Kuss immer leidenschaftlicher wurde und unsere

Erregung immer größer, löste sich Niklas zu meinem Bedauern aus unserer Umarmung.

„Laura, schau mich nicht so enttäuscht an, ich weiß genau, was in deinem süßen Kopf vorgeht. Deine Gedanken und Gefühle stehen dir ins Gesicht geschrieben. Ich kann dich beruhigen, mir geht es genauso, aber ich weiß auch, wenn ich nicht unterbrochen hätte, wären wir in spätestens fünf Minuten im Bett gelandet."

„Und diese Vorstellung wäre für dich so unerträglich gewesen, oder wie soll ich das verstehen? Also ich hätte gegen diesen Vorschlag absolut nichts einzuwenden gehabt. Mir hätte es sehr gefallen."

Niklas nahm mich in den Arm und strich mir zärtlich über die Wange und erwiderte leise: „Glaube mir Laura, ich würde auch nichts lieber machen. Mich wundert nur, seit wann du so direkt bist." Als er sah, dass ich einmal mehr in meinem Leben rot wurde, lachte er und fügte erklärend hinzu: „Ich habe für dich extra ein Abendessen gekocht. Ich dachte, du bist nach der langen Fahrt bestimmt hungrig, und ich weiß doch wie wichtig dir deine geregelten Mahlzeiten sind. Wäre mir bewusst gewesen, dass du tatsächlich meine unsagbaren guten Qualitäten im Bett einem Essen vorziehst, hätte ich natürlich anders gehandelt. Aber diese Tatsache war für mich einfach unvorstellbar. Schließlich habe ich deine schlechte Laune schon des Öfteren zu spüren bekommen, wenn du hungrig warst." Geschickt wich er dem Tritt nach seinem Schienbein aus und grinste mich lausbubenhaft an.

Er lachte noch mehr, als ich ihn fragte: „In Ordnung, du hast mich überzeugt, was gibt es denn zu essen?"

„Wusste ich es doch!", rief er triumphierend aus und fügte dann stolz an: „Ich habe eine Lasagne gemacht."

Zielstrebig marschierte ich Richtung Küche und sagte erfreut: „Hier riecht es aber gut, sieht so aus, als ob du wirklich kochen könntest."

Als wir uns setzten und er das Essen anrichtete, fragte

er mich neugierig: „Du hast mir nicht geglaubt, dass ich kochen kann, oder?"

„Du wirkst nicht gerade wie ein Typ, der regelmäßig in der Küche steht und neue Gerichte kreiert und dabei noch Spaß hat."

„In einem Punkt muss ich dir Recht geben, es macht mir wirklich nicht viel Freude. Aber ich schätze ein gutes Essen genauso sehr wie du und ich ernähre mich gerne gesund. Deshalb kommen Fertiggerichte nur selten für mich in Frage und immer auswärts essen gehen, wäre irgendwann auch öde und kostspielig. Aus diesem Grund habe ich mir einige Gerichte angeeignet, die ich im Schlaf kochen kann, aber sehr variantenreich ist dieses Spektrum auch nicht", gab er zu.

Wir genossen das gute Essen und ich sprach ein Lob darüber aus. Wir unterhielten uns über alltägliche Dinge und im Gespräch teilte mir Niklas nebenbei mit, dass wir morgen bei seinen Eltern zum Kaffee eingeladen waren.

Ich ließ langsam meine Gabel sinken und erwiderte bedrückt: „Es hätte wirklich gereicht, wenn du mir diese Nachricht nach dem Essen mitgeteilt hättest. Jetzt hast du mir den Appetit verdorben." Als ich den Teller vehement von mir schob, seufzte Niklas ungeduldig auf.

„Es sind lediglich meine Eltern, mach doch keinen Staatsakt daraus."

Einen Augenblick lang hielten meine Emotionen Zwietracht in mir, schlussendlich siegte das Bedürfnis von Niklas verstanden zu werden. „Ich habe wirklich ein wenig Angst vor der Begegnung. Was ist, wenn sie mich nicht mögen oder mit Martina vergleichen werden?"

Niklas tat meine Vorbehalte einfach als unbedeutend ab und sagte: „Ich habe keinerlei Befürchtung, dass du meine Eltern nicht für dich einnehmen kannst. Mit deiner sympathischen, freundlichen Art muss dich einfach jeder gerne haben."

Wirklich beruhigt war ich durch seine Worte immer

noch nicht. Anscheinend bemerkte Niklas meine Unsicherheit und schob noch ein Argument hinterher: „Außerdem ging der Vorschlag von meiner Mutter aus. Meiner Meinung nach hätte es auch gereicht, sie in ein paar Tagen zu besuchen, aber sie ist schon so neugierig und möchte dich umgehend kennenlernen."

Mir war klar, dass sich die Begegnung mit seinen Eltern nicht ewig herauszögern ließ.

Immerhin waren wir nun schon einige Wochen zusammen und ich musste selber zugeben, ich war auf die Eltern dieses wunderbaren Mannes schon sehr gespannt. Aber ich hatte ständig die Befürchtung, dass mich andere nicht mögen könnten. Bei Menschen, die mir unwichtig waren, war es mir vollkommen egal, was sie über mich dachten. Aber bei den Eltern meines Freundes sah dies anders aus, es bedeutete mir viel, dass sie mich gerne hätten, da er eine innige Beziehung zu ihnen führte. Es wäre belastend für mich, wenn er sich für seine Freundin, vor ihnen rechtfertigen müsste und zwischen uns stehen würde. Unserer Beziehung wäre es wahrscheinlich nicht zuträglich, wäre er gezwungen für eine Partei Position zu ergreifen.

„Hörst du mir überhaupt zu?", rief mir Niklas plötzlich lautstark ins Ohr. Ich erschrak so sehr, dass ich fast vom Stuhl fiel.

„Spinnst du, warum schreist du denn so laut? Ich bin nicht taub", entgegnete ich empört. Insgeheim war ich etwas verlegen, welche negativen Gedanken und Vorstellungen ich in meiner Fantasie entwickelt hatte. Eine Eigenart von mir, die mich selber störte. Ständig machte ich mir vorab Gedanken über Gespräche, Diskussionen oder Auseinandersetzungen, die sich allesamt negativ entwickelten. In der Realität sahen diese zumeist völlig anders aus und ich dachte jedes Mal entnervt, warum ich mir immer so viele Probleme ausmalte, die sich meistens in Wohlgefallen auflösten.

„Man könnte aber den Eindruck gewinnen, dass du zumindest äußerst schwerhörig bist. Nachdem du auf meine Frage und die zehnmalige Wiederholung, ob wir morgen Abend ins Kino gehen wollen, nicht geantwortet hast", beschwerte sich Niklas.

„Ich glaube kaum, dass du mich zehnmal gefragt hast. Du verlierst doch schon nach dem zweiten Mal die Geduld, wenn dir nicht die vollkommene Aufmerksamkeit zuteilwird", schoss ich sofort zurück.

Niklas machte den Mund auf, schien es sich dann aber anders zu überlegen und schwieg.

Später, als wir eng aneinander gekuschelt zusammen auf dem Sofa lagen, gestand ich ihm meine Bedenken, nachdem ich beschlossen hatte, dass ich ihm all meine Gedanken und Empfindungen mitteilen konnte. Er stand mir so nahe, wie kein anderer Mensch zuvor in meinem Leben. Deshalb verspürte ich plötzlich das große Bedürfnis mich ihm mitzuteilen.

Er küsste mich beruhigt auf mein Haar und sagte liebevoll: „Keine Angst Laura, ich bin bei dir und passe auf dich auf. Ich werde schon dafür sorgen, dass niemand etwas Blödes zu dir sagen wird."

Ich wurde in seinen Armen ganz ruhig und gelassen und vertrat die feste Überzeugung, mit ihm an meiner Seite konnte mir gar nichts passieren. Außerdem würde er mit der Einschätzung seiner Eltern schon richtig liegen, hoffte ich inständig.

Als wir uns auf dem Weg zu seinen Eltern befanden, die in Erkner, einem Vorort Berlins, wohnten, war von meiner Gelassenheit des Vorabends nichts mehr zu spüren. Die Nervosität nahm nun wieder überhand. Ich hatte noch einen Blumenstrauß und Pralinen besorgt, da ich es nicht in Ordnung fand, den Gastgebern mit leeren Händen gegenüberzutreten. Über gewisse Anstandsregeln verfügte ich doch, dachte ich im Geiste amüsiert. Anscheinend waren die Bemühungen meiner Mutter mich anständig zu erziehen, doch nicht ganz umsonst gewesen.

Die Türe öffnete sich und eine gut aussehende Frau Mitte Fünfzig blickte uns strahlend entgegen. Sie umarmte ihren Sohn und begrüßte mich mit freundlichen Worten: „Ich freue mich sehr dich kennenzulernen. Ich war schon so gespannt auf die Frau, die meinem Sohn derart den Kopf verdreht hat. Es ist für dich doch in Ordnung, wenn wir uns duzen, oder? Ich halte nichts vom übertriebenen Siezen, ich bin Brigitte."

Ihre direkte und offene Art überrumpelte mich ziemlich. Aber dann fing ich mich schnell wieder und erwiderte: „Vielen Dank für die nette Begrüßung. Ich war ehrlich gesagt ziemlich aufgeregt über die Begegnung mit Ihnen. Entschuldigung, ich meinte mit dir, ich finde es schön, wenn wir uns duzen würden."

Niklas nahm mich in den Arm als wir seiner Mutter in das Haus folgten und raunte mir ins Ohr: „Siehst du, ich habe dir doch gleich gesagt, dass meine Mutter dich mögen wird. Du hast dir ganz umsonst Sorgen gemacht."

„Ich glaube auch, nach dem ersten Eindruck zu urteilen, scheint sie mir wohl gesonnen zu sein. Ich jedenfalls mag sie jetzt schon, sie ist sehr sympathisch und nett", erwiderte ich erleichtert.

„Was tuschelt ihr denn da draußen? Ihr lästert doch hoffentlich nicht über mich", schallte Brigittes gutgelaunte Stimme durch den Flur.

„Jetzt weiß ich woher Niklas seinen Sinn für Humor hat", bemerkte ich etwas später lächelnd zu Brigitte, als sie mir ihren Mann vorgestellt hatte und wir am gedeckten Kaffeetisch saßen.

Sie sah mich erfreut an und wir unterhielten uns eine Weile in lockerer Atmosphäre. Wir erzählten ihnen abwechselnd, wie wir uns kennengelernt hatten. Auch über Niklas Aufenthalt bei mir im Allgäu und welche Ausflüge wir unternommen hatten, sprachen wir.

„Das Allgäu ist wirklich wunderschön, wir haben in Oberstdorf schon einmal Urlaub gemacht", erzählte Klaus, der Vater von Niklas.

„Zumindest bei schönem Wetter", schränkte ich ein: „Wenn es aus Kübeln regnet und die ganze Umgebung in tristes Grau verwandelt wird, frage ich mich oftmals, was die Leute dazu bewegt, im Allgäu Urlaub zu machen."

Er lachte und meinte, dass dies die meisten Orte bei schlechtem Wetter so an sich hätten.

Ich wurde etwas verlegen und dachte mir einmal mehr, dass ich wieder einmal geredet hatte, bevor ich nachgedacht hatte. Einen Moment wusste ich nicht, wie ich reagieren sollte, als Brigitte mir aus der Bredouille half und mich fragte, was ich beruflich machte.

Ich erzählte ihnen von der Arbeit in der Buchhandlung und gab die Anekdote über meinen verliebten Chef zum Besten. Dabei wurde ich während des Erzählens immer lockerer und fühlte mich in der Gesellschaft von Niklas Eltern zunehmend wohler und heimischer.

Durch meine Erzählung erheiterte ich alle drei und wir beschlossen den schönen Tag beim Grillen im Garten fortzusetzen. Unseren geplanten Kinobesuch wollten wir auf den nächsten Abend verschieben. Ich war von der Idee angetan, da ich beide schon jetzt in mein Herz geschlossen hatte und es nicht mehr eilig hatte, mich von ihnen zu verabschieden. Niklas und sein Vater erledigten den Einkauf, da die beiden die Meinung vertraten, Grillen und die damit verbundenen Besorgungen seien Männersache.

Brigitte und mir war das ganz recht. So konnten wir uns bci cinem Glas Wein auf die Gartenbank setzen und den Ausblick in den schön angelegten und gepflegten Garten genießen. Außerdem kam uns die Gelegenheit, sich ungestört unterhalten zu können, entgegen.

„Laura, ich muss ehrlich zugeben, dass ich zuerst bestürzt war, als ich von der unerwarteten Trennung von Niklas und Martina gehört hatte. Die beiden waren immerhin drei Jahre ein Paar und ich war der Meinung, dass sie irgendwann heiraten werden", fing Brigitte ihr Gespräch an. Als sie meinen betroffenen Gesichtsausdruck sah, beeilte sie sich fortzufahren: „Versteh mich bitte nicht falsch. Ich war von Anfang an der Meinung, dass Martina nicht die richtige Frau für meinen Sohn sei, aber ich dachte das sei die typische Reaktion einer Mutter auf ihre potenzielle Schwiegertochter. Außerdem verteidigte Niklas seine Freundin vehement, sobald ich vorsichtige Andeutungen machte. Deshalb akzeptierte ich die Beziehung, da ich meinen Sohn durch mein Unverständnis nicht verlieren wollte. Im Nachhinein gesehen, basierte seine Reaktion wohl weniger auf großen Gefühlen, sondern lag vielmehr Trotz zugrunde."

Ich sah Brigitte nach ihrem Geständnis überrascht an. Aber bevor ich darauf reagieren konnte, fuhr sie fort: „Trotzdem war ich fassungslos, als sich Niklas wie aus heiterem Himmel von ihr getrennt hatte. Ich hatte Bedenken, dass er seine Entscheidung überstürzt getroffen hatte.

Als ich euch heute zusammen sah, wurde mir sofort bewusst, dass mich meine ursprüngliche Intuition nicht getäuscht hatte. Ich habe Niklas noch nie so glücklich, gelöst und in sich ruhend gesehen, wie in deiner Gesellschaft. Jetzt bin ich froh und erleichtert, dass er den Schritt gewagt hat sich zu trennen, um eine neue Beziehung zu beginnen."

Sie umarmte mich und sagte leise zu mir: „Herzlich willkommen in unserer Familie."

Ich hatte Tränen in den Augen und erwiderte mit zittriger Stimme: „Das ist sehr lieb von dir, ich bin erleichtert, dass ihr mich so herzlich in eure Familie aufgenommen habt. Das bedeutet mir wirklich viel. Da Niklas eine innige Beziehung zu euch pflegt, war es mir wichtig, dass ihr mich als seine Freundin akzeptieren könnt."

Nach diesem emotionalen Gespräch wandten wir uns unverfänglicheren Themen zu und Brigitte erkundigte sich interessiert, ob meine Eltern Niklas schon kennengelernt hatten.

„Sie sind sehr neugierig auf ihn, aber bis jetzt hat sich noch keine Gelegenheit ergeben, da Niklas bei seinem Besuch nur drei Tage da war. Die wenigen Augenblicke wollte ich, zugegeben egoistisch, nicht mit anderen Personen teilen."

Brigitte lächelte mich an und drückte meine Hand, als ob sie dadurch ihre Zustimmung für mein Handeln geben wollte.

Bald darauf kamen die Männer nach Hause und unser Grillabend konnte beginnen.

Wir blieben bis Mitternacht bei seinen Eltern und genossen das gesellige Beisammensein in der lauen Juninacht und lauschten den Stimmen und Geräuschen der Natur. Als Niklas Mutter begann das Geschirr aufzuräumen, sprang ich auf, um ihr zu helfen. Aber sie stoppte mich mit dem Argument, Besucher müssten nicht helfen und beorderte kurzerhand als Unterstützung ihren Mann.

Lächelnd blickte ich Niklas an und stand auf, um den Blick auf den Teich im Mondschein zu bewundern und ließ die herrliche Ruhe und romantische Stimmung auf mich wirken. Er kam mir nach, umarmte mich zärtlich und ich legte meinen Kopf in die Kuhle zwischen seinem Hals und seinem Schlüsselbein und flüsterte: „Das war ein schöner Tag heute, ich bin so glücklich, dass ich mich mit deinen Eltern so gut verstehe. Ich habe das Gefühl, sie schon ewig zu kennen, so vertraut ist der Umgang mit ihnen."

Er schaute mich liebevoll an und küsste mich erst vorsichtig, dann immer fordernder auf den Mund.

Ich schlang meine Arme um seinen Hals und reagierte augenblicklich auf seine begehrlichen Küsse. Zwischen zwei Küssen keuchte er leise: „Ich glaube es wird Zeit, dass wir uns auf den Heimweg machen, denn ich würde ungern auf dem Rasen meiner Eltern über dich herfallen."

Ich kicherte und begann ihn umso heftiger und herausfordernder zu küssen. Seine Hände wanderten unter mein

T-Shirt.

Plötzlich räusperte sich jemand und erwiderte belustigend: „Lasst euch durch uns nicht stören. Wir sind gleich weg, wir wollten uns nur kurz verabschieden."

Niklas und ich stoben erschreckt auseinander und kamen uns wie zwei ertappte Teenager vor.

Ich machte mir Sorgen, wie lange die beiden uns schon beobachtet hatten. Es war mir ein wenig peinlich, dass sie uns in einer solch eindeutigen und verfänglichen Situation, die unsere offensichtliche Absicht deutlich machte, gesehen hatten.

Diese Gedanken verflogen sofort, als ich zum Abschied von Brigitte und Klaus herzlich umarmt und eingeladen wurde, sie bald einmal wieder zu besuchen.

Einige Minuten später saßen Niklas und ich im Auto auf dem Weg nach Hause. Schon auf der Fahrt konnten wir kaum die Finger voneinander lassen und streichelten uns gegenseitig immer wieder. Seine Hand wanderte zwischen meine Beine und mir entfuhr ein sinnliches Stöhnen, welches Niklas anspornte seine Bemühungen zu intensivieren.

Bevor mein Verstand völlig aussetzte, schlug ich ihm streng auf die Finger und wies ihn an: „Du solltest dich lieber auf den Verkehr konzentrieren, ich habe keine Lust an einem Baum zu enden."

Zuhause angekommen rissen wir uns schon auf dem Weg zu Niklas Haustüre, die Kleider vom Leibe. Im Unterbewusstsein schoss mir der Gedanke durch den Kopf, dass uns hoffentlich kein Hausbewohner im Treppenhaus begegnete, sonst würde ich im Erdboden versinken. Dann vergaß ich meine Hemmungen völlig und gab mich Niklas Zärtlichkeiten hin. Vor der Haustüre dauerte es eine kleine Weile bis Niklas endlich die Türe aufbekam, da er damit beschäftigt war, mir mein T-Shirt über den Kopf zu ziehen.

Kurze Zeit später landeten wir erhitzt und aufgewühlt in seinem Bett und gaben uns unserer Leidenschaft hin.

Ein Treffen mit unangenehmen Folgen

In den nächsten Tagen verbrachten wir viel Zeit zu Hause, relaxten und lebten gemütlich in den Tag hinein. Wir machten Ausflüge in das Berliner Umland. Unter anderem waren wir einige Male zum Baden an den See gefahren, an welchem er mir seine Liebe gestanden hatte und waren in den kleinen, zahlreichen Berliner Boutiquen einkaufen. Diese Aktivität machte mit einem modebewussten Mann wie Niklas sehr viel Spaß, da er auch nach dem zehnten Geschäft noch über Elan und Ausdauer verfügte, dass manche Frau neidisch werden konnte.

Abends gingen wir einige Male in eine Bar ein Glas Wein trinken und waren zumindest einmal in einem angesagten Club zum Tanzen gegangen, er wollte schließlich mit seiner Freundin angeben, meinte Niklas augenzwinkernd. Dies war eine Vorliebe von Niklas, die ich leider nicht mit ihm teilen konnte. Obwohl ich gerne tanzte, konnte ich mich selten motivieren, zu solch später Stunde auszugehen, da ich zu müde war. Während ich einen gemütlichen Kneipenabend bevorzugte, ging er gerne mit Freunden in einem Club feiern.

Andererseits ging auch er oftmals mit seinen Kumpels nur ein Glas Bier trinken.

An manchen Abenden hatten wir keine Lust und Elan uns von unserer Couch zu erheben und machten es uns zu Hause gemütlich. Egal für welche Aktivität wir uns entschieden, mir war eigentlich alles recht. Hauptsache ich konnte diese Zeit mit meinem Freund verbringen und genoss jede Sekunde unseres Zusammenseins.

Für den heutigen Abend hatten wir uns mit seinen Freunden in einer angesagten Berliner Bar, im Stadtteil Charlottenburg, verabredet. Ich war schon sehr gespannt auf seine Freunde, vor allem auf Andreas und seine Frau, Niklas engste Freunde, von denen er mir schon viel erzählt hatte. Als wir um 20.00 Uhr mit der Straßenbahn am Savignyplatz ankamen, mussten wir nur noch wenige Meter bis zu unserem Treffpunkt laufen. Leider regnete es heute, deshalb rannten wir Arm in Arm die kurze Strecke, bis wir die Eingangstüre erreichten. Galant öffnete mir Niklas die Türe und überließ mir den Vortritt. Interessiert schaute ich mich in dem Raum um und fühlte mich sofort wohl. Die Bar war eine von Niklas Lieblingskneipen und ich merkte gleich, dass ich mir vorstellen konnte, genauso viel Gefallen an dieser Bar zu finden.

Die Inneneinrichtung war modern, elegant und relativ schlicht gehalten, trotzdem vermittelten die gemütlichen Sessel ein Gefühl von Geborgenheit und Flair.

„Ich glaube, wir sind die ersten, zumindest kann ich meine Freunde nirgends erblicken", unterbrach Niklas meine Raumbetrachtung.

„Das ist mir noch nie passiert, du musst einen positiven Einfluss auf mich ausüben. Ich bin definitiv immer die Letzte und alle müssen auf mich warten", erklärte ich ihm amüsiert.

„Ich bin eigentlich immer pünktlich, schließlich möchte ich die Leute ungern warten lassen", prahlte Niklas lauthals, während wir uns an einem großen Tisch niederließen.

Gerade als ich antworten wollte, rief er erfreut: „Da kommen schon Andreas und Sabrina. Hallo ihr zwei, wir sitzen hier."

Ein sympathisch aussehender Mann Ende Zwanzig kam mit seiner hübschen Frau, die etwas älter war als ich, an unseren Tisch getreten.

Ich stand zur Begrüßung auf und wurde sogleich von Sabrina umarmt und herzlich willkommen geheißen. Auch Andreas begrüßte mich freundlich und blickte mich neugierig und musternd an. Dann schaute er Niklas amüsiert an und sagte erstaunt: „Ich bin überrascht, dass du heute der Erste bist. Sonst müssen wir immer auf dich warten, Laura scheint einen guten Einfluss auf dich zu haben."

Ich schaute Niklas mit strengem Blick an und sagte zuckersüß: „Hast du mir nicht gerade erzählt, dass du immer pünktlich bist? Ich hätte mir gleich denken können, dass dies gelogen war, wenn ich bedenke, wie viel Zeit du im Bad verbringst, um dich fertig zu machen."

Niklas bedachte seinen Freund mit strafendem Blick: „War ja klar, dass du mich gleich zu Beginn vor meiner Freundin auflaufen lassen musstest."

Wir lachten und so begann unser Abend sofort in lockerer und angenehmer Stimmung.

„Andreas und ich waren sehr gespannt auf dich und freuen uns dich endlich kennenzulernen, nachdem Niklas schon viel von dir erzählt hat", begann Sabrina sogleich ein Gespräch mit mir und verkündete forsch und indiskret: „Mein Mann war sehr neugierig auf die Frau, die es geschafft hat, seinem besten Freund vollständig den Kopf zu verdrehen." Sabrina wollte fortfahren, wurde aber liebevoll mahnend von ihrem Mann unterbrochen: „Ich weiß, wie gerne du redest und jeden neuesten Klatsch sofort allen Menschen mitteilen musst, aber glaube mir, es interessiert sicherlich keinen."

„Doch du kannst gerne weitersprechen, ich höre mir das äußerst gerne an. Auch Geschichten und Schandtaten über Niklas frühere Zeiten bin ich wirklich nicht abgeneigt", rief ich schnell aus und begann zu lachen, als ich die empörte Miene meines Freundes sah.

„Das ist gemein von dir, ich habe mich bei deinen Freunden diskret zurückgehalten und dich nicht in Verlegenheit gebracht. Jetzt fällst du mir in den Rückcn."

„Selber schuld, das ist dein Problem. Außerdem gibt es bei mir keine Leichen im Keller, also hast du sowieso nichts verpasst. Aber so wie du gerade reagiert hast, sieht das bei dir anscheinend etwas anders aus", herausfordernd blickte ich ihm tief in die Augen.

„Ich glaube, jetzt wäre ein Ablenkungsmanöver angebracht", gab Niklas zurück, während er meinen intensiven

Blick schonungslos erwiderte und begann mich hinge-
bungsvoll zu küssen.

Ich war jedes Mal auf das Neue überrascht, wie viele
Gefühle dieser Mann in mir auslösen konnte und hoffte,
dass diese Intensität über einen langen Zeitraum anhalten
möge.

Als wir uns endlich voneinander lösten, erwiderte Andreas spöttisch: „Ich dachte schon, wir bestellen euch am
besten ein Taxi nach Hause und verschieben unseren
Abend, da ihr anscheinend kein gesteigertes Interesse an
unserer Anwesenheit habt."

Sabrina fiel ihm ins Wort und entgegnete temperament-
voll: „Liebe ist etwas Wunderbares. Ich freue mich, dass
ihr euch gefunden habt, denn ich kann gut nachempfinden,
was ihr füreinander fühlt. Schließlich geht es uns genauso,
nicht wahr, auch wenn du nicht gerne über deine Gefühle
sprichst", gab sie mit einem liebevollen Blick auf ihren
Mann von sich.

Etwas später als wir unseren ersten Cocktail getrunken
hatten, vervollständigte sich unsere Runde. Kristian und
Iris, die anderen Mitglieder der Clique betraten kurz hintereinander den Raum. Iris, eine flippige Brünette mit
Kurzhaarschnitt, begrüßte mich freundlich und ich merkte
sofort, nach dem ersten kurzen Wortwechsel, dass Niklas
Einschätzung richtig gewesen war und wir uns auf derselben Wellenlänge befanden. Bei Kristian war ich von seinem Wohlgefallen, mir gegenüber nicht so sicher. Er
begrüßte mich höflich, aber distanziert.

In Gesprächen mit offenen, mir freundlich gesinnten
Menschen konnte ich vor Esprit sprühen. In einem Rah-
men, indem ich mich wohl und geborgen fühlte, konnte ich
mich öffnen und es ermöglichte mir sogar, in den Mittelpunkt des Gespräches oder Geschehen zu treten. Dieses
Gefühl verspürte ich in Gesellschaft von Andreas, Sabrina
und Iris.

Bei Kristian sah dies anders aus. Sein undurchdringlicher, forschender und skeptischer Blick, ich glaubte sogar Ablehnung darin zu erkennen, brachte mich aus der Fassung. Außerdem hatte ich Schwierigkeiten mit ihm zu kommunizieren, da er mir gegenüber so distanziert auftrat. Small Talk war eine Fähigkeit, mit der ich mich leider nicht rühmen konnte, deshalb war unser Gespräch ziemlich angespannt und zäh. In Gedanken regte ich mich über seine unmögliche Art mir gegenüber auf, er könnte sich wirklich mehr Mühe geben. Mehr als Ja oder Nein konnte ich als Antwort auf meine Fragen nicht erwarten.

Als ich ihn dabei ertappte, wie er mich mit verächtlichem Gesichtsausdruck musterte, als wäre ich lediglich ein lästiges Insekt, wurde es mir zu dumm. Meine anfänglichen wohlgesinnten Absichten verflüchtigten sich und ich unterhielt mich vorwiegend nur noch mit den anderen. Ich wunderte mich, wie dieser Miesepeter in die Clique dieser fröhlichen und aufgeschlossenen Menschen, die nicht alles bitter ernst nahmen und über sich selber lachen konnten, passte.

Obwohl ich ärgerlich war, ich musste mir Niklas Verdacht, dass Kristian in Martina verliebt war, ins Gedächtnis rufen. Wahrscheinlich war er mir gegenüber so reserviert, weil er Martina gegenüber loyal sein wollte. Andererseits war das nicht mein Problem und es fiel mir schwer Verständnis für sein ungebührliches Verhalten zu haben.

Nach einer Weile konnte ich allerdings beobachten, wie anders er sich im Umgang mit Sabrina und Iris verhielt und stellte betrübt fest, es musste tatsächlich an mir liegen. Man könnte meinen, er sei ein vollkommen anderer Mensch, als ich sah, wie er mit Sabrina scherzte und lachte.

Ich beschloss mir den Abend nicht durch meinen Ärger verderben zu lassen. Auf der anderen Seite fiel es mir schwer, mit der für mich ungewohnten Situation umzugehen, dass mich jemand aus Niklas Leben nicht mochte. Bis jetzt wurde ich nur mit freundlichen und netten Worten begrüßt und aufgenommen. Wahrscheinlich fühlte ich mich nur in meiner Eitelkeit gekränkt. Es war allerdings kein schönes Gefühl festzustellen, dass ich an der bestehenden Situation nichts ändern konnte, egal wie viel Mühe ich mir gab. Es stand von vornherein fest, dass er mich nicht mögen würde. Ich führte mir vor Augen, dass ich diese Tatsache nicht persönlich nehmen durfte. Wahrscheinlich wäre das jeder neuen Frau an Niklas Seite so ergangen, da seine Vorurteile einfach zu groß waren.

Als der Abend sich zu Ende neigte, verabredeten wir Mädels uns am nächsten Tag in einer Cafeteria, da wir uns unbedingt besser kennenlernen wollten.

Auf dem Heimweg war ich still und in mich gekehrt, da ich über den Abend nachdachte und mich Kristians Ablehnung doch mehr beschäftigte und traf, als ich zugeben mochte.

„Bist du müde oder warum bist du so still? Wie haben dir meine Freunde gefallen?", fragte mich Niklas neugierig, als wir zu Hause ankamen.

Ich sah ihn an und überlegte mir meine Worte gut, bevor ich sie aussprach, da ich aus Erfahrung wusste, dass es oftmals besser war erst nachzudenken und dann zu sprechen. Eine Fähigkeit, die mir äußerst schwerfiel.

„Andreas ist sehr nett und sympathisch, ich kann verstehen, warum er dein bester Freund ist. Sabrina und vor allem Iris sind ganz auf meiner Wellenlänge. Der Umgang mit ihnen kam mir von Beginn an sehr vertraut vor, als ob wir uns schon lange kennen würden. Ich konnte mich mit den dreien sogleich unverkrampft und locker unterhalten und wir alle verfügen über denselben Sinn für Humor, das gefällt mir wirklich gut", begann ich vorsichtig. Bevor ich weitersprach, fiel Niklas meine offensichtlich zu lange Pause auf und er fragte mich direkt: „Du hast dich nicht zu Kristian geäußert, war das Zufall oder Absicht?"

Ich schaute ihn ungläubig an. War ihm überhaupt nicht aufgefallen, wie Kristian mich behandelt hatte? Meine guten Vorsätze ihm meine Abneigung Kristian gegenüber taktvoll nahe zu bringen, löste sich in Luft auf und ich fauchte ihn an: „Bist du blöd oder warum stellst du so eine bescheuerte Frage? Hast du nicht mitbekommen, wie unfreundlich sich Kristian mir gegenüber benommen hat? Ich fand sein Verhalten unmöglich und unhöflich."

Erst sah Niklas mich völlig perplex und irritiert an, dann fasste er sich und reagierte abwehrend: „Warum regst du dich so überzogen und gekünstelt auf? So schlimm war er auch wieder nicht. Ich habe dir doch erzählt, dass er dir gegenüber wahrscheinlich etwas reserviert auftreten wird. Eigentlich ist er ein sehr netter Kerl, der sich mit allen Menschen gut versteht und äußerst umgänglich ist. Außerdem könntest du etwas verständnisvoller reagieren und dir mehr Mühe geben, schließlich ist er mein zweitbester Freund."

Mit dieser Äußerung entfachte er meine Wut vollends und Niklas bekam zum ersten Mal in unserer Beziehung, eine völlig andere Seite von mir zu spüren.

„Jetzt ist es auch noch meine Schuld! Der umgängliche, liebenswerte Kristian kommt mit ALLEN Menschen zurecht. Nur die blöde Laura schafft es nicht, mit diesem sympathischen, offenen und netten Burschen richtig umzugehen. Hörst du dir überhaupt zu, was für einen Blödsinn du von dir gibst? Du weißt ganz genau, wie indiskutabel er sich benommen hat und besitzt die Frechheit sein unmögliches Verhalten schön zu reden und mir die Schuld aufzubürden. Wahrscheinlich ist das unter euch Jungs die normale Umgangsweise mit dem schwachen Geschlecht, da du seine Art mich zu behandeln, anscheinend völlig in Ordnung findest. Deine Freunde haben wahrscheinlich in deinen Augen Narrenfreiheit und dürfen sich alles erlauben. Was bist du doch für ein selbstgerechtes Arschloch", fluchte ich laut auf.

„Laura, jetzt lass es mal gut sein!", rief Niklas aufgebracht aus.

„Kannst oder willst du mich nicht verstehen?", erzürnt funkelte ich ihn an.

Als Niklas auf mich zukam, mich an den Armen packte und auf mich einreden wollte, riss ich mich von ihm los und rief: „Lass mich jetzt bitte in Ruhe, bevor ich noch etwas sage, was mir später leidtut."

Niklas konnte nicht anders, erst blickte er mich sprachlos an, dann brach er amüsiert in ein Lachen aus: „Laura, was bitte willst du noch aussprechen, was du noch nicht von dir gegeben hast? Was waren deine Worte? Ich glaube, du hast mich gerade als selbstgerechtes Arschloch betitelt. Welche Steigerung sollte es dazu noch geben, die dir später leidtun könnte? Obwohl es mich ja eigentlich schon interessieren würde."

Durch seine humorvolle Art mit meinem Wutausbruch umzugehen, beruhigte ich mich ein wenig und sah ihn nachdenklich an.

„Das Beste wird wohl sein, wir schlafen eine Nacht darüber und sprechen uns morgen aus. Wir sind beide zu müde, um noch eine sinnvolle Diskussion zu führen. Ehrlich gesagt besitze ich auch nicht genügend Energie diese durchzustehen", fügte ich bestimmt an und hob abwehrend die Hand als ich sah, dass er mich unterbrechen wollte.

„Ich schlafe heute auf dem Sofa", fuhr ich unversöhnlich fort.

„Du kannst ganz schön nachtragend sein", stöhnte Niklas auf.

Ich reagierte schon wieder gereizt: „Das ist mal wieder typisch für dich. Ein lockerer, lustiger Spruch und du glaubst, dass alles wieder im Lot ist. Niklas, so einfach ist das nicht!"

Zuerst sah es so aus, als habe er schon wieder eine Antwort parat. Dann schien er es sich klugerweise anders zu überlegen. Er gab nach und entgegnete kleinlaut und geknickt: „Dann schlafe ich auf dem Sofa und du im Bett, bitte", fügte er nach einer kleinen Pause an, als er sah, dass ich protestieren wollte. Immerhin hatte er schon Bekanntheit mit meiner Sturheit gemacht.

„Ich habe wie ein Idiot reagiert und würde mich wie ein Schuft fühlen, wenn ich dich jetzt auch noch auf der Couch übernachten ließe."

Ich gab um des Friedens willen nach, da ich müde und enttäuscht nach unserem ersten größeren Streit einfach nur schlafen gehen wollte.

Am nächsten Morgen war die Stimmung erst einmal gedrückt und ein reumütiger Niklas begegnete mir auf dem Weg zur Küche. „Eigentlich wollte ich dir das Frühstück ans Bett bringen, aber nun bist du mir zuvorgekommen und schon aufgestanden. Ich war wohl etwas zu langsam", sagte er bemüht um eine lockere Stimmung.

Als ich weiterhin schwieg, ergriff Niklas erneut das Wort: „Ich möchte mich bei dir entschuldigen. Was ich gestern gesagt habe, war ungerecht und entsprach auch nicht der Wahrheit. Aber du musst verstehen, dass die Situation auch für mich alles andere als leicht ist, wenn du nicht mit Kristian klarkommst." Als ich empört auffahren wollte, verbesserte er sich schnell und ergänzte: „Ich wollte sagen, wenn Kristian nicht mit dir zurechtkommt. Natürlich habe ich bemerkt, wie viel Mühe du dir anfangs gegeben hast, ihn aus der Reserve zu locken und mir ist klar, dass diese verfahrene Situation nicht deine Schuld ist. Mir war nicht bewusst, wie groß seine Gefühle Martina gegenüber sein müssen, aber das ist kein Grund dich so herablassend zu behandeln. Anscheinend sieht er sich nicht in der Lage dir vorurteilsfrei zu begegnen. Zu sehr ist er augenscheinlich in seinen Gedanken und Schuldgefühlen Martina gegenüber gefangen. Ich hatte gehofft, dass er damit besser zurechtkommen würde und sich dir gegenüber etwas umgänglicher zeigt. Er kann froh sein, dass du dich ihm gegenüber so nett verhalten hast. Bitte nimm meine Entschuldigung an, ich ertrage den Gedanken nicht, dass du böse oder wütend auf mich bist", er sah mich mit bettelndem und treuherzigem Blick an.

Ich seufzte und erwiderte leise: „Ich kann dir gar nicht lange böse sein, auch wenn ich es wollte, meine Wut ist über Nacht verflogen. Ich kann dich sogar ein wenig verstehen. Keiner möchte hören, dass man seinen besten Freund nicht mag. Aber es hat mich wirklich verletzt, als du mir unterstellt hast, dass es an mir liegt, weshalb die Chemie zwischen Kristian und mir nicht stimmt."

Niklas nahm mich in die Arme und ich hatte das große Bedürfnis diese Umarmung zu erwidern. Zu sehr hatte ich ihn, in der von mir auferlegten Trennung, in der Nacht vermisst.

Ich kuschelte mich an ihn und er küsste mich zärtlich und liebevoll.

Wir frühstückten gemeinsam, aber dieser Morgen wurde von einer angespannten Stimmung überlagert, die wir das erste Mal in unserer noch frischen Beziehung spürten. Es wurde deutlich, dass die gesagten Worte zwar vergeben, aber noch lange nicht vergessen waren und wie ein fahler Beigeschmack in der Luft hingen.

Freunde kann man nicht genug haben

Den restlichen Tag gingen wir erstmals eher getrennte Wege. Wir verspürten beide, ohne es auszusprechen, dass uns eine kleine Pause voneinander ganz guttun würde. Immerhin hatten wir die letzten zehn Tage fast ununterbrochen gemeinsam verbracht. Auch in der schönsten Beziehung war es wichtig seinen eigenen Interessen nachzugehen. Leider war das in einer Fernbeziehung noch schwieriger umzusetzen. Auf der einen Seite wollte ich so viel Zeit wie möglich mit Niklas verbringen. Andererseits verspürte ich ebenfalls das Bedürfnis, mich alleine zu beschäftigen und war deshalb froh, mich für den Nachmittag mit Sabrina und Iris verabredet zu haben. Ich beschloss in aller Ruhe einen Einkaufbummel zu machen, bevor ich die beiden Mädels traf.

Niklas wollte mit Andreas zum Golf spielen gehen und sich später mit Kristian treffen. Er war der Meinung es sei wichtig, sich mit ihm auszusprechen.

Das Wetter hatte sich ausgezeichnet an meine Stimmung angepasst, dachte ich missmutig, als ich mit der Straßenbahn in das Einkaufzentrum fuhr. Es war ein regnerischer, stürmischer Tag, der nicht dazu verlockte, das Haus zu verlassen.

Niklas schien das egal zu sein, für sportliche Betätigungen gab es scheinbar kein schlechtes Wetter.

Eigentlich wäre dies ein perfekter Tag, um ihn mit seinem Freund gemütlich im Bett zu verbringen, stellte ich niedergeschlagen fest. Mittlerweile bereute ich es derart überzogen reagiert zu haben. Nichtsdestotrotz war ich der Meinung, es tat Niklas einmal ganz gut, seine Grenzen aufgezeigt zu bekommen. Vielleicht wurde ihm dann bewusst, wie verletzend er manchmal, vielleicht unbeabsichtigt, mit seinen Mitmenschen umging. Ich hatte den Verdacht, dass Niklas sich äußerst selten entschuldigte, und ihm die Ausführung schwerfiel und darum große Überwindung kostete. Ich beschloss mir unseren ersten Streit nicht mehr so zu Herzen zu nehmen und verbrachte zwei angenehme Stunden beim Einkaufen. Voll bepackt mit einigen Einkaufstüten, begab ich mich um 15.00 Uhr zum vereinbarten Café.

Wie konnte es anders sein, dachte ich grinsend, als ich Iris und Sabrina schon in der Cafeteria sitzend, erblickte.

„Warum lachst du so? Du scheinst heute besonders gute Laune zu haben", begrüßte mich Sabrina fröhlich.

Amüsiert klärte ich die beiden über meine Marotte immer als Letzte zu erscheinen auf.

Unvermittelt ernst werdend, erwiderte ich: „Gut gelaunt bin ich heute leider gar nicht. Als ich euch beide eben erblickt habe, war mir heute das erste Mal zum Lachen zumute. Niklas und ich hatten gestern, nach unserem Treffen, den ersten großen Streit."

„Lass mich raten. Es ging bestimmt um Kristian. Ich habe genau bemerkt, wie er dich behandelt hat und habe ihn sogleich über sein Fehlverhalten aufgeklärt, kurz bevor ich mich auf den Heimweg machte", gab Iris hellsichtig von sich.

Ich sah sie verblüfft an und erwiderte: „Ich bin erleichtert, dass euch das ebenfalls aufgefallen ist. Niklas hat mich hingestellt, als ob es meine Schuld wäre, dass Kristian so reagiert hat." Ich gab ihnen eine Kurzfassung unseres Streites wieder und Sabrina entgegnete empört: „Das ist typisch Niklas, wenn jemand seine beiden Wunderknaben kritisiert, rastet er aus und wird total ungerecht. Aber du hast Recht, dass du dir nichts gefallen lässt. Er braucht es, dass ihm einmal Kontra geboten wird. In seiner Beziehung mit Martina hat er Gegenwind nämlich nie erlebt. Deshalb hat er wohl so große Probleme damit umzugehen."

Iris stimmte ihr zu, indem sie ergänzte: „Du hast richtig reagiert. Schließlich befandst du dich im Recht. Ich kann mich nur an ganz wenige Begebenheiten erinnern, bei denen Niklas sich überwinden konnte, sich zu entschuldigen. Normalerweise spielt er lieber so lange die beleidigte Leberwurst, bis ihm die anderen vernünftigerweise verziehen haben. Denn das hält er sehr ausdauernd durch. Das ist für mich ein weiterer Beweis, wie sehr er dich liebt und ihm an eurer Beziehung gelegen ist."

„Außerdem muss ich ihm zugutehalten, dass er sich heute mit Kristian verabredet hatte, um mit ihm über sein Verhalten zu sprechen", erwiderte ich aus dem plötzlichen Impuls heraus, Niklas verteidigen zu müssen.

„Ich bin mal gespannt, wie Kristian reagiert. Als ich ihm den Kopf gewaschen habe, war er zuerst sehr zurückhaltend, hat dann aber zugeben, dass er sich wirklich mehr Mühe hätte geben können."

„Irgendwie habe ich ein wenig schlechtes Gewissen, dass ihr mir so den Rücken stärkt, schließlich seid ihr Niklas und Kristians Freunde", bemerkte ich etwas bedrückt.

Iris lachte und entgegnete: „Da brauchst du dir keine Sorgen machen, du gehörst nun auch dazu. Deshalb haben wir Frauen das Recht über *unsere* Männer zu lästern. Außerdem haben wir Niklas und Kristian dennoch lieb, auch wenn beide einige unangenehme Eigenschaften in sich vereinen und diese öfters mal an den Tag legen. Andererseits wer hat keine schlechten Angewohnheiten? Der Mensch muss erst noch geboren werden."

Ich freute mich sehr, über ihr offen ausgesprochenes Freundschaftsangebot und genoss die angenehmen Stunden in Gesellschaft meiner neuen Freundinnen.

Raue Schale, weicher Kern

Auf dem Weg zu Kristians Wohnung verspürte Niklas gewaltigen Zorn auf seinen Freund, welchen er wohlweislich vor seiner Freundin mühsam hatte zu verbergen versucht. Was hatte ihm die Verteidigung seines Freundes eingebracht? Den ersten Streit mit Laura, eine Situation die in sehr belastete, was ihn insgeheim überraschte. In seiner vorangegangenen Beziehung hatte er ungerührt reagiert, sobald Martina ärgerlich auf ihn war und es war ausschließlich sie gewesen, die sich schlussendlich entschuldigte, auch wenn oftmals er der Schuldige gewesen war.

Bei Laura war es völlig anders. Die Vorstellung schuld an ihrem Kummer zu sein, war für ihn unerträglich. Warum hatte er so blöd reagiert, grübelte er ratlos vor sich hin. Automatisch war er in alte Verhaltensmuster gefallen, indem er auf Konfrontation stur und trotzig reagierte.

Schließlich war Laura im Recht gewesen, auch wenn sie sich vielleicht unglücklich ausgedrückt hatte. Nun hatte er die Absicht, Kristian seine Wut spüren zu lassen, da dieser der Auslöser ihres Streits war. Es ärgerte ihn ungemein, sich auf die Seite seines unmöglichen Freundes gestellt zu haben und Laura somit in den Rücken gefallen zu sein. Eine schlechte Angewohnheit aus alten Tagen, von der er dachte, er habe sie abgelegt. Plötzlich begann er zu grinsen, als er an die temperamentvolle Auseinandersetzung mit seiner Freundin dachte, die so völlig anders reagierte als Martina. Aber wenn er es sich eingestand, war es zwar anstrengender eine renitente Freundin zu haben, dafür waren die Diskussionen viel erfrischender und herausfordernder.

Er klingelte entschlossen und Kristian öffnete die Türe mit folgenden Worten: „Ich kann mir schon denken, warum du mich besuchen wolltest. Iris hat mir gestern auch schon gehörig ihre Meinung gesagt. Komm doch herein, ich habe

Kaffee gekocht."

Niklas bedachte seinen Freund mit einem finsteren Blick und folgte ihm in die Küche, wo Kristian ihm einen Kaffeebecher in die Hand drückte.

„Bevor du mit Anschuldigungen auf mich losgehst, ich möchte mich bei dir entschuldigen.

Mir ist bewusst, dass ich mich unmöglich verhalten habe. Aber du weißt genau, wie gerne ich Martina habe. Es kam mir ihr gegenüber wie Verrat vor, wenn ich freundlich zu Laura wäre und so tun würde als ob nichts geschehen wäre", versuchte sich Kristian achselzuckend zu verteidigen.

„Nur kann Laura für deine Gefühle nichts und es ist unfair von dir, es an ihr auszulassen. Ich kann nachvollziehen, wenn du auf mich wütend bist. Schließlich war ich es, der Martina verletzt hat, aber ich habe dir schon einmal erklärt, dass ich mich in jedem Fall von Martina getrennt hätte, egal wie Laura sich entschieden hätte." Anscheinend war ihm wirklich nicht bewusst gewesen, wie wichtig Martina seinem Kumpel war. „Hast du eigentlich noch Kontakt mit ihr?", wechselte er plötzlich neugierig das Thema.

„Sie ist seit zwei Wochen wieder in Berlin, schließlich musste sie irgendwann wieder zur Arbeit gehen. Getroffen haben wir uns erst einmal, aber wir haben oftmals telefoniert, als sie bei ihren Eltern war. Niklas, ihr geht es wirklich schlecht. Sie hat mir auch mitgeteilt, dass du es für unnötig befunden hast, dich bei ihr zu melden", entgegnete Kristian entrüstet.

Niklas seufzte übertrieben auf und gab ihm eine Erklärung für sein Handeln, die sogar Kristian unwillig annehmen musste. Martina würde es bei ihrer Trauerbewältigung kaum helfen, ihn ständig um sich zu haben, mit dem Wissen, dass er eine neue Beziehung führte.

„Sie vermisst dich so sehr. Ich kann einfach nicht verstehen, wie du diese grenzenlose Liebe, die dir diese Frau entgegenbringt, einfach wegwerfen kannst", sagte Kristian verständnislos.

„Das ist genau die Bestätigung für mich, es klingt hart, entspricht aber der Realität. Ich vermisse sie im Gegenzug überhaupt nicht", entgegnete Niklas nicht gerade sensibel und triumphierend.

„Du findest immer ein Argument, um es dir passend zurechtzulegen, so wie du es gerne hättest. Manchmal bist du in deiner geballten männlichen Perfektion, gepaart mit einer Prise Selbstgerechtigkeit wirklich unerträglich", erwiderte sein Freund empört.

„Kristian, das ist nicht fair!", protestierte er und fühlte sich von seinem Freund ungerecht behandelt: „Du hast mich mit Martina und mit Laura erlebt und du musst selber zugeben, dass man diese Beziehungen nicht miteinander vergleichen kann. Ich bin mit Laura so glücklich und zufrieden wie nie zuvor in meinem Leben", appellierte er an seinen Freund.

Kristian schaute ihn niedergeschlagen an und sagte leise: „Du hast Recht, ich habe selber bemerkt, dass eure Liebe etwas ganz Besonderes ist. Vielleicht war ich neidisch auf dich. Zuerst schenkte dir Martina ihre ganze Liebe und nun hast du das Glück, eine gleichberechtigte Beziehung zu führen, die genauso erfüllend ist, wie die von Andreas und Sabrina und auf keiner einseitigen Liebe basiert."

Niklas blickte ihn nachdenklich an und ihn durchfuhr jäh der Gedanke, dass es für Kristian nicht leicht sein konnte, ständig die glücklichen Beziehungen seiner Freunde vor Augen zu haben und selber in der Liebe erfolglos zu sein. Seine letzte Partnerschaft lag über zwei Jahre zurück. Niklas hegte den Verdacht, er konnte sich auf keine neue Frau einlassen, da er in Martina verliebt war.

Als ob Kristian seine Gedanken lesen konnte, fuhr dieser fort: „Ich habe dir das nie gesagt, wahrscheinlich weißt du es sowieso, ich bin schon seit langem in Martina verliebt. Deshalb ging meine Beziehung mit Nadine in die

Brüche."

Unsicher schaute er seinen Freund nach diesem Geständnis an. Niklas ging in sich, um festzustellen, ob ihn dieser Gedanke störte. Schließlich erwiderte er: „Das hatte ich mir schon gedacht. Aber deshalb verstehe ich erst recht nicht, warum du gegen unsere Trennung warst."

„Niklas, du glaubst wohl nicht ernsthaft, dass ich mir jemals berechtigte Hoffnungen ausgemalt habe, Martina könnte meine Gefühle erwidern. Deshalb war ich schon glücklich, sie regelmäßig zu sehen und ich kann den Gedanken nicht ertragen, dass sie nun unglücklich ist, nachdem du sie verlassen hast. Mir ist nur ihr Glück wichtig."

Niklas betrachtete ihn und konnte seine Beweggründe nachvollziehen. Kristian hatte ein unscheinbares Gesicht ohne Makel, ihn zeichneten keine markanten, sondern eher schwammige Gesichtszüge aus und er verfügte über keinerlei Ausdruck. Er war nicht hässlich, hatte aber ein nichtssagendes und unauffälliges Antlitz. Er hatte einen untersetzten Körperbau, war aber sehr muskulös und bullig, da er regelmäßig zum Boxen ging.

„Das tut mir leid für dich. Dennoch ist es doch total unsinnig, weiter in deiner Traumwelt mit Martina zu leben, wenn du dir selbst eingestanden hast, dass dies keine Zukunft hat. So wirst du nie offen für eine neue Beziehung sein."

„Ja Dr. Sommer, Sie haben recht, das ist auch ganz einfach umsetzbar, vielleicht bekomme ich noch ein Rezept zur richtigen Anwendung", spottete Kristian.

„Jetzt muss ich mich bei dir entschuldigen. Ich verspreche dir, ich mische mich nicht mehr ein", sagte Niklas kleinlaut: „Es stört mich übrigens auch nicht, wenn du dich mit Martina triffst", fügte er noch erklärend an.

„Danke und ich verspreche dir, mich das nächste Mal bei Laura zu entschuldigen und etwas netter zu ihr zu sein. Ich muss zugeben, ihr beide gebt wirklich ein schönes Paar ab."

Niklas erkannte, welche Überwindung diese Worte seinen Freund gekostet haben mussten. Er verspürte ein Gefühl der Dankbarkeit, dass Kristian sich wenigstens Mühe gab, seine Sichtweise und Handlungen zu überdenken.

Nun hatte Niklas es eilig nach Hause zu kommen. Er verspürte eine unbändige Sehnsucht nach seiner Freundin, die er seit dem verunglimpften Frühstück nicht mehr gesehen hatte. Er beschloss, sie zum Abendessen in ein italienisches Restaurant einzuladen. Vielleicht würde es ihnen bei einer Begegnung auf neutralem Boden leichter fallen, zu ihrer ursprünglichen Vertrautheit zurückzufinden. Er beschloss sie auf dem Heimweg anzurufen, dann konnten sie sich gleich dort treffen.

Die Versöhnung

„Hallo Laura, ich hoffe du hattest einen schönen Nachmittag und ihr habt nicht allzu sehr über mich gelästert", begrüßte Niklas mich betont fröhlich.

„Ehrlich gesagt warst du kein Thema, wir haben auch noch andere interessantere Gesprächsinhalte", gab ich hochmütig zurück und war froh, dass er mich nicht sehen konnte, sonst hätte er mich sofort durchschaut.

Es herrschte kurz Stille, in welcher ich mich im Geiste ermahnte netter zu ihm zu sein. Eigentlich war ich der Meinung, er habe lange genug gelitten und ich verspürte auch keinen Groll mehr ihm gegenüber. Deshalb gab ich meine distanzierte Haltung auf und rief impulsiv in den Hörer: „Niklas, ich vermisse dich so sehr, hast du jetzt Zeit? Ich möchte mich gerne mit dir treffen."

Ich hörte seiner Stimme die Erleichterung an, dass ich ihm scheinbar verziehen hatte als er hastig antwortete: „Deswegen rufe ich an, ich würde dich gerne zum Italiener einladen. Das Restaurant ist ganz in der Nähe von eurer Cafeteria, dann können wir uns bei einer leckeren Pizza aussprechen."

Ich erwiderte, dass ich damit einverstanden war und wir verabredeten uns in einer halben Stunde vor dem Restaurant. Mittlerweile war ich gespannt auf sein Treffen mit Kristian und dessen Reaktion. Außerdem war ich erleichtert, dass sich unser Verhältnis langsam wieder entspannte und wir uns normal unterhalten konnten.

Ich war vor Niklas da und konnte ihn beobachten, wie er erst als kleiner Punkt in der Ferne zu erkennen war und stetig größer wurde. In derselben Geschwindigkeit wuchs mein Verlangen ihn endlich wieder in meine Arme zu schließen. Als er noch ungefähr hundert Meter von mir entfernt war, hielt ich es nicht mehr aus. Ich gab meine würdevolle, distanzierte Haltung auf und rannte ihm entgegen.

Als er mich erblickte, begann auch er schneller zu laufen, wir trafen uns auf halbem Weg und ich konnte das glückliche Leuchten seiner Augen erkennen. In unserem stürmischen Verhalten stießen unsere Nasen bei der Umarmung zusammen und wir begannen befreit zu lachen. Ich küsste ihn auf selbige und er erwiderte meine Liebkosung zärtlich.

„Ich bin so froh, dass du mir verziehen hast. Ich konnte den Gedanken, dass du unglücklich bist, nicht ertragen", sprach Niklas leise die ersten Worte unseres Treffens aus.

„Du hast mir zwar gestern vorgeworfen nachtragend zu sein, aber das stimmt nicht, auch wenn ich manchmal gerne länger wütend wäre. Das funktioniert bei mir nicht. Ich höre eine Weile nach dem Streit oder Auseinandersetzung in mich und da spüre ich nichts mehr, keine Wut, keine Verletztheit und dann ist für mich der Zeitpunkt gekommen, dem anderen zu verzeihen. Das geschieht meistens ziemlich schnell und im Nachhinein war unser Streit nun auch wieder nicht so schlimm."

Einträchtig betraten wir das Restaurant und genossen eine leckere Pizza in angenehmer, rustikaler Atmosphäre. Nachdem wir unseren Nachtisch bestellt hatten, fragte ich Niklas neugierig: „Du hast mir noch gar nicht von deinem Gespräch mit Kristian erzählt."

Er schaute mich an und erwiderte erleichtert: „Ich konnte das zum Glück mit ihm klären. Er hat zugegeben, überzogen reagiert zu haben. Auch hat er mir seine Beweggründe noch einmal dargelegt und für ein wenig Verständnis für ihn und seine Situation gebeten."

Niklas gab mir eine ausführliche Berichterstattung über das Treffen mit seinem Freund. Als er fertig war, sah er mich mit vorsichtigem Blick an und ich erkannte, dass er versuchte herauszufinden, ob ich seinem Freund eine zweite Chance für einen Neuanfang geben würde.

Ich seufzte und sagte ergeben: „Meinetwegen können wir uns gerne noch einmal mit ihm treffen. Ich habe nichts dagegen und werde versuchen ohne Vorbehalte zu dieser Verabredung zu gehen. Es wäre wohl besser, wenn die anderen bei dem Treffen auch dabei sind. Ich denke, es wäre ungünstig, wenn wir uns nur zu dritt treffen. In einer größeren Runde ist die Stimmung lockerer und er ist nicht gezwungen, sich die ganze Zeit mit mir zu unterhalten."

„Das halte ich für eine gute Idee. Ich habe mir darüber noch keine Gedanken gemacht, aber du könntest mit deiner Einschätzung recht haben", stimmte Niklas zu.

Danach wandten wir uns anderen Themen zu und kamen stillschweigend überein, das Thema Kristian erst einmal ruhen zu lassen.

Am nächsten Morgen wachte ich zufrieden neben meinem Freund auf. Es war schön, als erstes, wenn ich die Augen öffnete, in sein geliebtes Gesicht zu blicken. Wenn er schlief, beobachtete ich ihn besonders gerne. Er sah zufrieden und entspannt aus, als wäre er vollkommen mit sich im Reinen. Als ich mich an die letzte Nacht erinnerte, räkelte ich mich wohlig im Bett. Unser Versöhnungssex, wie ich ihn im Geiste nannte, war einfach unglaublich gewesen. Kaum waren wir zu Hause angekommen, konnten wir keine Sekunde länger warten und fielen voller Begierde auf das Bett und ich konnte es kaum abwarten, ihn endlich in mir zu spüren. Nach unserem Streit hatte ich das große Bedürfnis, nicht nur die geistige Harmonie wieder hergestellt zu haben, sondern unsere Körper auch wieder zu vereinen. Ihm schien es nicht anders zu gehen, denn er ging ziemlich direkt und stürmisch zu Werke.

Ich glaube letzte Nacht hatte ich nicht allzu viel geschlafen, aber das war es auf jeden Fall wert gewesen, dachte ich genießerisch.

Als Niklas erwachte und sah, dass ich ihn beobachte, lächelte er mich liebevoll an und strich mir sanft eine Haarsträhne aus dem Gesicht. Wir verstanden es dem anderen unsere Gefühle, auch ohne große Worte mitzuteilen.

Ein erneuter Abschied steht an

Zwei Tage später hatte ich einen neuerlichen Versuch, eine positive Beziehung zu Kristian aufzubauen, hinter mir. Erleichtert ließ ich mich zu Hause zwischen den Kissen auf die Couch sinken und versuchte den Abend Revue passieren zu lassen. Ich hatte es geschafft dem bevorstehenden Abend ruhig und gelassen entgegenzusehen, da ich die Meinung vertrat, verfahrener als die jetzige Situation, konnte es zwischen uns sowieso nicht mehr werden.

Die Anwesenheit meiner Freunde, die mir den Rücken stärkten, gab mir zusätzlich Sicherheit.

Im Geheimen war ich sehr stolz auf mich, ihm freundlich zu begegnen und mich weder zu Spitzfindigkeiten noch Anspielungen auf den ersten missglückten Abend hinreißen zu lassen.

Ich musste ihm auch zugutehalten, dass seine Entschuldigung wirklich ernst gemeint schien.

Obwohl wir uns beide große Mühe gaben, freundlich und ungezwungen miteinander zu kommunizieren, dauerte es einige Stunden und deutlich mehr Gläser Wein, bis ich es tatsächlich schaffte, ihn mit einer amüsanten Erzählung zum Lachen zu bringen. Ab diesem Augenblick schien das Eis, das bis dahin zwischen uns geherrscht hatte, geschmolzen zu sein und wir begannen uns ernsthaft miteinander zu beschäftigen und zu unterhalten.

Zum Ende dieses Abends musste ich meine vorgefertigte Meinung über Kristian revidieren und ich gestand mir ein, dass ich ihn eigentlich ganz sympathisch fand. Außerdem hatte Niklas mit seiner Aussage, dass Kristian im Grunde ein umgänglicher und feiner Typ sei, recht gehabt. Ich würde mich natürlich hüten, ihm das mitzuteilen, nachdem die Beschreibung seines Freundes der Auslöser unseres Streites gewesen war.

Wahrscheinlich würden wir beide nicht die besten Freunde werden. Ich kam mit dem unkomplizierten, extrovertierten Andreas deutlich besser zurecht als mit der zurückhaltenden, leicht distanzierten Art, die Kristian ausmachte. Aber ich hatte das gute Gefühl, dass wir auf einer neutralen, freundschaftlichen Basis weiterhin miteinander auskommen konnten.

Niklas betrat das Wohnzimmer und riss mich aus meinen Gedanken: „Das lief heute Abend doch ganz gut, oder?" Mit unsicherem Blick musterte er mich als habe er Bedenken, ich könnte auf sein Statement sogleich ausfallend reagieren.

Ich amüsierte mich über seinen Gesichtsausdruck und es reizte mich, ihn ein wenig zu ärgern. Deshalb blickte ich ihn mit finsterer, unfreundlicher Miene an und erwiderte nichts.

„Was habe ich denn nun schon wieder falsches gesagt?", reagierte Niklas ratlos.

Da musste ich lachen und er begriff, dass ich ihn lediglich aufziehen wollte und rief: „Na warte Kleine, Rache ist süß", er stürzte sich auf mich und begann mich zu kitzeln.

„Geh runter, du bist zu schwer, ich bekomme gar keine Luft mehr", keuchte ich, da ich halb unter ihm lag. Natürlich hatten meine Worte keine Wirkung auf ihn und stachelten ihn nur dazu an, seine Bemühungen zu verstärken.

Nach einer Weile schliefen wir vor Erschöpfung gemeinsam auf der Couch ein.

Beim Frühstück sprachen wir ernsthaft über die Erlebnisse und unsere Wahrnehmungen des vergangenen Abends.

„Ich bin erleichtert, dass Kristian anscheinend wirklich seine Vorbehalte mir gegenüber überdacht hat. Wenn wir uns besser kennenlernen, werden wir bestimmt ganz gut miteinander auskommen", entgegnete ich aufatmend.

Es widerstrebte mir etwas Negatives über den vergangenen Abend zu äußern, da mir Niklas Reaktion auf meine erste Einschätzung über Kristian, noch bildlich vor Augen stand. Aber es beschäftigte mich mehr als anfangs gedacht. Deshalb entschloss ich meine Bedenken doch mitzuteilen und sagte zögerlich: „Sag mal, wie findest du Robert eigentlich? Kennst du ihn näher? Ehrlich gesagt, kam er mir ziemlich seltsam vor. Er hat mich einige Male so komisch angeschaut, wenn er dachte, ich sehe es nicht. Ich fand ihn unheimlich und es hat mir tatsächlich einen Schauer über den Rücken gejagt. So etwas ist mir bei einem Treffen, mit einer mir unbekannten Person, noch nie passiert und ich fand dieses Gefühl irgendwie beängstigend. Weißt du genaueres über ihn?"

Robert war ein Kumpel von Kristian, mit dem er im selben Boxclub trainierte. Er hatte Robert nach einem Wettkampf spontan eingeladen mitzukommen, da er schon einmal kurze Bekanntschaft mit Andreas und Niklas gemacht hatte.

Niklas erwiderte leicht genervt: „Du kennst ihn doch überhaupt nicht. Vielleicht sieht er durch seine bullige und kräftige Gestalt ein wenig furchteinflößend aus, aber das bringt seine Sportart eben mit sich. Er ist genauso wie Kristian eine zurückhaltende Persönlichkeit. Vermutlich ist das der Grund, warum sich die beiden die Sportart Boxen ausgesucht haben. Dadurch sehen sie sich in der Lage ihr geringes Selbstbewusstsein zu stärken. Aber ich glaube, er ist ganz in Ordnung. Ich kann wirklich nicht nachvollziehen, was du an ihm unheimlich findest. Außerdem finde ich es ziemlich oberflächlich, ihn aufgrund seines äußeren Erscheinungsbildes zu verurteilen. Manchmal kannst du ziemlich anstrengend sein, mich wundert es, dass du an Andreas nichts auszusetzen hast."

Ich blickte ihn beleidigt an und sagte resigniert: „Mir war klar, dass deine Reaktion so ausfallen wird. Deshalb wollte ich zuerst gar nichts sagen. Aber ich fände es blöd meine Befürchtungen zu verschweigen. Außerdem war ich der Ansicht, hier würde Meinungsfreiheit herrschen. Also werde ich meine doch äußern können, ohne sofort einen unangebrachten Kommentar als Antwort zu bekommen", ereiferte ich mich zunehmend angriffslustig.

„Laura, nun lass uns nicht wieder streiten. Ich kenne Robert doch auch nicht besonders gut und es ist mir ehrlich gesagt egal, welche Meinung du von ihm hast. Verderben wir nicht unseren letzten Tag mit einer lächerlichen Diskussion, wir wollen ihn lieber genießen", beschwichtigte Niklas mich.

Eigentlich war mir nicht danach dieses Thema zu beenden, da mich Roberts seltsames Verhalten wirklich beschäftigte. Hoffentlich würde er zukünftig nicht häufiger an unseren Treffen teilnehmen. Ich war doch nicht blöd, natürlich war er ein komischer Typ. Dieses Gefühl basierte auch weniger auf sein optisches Erscheinungsbild, wie Niklas mir unterstellt hatte, als auf sein sonderbares Auftreten. Dennoch beschloss ich das Thema ruhen zu lassen.

Nachdem endlich wieder einmal die Sonne schien, entschieden wir an den nahegelegenen Badesee zu fahren. Wir wollten dort einen entspannten Tag verbringen, da ich am nächsten Morgen nach Kaufbeuren zurückfahren musste.

Es gelang mir in diesen schönen Stunden, jeden Gedanken an Niklas Freunde und Bekannte zu verscheuchen. Ich konzentrierte mich mit allen Sinnen auf meinen Freund und genoss jede Minute unserer Zweisamkeit.

Am nächsten Tag stand ich blass, übernächtigt und bedrückt neben meinem Koffer und blickte Niklas traurig an.

Sein Gesichtsausdruck schien meine eigene Gefühlslage widerzuspiegeln, er drückte mich an sich und küsste zärtlich meine Stirn. „Laura sei nicht traurig, sonst werde ich es auch. Ich werde dich bald besuchen kommen. Sobald ich mit meinem Chef gesprochen habe, sage ich dir Bescheid, wann ich mir einige Tage frei nehmen kann. Ich verspreche es dir!", versuchte Niklas unsere verfahrene Situation schön zu reden.

Wir verabschiedeten uns kurz, aber leider nicht schmerzlos. Niklas half mir schweigend das Gepäck in mein Auto zu verstauen. Dabei unterließ er es sogar, mich wegen meiner unzähligen Einkaufstüten aufzuziehen, was mir deutlich machte, dass es ihm nicht besser erging als mir und ihn unsere Fernbeziehung genauso belastete. Wir küssten uns noch einmal lange und intensiv, dann stieg ich in mein Auto und winkte ihm traurig zu. Er kam noch einmal um mein Auto herum, ich ließ die Fensterscheibe herab und wir küssten uns ein letztes Mal. Dann fuhr ich ohne ein weiteres Wort zu sprechen los, da ich einen großen Kloß im Hals verspürte und Angst hatte in Tränen auszubrechen.

Ich hörte noch wie mir der Wind Niklas letzte Worte: „Ich liebe dich, Laura" zutrug und fuhr um die nächste Kurve aus seinem Sichtfeld.

Da begannen schon die ersten Tränen über meine Wangen zu kullern und ich konnte kaum noch die Fahrbahn erkennen. Ich stellte fest, dass derjenige, der den anderen verlassen musste, den undankbareren Part hatte. Es war viel schwieriger die Willenskraft aufzubringen, fortzufahren. Mit jedem hinter sich gebrachten Meter, geriet der andere in größere Ferne und die Sehnsucht wurde immer größer.

Leider hatte ich mich bei der Mitfahrzentrale angemeldet und musste unterwegs noch zwei weitere Fahrgäste mitnehmen. Augenblicklich stand mir überhaupt nicht der Sinn nach Unterhaltung, ich wollte eigentlich lieber alleine sein. Schnell trocknete ich meine Augen und setzte eine Sonnenbrille auf. Seufzend fuhr ich zum vereinbarten Treffpunkt. Dort stand eine Frau mittleren Alters, die sich bei mir angemeldet hatte. Ich begrüßte sie kurz und stellte mich vor. Von dem zweiten Fahrgast fehlte jede Spur. Gerade waren die fünf Minuten um, welche ich dem unzuverlässigen Mitfahrer noch zugestehen wollte und ich begann ungeduldig zu werden.

Plötzlich bog ein Mann eiligen Schrittes, um die Ecke. „Ich weiß, ich bin spät dran, ich nehme alle Schuld heldenhaft auf mich. Darf ich trotzdem mitfahren?", rief er überdreht und theatralisch aus, als er endlich, beladen mit zwei riesigen Koffern, bei uns ankam.

Eigentlich hatte ich mich unter dem Motto „Frauen für Frauen" angemeldet, da ich bevorzugt weibliche Personen mitnehmen wollte. Aber als der Anruf kam, flötete eine männliche Stimme, die mir sogleich sympathisch war, in den Hörer. Mit dem Ausspruch: „Ich weiß, ich bin eigentlich ein Mann, aber ich bin schwul und könnte somit als Frau durchgehen", konnte ich ihm keine Absage erteilen und widersetzte mich meinen Prinzipien, keine männlichen Mitfahrer mitzunehmen.

Als endlich alle im Auto saßen und wir mühevoll die Koffer in meinem kleinen Auto verstaut hatten, konnte ich schließlich losfahren. Ich war nicht besonders gesprächig und drehte deshalb das Radio laut auf, öffnete mein Fenster und gab auf der Autobahn Gas und versuchte mich an die schönen Momente mit Niklas zu erinnern und mich darauf zu konzentrieren. Der Fahrtwind blies mir durch meine offenen Haare und tat mir gut. Langsam überkam mich ein Gefühl der Freiheit und des Wissens, dass mein Leben und wie ich es gestalten wollte, in meiner eigenen Hand lag und ich die Möglichkeit hatte, es jederzeit zu ändern. Zum ersten Mal setzte ich mich mit dem Gedanken auseinander, einen Umzug in Erwägung zu ziehen. Ich glaubte kaum, dass Niklas bereit war, ins Allgäu zu ziehen, deshalb begann ich mich mit dem Gedanken anzufreunden, dass Berlin meine neue Heimat werden könnte.

Andererseits wusste ich nicht, was Niklas von dieser Idee hielt, da wir bisher noch kein Wort darüber verloren hatten. Ich beschloss dieses Thema erst einmal ruhen zu lassen. Schließlich barg es große Risiken in sich, denn mein Besuch war nicht nur positiv verlaufen. Mir war bewusst geworden, dass ein Zusammenleben mit Niklas viele Probleme mit sich bringen konnte. Ich war wieder einmal zu ungeduldig und machte mir klar, dass es besser wäre, abzuwarten und uns Zeit zu lassen.

Mein geselliger Mitfahrer holte mich letztendlich aus meinen Träumen zurück in die Realität, nachdem mein anderer Fahrgast keine Anstalten machte, auf seine Gespräche einzugehen.

„Ich bin ein Lebensphilosoph, wenn du Fragen oder Probleme hast, ich kann dir bestimmt eine Antwort geben", teilte er mir sogleich mit.

Bevor ich antworten konnte, sprach er schon weiter: „Außerdem interessiert es dich bestimmt zu erfahren, wie Schwule so ticken. Ich kann dir gerne ein paar amüsante Anekdoten wiedergeben."

Ich konnte kaum ein Wort einwerfen, so gesprächig war er.

Schließlich klingelte sein Handy und er begrüßte seinen Anrufer: „Hallo Schnucki."

Mit aller Macht musste ich mir ein Grinsen verkneifen.

Nach seinem Telefonat erklärte er mir, dass alle seine Ex-Lover mit „Schnucki" betitelt wurden. Im Laufe unserer Fahrt riefen noch mindestens drei weitere Schnuckis an. Nach dem letzten Gespräch sagte er: „Das war mein Ex-Ex-Lover, er ist achtzehn Jahre alt, also ein Frischling. Was denn, das sagt man doch so", erwiderte er auf meinen verständnislosen Blick. „Ich stehe auf junge Männer, ich bin selber alt genug", mit Blick auf unsere Mitfahrerin, ergänzte er: „Sie wissen bestimmt, wie das ist." Dieser verschlug es aufgrund seiner dreisten Aussage endgültig die Sprache. Sie umfasste ihre Handtasche noch ein wenig fester, als ob sie sich daran festhalten wollte. Sie schien sich in ihrem Abenteuer, mit fremden Menschen eine Autofahrt zu verbringen, äußerst unwohl zu fühlen und beäugte ihn aus scheuen, misstrauischen Rehaugen.

Mein schwuler Fahrgast stellte sich zwar als ziemlich anstrengend und mitteilsam heraus, auf der anderen Seite war ich ihm sehr dankbar, dass er mich von meiner Traurigkeit und melancholischen Stimmung befreit hatte. Durch seine lustige Erzählweise konnte er mich schnell aufheitern. So verging die Fahrtzeit wie im Fluge und ich erreichte bald darauf meine Heimat.

Die Umsetzung eines beschlossenen Planes

Einige Tage später hatte ich endlich Gelegenheit mich mit meinen Freundinnen zu treffen. Ich war gespannt zu erfahren, ob Katrin in meiner Abwesenheit, ihre Reize gegenüber Herrn Blessing hatte spielen lassen. Natürlich musste ich erst einmal ausgiebig von meinen Erlebnissen in Berlin erzählen. Dabei berichtete ich ihnen auch von unserem ersten Streit.

Nachdem ich fertig war, sagte Katrin nachdenklich: „Diese gutaussehenden Männer, deren Arroganz und Selbstherrlichkeit sie so attraktiv macht, werden in solchen Momenten zum Problem. Sie meinen, sie seien Gott und können tun und lassen, was sie wollen. Reagiert jemand anders als es in ihr Schema passt, werden sie ungehalten und ungerecht."

Vanessa warf ein: „Ich glaube, deine Art mit ihm umzugehen, ist genau die Richtige. Du darfst dir von ihm nichts gefallen lassen. Er soll ruhig einmal seine Grenzen aufgezeigt bekommen. So wird er gezwungen, über sein Verhalten nachzudenken, um von seinem hohen Ross herunterzukommen."

„Es scheint zu funktionieren, schließlich hat er sich bei mir entschuldigt und glaubt mir, dass ist ihm alles andere als leicht gefallen", sagte ich lachend, als ich mich an diese Begebenheit erinnerte.

Plötzlich fiel mir ein, dass ich gar nicht wusste, wie Katrins Affäre mit Simon weitergegangen war. Ich bemerkte einmal mehr wie viel ich, während meines Berlinaufenthaltes, zuhause verpasst hatte.

„Keine Sorge, du hast nichts Wichtiges verpasst", mischte sich Vanessa belustigt auf meine Nachfrage ein: „Katrin hat ihn, wie könnte es anders sein, nach der vierten Verabredung abgeschossen. Eine Tatsache, die mich nicht wirklich überrascht hat."

Ich sah Katrin neugierig an und sie verteidigte sich amüsiert: „Ich stelle immer wieder fest, dass ich beziehungsunfähig bin. Simon ist ein wirklich netter Kerl, aber nach dem vierten Mal wurde er mir zu langweilig und ich stellte fest, dass ich ihn nicht noch einmal sehen möchte. Ich glaube manchmal, für mich wäre es einfacher, wenn ich als Mann auf die Welt gekommen wäre. Dann würde ich mit solch einem Lebenswandel, auf keinerlei Probleme und Unverständnis stoßen."

Ich musste über die Vorstellung Katrin wäre ein Mann derart lachen, dass ich mein Getränk verschüttete.

Kopfschüttelnd, aber nachsichtig blickten mich Vanessa und Katrin an.

„Jetzt aber zu etwas anderem, wie läuft das Projekt Herr Blessing?", wechselte ich schnell das Thema.

„Der liebe Herr Blessing stellt sich als ernstzunehmendes Problem dar."

„Katrin, nun lass dir doch nicht jedes Wort aus der Nase ziehen", rief ich ungeduldig.

„Nur die Ruhe, ich bestimme das Erzähltempo. Letzte Woche betrat ich zum ersten Mal den Laden. Ich trug ein sexy Kleid mit tiefem Ausschnitt, welches meine langen Beine besonders gut zur Geltung brachte, nachdem es knapp über meinem Hintern endete", fuhr sie kichernd fort.

„Natürlich trug ich High Heels mit zehn Zentimeter Absatz und trug meine Haare in offenen, wallenden Locken", beschrieb sie sich anschaulich, dass ich sie sogleich bildlich vor Augen hatte.

„Deinem Chef sind erst einmal fast die Augen aus den Höhlen getreten. Dann hat er kaum ein Wort herausgebracht, als ich mit tiefer, aber zugleich hilfsbedürftiger Stimme um seine Unterstützung bat. Ich glaube, ich habe ihn mit meiner geballten sexuellen Ausstrahlung überrumpelt und er war total überfordert mit dieser, für ihn nicht alltäglichen, Situation. Seine stammelnden Ausführungen habe ich einfach übergangen und so getan als seien seine Worte tatsächlich literarische Ergüsse und ich hörte ihm anhimmelnd zu. Für meinen nächsten Besuch entschied ich mich, es diesmal nicht so zu übertreiben und trug eine enge Röhrenjeans und ein knappes Oberteil und versuchte ihn wieder zu betören. Ich hege allerdings die Befürchtung, dass er nicht auf Sexbomben steht, sondern den natürlichen Typ bevorzugt. Deshalb war meine Erfolgsquote bis jetzt nicht sehr hoch, er ist ein unglaublich großer Stockfisch. Ehrlich gesagt, ich glaube kaum, dass er dir gegenüber einen Annäherungsversuch wagt, dazu ist er viel zu schüchtern. Ich werde demnächst einen letzten Vorstoß starten, wenn das wieder nicht klappt, weiß ich auch nicht mehr weiter. Ich mache mich vor den Angestellten komplett zum Affen, wenn ich jeden zweiten Tag um Herrn Blessing herumschwirre."

Katrin zog eine ernüchternde Bilanz, aber ihre Prognose, dass Herr Blessing zu schüchtern wäre sich mir zu offenbaren, beruhigte mich schon ein wenig.

Eine Woche später gestaltete ich die Auslage unseres Buchhandels mit den Neuerscheinungen und beobachtete gespannt die Straße. Vielleicht konnte ich Katrin erblicken, die um diese Uhrzeit in der Buchhandlung erscheinen wollte.

Eine halbe Stunde später sah ich sie endlich durch die Türe schweben. Schnell tat ich so, als ob ich das vor mir stehende Regal neu einräumen musste. Dadurch bekam ich die Möglichkeit, Katrin und Herrn Blessing unauffällig zu beobachten.

Ich sah, dass sich seine sorgenvolle Miene, die er gerne zur Schau stellte, wahrscheinlich um seine verantwortungsvolle Position hervorzuheben, aufhellte, als er Katrin erblickte.

In seiner typischen, mir allzu geläufigen Art, begrüßte er Katrin jovial und zugleich unterwürfig. Fehlt nur noch, dass er sich vor ihr verbeugt, dachte ich abfällig.

„Herr Blessing, Ihrem Laden schenke ich so gerne meine Aufwartung. Ihre umfassende Kompetenz und Freundlichkeit spricht für Sie. Außerdem fühle ich mich hier derart wohl, als ob ich mich zu Hause in meinem Wohnzimmer befinden würde. Ich kam nach reiflicher Überlegung zu der Überzeugung, dass dies an Ihnen liegen muss."

Mit einem lasziven, verzehrenden Blick gab Katrin alles.

Herr Blessing wurde ein wenig rot und als ob er ahnen würde, dass ich ihn beobachtete, blickte er sich plötzlich um. Schnell versteckte ich meinen Kopf hinter dem Bücherregal. Ich war mir allerdings sicher, dass er mich gesehen hatte. Dies bestätigte sich, als ich seinen selbstgefälligen Blick sah, der zu besagen schien, nun siehst du, welche Frauen ich haben kann. Plötzlich ergriff er tatsächlich die Initiative und sagte schnell: „Frau Port, wollen Sie mir die Ehre erweisen und mit mir heute zu Abend essen?"

Katrin war im ersten Augenblick perplex, fing sich aber erstaunlich schnell in Anbetracht des Umstandes, dass sie nun in den sauren Apfel beißen musste.

„Mit einem gehauchten: „Ja, gerne", beschied sie ihr Schicksal und verließ den Laden auffällig schnell, nachdem sie ihre Verabredung vereinbart hatten.

Kurze Zeit später kam Herr Blessing an mir vorbei und warf mir einen triumphierenden Blick zu, der nichts Gutes zu heißen schien. Langsam machte sich in mir Unbehagen breit. Ich glaubte plötzlich zu verstehen, was Herr Blessing mit seinem Verhalten zu bezwecken versuchte. Er wollte mich tatsächlich eifersüchtig machen, dachte ich ungläubig. Wahrscheinlich erreichten wir mit unserer Aktion genau das Gegenteil, kam mir ein unheilvoller Gedanke. Wir stärkten damit sein Selbstbewusstsein und nicht mehr lange, dann würde er sein Glück bei mir versuchen. Was für ein Schlamassel hatte ich mir da eingebrockt?

Diese Bedenken teilte ich Katrin etwas später mit, als sie mich vor dem Treffen mit meinem Chef anrief.

„Du glaubst nicht, dass es meine unglaublichen Reize waren, die ihn um den Verstand bringen?", fragte sie scherzend.

„Warten wir einfach ab, wie sich euer Abend entwickelt. Aber ich muss dir wirklich ein Kompliment für deine schauspielerischen Fähigkeiten aussprechen. Anscheinend hast du deinen Beruf verfehlt", erwiderte ich ehrlich überrascht.

Sie versprach sofort nach ihrem Rendezvous anzurufen und mich auf den neuesten Stand, bezüglich Herrn Blessings Liebeswelt, zu bringen.

In der Zwischenzeit beschloss ich meinen Telefonabend fortzusetzen und rief zuerst Niklas an, der Neuigkeiten hatte und schon für das nächste Wochenende einen günstigen Flug gebucht hatte, um mich zu besuchen. Leider konnte er nur von Freitagabend bis Sonntagmittag bleiben, da es keine andere Kombinationsmöglichkeit der Flüge gab. Ausgerechnet an diesem Samstag musste ich vormittags arbeiten. Aber ich dachte mir, besser als ihn gar nicht zu sehen. Somit konnte ich die Zeit des Wartens mit der Vorfreude auf seinen Besuch überbrücken.

Danach rief ich meine Schwester an. Ich hatte in den letzten Wochen relativ wenig mit ihr gesprochen und ich musste mir eingestehen, sie zuletzt etwas vernachlässigt zu haben. Es gab unter uns Schwestern immer wieder Momente, in denen wir fast täglich telefonierten und dann gab es Zeiten, in denen wir uns sehr selten sprachen, was unserem guten Verhältnis aber keinen Abbruch tat. Im Gegenteil, ich hatte das Gefühl, sowohl die räumliche Distanz als auch das seltene Kommunizieren tat unserer Beziehung ganz gut, da wir beide so unterschiedliche, aber nicht minder komplizierte Persönlichkeiten waren.

„Hallo Jana, es tut mir leid, dass ich mich so lange nicht

gemeldet habe", begann ich das Gespräch etwas schuldbewusst.

„Keine Sorge, ich bin nicht beleidigt, schließlich hätte ich mich auch einmal bei dir melden können. Ich war selber so beschäftigt mit Uni und Freund, da weiß ich manchmal gar nicht mehr, wo mir der Kopf steht. Nichtsdestotrotz freue ich mich von dir zu hören", beruhigte mich meine Schwester gutgelaunt.

„Du und Uni, habe ich etwas verpasst? Bis jetzt beschränkte sich dein Engagement doch nur auf die Anwesenheit in den Pflichtveranstaltungen", gab ich erstaunt zurück. „Außerdem beginnen doch bald deine Semesterferien, oder?"

„Du hast Recht, aber das bedeutet leider nicht, dass wir dann wochenlang freihaben. Zum einen muss ich einen Entwurf fertig stellen und zum anderen werde ich in den Semesterferien ein Praktikum bei einem Architekturbüro ableisten, um praktische Erfahrungen zu sammeln. Außerdem hat Jonas an mein Gewissen appelliert und mir klar gemacht, wie wichtig ein guter Abschluss ist. Gerade in der Sparte Architektur sehen die Berufsaussichten nach dem Studium alles andere als rosig aus. Nicht, dass ich mir zum Ende des vierten Semesters schon allzu viele Gedanken dazu mache, aber andererseits tut es mir ganz gut, einen vernünftigen Menschen an meiner Seite zu haben, der mir die ernsten Dinge des Lebens in mein Gedächtnis ruft. Obwohl ich mich manchmal schon über Jonas lustig machen kann. Er plant sein Leben von A bis Z, ich dagegen bin vollkommen chaotisch. Wir ergänzen uns einfach wunderbar und können über unsere Gegensätzlichkeiten lachen", erklärte Jana begeistert.

Ich war froh, dass ihre Beziehung weiterhin unter einem guten Stern zu stehen schien und gönnte es ihr von Herzen. Wir plauderten noch eine Weile über unsere Männer, dann musste Jana aufhören, da eine Freundin zu Besuch kam.

Gerade als ich das Gespräch beendet hatte, klingelte es schon wieder und Katrin war am anderen Ende der Leitung.

„Und wie war dein Treffen?", rief ich aufgeregt.

„Laura, du bist mir etwas schuldig, lass dir dies von einer erschöpften Freundin sagen. Und zwar nicht nur einen kleinen Gefallen, sondern ich habe einen dicken, fetten Wunsch bei dir gutgeschrieben. Es war so anstrengend, zu Beginn war der Abend sterbenslangweilig. Zuerst redete er nur über seine Arbeit und betonte ungefähr hundertmal, wie wichtig seine Funktion als Geschäftsführer für die Buchhandlung sei. Sie würde praktisch ohne ihn in Konkurs gehen, könnte man aus seinen Wortergüssen schließen. Nachdem dieses Thema abgehandelt war, schwiegen wir eine Runde. Leider gingen mir irgendwann die Gesprächsthemen aus und ich wurde langsam müde ihn permanent mit Komplimenten zu überhäufen. Mein Grinsen fühlte sich nach einer Weile schon wie festgewachsen an. Dann bist plötzlich du, wie aus heiterem Himmel, zur Sprache gekommen", führte Katrin ihre Berichterstattung aus.

Ich ging dazwischen und unterbrach sie pikiert: „Ich? Wie kommt er bei eurem Treffen auf mich? Hat er etwas von unserer Verbindung gewusst?" Ich geriet in Panik über diese Aussicht.

„Ich kann dich zumindest in dieser Hinsicht beruhigen, er weiß nicht, dass wir uns kennen. Lediglich meinen Rat als gute Freundin wollte er hören. Er hat mir doch ernsthaft klargemacht, dass er in mir nur eine Freundin sieht, da er in eine andere Frau verliebt sei. Ich musste ihm meine Fassungslosigkeit nicht vorspielen, die war tatsächlich echt. Laura es tut mir leid, unsere Vermutung war richtig. Er wollte dich eifersüchtig machen und nun erbat er sich einen Ratschlag von mir, wie er mit dir umgehen soll. Das ist wirklich die Ironie des Schicksals."

„Welche hilfreichen Tipps hast du ihm denn gegeben?" fragte ich sie panisch.

„Ich habe ihm dezent zu verstehen gegeben, dass du

wohl nicht interessiert bist, wenn du bis jetzt keine Anzeichen zu erkennen gegeben hast. Leider wollte er diese Antwort nicht hören. Er hat sich dein Verhalten schöngeredet, indem er meinte, dass er dich mit seinem unmöglichen Benehmen vor einigen Wochen verschreckt hat. Du traust dich daraufhin wohl nicht, ihm deine Gefühle zu zeigen", Katrin begann zu lachen und fuhr fort: „Ich weiß, dass dies für dich alles andere als lustig ist. Aber es war zu komisch, wie er da im Restaurant saß und sich einredete, du bist wahrhaft in ihn verliebt. Er scheint wirklich der festen Überzeugung zu sein, aus euch beiden könnte ein Paar werden. Ich glaube, dir bleibt nichts anderes übrig, als zu unserem ursprünglichen Plan zurückzugehen und ihm unauffällig deinen Freund zu präsentieren", beendete meine Freundin ihre schlechten Neuigkeiten, mit einem mehr oder weniger hilfreichen Tipp.

„Womit habe ich das verdient?", jammerte ich vor mich hin.

„Mir ist es mittlerweile egal, wie er auf die Tatsache reagiert, dass ich einen Freund habe. Nächstes Wochenende kommt Niklas zu Besuch, dann soll er mich Samstag nach der Arbeit abholen. Hoffentlich wartet Herr Blessing mit seinem Liebesgeständnis auf eine passende Gelegenheit und arbeitet ebenfalls an diesem Tag. Ich sehe darin die letzte Möglichkeit einer Katastrophe aus dem Weg zu gehen. Du oder Jana, ihr würdet die richtigen Worte finden um mit dem Kompliment, dass er in euch verliebt ist, umzugehen. Am Ende würde er sich durch eure nett formulierte Abfuhr noch geschmeichelt fühlen. Leider habe ich darin überhaupt keine Begabung. Bestimmt würde ich ihn vollkommen vor den Kopf stoßen. So gebe ich ihm die Chance der Peinlichkeit seiner Liebesbeichte zu entgehen", redete ich mir meinen Plan B schön.

„Trotzdem danke, dass du dir so viel Mühe gegeben hast, auch wenn es nichts gebracht hat", sagte ich niedergeschlagen und verabschiedete mich bedrückt von ihr.

Warum konnte mein Leben nicht einfach in geordneten Bahnen laufen ohne Aufregungen und Probleme, dachte ich resigniert. Ich hoffte, dass Herr Blessing die nächsten vier Tage möglichst selten arbeiteten würde. Über diesen Gedanken konnte ich schließlich einschlafen.

Zu meiner grenzenlosen Erleichterung verliefen die Arbeitstage bis zur Ankunft meines Freundes ohne Liebesgeständnis und Annäherungsversuche. Das war alleine darauf zurückzuführen, dass ich unter allen Umständen vermieden hatte, mich Situationen auszusetzen, in denen Herr Blessing mich alleine angetroffen hätte. Ich hielt mich vorwiegend in Gesellschaft von Manuela oder Kunden auf. Allerdings hatten mir die aufdringlichen, intensiven Blicke meines Chefs schon ausgereicht, um meine Nerven endgültig bloßzulegen.

Zwei Paare treffen sich

Endlich stand ich nach einer nervenaufreibenden Fahrt durch die Rushhour, am Münchner Flughafen und wartete auf Niklas Ankunft. Es dauerte nicht lange bis er durch die Türe kam, er musste nicht am Gepäckband warten, da er nur mit Handgepäck reiste.

„Niklas!", rief ich ihm zu, als er mich in der Menge der Wartenden erst einmal nicht sehen konnte. Er erblickte mich und es kam es mir so vor als würde plötzlich die Sonne aufgehen. Ich fragte mich, ob der Raum eben vor einer Minute auch schon so lichtdurchflutet gewesen war.

Wir fielen uns in die Arme, er hob mich hoch und wir begrüßten uns stürmisch. Da wir uns sowieso schon in München befanden, hatten wir beschlossen vom Flughafen aus in die Innenstadt zu fahren, da Jana uns zum Essen zu sich nach Hause eingeladen hatte. So konnten sich Jonas und Niklas auch einmal kennenlernen.

„Was gibt es denn zum Essen?", waren meine ersten Worte, als wir Janas Wohnung betraten.

„Du bist so gefräßig, ständig hast du Essen im Kopf", empörte sich meine Schwester und sagte: „Vielleicht stellen wir erst einmal unsere Freunde einander vor."

„Ich vermute, das schaffen sie auch ohne unsere Hilfe", entgegnete ich spitz: „Selbst Winston Churchill war der Meinung, dass man seinem Leib etwas Gutes tun soll, damit die Seele sich darin wohl fühlt", sagte ich triumphierend und war froh, dass ich den Spruch, zumindest sinngemäß, wiedergeben konnte. Er hatte es mir schon angetan, als ich ihn zum ersten Mal las.

„Geht es dir noch gut, liebste Laura? Manchmal zweifle ich wirklich an deinem Verstand. Wer bitte kann Sprüche von Churchill auswendig?", fragte sie mich verwundert.

„Ich gebe zu, das ist der einzige Spruch, den ich kenne. Ich habe ihn irgendwann gelesen und er hat es mir angetan, weil er so gut auf mich zutrifft. Deshalb habe ihn mir gemerkt."

„Dann bin ich beruhigt, ich dachte schon, du gewöhnst dir als alte Jungfer schrullige Angewohnheiten an. Ach ich vergaß, das bist du ja gar nicht mehr", ärgerte mich Jana.

„Jana, du bist wirklich unmöglich", rief ich konsterniert aus.

Währenddessen tauschten Niklas und Jonas belustigte Blicke und Jonas fragte: „Die beiden sind scheinbar in Höchstform. Das verspricht ein lustiger Abend zu werden."

Niklas lachte und erwiderte: „Ich habe sie bis jetzt noch nicht anders erlebt, also müssen wir beide stark sein und damit zurechtkommen. Jana, hoffentlich hast du für Jonas und mich genügend Hochprozentiges vorrätig, damit wir uns im Notfall betrinken können, wenn wir euer Geplänkel nicht mehr aushalten."

Jana schaute etwas beleidigt drein und es sah so aus als wüsste sie nicht, ob sie diese Aussage ernst nehmen sollte. Bevor sie eine giftige Bemerkung entgegnen konnte, ging ich dazwischen und rief: „Du hast mir meine Frage immer noch nicht beantwortet. Was gibt es denn nun zum Essen? Ich habe wirklich ziemlichen Hunger. Am Flughafen habe ich nur ein winziges Sandwich gegessen."

Sie blickte mich herablassend an und erwiderte: „Sandwichs sind niemals winzig."

Niklas schlug in die gleiche Kerbe und ergänzte: „Außerdem ist das erst zwei Stunden her, du kannst doch unmöglich schon wieder Hunger haben. Mit dir stimmt etwas nicht, vielleicht hast du einen Bandwurm."

„Verschwört auch nur gegen mich, ihr zwei. Jonas, wollen wir essen? Die zwei Lästermäuler sind anscheinend auf Diät und wollen nichts zu sich nehmen", gab ich kontra.

„Gute Idee, dann bleibt eben mehr für uns übrig. Ich bin schon ziemlich hungrig", kam er mir augenzwinkernd zur Hilfe, hakte sich bei mir unter und wir begaben uns gemeinsam auf den Weg in die Küche.

Da kam Bewegung in Jana, sie rannte fast hinter uns her und rief: „Das war doch nur Spaß, das Essen ist schon fertig. Wir können jetzt anfangen."

Amüsiert stellte ich fest, wie eifersüchtig meine Schwester auf mich sein konnte. Dieser Umstand kam äußerst selten vor, deshalb stach es mir besonders ins Auge. Üblicherweise stand Jana im Mittelpunkt des Geschehens und ich befand mich im Abseits. Aber immerhin hatte ich meinen Willen bekommen, indem ich endlich etwas zu essen bekam. Den restlichen Abend verhielten wir uns friedlich in Gesellschaft der Männer, die wir liebten.

Plan B tritt in Kraft

Während des heutigen Arbeitstages fiel es mir äußerst schwer, mich auf die wesentlichen Aufgaben zu beschränken. Ich musste ständig darüber nachdenken, wie Herr Blessing auf die Tatsache, dass ich vergeben war, reagieren würde. Tatsächlich war ich unsagbar nervös. Ich hatte große Bedenken, dass er nach der Offenbarung in sein altes Verhaltensmuster mir gegenüber zurückfallen würde oder schlimmer einen fadenscheinigen Kündigungsgrund suchte. Mit fahrigen Bewegungen stieß ich an ein Regal mit Dekorationsartikeln und warf einige Utensilien zu Boden. Fluchend bückte ich mich und wollte gerade mit dem Aufräumen beginnen, als sich Herr Blessing zu meinem Entsetzen neben mich niederkniete und rief: „Frau Hellwig warten Sie, ich helfe Ihnen. Zu zweit geht das doch viel besser."

Ich presste gerade noch ein: „Danke", hervor und räumte geschwind die Geschenkartikel zurück an ihren ursprünglichen Platz. Panisch blickte ich mich im Laden nach einer weiteren Aufgabe um, die mir eine Möglichkeit bot, aus seinen Fängen zu kommen.

„Frau Hellwig, was ich Sie schon lange einmal fragen wollte", begann er gerade die unheilvollen Wörter auszusprechen, als zu meiner grenzenlosen Erleichterung ein Ehepaar, welches ich auf Mitte Sechzig schätzte, den Laden betrat.

„Entschuldigen Sie bitte, Herr Blessing." Erleichtert begab ich mich schnellen Schrittes in deren Richtung, falls sie Hilfe benötigten. Da sie sich auf meine freundliche Nachfrage erst einmal umschauen wollten, beschloss ich einen Büchertisch neu zu dekorieren, den die Kundschaft ziemlich durcheinandergebracht hatte. Dabei konnte ich das Ehepaar bei ihrer Suche beobachten. Er rief irgendwann mit durchdringender Stimme fordernd nach ihr:

„Kommst du mal bitte zu mir?"

Auf ihre Nachfrage, als sie ihn erreichte: „Hier bin ich, was möchtest du denn von mir?", erwiderte er forsch: „Eigentlich nichts, aber ich würde gerne über deine ungeteilte Aufmerksamkeit verfügen."

„Ach wenn das alles ist, tue ich dir liebend gerne diesen Gefallen", sagte sie amüsiert und streichelte ihm unbewusst zärtlich über die Schulter.

Anscheinend suchten sie ein Geschenk. Diese Situation erheiterte mich und riss mich aus meinen sich ständig kreisenden Gedanken. Etwas später bekam ich eine weitere amüsante Begebenheit mit. Zwei befreundete Damen mittleren Alters standen an der Kasse zur Bezahlung an. Die ältere Frau zeigte ihrer Freundin stolz ihren erworbenen Bildband über Marrakesch. Die andere schaute sich die Bilder an und erwiderte leicht enttäuscht und abfällig: „Aber jedes Gebäude ist kaputt und von Rissen durchzogen."

„Das bringt die Zeit so mit sich", erwiderte ihre Freundin spöttisch und ergänzte nach einer Pause selbstironisch: „Guck uns doch einmal an, uns geht es nicht anders. Das ist der Lauf des Lebens. Das macht es doch erst richtig interessant, findest du nicht?" Daraufhin wusste ihre Freundin nichts mehr zu entgegnen und war still.

Erfuhr ich solch zwischenmenschliche Erlebnisse in meinem Arbeitsalltag, wurde mir in aller Deutlichkeit wieder bewusst, warum ich diesen Beruf so liebte. Es waren nicht nur die erfundenen Geschichten in den Büchern, welche wir verkauften, die meine Arbeit so interessant machten. Nein, es waren vor allem die Begebenheiten, die im wirklichen Leben stattfanden und wahrscheinlich so manches Buch füllen könnten.

Ich hatte Interesse an meinen Mitmenschen und deren persönlichen Lebenserfahrungen und Schicksale, die sich in ihrem Miteinander widerspiegelten.

Mit frischem Elan widmete ich mich meinen Aufgaben und der Vormittag verflog im Nu. Plötzlich war es 13.00

Uhr und ich hatte Dienstschluss. Unruhig trat ich auf der Stelle, hoffentlich kam Herr Blessing endlich aus seiner Mittagspause zurück. Nicht, dass unser schöner Plan unwissentlich durch ihn boykottiert wurde.

Gerade als ich meine Tasche holte und mich von meinen Arbeitskollegen verabschieden wollte, betrat Herr Blessing gemeinsam mit Niklas, wie abgesprochen, den Laden. Höflich überließ mein Chef seinem potentiellen Kunden den Vortritt. Die Stunde der Wahrheit hatte geschlagen. Ich gab erst einmal vor, Niklas nicht gesehen zu haben. Während ich neben Manuela stand, begrüßte er mich freudestrahlend mit den Worten: „Hallo mein Schatz, ich dachte mir, ich überrasche dich und hole dich von der Arbeit ab. Hast du Lust mit mir ein Eis essen zu gehen?"

Zugleich schlang er seine Arme von hinten um mich, um an seinen Besitzansprüchen keinen Zweifel zu lassen.

Ich warf meinem Chef einen verstohlenen Blick zu. Er beobachtete kreidebleich und fassungslos die Situation und begann mir schon fast leid zu tun. Es war ihm nicht einmal möglich seine Gesichtszüge unter Kontrolle zu bekommen. Da ich die Meinung vertrat, die Sache überzeugend zu Ende bringen zu müssen, wandte ich mich Niklas zu und küsste ihn. Danach löste ich mich zögerlich aus seiner Umarmung und bedankte mich liebevoll bei ihm, für seine Einladung zum Eis essen.

Ich versuchte Herrn Blessings desolaten Zustand zu übergehen. Schließlich sollte er nicht die Schmach erleiden müssen, festzustellen, dass ich über seine Gefühle im Bilde war.

„Ich wünsche euch ein schönes Wochenende, bis Montag." Wir beeilten uns den Laden zu verlassen, bevor mein Chef seine Fassung wiedererlangen konnte.

Händchenhaltend verließen wir das Geschäft und schafften es, mit eiserner Willenskraft uns so lange zu beherrschen, bis wir außer Sichtweite des Buchhandels waren und fielen in befreites Lachen ein.

„Dein Chef hat vielleicht ein Gesicht gemacht, ich musste mich schon im Laden zusammenreißen, um nicht einen Lachkrampf zu bekommen. Jetzt musst du aber ein Lob für meine schauspielerischen Fähigkeiten aussprechen", spielte er selbstgefällig auf unseren Plan an, indem er so tun sollte, als sei er zufällig vorbeigekommen.

„Das hast du gut gemacht, braver Niklas. Du bekommst gleich ein Leckerchen", lobte ich ihn, als er mich beifallsheischend ansah.

„Falls du es vergessen hast, ich bin dein Freund, kein Hund!"

„So wie du um Anerkennung gehechelt hast, könnte man es aber durchaus meinen", parierte ich geschickt. „Ich hoffe nur, dass unsere Aktion für mich keine unangenehmen Konsequenzen haben wird", äußerte ich meine geheime Befürchtung.

„Du kannst doch nichts dafür, wenn er sich in dich verliebt hat. Es ist schließlich dein gutes Recht einen Freund zu haben. Er kann doch nicht ernsthaft geglaubt haben, dass du Interesse an ihm haben könntest. Immerhin vertritt er meiner Ansicht nach die Meinung, sein Gesicht gewahrt zu haben. Auf jeden Fall ist das jetzt geklärt und er muss schauen, wie er damit zurechtkommt. Sollte er es an dir auslassen, würde ich mich an den Betriebsrat wenden. Du kannst dir schließlich nicht alles gefallen lassen", ereiferte sich mein Freund.

„Warten wir erst einmal ab, wie sich die Situation entwickelt. Wir wollen nicht mit dem Schlimmsten rechnen. Vielleicht lässt er sich auch gar nichts anmerken", gab ich hoffnungsvoll zurück.

„Welche Eissorte möchtest du?", fragte mich mein Freund, als wir die Eisdiele erreicht hatten.

„Haselnuss, Snickers und Kinderschokolade", erwiderte ich ohne überlegen zu müssen.

Einmal mehr blickte er mich perplex an und sagte gedehnt: „War das deine Bestellung oder deine eingeschränkte

Auswahl, aus der du dich entscheiden musst?"

„Nein du brauchst gar nicht zu antworten, dein Blick ist Antwort genug! Ich müsste dich langsam gut genug kennen, aber du verblüffst mich immer wieder", rief er schnell, als ich ihm einen finsteren Blick zuwarf und gab die Bestellung auf.

Er selber hielt sich natürlich an die Fruchtsorten und ich fragte ihn aufreizend: „Glaubst du dein Fruchteis ist gesünder? Schließlich ist dies ebenfalls Milchspeiseeis. Ich denke, das macht kaum einen Unterschied und ist genauso zuckerhaltig."

„Vielleicht schmeckt es mir einfach besser", gab er augenzwinkernd zurück, als ich auf seinen gesunden Ernährungsstil anspielte.

Lachend begaben wir uns auf einen Spaziergang durch die Stadt und ließen uns das Eis schmecken.

Am Abend beschlossen wir erneut in die Innenstadt zu fahren. Da gerade das Tänzelfest begonnen hatte, wollte ich Niklas gerne mit dem Lagerleben vertraut machen. Während ich ihm den geschichtlichen Hintergrund, Kaiser Maximilians Besuch während des 15. Jahrhunderts in Kaufbeuren erklärte, schlenderten wir durch die Altstadt, die durch die mittelalterlichen Stände ein völlig verändertes Bild von sich gab.

Ich erzählte ihm, dass die Kinder an zwei Tagen im Juli jeden Jahres, die Geschichte nachspielten und mit einem großen Umzug mit über tausendachthundert Mitwirkenden, durch die Stadt zogen.

Ihm gefiel diese Tradition sehr gut und wir verbrachten schöne Stunden, indem wir durch die überfüllten Straßen zogen, uns die altertümlichen Speisen schmecken ließen und uns die mittelalterlichen Bräuche der verschiedenen Zunftstände ansahen.

Pendeln zwischen zwei Welten

In den nächsten Monaten bestand mein Leben darin, entweder die Wartezeit zu überbrücken bis Niklas zu Besuch kam oder mich selber auf den Weg zu ihm zu machen. Wir schafften es tatsächlich uns in regelmäßigen Abständen zu sehen. Wir wurden mit den Lebensinhalten des anderen immer vertrauter und es passierte uns kaum noch, an dem anderen eine Eigenschaft zu bemerken, die vorher nicht bekannt war. Natürlich gab es weiterhin Momente, in denen wir uns stritten und unterschiedlicher Meinung waren, aber den Großteil unserer Treffen verbrachten wir in Harmonie und Eintracht.

Mit seinem Freundeskreis kam ich größtenteils auch zurecht. Kristian und ich verstanden uns mittlerweile ganz gut, seitdem wir uns näher kennengelernt hatten. Andreas mochte ich sowieso von Beginn an sehr gerne. Nur Robert, der sich immer häufiger in die Clique integrierte, blieb mir weiterhin suspekt. Sein merkwürdiges Verhalten schien aber nur mir aufzufallen, zumindest äußerte sich sonst keiner dazu. Ich hatte beschlossen es auf sich beruhen zu lassen und versuchte ihn zu akzeptieren. Bei gemeinsamen Aktivitäten ging ich ihm möglichst aus dem Weg. Manchmal ergriff er die Initiative und kam auf mich zu, dann verhielt ich mich freundlich, aber zurückhaltend. Sobald er in meine Nähe trat, verspürte ich diese seltsame Gänsehaut, kalt den Rücken hinunterlaufen, traf es genau. Seine widerlich süßliche Art mit mir zu sprechen, konnte ich nicht leiden.

Kristian versuchte ich, während einer günstigen Gelegenheit, unauffällig über Robert auszuhorchen, ohne ihm meine Beweggründe zu nennen. Ich zeigte mich einfach interessiert, da ich Kristian mit der Tatsache, dass ich Robert nicht mochte, ungern vor den Kopf stoßen wollte. Unseren Waffenstillstand wollte ich unter keinen Umständen gefährden. Allzu viele Details konnte ich ihm nicht entlocken und mir erschien Roberts Auftreten anschließend genauso mysteriös, wie vor dem Gespräch.

Mittlerweile hatte ich es sogar geschafft, Niklas meinen Eltern vorzustellen. Bei einem seiner zahlreichen Besuche bei mir, musste ich dem Drängen meiner Mutter nachgeben und wir besuchten sie zu Hause. Zu meiner Freude kam Niklas mit meinen Eltern genauso gut zurecht und wurde herzlich in unsere Familie aufgenommen. Meine Mutter schwärmte in den höchsten Tönen von ihm, als ich das nächste Mal mit ihr telefonierte. Amüsiert konnte ich mir bildlich vorstellen, wie sie ihren Freundinnen stolz von ihm erzählte und ihnen den gutaussehenden und erfolgreichen Freund ihrer Tochter, am liebsten sofort präsentieren wollte.

Damit musste sie, wenn es nach mir ginge, bis zum St. Nimmerleinstag warten. Ich befürchtete, dass Niklas beim nächsten Familientreffen oder Geburtstag bestimmt eingeladen wurde und dann müsste ich ihn wohl mitbringen. Solche Situationen waren mir zuwider. Ich wollte nicht zum Gesprächsthema bei Familientreffen werden. Andererseits war ich mir sicher, dass mein Freund dies souverän meistern würde und bestimmt kein Problem damit hätte. Selbstbewusste Menschen hatten es einfach leichter, musste ich einmal mehr neidvoll anerkennen.

Sogar die Situation mit meinem Chef hatte sich normalisiert und etwas entspannt. Die erste Zeit, nachdem er von meinem Freund erfahren hatte, verhielt er sich mir gegenüber sehr reserviert und beachtete mich kaum. Eine Verhaltensweise, die mir sehr entgegen kam.

Ich hegte die Vermutung, dass Herr Blessing im Nachhinein sehr erleichtert war, mir seine Gefühle nicht offenbart zu haben. Er schien froh zu sein, dieser Peinlichkeit entgangen zu sein. Deswegen ließ er seine schlechte Laune auch nicht an mir aus.

Wir hatten ein distanziertes, aber höfliches Verhältnis miteinander und damit kam ich gut zurecht. Manuela war anfangs beleidigt gewesen, da ich ihr meinen gutaussehenden Freund verschwiegen hatte. Ich war gar nicht auf die Idee gekommen ihr von meiner Beziehung zu erzählen, da wir zwar Arbeitskollegen waren, die sich zwar gut verstanden, aber sonst wenige Gemeinsamkeiten hatten und selten vertraute Gespräche führten. Sie äußerte sich in sehr positiven und wohlgesonnenen Worten zu meinem Freund, was mich insgeheim sehr freute.

So lief mein altes Leben Tag für Tag, Woche für Woche, in alten geregelten Bahnen, die nur durch die Treffen mit Niklas unterbrochen wurden.

Obwohl unsere Fernbeziehung eigentlich gut lief und keine größeren Probleme auftraten, belastete mich dieses Pendeln zusehend. Mir war als würde ich zwischen zwei Welten hin und her reisen. Mein neues, aufregendes Leben in Berlin an Niklas Seite, mit dem Knüpfen von weiteren Freundschaften und das alte Leben nach eingefahrenem Muster. Jeder Tag bestand aus derselben Routine mit wenigen Ereignissen, dafür verbuchte ich aber meine Freunde und Familie auf der positiven Seite. Ich hatte zunehmend immer größere Schwierigkeiten mich in meiner alten Welt wieder einzufinden und mit dem Herzen anzukommen, wenn ich aus Berlin zurückkehrte.

Wenn ich in mich hineinhörte, zog es mich immer mehr zu der Liebe meines Lebens. Auf der anderen Seite belastete mich das schlechte Gewissen meinen Freundinnen und meiner Familie gegenüber. Mir kam es so vor, als würde ich sie verraten, sollte ich dem Leben in Berlin den Vorzug geben.

So sehr ich mir über dieses schwerwiegende Problem den Kopf zerbrach, ich kam zu keiner zufriedenstellenden Lösung. Davon abgesehen hatte sich Niklas in unserer gemeinsamen Zeit kein einziges Mal zu der Idee geäußert, dass wir zusammenziehen könnten und ich wusste nicht, wie seine Meinung zu diesem Thema lautete. Insgeheim trug ich Sorge, dass er sich für diesen gravierenden Schritt noch nicht bereit fühlte. Vielleicht genoss er seine Freiheit nach dem Zusammenleben mit Martina zu sehr, um diese gleich wieder aufzugeben. Die zarte Bande unserer Liebe war gerade einmal ein knappes halbes Jahr alt. Konnte ich wirklich von ihm erwarten, zu diesem Zeitpunkt Entscheidungen mit solch einer Tragweite zu treffen?

Mittlerweile hatte der Herbst Einzug in das Land gehalten und tauchte die Welt in ein buntes Farben- und Lichtspiel. Der Herbst war meine liebste Jahreszeit, er war abwechslungsreich und jeder Tag brachte etwas Neues mit sich. Das Licht tauchte die Natur in unglaublich intensive Farben und Kontraste, was mich immer wieder von neuem faszinierte.

Heute war ein trister, windiger Tag Mitte Oktober, an dem es gar nicht hell werden wollte, aber ich ließ mir meine gute Laune nicht verderben, da ich mich auf dem Weg zu meinem Freund befand. Ich hatte zwei Wochen Urlaub und freute mich diese mit Niklas zu verbringen.

Ursprünglich hatten wir geplant zu verreisen, aber wir stellten fest, dass unsere Konten durch die regelmäßige Pendelei ziemlich leer waren. Die Kosten für Benzin oder Flugticket stiegen stetig an. Deshalb hofften wir auf gutes Wetter und wollten den gemeinsamen Urlaub in Berlin verbringen.

Schlussendlich hätten wir sowieso nicht vereisen können, da Niklas kurz vor seinem Urlaub erfuhr, dass er für seinen Arbeitgeber abrufbereit stehen musste, da es in der Redaktion, durch zwei längerfristige Krankheitsfälle zu Personalproblemen kam.

Ein schockierendes Ereignis

Ein paar Tage später hatten Niklas und ich ein Treffen mit unseren Freunden in einer angesagten Lokalität in der Oranienstraße in Kreuzberg vereinbart, die praktischerweise Bar, Cafeteria und Restaurant in sich vereinte. Heute hatten wir uns zum Mittagessen verabredet, da Sabrina und Andreas abends schon etwas anderes geplant hatten.

Meiner Vorfreude wurde allerdings am späten Vormittag ein Dämpfer erteilt, als unser Telefon klingelte.

„Petersen."

Nach der Begrüßung hörte Niklas dem Anrufer eine Weile zu, bis er schließlich erwiderte: „Natürlich kann ich gleich in die Redaktion kommen, das ist überhaupt kein Problem."

Ich konnte mir ein genervtes Augenrollen nicht verkneifen, als ich seine Worte hörte.

Das konnte doch nicht wahr sein. In den letzten Tagen wurde Niklas regelmäßig, während unseres Urlaubes, in die Arbeit bestellt. Schließlich blieb uns doch sowieso wenig gemeinsame Zeit, warum musste ständig Niklas bei Personalengpässen herhalten?

Meine Gedanken teilte ich ihm dann auch umgehend mit, sobald er aufgelegt hatte.

„Muss das sein? Ich hatte mich so auf unser Essen gefreut. Kann diesmal nicht ein anderer Kollege einspringen?"

„Ja, das muss sein!", fuhr mich Niklas unbeherrscht an.

„Warum regst du dich gleich so auf? Das war nur eine Frage gewesen", beleidigt sah ich ihn an.

„Laura, du weißt genau, dass ich der jüngste und unerfahrenste Mitarbeiter bin, der zuletzt eingestellt wurde. Da kann ich mir einfach nicht erlauben meinem Chef eine Abfuhr zu erteilen. Momentan sind zwei weitere Kollegen verreist, du erwartest doch hoffentlich nicht, dass diese aus ihrem Urlaubsort zurückbeordert werden."

„Das ist doch lächerlich. Natürlich nicht, aber du kannst mir nicht weismachen, dass es außer dir keinen einzigen Kollegen gibt, der abrufbereit wäre. Außerdem glaube ich kaum, dass dir dein Chef so große Verantwortung übertragen würde, wenn du derart unerfahren wärst, wie du immer behauptest." So einfach wollte ich ihn nicht davonkommen lassen. Schließlich hatte ich absolut nichts dagegen, wenn er ab und an einsprang, aber momentan kam es mir so vor, als würde er mehr Zeit in der Redaktion als mit mir verbringen.

„Ich diskutiere nicht weiter mit dir. Das führt doch zu keinem konstruktiven Ergebnis. Ich fahre jetzt in die Redaktion, Punkt!"

„Bravo, Niklas. Du willst doch nur unserem Konflikt aus dem Weg gehen, weil du genau weißt, dass ich im Recht bin. Das Schlimmste ist, dass ich das Gefühl habe, dir tut es nicht einmal besonders leid, arbeiten zu müssen", rief ich aufgebracht.

Niklas war mittlerweile im Bad verschwunden, entweder hatte er mich nicht gehört oder beschlossen die Diskussion zu beenden, indem er mich ignorierte.

Am liebsten wäre ich ihm nachgegangen, aber meine Vernunft sagte mir, dass ich damit nur erreichen würde, dass Niklas sich komplett verschloss. Mittlerweile kannte ich ihn gut genug, um zu wissen, dass ich mit Druck nichts erreichen würde. Seufzend und mit gedrückter Stimmung packte ich meine Sachen zusammen und zog meine Ballerinas an. Da auch ich stur sein konnte, rief ich lediglich: „Tschüss", und machte mich alleine auf den Weg zu meiner Verabredung, ohne mich ordentlich von meinem Freund zu verabschieden. Er sollte ruhig merken, dass ich seine Entscheidung und vor allem seine Reaktion auf mein Unverständnis nicht nachvollziehen konnte.

Auf dem Weg zum vereinbarten Treffpunkt atmete ich

einige Male tief durch, um mich zu beruhigen und beschloss mir durch Niklas Renitenz nicht meine Freude auf meine Verabredung nehmen zu lassen.

„Hallo Laura, wo hast du denn deine bessere Hälfte gelassen?", Sabrina sah sich ungläubig um, als könne sie sich nicht vorstellen, mich ohne Niklas anzutreffen.

Ich umarmte meine schon anwesenden Freunde nach der Reihe und lachte: „Kaum zu glauben, aber wahr. Wir sind keine siamesischen Zwillinge, ich kann tatsächlich noch alleine ausgehen."

Während ich neben Iris Platz nahm, erklärte ich, dass Niklas in die Redaktion musste, da ein weiterer Mitarbeiter einen wichtigen Arztbesuch wahrnehmen musste und Niklas nun die Reportage übernehmen sollte. Da diese morgen in den Druck gehen sollte, war die Stimmung gereizt und die anderen Mitarbeiter durch die zusätzlichen Aufgaben überlastet und gestresst.

„Ihm blieb nichts anderes übrig als zuzusagen. Wobei ich mir gar nicht sicher bin, ob es tatsächlich eine Strafe war, immerhin handelt es sich anscheinend um ein interessantes und komplexes Thema", endete ich etwas ungehalten, da ich immer noch wütend auf ihn war.

„Schade, aber ich bin mir sicher, Niklas wird sich beeilen, damit ihr wenigstens einen schönen romantischen Abend verbringen könnt", Iris stupste mich aufmunternd in die Seite.

Eigentlich hatte sie recht, ich tat mir keinen Gefallen die wertvolle Zeit mit Niklas streitend zuzubringen. Deshalb entschied ich mich, das Thema ruhen zu lassen und wendete mich der Speisekarte zu.

Mittlerweile fühlte ich mich in der Clique als anerkanntes Mitglied, ich gehörte endgültig dazu. Ich freute mich neue Freunde gefunden zu haben und es war mir möglich in dieser Runde genauso gelöst aufzutreten, wie in meinem Freundeskreis zu Hause. Ich fühlte mich in Gesellschaft der Berliner sehr wohl und hatte vor allem in Iris eine richtig gute Freundin gefunden, die mir fast so sehr ans Herz gewachsen war, wie Vanessa und Katrin.

Den einzigen Wermutstropfen, den ich in dieser Runde empfand, war die Integration von Robert, der sich meiner Meinung nach ziemlich aufdrängte. Wahrscheinlich hatte er keine anderen Freunde. Insgeheim hatte ich gehofft, die anderen würden irgendwann ebenfalls seine seltsamen Wesenszüge bemerken, aber scheinbar stand ich mit meinem Urteil alleine da.

Ich wusste, dass ich Robert gegenüber wohl ungerecht war, aber Sympathie ließ sich nun einmal nicht erzwingen.

Robert meinte süffisant: „Wirklich schade, dass Niklas heute nicht kommen konnte, aber er verdient dafür in seinem Beruf gut, das ist der gerechte Ausgleich."

Ich fragte mich abfällig, woher er bitte wissen wollte, wie Niklas Gehaltszettel aussah. Wahrscheinlich war das nur seine eigene Interpretation, dass ein Journalist gut verdienen müsse. Außerdem sah sein, zugegeben wieder einmal sehr undurchsichtiger Gesichtsausdruck, nicht besonders mitleidig aus. Im Gegenteil, ich glaubte sogar Schadenfreude darin zu erkennen. Wahrscheinlich täuschte ich mich, denn welchen Beweggrund könnte Robert haben, Niklas das Essen mit seinen Freunden nicht zu gönnen?

Aber ich hielt meinen Mund, denn ich wollte vor den anderen meine schlechte Meinung über Robert nicht allzu deutlich zeigen. Außerdem verspürte ich instinktiv das untrügliche Gefühl, es wäre besser, Robert nicht zu reizen. Woher ich diese Gewissheit nahm, konnte ich allerdings nicht benennen.

Nach dem Essen hatte ich einige Besorgungen zu erledigen. Da im Haushalt einige Dinge ausgegangen waren, hatte ich mich morgens bereit erklärt diese einzukaufen. Zwar hatte ich nach unserem Streit überhaupt keine Lust Niklas einen Gefallen zu tun, aber ich wollte mir nicht vorwerfen lassen kindisch zu sein und schlussendlich profitierte ich auch davon.

Eine halbe Stunde später verabschiedete ich mich von meinen Freunden, um einkaufen zu gehen. Ich hatte mir vorgenommen danach die Wohnung gründlich zu putzen. Wenn Niklas zu Hause war, hatten wir meistens etwas Besseres zu tun, dachte ich amüsiert.

Vollgepackt mit meinen Einkaufstüten lief ich die letzten Meter von der S-Bahnstation zu Niklas nach Hause, als plötzlich Robert aus dem Schatten eines Baumes trat.

Vor Schreck ließ ich eine Tüte fallen und rief ärgerlich: „Spinnst du, warum schleichst du dich so an? Du hast mich fast zu Tode erschreckt."

Mein Herz pochte unangenehm laut, aber ich versuchte es mir nicht anmerken zu lassen.

„Das wollte ich nicht. Lass mich dir als Entschuldigung beim Tragen helfen. Die Tüten sind doch viel zu schwer für dich", sagte er entschuldigend und streckte schon die Hände danach aus, sodass mir nichts anderes übrigblieb, als sie ihm zu überreichen.

Ich überlegte, was er hier wollte, da er in einem anderen Stadtteil lebte. Ich glaubte mich zu erinnern, dass seine Wohnung in Neu-Köln lag. Auf der anderen Seite fand ich es eigentlich nett von ihm, dass er meine heruntergefallenen Dinge aufhob und wieder in den Beutel einräumte. Schweigend trug er meine Tüten und wir gingen gemeinsam Richtung Haustüre.

Eine Straße zuvor rief er plötzlich aus: „Jetzt hätte ich fast vergessen, warum ich hier bin, ich wollte Niklas eine DVD leihen. Er wollte Avengers unbedingt noch einmal sehen. Vorhin habe ich ganz vergessen dir den Film zu geben. Sie liegt noch in meinem Auto, ich hole die DVD schnell. Warte kurz, ich habe gleich hier geparkt."

Nun hatte ich immerhin eine Erklärung bekommen, warum Robert sich hier befand, aber als wir vor seinem Auto standen, überkam mich ein bizarres Gefühl. Ich fand seine Geschichte ziemlich sonderbar. Zwar konnte ich mir vorstellen, dass mein Freund den Film nochmals anschauen wollte, aber warum brachte er die DVD jetzt vorbei? Ich glaubte nicht, dass es Niklas so wichtig wäre, den Film sofort zu sehen. Außerdem wusste Robert doch, dass Niklas im Moment arbeiten musste. Er hätte sie ihm auch beim nächsten Treffen geben können. Ich wollte mich schnell von ihm verabschieden, da ich mich zunehmend unwohl in seiner Gesellschaft fühlte, aber er hatte dummerweise noch meine Tüten in der Hand. Außerdem fand ich es lächerlich mich zu ängstigen. Was sollte am helllichten Tag mitten auf der Straße schon passieren?

Ich wollte mir mein Unwohlsein nicht anmerken lassen, deshalb erwiderte ich betont unbefangen: „Den könnt ihr Jungs dann gerne zusammen ansehen, meinen Geschmack trifft der Film definitiv nicht.“

Ohne auf meinen Vorschlag einzugehen, rief er: „Da ist sie ja.“ Im selben Augenblick, als er sich mir zuwandte und ich seinen wahnsinnigen Gesichtsausdruck sah, ließ ich meine Tasche, die ich in der Hand gehalten hatte, fallen und wollte wegrennen. Mein Instinkt war vollkommen auf Flucht eingestellt.

Aber es war zu spät, denn ich fühlte plötzlich einen furchtbaren, brennenden Schmerz in meinem Kreuz. Während ich fast bewusstlos zusammenbrach, fing er mich auf und schob mich geschwind auf den Beifahrersitz.

Der Schmerz war groß und machte mich benommen. Ich war nicht in der Lage einen klaren Gedanken zu fassen und fühlte mich vollkommen bewegungslos. Wie eine Puppe konnte mich Robert auf den Beifahrersitz dirigieren und fuhr mit quietschenden Reifen los.

Anschließend musste ich für eine Weile das Bewusstsein verloren haben. Als ich aufwachte, befand ich mich auf einem Bett liegend. Vorsichtig wollte ich mich bewegen, da bemerkte ich zu meinem Entsetzen, dass meine Hände an das Bettgestell gefesselt waren. Panisch versuchte ich mich zu drehen, aber ich verspürte bei jeder Bewegung immer noch starke Schmerzen. Im ersten Augenblick war ich vollkommen orientierungslos. Ich versuchte meine Ängste in den Griff zu bekommen, um mich zusammenzureißen und überlegte, was passiert war.

Plötzlich ging eine Türe auf und Robert erschien im Raum. Schlagartig fiel mir alles wieder ein. Ich riss heftig an den Fesseln und rief aufgelöst: „Robert, warum machst du das? Binde mich sofort wieder los. Hast du völlig den Verstand verloren?" Ich merkte, dass ich zunehmend wütender wurde.

Schweigend trat er näher. Als er neben dem Bett angekommen war, setzte er sich auf die Bettkante und strich mir mit träumerischer Miene, als ob er mit seinen Gedanken in einer anderen Welt wäre, über die Wange.

Ich drehte abwehrend meinen Kopf zur Seite. Sowohl seine Berührung als auch sein sonderbarer Gesichtsausdruck, jagten mir Angst ein. Mit dem langsam wieder zurückkehrenden Gefühl meiner Körperteile, ließ auch meine Benommenheit nach und mir wurde schlagartig meine prekäre Lage bewusst.

Als er unvermittelt zu sprechen begann, wurde meine Bestürzung noch größer, denn er flüsterte leise: „Von diesem Moment habe ich geträumt, seitdem ich dich, meine liebste Laura, das erste Mal gesehen habe. Ich liebe dich und ich weiß, dass du mich auch lieben wirst, wenn du mich erst einmal besser kennenlernst. Aber ständig drängte sich Niklas zwischen uns. Nun sind wir endlich ungestört und ich kann dir meine Gefühle für dich zeigen. Ich sehne mich schon so lange nach dir."

„Du bist vollkommen verrückt, ich liebe dich nicht. Und glaubst du ernsthaft, ich werde mich in dich verlieben, wenn du mich hier an das Bett fesselst? Jetzt binde mich endlich los und dann vergessen wir das Ganze", versuchte ich ihm in das Gewissen zu reden.

Er war auf diesem Ohr völlig taub und erklärte mir ernsthaft: „Das werde ich bestimmt nicht tun. Ich weiß, dass du mich dann verlassen wirst. Niklas hat dir dieses

Gift über mich in dein Ohr geträufelt. Nun muss ich dich eben zwingen bei mir zu bleiben, bis du erkannt hast, wie sehr ich dich liebe und dass wir zusammengehören. Ich möchte dich für mich ganz alleine haben und verspüre keine Absicht dich mit anderen zu teilen. Bald wirst du mich ebenso lieben, wie ich dich. Ich werde dir die Welt zu Füßen legen. Niemals würde ich dich derart herablassend wie Niklas behandeln. Du bist mir das Wichtigste auf der Welt, niemals wäre mir die Arbeit wichtiger als du. Irgendwann wirst du mir noch dankbar sein, dass ich dir zeigen werde, was es heißt bedingungslos zu lieben und für den anderen alles zu tun."

Die Angst überfiel mich jäh, als ich mir Roberts kranker Geisteszustand vergegenwärtigte. Bevor mir eine passende Erwiderung einfiel, sprach er schon weiter.

„Dieses Ereignis habe ich monatelang systematisch geplant. Ich habe mich in eure Clique eingeschlichen, um dir nahe zu sein. Auf der anderen Seite wollte ich euch besser kennenlernen, um eure Tagesabläufe, Treffpunkte und natürlich eure Wohnorte herauszufinden. Wäre ich zu dem heutigen Essen nicht eingeladen worden, hätte ich nicht erfahren, dass Niklas arbeiten muss und sich somit eine günstige Gelegenheit bot. Deshalb lauerte ich dir auf der Straße auf und lockte dich zu meinem Auto. Beinahe hätte ich zu lange gezögert. Du bist durch einen unerfindlichen Grund scheinbar misstrauisch geworden, aber da hatte ich mein Elektroschockgerät schon in der Hand und alles lief planmäßig", sagte er prahlerisch.

Jetzt wurde mir klar, was diese unglaublichen Schmerzen ausgelöst hatte und warum ich mich in einem Zustand der Besinnungslosigkeit befunden hatte. Ich war bis zum heutigen Tag noch nie bewusstlos geworden.

„Glaubst du nicht, dass es Niklas komisch vorkommt, wenn ich heute Abend nicht zu Hause erscheine? Er wird sich Sorgen machen. Außerdem wird er die Einkaufstüten und meine Handtasche finden, die ich fallen gelassen habe, und merken, dass an dieser Situation etwas nicht stimmt", versuchte ich ihn zur Vernunft zu bringen.

„Das glaube ich kaum. Die Tüten und deine Handtasche liegen in meinem Auto. Was glaubst du, warum ich die Tüten getragen habe? Für Niklas werden wir uns schon noch etwas einfallen lassen, alles zu seiner Zeit", sagte er triumphierend.

Ich konnte mir nicht vorstellen, was er meinte, aber seine Aussage klang in meinen Ohren äußerst furchteinflößend. Er erweckte den Eindruck eines Wahnsinnigen, was ihn besonders unberechenbar machte. Am Schlimmsten fand ich die Tatsache, dass er es zu genießen schien die Situation zu beherrschen und es machte ihm Spaß, in der Position des Dominierenden zu sein.

„Jetzt wollen wir beide uns erst einmal ein wenig amüsieren und uns besser kennenlernen", fuhr er zu meinem Schrecken fort.

Gerade als mir durch den Kopf schoss, was er wohl vorhatte, beugte er sich über mich und versuchte mich zu küssen. Instinktiv drehte ich den Kopf weg und schrie ihn an: „Lass mich in Ruhe, ich will das nicht."

Er wurde wütend und riss brutal an meinen Haaren, sodass ich vor Schmerzen aufstöhnte. Mit eiserner Hand hielt er mich am Kinn fest und presste mir seine Lippen auf den Mund.

Ich versuchte gegen ihn anzukämpfen, aber natürlich war er stärker und ich begann mit einem Würgereiz zu kämpfen. Es schien eine Ewigkeit zu dauern, bis er endlich von mir abließ. Da kam Leben in mich und ich begann aus voller Kehle zu schreien. Er wohnte zwar am Stadtrand, aber in einem kleinen Mehrparteienhaus, vielleicht hörte mich jemand.

Robert schlug mir mit der Faust in den Bauch und zischte mir mit wutverzerrter Miene zu, ich solle damit aufhören, sonst sei er gezwungen zu anderen Mitteln zu greifen. „Es ist sowieso niemand zu Hause, heute passt einfach alles perfekt zusammen. Es hört dich zwar keiner, aber mich stört dein Gekreische. Eigentlich möchte ich nett zu dir sein, aber wenn du das nicht willst, ich kann auch anders. Wenn es zu deinen Vorlieben gehört, dich hart heranzunehmen, soll mir das recht sein." Nachdem er mir noch einen Fausthieb verpasste, war ich schlagartig still, da ich keine Luft mehr bekam. Als Boxer wusste er genau, wie er zuschlagen musste. Bis zu diesem Zeitpunkt hatte ich die Meinung vertreten, Schmerzen gut aushalten zu können. Nun wurde ich schlagartig eines Besseren belehrt und musste mir eingestehen, dass meine Einstellung bis dato unglaublich naiv gewesen war. Während ich mich durch seine Brutalität in einer Art Schockzustand befand, begann er aktiv zu werden und fing an mir meine Bluse aufzuknöpfen. Ich war durch seine Schläge vollkommen bewegungsunfähig, deshalb ließ ich ihn willenlos gewähren.

Er setzte sich auf mich und stöhnte begeistert auf, als mein BH zum Vorschein kam: „Du bist so wunderschön. Endlich gehörst du mir. Auf diesen einzigartigen Moment habe ich so lange gewartet. Ich werde dich mit meinen Händen verwöhnen, keine Angst, dir wird es gefallen."

Dann beugte er sich über mich und plötzlich kam es mir so vor, als befänden sich seine Hände überall auf meinem Körper. Er machte sich nicht die Mühe den BH zu öffnen, sondern zerschnitt ihn mit einem Messer. Als er begann meine Brüste zu küssen, befiel mich ein furchtbarer Ekel.

Während er zu Werke ging, sprach er pausenlos über meinen Freund: „Macht Niklas das genauso? Fühlt es sich dann auch so gut an? Wie fasst er deinen Busen an?"

Ich hatte keine Vorstellung, welche Intention er mit seinen Fragen verfolgte. Als er nach einer Weile anfing meine Hose zu öffnen, kam wieder Leben in mich und ich kämpfte, wie noch nie in meinem Leben, gegen ihn an. Natürlich hatte ich gegen diesen 1.80 Meter Mann, dessen muskulöses Kampfgewicht sich auf über 90 Kilogramm belief, nicht den Hauch einer Chance. Im Gegenteil, es schien ihm auch noch Freude zu bereiten, dass ich mich unter ihm bewegte und es erregte ihn zusätzlich. „Es gefällt mir, wenn du aktiv wirst", rief er begeistert aus.

Als ich wieder zu schreien begann, gefiel ihm das hingegen weniger. Er versuchte mich mit einem gezielten Tritt zum Schweigen zu bringen, aber ich ignorierte den Schmerz und brüllte weiter. Plötzlich verspürte ich einen furchtbaren Schmerz an meiner Schläfe, ich dachte noch mein Schädel müsse gleich explodieren und danach war gar nichts mehr.

„Laura, wo bist du, hast du Lust heute Abend noch etwas zu unternehmen? Ich würde gerne in den Club gehen, der gerade Neueröffnung gefeiert hat", rief Niklas gutgelaunt durch die Wohnung, als er gegen 22.00 Uhr endlich nach Hause kam.

Es war zwar anstrengend gewesen, die Reportage in diesem knapp bemessenen Zeitraum fertigzustellen, aber er war mit dem Ergebnis zufrieden und hatte von seinem Chef ein Lob ausgesprochen bekommen. Nun verspürte er einen Adrenalinschub, welcher dazu führte, dass er kein bisschen müde war und deshalb wollte er unbedingt noch ausgehen. Den vorangegangenen Streit hatte er längst vergessen.

Als er feststellte, dass Laura nicht zu Hause war, warf er einen Blick auf sein Handy und guckte, ob sie ihm eine SMS geschrieben hatte. Vielleicht war sie des Wartens müde geworden und hatte sich mit Iris oder Sabrina verabredet.

Nichts, er hatte keine Nachricht, ungläubig schaute er noch einmal nach. Obwohl Laura heute Mittag wütend die Wohnung verlassen hatte, war es nicht ihre Art, sich nicht zu melden und ihn zappeln zu lassen. Die offenkundige Tatsache, dass sie gegen ihre normalen Verhaltensweisen verstieß, beunruhigte ihn.

Während er seinen Blick gedankenverloren durch die

Gegend schweifen ließ, fiel ihm plötzlich auf, was ihn im Unterbewusstsein irritiert hatte. Die Wohnung befand sich exakt im selben chaotischen Zustand, in welchem sie diese verlassen hatten. Scheinbar war Laura nach dem Mittagessen überhaupt nicht nach Hause gekommen. Er versuchte sie anzurufen, aber es meldete sich nur die Mailbox. Daher schrieb er ihr eine SMS: „Hallo Schatz, wo bist du? Ich mache mir Sorgen, melde dich bitte."

Eine Stunde später, nachdem er unzählige Male auf sein Handy geblickt hatte, kam immer noch keine Antwort. Er schrieb ihr noch eine Nachricht. Zuerst war er verleitet Sabrina und Iris anzurufen, dann unterließ er es doch, weil er es albern fand seiner Freundin hinterher zu telefonieren. Wahrscheinlich saßen die drei in einer Kneipe und Laura hatte vergessen ihm Bescheid zu geben oder er konnte sich nicht mehr an die Verabredung erinnern. Er versuchte eine logische Erklärung zu finden, um sich zu beruhigen. Vielleicht wollte sie ihm tatsächlich einen Denkzettel verpassen, weil sie sich mehr Aufmerksamkeit von ihm wünschte.

Fast zwei Stunden nach seinem ersten Versuch Kontakt zu Laura aufzunehmen, erhielt er endlich eine Nachricht. Zuerst begann er erleichtert zu lesen, dann wurde seine Miene zunehmend ungläubiger und fassungsloser. Er musste die SMS noch einmal lesen, denn er verstand deren Inhalt nicht.

Laura hatte geschrieben: „Niklas, es tut mir leid, ich habe mich nicht gemeldet, da mir die Worte fehlten, dir die Wahrheit mitzuteilen. Ich habe mich in Robert verliebt und versuchte die ganze Zeit gegen meine Gefühle anzukämpfen. Aber nun sind sie zu stark und ich musste ihnen nachgeben. Ich hoffe, du kannst mir irgendwann verzeihen. Laura."

Auch wenn er keinerlei logische Begründung fand, solch eine Botschaft zu verfassen, deren Inhalt glaubte er nie im Leben. Das konnte nur ein Scherz sein. Er versuchte erneut Laura zu erreichen. Wieder ging nur die Mailbox dran. Er schrieb zurück, dass er ihr diesen Blödsinn nicht glaube. „Willst du mir eine Retourkutsche für unseren Streit erteilen? Sehr lustig, Laura. Jetzt rede bitte mit mir."

Kurze Zeit später erhielt er folgende Antwort: „Tut mir leid, das kann ich nicht. Vielleicht bin ich zu feige, aber es ist die Wahrheit. Ich möchte, dass du diese Tatsache akzeptierst und mich in Ruhe lässt. Unser heutiger Streit war nicht die Ursache, aber der Auslöser. Ich habe erkannt, dass Robert mir viel mehr Aufmerksamkeit und Zuwendung gibt."

Niklas ließ sich auf die Couch sinken, ihm kam es vor, als hätte ihm jemand die Beine unter dem Boden weggezogen. Minutenlang saß er regungslos da, den Kopf in die Arme aufgestützt und wusste nicht, was er tun sollte. „Da stimmt doch etwas nicht" rief er aus, sich selber Mut zusprechend. Obwohl es schon nach Mitternacht war, rief er Kristian an, um sich nach Roberts Adresse zu erkundigen. Er hatte beschlossen dort vorbei zu fahren, um sich selbst ein Bild von der Lage zu machen. Niklas wollte persönlich von seiner Freundin hören, dass ihre Beziehung zu Ende war, vorher glaubte er es nicht. Ja, sie stritten sich ab und zu und heute hatte Laura enttäuscht auf sein Unverständnis reagiert, aber das war doch kein Grund Schluss zu machen. „Jetzt geh endlich dran", rief er frustriert aus, als Kristian nicht abhob.

Er trank erst einmal ein Glas Wasser und versuchte seine zitternden Hände unter Kontrolle zu bekommen. Nach wenigen Minuten versuchte er erneut, Kristian zu erreichen. Diesmal nahm sein Freund nach dem zweiten Klingeln das Gespräch an.

„Gott sei Dank bist du noch wach. Kannst du mir sagen, wo Robert wohnt?", rief er ungeduldig ohne weitere Erklärung in den Apparat.

„Kristian, hörst du mich nicht? Ich brauche die Adresse von Robert", brüllte er aufgebracht, als Kristian nicht reagierte.

„Entschuldige bitte, aber ich bin im Augenblick gänzlich perplex und durcheinander. Sag mir eines, ist mit deiner Beziehung zu Laura irgendetwas nicht in Ordnung? Vor deinem ersten Anruf hat mir Robert ein Foto zugeschickt. Ein Bild, das ihn und Laura in einer eindeutigen Situation zeigt. Verstehst du mich, Niklas?" rief er eindringlich: „Ich war so entsetzt, dass ich nicht abheben konnte, als du angerufen hattest. Ich wusste nicht, was ich dir sagen sollte und jetzt fragst du mich plötzlich nach seiner Adresse. Ich kenne sie übrigens nicht, ich weiß nicht, wo er wohnt."

„Was für ein Foto?" fragte Niklas fassungslos.

„Am besten komme ich bei dir vorbei, bis gleich", beschloss Kristian spontan und legte auf, bevor Niklas etwas erwidern konnte.

Zur Untätigkeit verbannt, lief Niklas ungeduldig in der Wohnung auf und ab. Kurze Zeit später klingelte es an seiner Tür und er riss sie fast zeitgleich auf. Er gab Kristian kurz eine Erklärung über Lauras Nachrichten und dass er deren Inhalt nicht glauben könne.

Mitleidig blickte Kristian ihn an und sagte langsam: „Vielleicht ist doch etwas Wahres dran, ich kann dir das Foto zeigen."

Er gab ihm sein Handy und Niklas blickte fassungslos und bestürzt das Bild an, welches Laura und Robert in einer innigen Umarmung zeigte. Von Laura sah er nicht besonders viel, sie wurde von Robert verdeckt. Aber er erkannte sie und vor allem registrierte er blitzschnell jedes Detail des Bildes. Es war ihm, als habe sich das Foto in sein Gehirn eingebrannt und er werde es nie wieder vergessen können. Laura hatte ihre Arme um Roberts nackten Oberkörper geschlungen und er küsste sie liebevoll.

„Niklas, es tut mir so leid. Aber das Foto ist eindeutig, ich weiß nicht, was in Laura gefahren ist. Aber die Nachrichten, die sie dir gesendet hat, müssen stimmen."

„Warum schickt er dir dieses Bild? Das ist doch pervers, was bezweckt er damit? Er muss das Bild per Selbstauslöser fotografiert haben. Wer macht denn so etwas Krankes?", rief Niklas unvermittelt, aus seinen Gedanken aufschreckend aus.

„Einerseits hat doch jeder Mensch unterschiedliche Vorlieben. Zum anderen hat er mir auch eine Mitteilung gesendet, dass er der Meinung ist, anders wirst du die Tatsache, dass Laura und er nun zusammen sind, nicht akzeptieren. Deshalb hat er zu dieser drastischen Maßnahme greifen müssen. Er meinte, er schickt es mir, da ihr anscheinend nie eure Telefonnummern ausgetauscht habt. Ich vermute, Laura weiß nichts von dieser Aktion. So tief würde sie wohl nicht sinken, dir auch noch absichtlich weh zu tun."

„Ich glaube das einfach nicht. So ist Laura nicht!", brüllte Niklas frustriert auf und schlug mit seiner Faust kraftvoll gegen die Wand.

„Ich wollte es dir eigentlich nicht erzählen, aber jetzt kann ich Lauras Verhalten vor einigen Wochen plötzlich nachvollziehen. Sie hat mich während eines Treffens unauffällig über Robert ausgefragt. Zumindest dachte sie, es wäre mir nicht aufgefallen, aber mir kam ihr offensichtliches Interesse an ihm damals schon komisch vor. Sie wollte alles über ihn wissen und hing förmlich an meinen Lippen, als ich ihr von Robert erzählte. Es gefiel ihr gar nicht, dass ich ihr aus Loyalität gegenüber Robert, nicht allzu viel Persönliches preisgab. Robert wiederum offenbarte mir, dass Laura ihn regelmäßig anrief. Er fragte mich, ob ich mir vorstellen könnte, dass sie mehr als Freundschaft von ihm wolle", sagte Kristian langsam, während er seinen Freund genau im Auge behielt, um dessen Reaktion zu beobachten.

„Warum hast du mir davon nie etwas erzählt? Ich dachte, wir wären Freunde", zischte Niklas aufgebracht.

„Ich hatte Angst, dass ich diese Situation völlig falsch einschätze und Dinge hineininterpretiere, die gar nicht der Realität entsprechen. In dem Fall wäre die mühsam aufgebaute Freundschaft mit Laura ruiniert gewesen. Es ging über meine Vorstellungskraft, dass sie ein derartig intrigantes Miststück sein könne."

„Mir gegenüber vertrat sie die Ansicht Robert nicht zu mögen", Niklas schüttelte fassungslos den Kopf.

„Du kannst mir glauben, jetzt bereue ich zutiefst, dir nichts gesagt zu haben. Wir müssen wohl der Tatsache ins Auge blicken, dass wir uns in Laura getäuscht haben. Es tut mir aufrichtig leid, aber wahrscheinlich ist Frauen, die anderen den Freund ausspannen, nicht zu trauen. Nun hat sie dich mit einem Kumpel betrogen, sie kennt wohl keine Skrupel. Sie sieht zwar aus wie ein Engel, scheint aber nun die Gestalt eines Teufels angenommen zu haben. Vielleicht hat mich mein erster Eindruck doch nicht getäuscht", gab er schonungslos seine Meinung kund.

Niklas war wie erstarrt und befand sich nicht einmal in der Lage seine Freundin zu verteidigen. Wobei, war sie dies überhaupt noch?

Er bat seinen Freund zu gehen, da er alleine sein wollte. Dieser klopfte ihm zum Abschied hilflos aufmunternd auf die Schulter. Nachdem Kristian gegangen war, wusste Niklas nicht, was er tun sollte. Wie konnte es sein, dass er überhaupt nichts bemerkt hatte? Was fand Laura an Robert, dass sie ihm im Gegenzug den Laufpass gab? Die Fragen prasselten ungehindert auf ihn ein.

Schließlich hielt er die Warterei nicht mehr aus und holte das Telefonbuch hervor. Er wollte persönlich von Laura wissen, warum sie sich wie aus heiterem Himmel für Robert entschieden hatte. So leicht wollte er sie nicht davonkommen lassen. Er blätterte das Buch bis zum Namen Breitner durch, aber Robert stand nicht darin. Fluchend warf er das Telefonbuch in die Ecke. Warum hatte sich alles gegen ihn verschworen?

Anschließend versuchte er über die Auskunft zu erfahren, wo Robert wohnte. Aber auch durch das Angeben der Telefonnummer konnte ihm die freundliche Telefonistin keine Auskunft geben, da er eine unterdrückte Privatnummer besaß. Ihm schien nichts anderes übrig zu bleiben, als abzuwarten, bis Laura sich bei ihm melden würde, da er nicht ganz Neu-Köln abfahren konnte, um Roberts Wohnung zu suchen. Völlig verzweifelt über seine Untätigkeit, ließ er sich kraftlos zu Boden gleiten und ließ seinem Kummer freien Lauf.

Als ich langsam zu mir kam, tat mein Kopf weh und ich hatte Durst.

„Da bist du ja wieder, mein Mäuschen" rief Robert erleichtert, als ich meine Augen aufschlug.

Mein Blick nahm wohl einen gehetzten Ausdruck an, als ich ihn erkannte, denn er beruhigte mich, indem er fürsorglich sagte: „Es tut mir leid, ich wollte dir nicht weh tun. Aber als du so geschrien hast, habe ich vollkommen die Nerven verloren. Ich wollte nicht so fest zuschlagen, dass du die Besinnung verlierst. Trink doch etwas."

Er hielt mir einen Becher vor die Nase und alle Instinkte warnten mich es zu trinken, aber mein Durst war stärker und es schien tatsächlich nur Wasser zu sein. Danach fühlte ich mich etwas besser. Ich versuchte zu sprechen und lallte etwas: „Was hast du mit mir gemacht?" Es fühlte sich furchtbar an, nicht zu wissen, was dieses Schwein mit mir im Zustand der Bewusstlosigkeit gemacht hatte.

Er blickte mich entrüstet an und erwiderte gekränkt: „Ich habe gar nichts getan. Ich habe dich nur ausgezogen, dich zugedeckt, damit dir nicht kalt wird und an deiner Seite gewartet, bis du aufwachst. Es macht mir keinen Spaß mit einer Ohnmächtigen zu schlafen."

Mein Gesichtsausdruck verriet mich anscheinend wieder einmal und er rief aufgebracht: „Ich bin nicht pervers. Ich werde erst mit dir schlafen, wenn du mir sagst, dass du es auch möchtest."

Ich blickte ihn irritiert an. Ich konnte mit seinem Stimmungsumschwung nichts anfangen und mich beschlich der unangenehme Gedanke, dass er schon Mittel und Wege finden würde, mich dazu zu bringen, mit ihm zu schlafen.

„Ich war in der Zwischenzeit aber nicht untätig und habe einen Weg gefunden, Niklas klar zu machen, dass wir nun zusammen sind", sprach er stolz.

Ich zuckte zusammen und fragte tonlos: „Was hast du gemacht?"

Er holte mein Handy hervor und ich sah, wie er es genoss, noch einmal die Nachrichten zu lesen und sich an seiner Intrige zu erfreuen. Er las mir sowohl Niklas liebevolle Botschaften vor, dir mir Tränen in die Augen trieben, als auch seine gemeinen und unglaublichen Antworten.

Ich fuhr auf und zischte wutentbrannt: „Das glaubt er dir doch niemals. Ich kenne Niklas, wahrscheinlich befindet er sich schon auf dem Weg hierher."

„Du hast zu viel Vertrauen in deinen Freund. Die Zweifel sind gesät, außerdem habe ich noch ein wenig nachgeholfen", sagte er genüsslich und zeigte mir das furchtbare Bild von uns, dass er gemacht haben musste, während ich bewusstlos war.

Fassungslos blickte ich ihn an und schrie lautstark: „Du verdammtes Arschloch, egal was du versuchst, du wirst uns nicht auseinanderbringen. Niemals werde ich dich lieben, ich hasse dich und du widerst mich an." Mir war klar, dass dieser Ausbruch keinesfalls vernünftig war, aber ich war über seine Manipulationsversuche so entsetzt, dass ich nicht anders konnte.

Robert packte mich erneut an den Haaren und kam meinem Gesicht so nah, dass ich seinen unangenehmen Atem spüren konnte.

„Du bist arrogant und überheblich. Das ist mir schon von Beginn an aufgefallen. Jedes Mal hast du mich nur abfällig und herablassend behandelt, obwohl ich so nett zu dir war. Du hast dich verhalten, als ob es unter deiner Würde wäre, dich mit mir zu unterhalten. Du hältst dich wohl für etwas Besseres", zischte er unterdrückt.

Scheinbar hatte er meine vorangegangene Abneigung gespürt, stellte ich besorgt fest.

„Am liebsten würde ich dir das sofort austreiben, aber ich fürchte, ich würde es wahrscheinlich morgen schon wieder bereuen, wenn ich dir jetzt wehtäte. Und wir haben noch lange Zeit. Deshalb lasse ich dich nun in Ruhe und wir werden morgen weitersehen. Vielleicht bringt dich die Nacht mit mir schon zum Einlenken", sagte er rätselhaft.

Er legte sich zu mir in das Bett und umarmte mich. Schreckensstarr hielt ich still und versuchte mich möglichst wenig zu bewegen. Irgendwann hörte ich seinen regelmäßigen Atemzügen an, dass er eingeschlafen war und begann vorsichtig, ohne ihn aufzuwecken, meine Armfesseln zu lockern.

Die ganze Nacht über konnte ich kein Auge zu machen und versuchte verzweifelt die Fesseln, durch stetiges Öffnen und Schließen meiner Finger und Bewegen meiner Handgelenke, langsam zu dehnen und zu lockern.

In den frühen Morgenstunden hatten sich meine Bemühungen ein wenig bemerkt gemacht und ich hoffte, er käme nicht auf die Idee, diese zu kontrollieren. Das würde meine wertvollen Bemühungen zunichtemachen und ihn noch achtsamer werden lassen.

Scheinbar war ich vor Erschöpfung doch eingenickt, denn ich wurde durch wohlriechenden Kaffeeduft geweckt. Im ersten Moment der morgendlichen Verwirrtheit war ich der Meinung zu Hause an Niklas Seite zu sein. Die Realität holte mich allerdings allzu schnell ein, als Robert mit einer Tasse an das Bett trat. Unversehens traten mir Tränen in die Augen. Zwar hatte ich mir fest vorgenommen vor Robert nicht zu weinen, aber auch meine Tapferkeit hatte Grenzen. Die verflixten Tränen ließen sich nicht aufhalten. Als Robert diese bemerkte, streichelte er fürsorglich meine Wange und redete sanft auf mich ein. Fast schaffte er es mich einzulullen, bis ich mir die bizarre Situation vor Augen führte.

„Laura, mein Schatz, weine doch nicht, ich bin doch bei dir und beschütze dich."

Unfassbar, was in seinem kranken Hirn vor sich gehen musste, um sich meinen desolaten Zustand schönzureden. Letztendlich half er mir dadurch meine Fassung wiederzuerlangen, angeekelt wendete ich mein Gesicht ab. Als er mir einen Kuss auf die Stirn geben wollte, konnte ich mich nicht mehr beherrschen und bevor ich meine Reaktion überdenken konnte, spuckte ich ihm ins Gesicht. Diese besonders liebevolle Geste erinnerte mich zu sehr an meinen Freund.

Robert zuckte erst überrascht zusammen, schließlich verdunkelte sich sein Blick unheilvoll und er presste mühsam beherrscht hervor: „Selbst schuld, du hast es nicht anders gewollt."

Er warf sich auf mich und versuchte grob meine Beine auseinander zu drücken.

Plötzlich spürte ich, wie er heftig seine Finger in mich stieß.

„Das gefällt dir doch", rief er triumphierend aus, als ich vor Schmerzen aufstöhnte.

Zeitgleich umfasste er meinen Hals und drückte zu.

„Sag schon, dass ich mit dir schlafen soll", zischte er mir ins Ohr. Ich konnte seinen heißen, widerlichen Atem spüren. Selbst wenn ich gewollt hätte, wäre ich gar nicht in der Lage gewesen zu antworten, was ihm in seinem Wahn scheinbar nicht auffiel. Als ich dachte ersticken zu müssen und panisch begann gegen ihn anzukämpfen, ließ er mich unvermittelt los. Ich japste nach Luft und mir schoss der Gedanke aufzugeben durch den Kopf. Ich hatte Angst, er würde mich umbringen.

Andererseits würde es für ihn daraufhin kein Halten mehr geben. Dann wäre ich ihm und seinen perversen Handlungen hoffnungslos ausgeliefert. Der letzte Rest Kampfgeist brachte mich, trotz meiner Angst, dazu den Mund zu halten.

„Hast du immer noch nicht genug?", brüllte er wütend. Ein gezielter Tritt in meinen Magen ließ mich aufheulen.

Plötzlich klingelte es an der Türe. Robert zuckte zusammen und hielt mir reaktionsgewandt den Mund zu.

„Ist bei Ihnen alles in Ordnung?", ertönte eine unsichere Frauenstimme.

„Die neugierige Alte hat mir gerade noch gefehlt", zischte Robert ungehalten.

„Entschuldigen Sie bitte die Störung, Frau Walter, ich mache den Fernseher gleich leiser."

Damit schien sich die alte Dame zu meinem Leidwesen abwimmeln zu lassen.

Robert hingegen schien schlagartig in die Realität zurückgekehrt zu sein.

„Wir müssen von hier verschwinden! Nach der Arbeit werde ich mir etwas einfallen lassen."

Ich wagte vor Entsetzen keinen Mucks von mir zu geben.

Plötzlich hatte er es ziemlich eilig, scheinbar wollte er vor Arbeitsbeginn noch einen Fluchtplan erstellen. Zur Verabschiedung küsste er mich auf den Mund und meinte, er bringe mir etwas Feines zu Essen mit. Anschließend verschloss er meinen Mund mit Klebeband und verließ die Wohnung.

Er redete sich tatsächlich ein, wir führten eine normale Beziehung, dachte ich ungläubig.

Sobald er die Türe hinter sich ins Schloss zog, begann ich meinen erneuten Befreiungsversuch. Leider hatte sich Robert ziemlich Mühe gegeben, die Fesseln straff anzuziehen, denn auch nach weiteren zwei Stunden konnte ich kaum Fortschritte verzeichnen.

Aufgrund meiner erfolglosen Bemühungen brach ich verzweifelt in Tränen aus, meine Hände waren eingeschlafen und taub. Niemals würde ich es schaffen mich aus eigener Kraft zu befreien. Ich versuchte die Panik zu bekämpfen, ich durfte nicht aufgeben, deshalb versuchte ich

weiterhin meine Fesseln zu lockern. Das war in dieser aus-
weglosen Situation das Einzige, was ich tun konnte.

Morgens gegen 5 Uhr gab Niklas auf noch weiteren
Schlaf zu finden. Er war zwar immer wieder eingeschlafen, um kurz darauf von wirren und unruhigen Gedanken getrieben, wieder aufzuschrecken. Völlig gerädert
verließ er das Bett, um sich einen Kaffee zu machen. Dabei
fiel sein Blick auf Lauras Schlafanzug. Gedankenverloren
nahm er ihn in die Hand, steckte seine Nase hinein und
nahm ihren vertrauten Geruch in sich auf. Er schloss die
Augen und ließ in Gedanken den gestrigen Tag Revue passieren.

Wie konnte es sein, dass sein Leben innerhalb weniger
Stunden plötzlich in Scherben lag?

Gestern Morgen schien die Welt noch in Ordnung gewesen zu sein. Nichts deutete auf diesen Schicksalsschlag
hin und es war ihm unerklärlich, weshalb er nichts bemerkt
hatte. Auch wenn es stimmen sollte, dass Laura sich einen
fürsorglicheren, aufmerksameren Partner wünschte, Robert
würde diese Rolle in ihren Augen doch niemals erfüllen
können. Oder doch? Hatte sie hinter seinem Rücken tatsächlich Kontakt zu Robert aufgenommen und ihn somit
besser kennen oder gar lieben gelernt?

Auch wenn alle Indizien dafürsprachen, Niklas konnte
es einfach nicht glauben. Laura hätte es unmöglich geschafft, sich nichts anmerken zu lassen. Er konnte in ihrem
Gesicht, wie in einem offenen Buch lesen. Sie hätte sich
schnell verraten. Außerdem war es für ihn ausgeschlossen,
dass Laura einen derart feigen Weg gewählt hätte. Niemals
hätte sie so getan, als wäre in ihrer Beziehung alles in Ordnung, um ihn dann vor vollendete Tatsachen zu stellen.

Was aber war dann passiert? Niklas hatte die ganze
Nacht gegrübelt, aber er kam zu keinem anderen Schluss,
als dass sich Laura doch an ihm rächen wollte. Auch dieser
Gedanke war unvorstellbar für ihn, aber eine weitere Idee

war ihm nicht eingefallen. Behandelte er Laura tatsächlich derart schlecht, dass sie sich gezwungen sah, zu solch drastischen Mitteln zu greifen? Warum hatte sie nichts gesagt? Als er über diese Frage grübelte, musste Niklas sich eingestehen, dass er ihr gestern gar nicht richtig zugehört hatte, da er gedanklich schon längst bei seinem geplanten Artikel gewesen war. Er hatte nicht einmal mitbekommen, dass sie aufgebrochen war. Er hatte es nicht böse gemeint, aber Laura hatte seine Reaktion wahrscheinlich als Desinteresse aufgefasst. Vielleicht war etwas Wahres dran, dass er seine Arbeit manchmal etwas zu wichtig nahm.

Während er die zweite Tasse belebenden Kaffee trank, kam ihm ein Geistesblitz. Nachdem ein rascher Blick auf die Uhr besagte, dass es zum Telefonieren noch zu früh wäre, beschloss er zuvor unter die Dusche zu gehen und sich fertig zu machen. Mit noch nassen Haaren sah er dem Zeiger zu, bis dieser auf 6:30 Uhr kroch, dann hielt er es nicht mehr aus und gab Kristians Telefonnummer ein.

Kristians verschlafene Stimme ertönte. „Hast du etwas von Laura gehört?"

„Es tut mir leid, habe ich dich aufgeweckt? Nein, leider nicht. Aber mir ist ein Einfall gekommen. Könntest du dich nicht im Boxclub umhören, ob jemand Roberts Adresse kennt? Der Besitzer hat sie bestimmt in seiner Datei, aber eigentlich darf er diese nicht weitergeben, aber vielleicht kannst du es wenigstens probieren. Ich möchte unbedingt mit Laura reden, da ich ihren radikalen Entschluss nicht nachvollziehen kann. Ehrlich gesagt, glaube ich ihr einfach nicht, dass sie sich in Robert verliebt hat." Niklas hörte seinen Freund am anderen Ende der Leitung seufzen.

Nach einer kurzen Pause sagte Kristian vorsichtig: „Bist du dir wirklich sicher, dass du dir diese Blöße geben möchtest? Was versprichst du dir davon, wenn du Laura hinterherrennst? Du solltest ihre Entscheidung akzeptieren, auch wenn keiner von uns sie nachvollziehen kann."

Niklas fiel ihm ungeduldig ins Wort, bevor Kristian

weiter versuchte ihm seinen Plan auszureden. „Das ist mir egal. Ich glaube es erst, wenn sie es mir ins Gesicht gesagt hat. Außerdem wiederhole ich mich nur ungern, auch wenn du es nicht verstehen kannst, ich glaube diese Geschichte einfach nicht. Ich kenne Laura!"

„Es ist deine Entscheidung, Niklas. Natürlich werde ich dir helfen. Spontan fallen mir zwei Kumpel ein, die etwas näheren Kontakt zu Robert haben und Daniel, den Besitzer werde ich ebenfalls anrufen. Ich versuche seine Adresse in Erfahrung zu bringen."

Nachdem sich Niklas bei ihm bedankt hatte, fühlte er sich etwas besser. Zwar war er immer noch zur Untätigkeit gezwungen, aber er fühlte wieder Hoffnung in sich aufsteigen, diesen Albtraum bald aufklären zu können oder sich im schlimmsten Fall gezwungen zu sehen, damit abzuschließen.

Ich hatte es fast geschafft, meine beharrlichen Versuche machten sich nun bezahlt. Nicht mehr lange und ich würde es schaffen einen Arm zu befreien. Die gesamte Zeit lauschte ich voller Panik ob ich Roberts Schritte hörte. Zwar war ich mir relativ sicher, dass es noch einige Stunden dauern würde, bis seine Arbeit beendet wäre, aber Robert war in seinem Verhalten unberechenbar. Wie treffend ich mit dieser Ansicht lag, musste ich nur Minuten später leidvoll erfahren.

„Hallo Schatz, ich bin wieder da", mit diesen Worten betrat ein strahlender Robert den Raum.

Mir wurde so übel, dass ich dachte, mich auf der Stelle übergeben zu müssen.

„Laura, wie schön dich zu sehen", er beugte sich über mich und gab mir einen Kuss auf die Wange.

Meine Gedanken rasten, mein ursprünglicher Fluchtplan war mit seiner Rückkehr schlagartig zunichtegemacht worden. Wenn Aufgeben keine Option war, musste ich mir etwas anderes einfallen lassen. Der nachfolgende Gedanke war naheliegend, aber ich wusste nicht ob ich es über mich bringen würde, ihn in die Tat umzusetzen. Meine einzige Chance lag darin, Robert von meinen Gefühlen für ihn zu überzeugen, um ihn somit in Sicherheit zu wiegen.

Aber ich war eine schlechte Schauspielerin. Was würde passieren, wenn er mich durchschaute? Das wollte ich mir nicht ausmalen. Alleine der Gedanke daran reichte aus, um mir einen Schauer über den Rücken zu jagen. Aber was blieb mir anderes übrig? Ich musste es wenigstens versuchen. Zu meiner Erleichterung verschwand er im Wohnzimmer und ich hatte etwas Zeit gewonnen mir einen Plan zu überlegen. Der Umschwung durfte nicht zu abrupt erfolgen, sein Misstrauen würde ich damit sowieso erwecken, deshalb benötigte ich plausible Gründe.

Leider erfolgte kurz darauf die nächste Hiobsbotschaft, als er mir mitteilte: „Ich habe einige Tage Urlaub genommen. Wir werden einen Ausflug machen, mir ist eine Idee gekommen, wohin ich dich bringen könnte. Dort sind wir wirklich ungestört und können unsere Zweisamkeit richtig genießen. Keine Angst, es wird dir gefallen."

Mühselig versuchte ich die Tränen zu unterdrücken. Warum musste eigentlich alles schiefgehen? Wer weiß, wohin er mich brachte und ob es dort überhaupt Fluchtmöglichkeiten gab. Würde ich diesem Albtraum jemals entfliehen können?

Nachdem er einen gepackten Koffer aus dem Schlafzimmer getragen hatte, kam er zurück ans Bett und setzte sich neben mich.

„Leider haben wir es eilig, mein Schatz, sonst wüsste ich schon, was ich gerne mit dir machen würde." Er knetete schmerzhaft meine Brüste und in diesem Moment war ich erleichtert, dass er sich gezwungen sah, einen anderen Ort aufzusuchen. Somit hatte ich noch einmal etwas Schonfrist erhalten.

„Ich habe dir neue Anziehsachen gekauft. Ich hoffe, sie passen dir. Du hast ja nichts mitgebracht und deine Bluse ist unserer Leidenschaft zum Opfer gefallen."

Da mein Mund immer noch zugeklebt war, konnte ich zum Glück nicht antworten. Wie konnte er unter diesen Umständen behaupten, ich hätte keine Anziehsachen mitgebracht?

„Was ist das denn?" Roberts wutentbrannte Stimme versprach nichts Gutes. Er hatte meinen Befreiungsversuch bemerkt. Ich hatte die Ohrfeige nicht kommen sehen und konnte ein schmerzhaftes Jammern nicht unterdrücken.

„Was soll der Scheiß? Ich gebe dir alles, lege dir mein Herz zu Füßen, und du? Du trampelst darauf herum? Was soll das? Warum willst du mich verlassen?"

Roberts verletzter Blick schien echt zu sein. Ein weiterer Schlag erfolgte. Ich versuchte zu antworten. Schließlich bemerkte er, dass es mir nicht möglich war und zog das Band ab.

„Robert, es ist nicht so, wie es aussieht. Aber mir haben meine Hände so wehgetan. Deshalb habe ich versucht die Schnur zu lockern. Nicht, weil ich dich verlassen wollte." Ich hoffte, nicht allzu dick aufgetragen zu haben.

Robert sah mich unschlüssig an, Schmerz oder Zärtlichkeit, welche Reaktion würde ich mit meinen Worten auslösen? Beides waren mir zuwider.

„Ich möchte dir gerne glauben. Jetzt werden wir erst einmal in den Urlaub fahren und dann sehen wir weiter." Bevor ich antworten konnte, klebte er mir erneut den Mund zu. Er stand auf und kam kurz darauf mit einem Tuch und einer Flasche zurück.

„Es tut mir leid, aber es muss leider sein. Ich traue dir nicht und kann nicht riskieren, dass du auf der Fahrt zu schreien beginnst."

Mein Herz begann unangenehm zu pochen. Was führte er nun schon wieder im Schilde?

Kurz darauf wurde es mir schlagartig klar, er wollte mich betäuben. Schon drückte er mir brutal das Tuch auf die Nase und auch wenn ich versuchte mich dagegen zu wehren, dauerte es nicht lange und ich wurde bewusstlos.

Leider dauerte es bis zum späten Nachmittag bis Kristians erlösender Rückruf endlich erfolgte.

„Entschuldige bitte, es hat doch länger gedauert, bis ich alle telefonisch erreicht habe. Wie erwartet, konnte ich bei Daniel nichts in Erfahrung bringen, zwar tat es ihm leid, aber ihm seien die Hände gebunden. Falls jemand herausfinden sollte, dass er vertrauliche Daten weitergab, bekäme er großen Ärger. Aber ich habe dennoch gute Nachrichten. Der zweite Anruf war ein Volltreffer."

„Du hast Roberts Adresse herausgefunden? Dann gib sie mir", Niklas Stimme überschlug sich fast vor Ungeduld.

„Ganz sicher war sich Jürgen zwar nicht, da er Robert vor längerer Zeit einmal sein Boxzubehör vorbeigebracht hatte, aber an einige Details konnte er sich erinnern." Kristian konnte seinem Freund den Straßennamen nennen, außerdem war sich sein Boxkumpel sicher, dass es sich um ein Haus am Ende der Straße, in der Nähe eines Schrebergartens handelte.

„Vielen Dank, ich bin dir etwas schuldig", schnell beendete Niklas das Gespräch, um sogleich einen Blick auf Google Maps zu werfen.

Nach kurzer Recherche stellte er fest, dass sich die Möglichkeiten in Grenzen hielten. Er würde Roberts Wohnung anhand des Klingelschildes schon finden. Niklas beschloss keine weitere Zeit zu verlieren und wollte sogleich hinfahren.

Nach einer nervenaufreibenden Fahrt durch Berlins Zentrum kam er nach fünfundvierzig Minuten endlich am Ziel an. Langsam fuhr er durch die betreffende Straße und hoffte inständig, dass Kristians Freund sich nicht getäuscht hatte. Am Ende der Straße konnte er den erwähnten Schrebergarten entdecken. Daraufhin parkte er am Wegrand und machte sich auf die Suche nach dem Namen „Breitner". Beim fünften Haus wurde er fündig. Es war ein kleines

Mehrfamilienhaus mit drei Parteien.

Niklas atmete tief durch. Er hatte sich so sehr auf die Suche nach Roberts Adresse konzentriert, dass er sich gar keine Gedanken gemacht hatte, was er Laura zu sagen hatte oder wie er angemessen reagieren sollte. Nun war es zu spät, er musste eben improvisieren und hoffen, dass ihm die richtigen Worte einfallen würden. Das Wichtigste wäre, Laura im Angesicht gegenüberzustehen, alles Weitere würde sich zeigen. Energisch drückte er die Klingel. Nichts, keine Reaktion.

Er lauschte, ob er Schritte oder anderweitige Geräusche wahrnehmen konnte. Kurze Zeit später probierte er es nochmals. Nach dem fünften Klingeln musste er einsehen, dass Robert entweder nicht zu Hause war oder nicht öffnen wollte. Was sollte er nun tun? So einfach wollte er nicht aufgeben. Niklas wollte zumindest ins Haus kommen, um es direkt an Roberts Wohnungstüre zu versuchen. Deshalb klingelte er nacheinander bei Roberts Nachbarn. Wie konnte es anders sein? Natürlich befand sich niemand zu Hause. Ein Blick auf die Uhr sagte ihm, dass die Bewohner wahrscheinlich bald Feierabend hätten. Deshalb beschloss er im Auto darauf zu warten, bis jemand nach Hause kam, den er abpassen konnte. Er hatte sowieso nichts Besseres zu tun.

Eine halbe Stunde später fuhr ein Auto langsam an ihm vorbei, um kurz darauf vor dem betreffenden Haus zu parken. Eine ältere Dame stieg aus und begann aus dem Kofferraum Einkaufstüten auszuladen.

Hastig machte sich Niklas auf den Weg, um die Dame um Auskunft zu bitten.

Um sie nicht zu erschrecken, rief er schon in einigen Metern Entfernung: „Entschuldigen Sie bitte, dass ich Sie einfach anspreche, mein Name ist Niklas Petersen."

Mit diesen Worten bot er der Dame zur Begrüßung die Hand, als er sie erreichte.

„Ich bin ein Freund von Robert Breitner, Ihrem Nachbarn und kann ihn seit Tagen nicht erreichen. Wissen Sie zufällig, wo er sich befindet und ob es ihm gutgeht?"

Zuerst beäugte ihn die Frau misstrauisch als hätte sie Sorge, er könne ihr jederzeit die Handtasche entwenden. Schließlich schien Niklas genügend Vertrauen zu erwecken.

„Mein Name ist Walter, Sie haben recht, Herr Breitner ist mein Nachbar. Schön, dass Sie sich Sorgen um ihn machen. Er ist so ein netter, hilfsbereiter, junger Mann. Leider scheint er wenig Freunde zu haben, das tut mir sehr leid. Ich kann das gar nicht verstehen."

Frau Walter schien froh zu sein, jemanden zum Reden gefunden zu haben. Wahrscheinlich war die geschwätzige Dame ebenfalls oft einsam. Bevor Niklas eine Antwort geben konnte, fasste sie ihn vertraulich am Arm und fuhr fort: „Tatsächlich habe ich Herrn Breitner heute Nachmittag gesehen. Eigentlich fand heute mein wöchentlicher Brigdenachmittag statt, auf den ich mich die ganze Woche gefreut hatte, aber leider fühlte ich mich nicht besonders gut, deshalb kam ich früher nach Hause. Da bin ich ihm und seiner Freundin begegnet. Ein wirklich reizendes, junges Ding, ich freue mich so für Herrn Breitner, dass er endlich seine Liebe gefunden hat. Er wirkt sehr glücklich."

Niklas zuckte zusammen, als er die letzten Worte hörte. Es dauerte einen Moment bis diese in seinem Hirn ankamen und verarbeitet wurden.

„Seine Freundin?", krächzte er und musste sich aufgrund eines Frosches im Hals erst einmal räuspern, bevor er weitersprechen konnte.

„Wissen Sie zufällig, wie sie heißt?", mit Herzrasen wartete er auf die Antwort.

Falls es der Dame seltsam vorkam, dass Niklas sie derart aushorchte, ließ sie es sich nicht anmerken. Vielmehr schien sie begierig zu sein, antworten zu dürfen. „Lassen Sie mich überlegen, es fällt mir bestimmt gleich wieder ein."

Nach einer kurzen Pause, die Niklas endlos vorkam, rief sie triumphierend aus: „Natürlich, Laura heißt sie."

Der Schmerz kam so plötzlich und unvermittelt, dass er fast aufgestöhnt hätte. Aber es kam noch schlimmer. Frau Walter erklärte ihm, dass er Robert nicht antreffen würde, weil dieser mit seiner Freundin für ein paar Tage verreist war.

Niklas fühlte eine eigenartige, unbekannte Schwäche in sich und schaffte es gerade so, sich von der freundlichen, aber etwas aufdringlichen Dame zu verabschieden, die es zu bedauern schien, dass er aufbrechen musste. In diesem Augenblick konnte er überhaupt nichts mehr spüren. Völlig emotionslos setzte er mechanisch einen Fuß vor den anderen. Im Auto angekommen, ließ er seinen Kopf auf das Lenkrad sinken. Er hatte keine Ahnung, wie er nach Hause kommen sollte.

Wahrscheinlich stand er unter Schock. Er versuchte seine zitternden Hände in den Griff zu bekommen. Schließlich ließ die Starre nach und eine unglaubliche Wut überfiel ihn. Er schlug aggressiv auf das Lenkrad ein. Niemals hätte er es für möglich gehalten, dass eine Frau ihn derart hintergehen könnte. Wie konnte er so blöd sein und ihr auch noch hinterherlaufen?

Kristian hatte recht gehabt, er hatte sich vollkommen lächerlich gemacht. Es gab nichts mehr zu bereden, er musste Lauras Verrat wohl oder übel akzeptieren.

Nun war er erleichtert, dass er Laura und Robert nicht angetroffen hatte. Wenigstens diese Schmach war ihm erspart geblieben. Wer weiß, was ansonsten passiert wäre. Bei einer Schlägerei mit Robert hätte er sicherlich den Kürzeren gezogen. Vielleicht war es genau das, was Robert so anziehend machte? Zwar war Niklas beileibe kein Schwächling, aber mit diesem Muskelprotz konnte er es nicht aufnehmen. Er musste aufhören sich den Kopf zu zerbrechen, es würde ohnehin nichts an der Tatsache ändern, dass Laura ihn hintergangen hatte. Müde legte er den Gang ein und fuhr los.

Ich wachte mit schrecklichen Kopfschmerzen und Übelkeit auf. Was war passiert? Warum fühlte ich mich wie von einem LKW überrollt? Mit noch geschlossenen Augen fiel mir plötzlich alles wieder ein. Hoffnungslosigkeit überfiel mich. Ich konnte kaum einen klaren Gedanken fassen, sosehr nahm mich meine Verwirrtheit gefangen. Ich beschloss mich weiterhin schlafend zu stellen, um dem Wahnsinn noch eine Weile entfliehen zu können. Zudem sah ich mich außerstande einen klaren Gedanken zu fassen, geschweige diesen auszusprechen. Wenn ich Robert glaubhaft machen wollte, ihn zu lieben, würde ich einen kühlen Kopf benötigen. Plötzlich hörte ich Schritte neben mir und ich musste mich krampfhaft beherrschen mich nicht durch ein Zusammenzucken zu verraten.

„Laura, wach doch endlich auf. Ich mache mir Sorgen. Du schläfst schon so lange." Robert streichelte meine Wange und fuhr mir durchs Haar. „Vielleicht habe ich doch zu viel Chloroform verwendet", sprach er zu sich selber.

Ich beschloss mich möglichst lange bewusstlos zu stellen, vielleicht bekäme er Panik und würde einen Arzt holen.

Etwas später trat er erneut heran und begann mich an den Schultern zu schütteln. „Jetzt wach auf!" Wie eine Puppe ließ er mich zurück aufs Bett fallen und es kostete allerhand Beherrschung mich leblos zu stellen.

„Scheiße, was mach ich bloß?" Robert schien langsam Panik zu befallen. Ich hörte ihn ruhelos neben mir auf und ab gehen und unverständliches vor sich hin murmeln. Plötzlich klatschte mir ein Schwall Wasser ins Gesicht und ich konnte ein erschrecktes Quicken nicht unterdrücken.

„Laura, zum Glück, du bist wieder bei mir."

Widerwillig schlug ich die Augen auf und sah Roberts erleichterten Gesichtsausdruck.

Ich versuchte noch etwas Orientierungslosigkeit vorzutäuschen. „Was ist denn passiert? Warum habe ich solche
Kopfschmerzen?"

„Mein Schatz, das wollte ich wirklich nicht, aber verstehe doch bitte, dass ich dich betäuben musste. Ich konnte
einfach nicht riskieren, dass du unsere Fluchtpläne durch-
kreuzt. Es war schon schwierig genug dich ungesehen ins
Auto zu bugsieren, meine Nachbarin hätte uns fast erwischt. Zum Glück kam sie erst nach Hause, als du schon
im Wagen saßt, da konnte ich ihr glaubhaft machen, du
ruhst dich nach einem langen Arbeitstag aus."

Anscheinend war seine Nachbarin eine sehr leichtgläu-
bige Frau, die Robert seine abstrusen Geschichten allesamt
abkaufte, dachte ich fassungslos. Warum war sie nicht
misstrauisch geworden?

Als könnte Robert meine Gedanken lesen, fügte er
hinzu: „Frau Walter mag mich sehr gerne, ich achte sehr
darauf ein gutes Verhältnis zur Nachbarschaft zu pflegen.
Ich habe ihr morgens gleich als Entschuldigung für unsere
laute Störung einen Blumenstrauß vorbeigebracht. Sie frisst
mir aus der Hand."

Mühsam versuchte ich die negativen Gedanken zu verdrängen und konzentrierte mich auf meinen Versuch Robert
in Sicherheit zu wiegen. Ich sah mich im Raum um und
sagte scheinbar verzückt: „Hier ist es aber gemütlich. Wo
sind wir?"

„In einem Schrebergarten. Er gehört meiner Oma, ich
hatte ganz vergessen, dass sie ihn behalten hat, als sie ins
Pflegeheim kam, da sie hoffte, dass ich die Pacht einmal
übernehmen werde."

So viel Privates hatte er noch nie über sich preisgege-
ben. Ich beschloss den Umstand auszunützen und fragte
vorsichtig nach: „Lebt deine Oma noch? Es hört sich für
mich so an, als hättest du ein inniges Verhältnis zu ihr. Ich
würde sie gerne einmal kennenlernen."

Robert fuhr auf und es sah so aus, als wolle er mich erneut durch Gewalt maßregeln, dann schien er es sich anders zu überlegen. „Ja, leider geht es ihr nicht besonders gut. Sie fühlt sich abgeschoben, aber es gibt niemanden, der sie pflegen könnte. Aber ich besuche sich regelmäßig."

„Das kann ich gut verstehen. Es ist eine große Umstellung auf andere angewiesen zu sein, aber sie freut sich bestimmt, wenn du sie besuchst und Zeit mit ihr verbringst."

Scheinbar drang ich das erste Mal durch Roberts Schutzwall durch und konnte dahinter tatsächlich menschliche Züge entdecken. Vielleicht war es mir möglich, Zugang zu ihm zu finden und durch schauspielerische Leistung Gefühle vorzutäuschen, wenn ich mir vor Augen führte, dass er auch andere Seiten in sich trug.

Er seufzte und erwiderte: „Es wäre tatsächlich schön, wenn ihr euch kennenlernen würdet. Sie würde sich freuen, dass ich endlich eine nette Freundin gefunden habe. Sie bedeutet mir sehr viel."

Nachdem er es unterlassen hatte, mich im betäubten Zustand erneut zu fesseln, überwand ich meinen Abscheu und streichelte ihm über die Wange. „Ich fände es auch schön", scheu lächelte ich Robert an und hoffte, er würde meine wahren Gefühle nicht erkennen.

Unvermittelt schlug seine Stimmung um. Er schlug meine Hand weg, schubste mich zurück aufs Bett und setzte sich auf mich.

„Was machst du Robert?" versuchte ich zu ihm durchzudringen.

Aber zu spät, er schien wieder in eine andere Welt abgetaucht zu sein.

„Hör auf mich einzulullen. Ich weiß genau, dass du am liebsten nicht hier wärst. Du willst nicht bei mir sein, sondern lieber bei Niklas, diesem selbstverliebten Idioten." Seine Aggression schwoll mit jedem Wort an.

„Das ist nicht wahr. Du hast recht, Niklas kann mir nicht das geben, was ich wirklich möchte. Ich brauche einen Mann, der mir seine gesamte Liebe und Zuwendung schenkt. Aber du musst auch mich verstehen. Ich habe Angst bekommen, als du mich verschleppt und gefesselt hast. Mir ist klar geworden, dass du dir nicht anders zu helfen wusstest, da ich blind war. Aber bitte habe auch ein wenig Verständnis für meine Reaktion. Mittlerweile tut es mir sehr leid, dass ich dir nicht vertraut habe." Ich redete einfach drauflos, was das Zeug hielt und betete, ihn überzeugen zu können. Schlussendlich war es ja genau das, war er sich erhoffte.

„Ich möchte dir gerne glauben, Laura. Aber bitte verzeih mir, ich werde dich dennoch fesseln müssen, weil ich dir einfach noch nicht traue. Wenn du bewiesen hast, dass es dir ernst mit mir ist, werde ich dich frei lassen."

Bei seinen Worten brach wieder Angst in mir aus, ich konnte mir nur zu gut vorstellen, was er unter diesem Vertrauensbeweis verstand. Niemals würde ich es über mich bringen, mit ihm zu schlafen. Schon der Gedanke daran, trieb mir Schweißperlen auf die Stirn.

Er begann mich zu küssen und schob mir seine Zunge in den Mund. Mit großer Überwindung schaffte ich es auf seinen Kuss zu reagieren. Durch mein aktives Mitmachen fühlte er sich ermutigt und seine Hände verschwanden unter meinem T-Shirt. Mein ganzer Instinkt war darauf ausgelegt, dass ich mich wehrte, aber ich überwand mich und hielt still. Nach einer Weile zwang ich mich und strich mit meinem Bein an seinem entlang. Viel mehr Möglichkeiten ihm mein Gefallen vorzuspielen, blieben mir im gefesselten Zustand nicht.

„Laura, du machst mich so glücklich, mein kühnster Traum ist wahr geworden." Als er begann meine Hose auszuziehen, versuchte ich ihn zu stoppen: „Robert, lass es uns doch bitte langsam angehen. Ich bin keine Frau, die mit jedem Typen ins Bett geht. Mir ist es wichtig, jemanden erst einmal kennenzulernen, bevor ich mit ihm schlafe."

Roberts Augen verengten sich: „Bei Niklas warst du bestimmt nicht so zimperlich."

„Das stimmt nicht. Ihn kannte ich ebenfalls schon eine Zeit lang." Dies war tatsächlich nicht gelogen.

„Stell dich nicht so an, wir kennen uns doch schon eine ganze Weile. Immerhin haben wir uns vor Monaten das erste Mal getroffen."

„Aber doch lediglich als Freunde, nicht als Liebespaar. Wir haben doch alle Zeit der Welt, wir müssen nichts überstürzen." Schmachtend sah ich ihm fest in die Augen und schaffte es seinem misstrauischen Blick standzuhalten.

Er schien mit sich zu ringen, schließlich gab er nach: „Du hast Recht, ich werde dir etwas Zeit geben. Es gefällt mir, dass du kein leichtes Mädchen bist. Du wirst mir bestimmt treu sein. Ich mache uns jetzt erst einmal etwas zu essen."

Vor Erleichterung wurde mir fast schwarz vor Augen und ich hoffte nachher einen Bissen herunter zu bekommen. Diese Farce kostete mich alle Kraft. Wie lange würde ich dieses Schauspiel noch durchhalten können? Ich versuchte mich aufzurichten, um einen Blick nach draußen zu erhaschen, aber zu meinem Leidwesen hatte Robert die Fensterläden geschlossen.

Nach einer Weile kam er mit Spaghetti zurück und er befreite mich von meinen Fesseln. Gemeinsam saßen wir am Tisch und mir schoss der nächste Fluchtgedanke durch den Kopf. Aber wie sollte ich herauskommen? Ich musste ruhig bleiben und eine günstige Situation abwarten.

Die Nudeln schmeckten wider Erwarten gut und hungrig aß ich sogar noch eine zweite Portion. Ich wusste nicht mehr, wann ich das letzte Mal etwas gegessen hatte. Falls ich wirklich flüchten wollte, musste ich zusehen, dass ich bei Kräften blieb.

Robert freute sich über meinen Appetit und wieder hatte ich es geschafft ein kleines Stück Vertrauen zu gewinnen. Zu meinem Leidwesen kam er kurz darauf auf mich zu, nahm mich in die Arme und flüsterte: „Willst du mein Nachtisch sein?"

Es widerte mich dermaßen an diese Scharade mitzuspielen, aber es war der einzige Weg.

Ich umarmte ihn ebenfalls und erwiderte: „Bald, mein Lieber."

„Aber wir können doch wenigstens schmusen und kuscheln", fuhr er mit verführerischer Stimme fort. Er gab einfach nicht auf. Robert führte mich zum Bett und ich ertrug seine Berührungen und Küsse stoisch. Gedanklich versuchte ich mich in eine andere Welt zu versetzen, um der Realität nicht ins Auge sehen zu müssen. Leider holte er mich allzu schnell in den Schrebergarten zurück, als er wieder einmal anfing sich mit Niklas zu vergleichen.

„Gefallen dir meine Berührungen? Bringe ich dich mehr in Fahrt als Niklas? Ich hoffe, ich bin der bessere Liebhaber."

„Mach doch bitte nicht die schöne Stimmung durch Reden kaputt", versuchte ich ihn zu aufzuhalten.

Er packte mich grob am Kinn und zwang mich ihn anzusehen. Anscheinend kostete es ihn allerhand Beherrschung nicht sogleich zuzuschlagen.

„Du willst doch nur nicht antworten. Warum das so ist, wissen wir doch beide", aggressiv drückte er meine Hände neben meinem Kopf auf das Bett. Sein Gesicht war nur wenige Zentimeter von meinem entfernt.

Wieder einmal hatte ich falsch reagiert, es war schwierig die Balance zu finden, ihn in Sicherheit zu wiegen und auf der anderen Seite mich vor ihm zu schützen.

„Robert, sieh mich bitte an", bat ich mit sanfter Stimme.

Verletzte Gefühle spiegelten sich in seinen Augen wieder. Robert konnte mit Zurückweisung nicht umgehen, wahrscheinlich hatte er diese Erfahrung in seinem Leben zu oft machen müssen.

„Warum bist du so negativ eingestellt? Ich wollte nur, dass du weitermachst, niemals wollte ich dir das Gefühl geben, du wärst ein schlechter Liebhaber." Mit diesen Worten konnte ich ihn schnell besänftigen, es war erschreckend wie unvermittelt Roberts Stimmung von einem ins andere Extrem schwanken konnte.

Dennoch ließ er einfach nicht locker, er zwang es mich auszusprechen: „Mich freut es, dass dir mein Vorspiel gefällt, aber ich möchte aus deinem Mund hören, dass ich besser als Niklas bin."

Fast hätte ich ergeben die Augen geschlossen, aber ich riss mich zusammen. Es waren nur Worte, ich würde es schaffen, sie über die Lippen zu bringen.

„Du weißt genau, was ich möchte. Niklas ist viel zu egozentrisch, es war ihm völlig egal, was mir gefiel. Du bist ganz anders, du stellst mich in den Mittelpunkt und gehst auf meine Bedürfnisse ein. Das gefällt mir sehr." Es würgte mich beinah, als ich diese Lügen verbreitete, aber egal wie absurd es in meinen Ohren klang, Robert war zufrieden und er verschloss meinen Mund mit seinen Lippen.

Wieder einmal musste ich ihn bremsen. Allerdings konnte ich ihn überzeugen, dass ich Schlaf benötigte, indem ich an sein schlechtes Gewissen appellierte, Kopfschmerzen aufgrund der Betäubung zu verspüren. Leider hatte ich es nicht geschafft, ihn derart in Sicherheit zu wiegen, dass er auf die Fesseln verzichtet hätte. Allerdings konnte ich sofort feststellen, dass er sie diesmal nachlässiger gebunden hatte. Sei es aus Leichtsinnigkeit oder weil er mir keine Schmerzen zufügen wollte, ich fühlte darüber nur Erleichterung.

Kurze Zeit später hörte ich an seinem gleichmäßigen Atem, dass er eingeschlafen war.

Unschlüssig überlegte ich, wie ich vorgehen sollte. In der Nacht, während seiner Anwesenheit, traute ich mich nicht zu flüchten. Zu groß wäre die Gefahr, dass er aufwachen würde. Konnte ich riskieren, dass er am Morgen bemerken würde, dass ich meine Fesseln gelockert hatte oder sollte ich abwarten, bis er mich frei umherlaufen ließ? Dies konnte allerdings unter Umständen dauern. Ich hatte keine

Zeit, irgendwann wäre seine Geduld zu Ende und ich könnte eine Vergewaltigung nicht mehr hinauszögern. Ich musste es einfach versuchen. Schnell stellte ich fest, dass es nicht lange dauern würde, die Fesseln zu lösen. Daraufhin stellte ich meine Bemühungen ein und versuchte etwas Schlaf zu finden.

Am nächsten Morgen würde ich eine Flucht versuchen.

„Guten Morgen, mein Liebling. Hast du gut geschlafen?", lächelnd sah Robert mich an.

„Danke, sehr gut. Es war eine schöne Idee von dir, hier Urlaub zu machen," antwortete ich rasch.

„Vor allem sind wir hier relativ ungestört. Im Oktober befinden sich nur wenige Kleingärtner auf der Anlage und das Wetter lädt momentan auch nicht dazu ein, hier zu verweilen."

Über diesen für mich nachteiligen Umstand wollte ich lieber nicht nachdenken und bevor er mich küssen konnte, bat ich ihn: „Wärst du so lieb und würdest mir ein Croissant kaufen? Da hätte ich Lust drauf."

Unschlüssig schien er zu überlegen, deshalb legte ich noch eins drauf: „Niklas wäre niemals extra für mich zum Bäcker gelaufen. Ich habe mir immer einen Partner gewünscht, der mir jeden Wunsch von den Lippen abliest."

Mit dieser Lüge hatte ich ihn geködert. Ich durfte mir mein Hochgefühl ihn ausgetrickst zu haben, nicht anmerken lassen.

Er zog sich schnell an, gab mir einen verheißungsvollen Kuss und rief: „Ich bin gleich wieder da. Lauf nicht weg."

Anscheinend fand er sich besonders lustig, dachte ich aufgebracht.

Sobald er den Schrebergarten verlassen hatte, wartete ich sicherheitshalber noch wenige Minuten ab, ob er noch einmal zurückkäme, dann versuchte ich schnell die Fesseln abzustreifen. Es kostete mich doch mehr Zeit als gedacht, da meine Hände aufgrund der immer gleichen Haltung eingeschlafen waren. Schließlich hatte ich es geschafft, die erste Hand hatte ich befreit. Meine Finger waren so steif, dass ich kaum den Knoten der anderen Seite lösen konnte. Ich war nahe dran in Tränen auszubrechen. Nach mehrmaligen Versuchen hatte ich es endlich geschafft und lauschte voller Panik, ob seine Schritte zurückkamen.

Zum Glück hatte er es am Abend unterlassen mich zu entkleiden, deshalb musste ich lediglich meine Schuhe suchen und anziehen. Im Vorbeigehen schnappte ich rasch meine Handtasche, die achtlos am Boden lag. Auf mein Handy musste ich verzichten, da ich es nirgends entdecken konnte. Zu meiner grenzenlosen Erleichterung hatte er die Türe nur in das Schloss gezogen, sodass sie sich von innen öffnen ließ. Anscheinend hegte er keine Befürchtung, dass ich mich befreien könnte oder er hatte es in der Hektik rasch zurückzukehren, vergessen.

Mir waren seine Beweggründe egal, ich rannte einfach nur los. Trotz meines desolaten Zustandes stellte ich zu meiner Erleichterung kurz darauf fest, dass sich die Kleingärtneranlage am Rande eines Wohngebietes befand.

An der nächsten S-Bahnstation fühlte ich mich etwas sicherer, sobald sich Leute um mich befanden. Ich musste wohl befremdlich ausgesehen haben, da mir einige Leute neugierige Blicke zuwarfen. Als ich in der Bahn saß, versuchte ich wenigstens mit den Fingern meine Frisur zu richten und machte mechanisch einen neuen Pferdeschwanz.

Ich war auf dem Weg zu unserer Wohnung, ich wollte nur zu Niklas und mich von ihm in seine starken Arme nehmen lassen. Durch seinen schützenden Halt würde er mir den Trost und Zuspruch geben können, welchen ich nun dringend benötigte.

Zur Polizei zu gehen, kam mir in diesem Moment nicht in den Sinn. Später dachte ich mir, dass ich mich wohl unter Schock befunden hatte, anders wäre mein Handeln nicht zu erklären.

Die ganze Zeit beherrschte mich die Angst, Robert könne in der Zwischenzeit zurückgekehrt sein und würde mich nun suchen und finden, bevor ich zu Hause in Sicherheit war. Ich hatte keine Ahnung wie lange er brauchen würde, bis er vom Bäcker zurückkam.

Endlich war ich an meiner Haltestation angekommen. Ich rannte die Meter von dort nach Hause und versuchte nicht daran zu denken, was mir vorgestern an derselben Stelle widerfahren war. Zitternd steckte ich den Schlüssel in das Schloss und ließ ihn prompt erst einmal fallen. Panisch blickte ich mich um, hob ihn auf und versuchte es noch einmal. Diesmal funktionierte es und die Türe öffnete sich. Schnell warf ich die Türe zu und mit letzter Kraft stieg ich die Stufen zu unserer Wohnung hoch und sperrte dort auf. Niklas war anscheinend schon wach. Wahrscheinlich hatte er in der Nacht aufgrund meines rätselhaften Verhaltens auch kein Auge zu machen können. Als er den Schlüssel hörte, eilte er zur Türe und dort trafen sich unsere Blicke.

Bevor ich zu sprechen beginnen konnte, fauchte er mich auch schon an: „Du hast Nerven hier aufzutauchen. Mich wundert es, dass du dich schon von deinem Liebhaber trennen konntest. Willst du deine Sachen holen oder warum bist du hier?"

„Niklas, es ist nicht so, wie du denkst", fing ich unsicher und nicht sehr überzeugend an. Meine Kraft mich zu rechtfertigen war vollends erschöpft. Mit hängenden Armen stand ich vor ihm und wollte einfach nur in den Arm genommen und getröstet werden.

Anscheinend fasste Niklas mein Auftreten als Schuldbekenntnis auf. Voller Wut brüllte er mich an: „Du bist eine verdammte Schlampe. Wie kannst du mit Robert schlafen und am nächsten Morgen so dreist sein, so zu tun, als ob nichts gewesen wäre? Geh mir aus den Augen, du widerst mich an, ich kann dich nicht mehr sehen. Flittchen, wie du eines bist, haben hier nichts verloren."

Ich hatte Niklas noch nie derart erbost und außer Fassung erlebt. Ich hatte das Gefühl, es fehlte nicht viel und er würde seine Beherrschung vollends verlieren und mich schlagen.

Mir kam es so vor, als würde durch seine verletzenden Worte etwas in mir auseinanderbrechen. Ich besaß keine Willensstärke mehr mich zu verteidigen und ihn über die wahren Begebenheiten aufzuklären. Zu groß war der Würgereiz in meinem Hals. Tränen traten in meine Augen und spiegelten das große Ausmaß meiner Verzweiflung wieder.

In diesem Augenblick betrat Andreas, angelockt durch Niklas harte Worte, das Zimmer.

Anscheinend hatte er Niklas in dieser durchwachten Nacht Gesellschaft geleistet. Mir war es im Augenblick vollkommen einerlei, dass Andreas die hässlichen und niederträchtigen Worte mitbekommen hatte. Ich drehte mich fluchtartig um und rannte aus der Wohnung.

„Laura", rief mir Niklas zögernd hinterher, er hatte anscheinend meine Tränen und meinen Kummer bemerkt.

Mittlerweile war ich auf der Straße angekommen und vor lauter Tränen merkte ich nicht, wohin ich rannte. Ich konnte an nichts anderes mehr denken, als an Niklas hässliche Worte und wollte nur weg von ihm. Ich stand völlig neben mir und konnte keinen klaren Gedanken mehr fassen. Schließlich befand ich mich am Rande des Parks, als plötzlich die Tür eines parkenden Autos aufging und ich fassungslos Robert erblickte, der wutentbrannt auf mich zu rannte. Ich wollte auf dem Absatz kehrtmachen und zurückrennen, aber Robert war schneller.

Er packte mich: „Glaubst du wirklich, du kannst mich verarschen und mir entkommen?" Robert spie mir seine aufgestaute Aggression ins Gesicht.

Mit letzter Kraft versuchte ich mich aus seinem eisernen Griff zu befreien, aber er versetzte mir erneut einen Stromschlag, der mich außer Gefecht setzte. Als er mich einige Meter in den Park gezerrt hatte, warf er mich zu

Boden und schlug wie von Sinnen auf mich ein.

Niklas war Laura hinterhergelaufen, weil er der Sache nun auf den Grund gehen wollte und wissen wollte, warum sie sich derart komisch benahm. Ihm war schlagartig bewusst geworden, dass an dieser mysteriösen Geschichte etwas nicht stimmte. Dies war kein reumütiger Auftritt gewesen. Laura sah vollkommen verstört und desorientiert aus, dachte Niklas furchtsam.

Als er im Treppenhaus aus dem Fenster sah und Robert erblickte, erbleichte er und wollte sich schon bestürzt abwenden. Im selben Augenblick bemerkte er, wie sich Laura gegen ihn wehrte. Plötzlich sah er einen schwarzen Gegenstand aufblitzen, doch aus der Ferne konnte er nicht erkennen, was es war. Ungläubig sah er, wie Laura plötzlich in Roberts Armen zusammenbrach und er sie in einen nichteinsehbaren Teil des Parks schleppte. Als Niklas sich aus seiner Starre befreit hatte, wollte er ihr im ersten Augenblick zur Hilfe eilen. Dann versuchte er die Ruhe zu bewahren, rannte die Treppen zurück in die Wohnung und rief erst einmal die Polizei. Er wusste genau, dass er alleine gegen einen Kerl wie Robert, der professionell boxte, keine Chance haben würde. Es mit einem Boxer aufzunehmen, der eine Waffe besaß, wäre ein vollkommen irrsinniges Unterfangen.

Da er Angst hatte, die Polizei würde zu lange brauchen, rief er Andreas zu, er solle mit ihm kommen, denn er benötigte seine Hilfe. Ohne Fragen zu stellen, folgte dieser seinem Freund augenblicklich. Anschließend rannten beide unverzüglich in Lauras Richtung, um nicht noch mehr wertvolle Minuten zu vergeuden. Auf dem Weg zum Zielort begegneten sie einer Joggerin, die panisch ausrief: „Im Park versucht jemand eine Frau zu vergewaltigen." Niklas warf Andreas einen raschen Blick zu, der besagte, er solle sich um die verängstigte Frau kümmern und diese beruhigen und lief voller Angst zu spät zu kommen, weiter.

Laura lag bewegungslos da, dieser Dreckskerl hatte ihr das Oberteil zerrissen und sich auf sie gestürzt. Anscheinend schien es ihm völlig gleichgültig zu sein, dass der Boden vom Regen der letzten Tage aufgeweicht und nass war.

„Ich will es von dir hören. Jetzt sag endlich, dass du mit mir schlafen willst", hörte er Robert hitzig ausrufen.

Obwohl es Laura sichtlich schlecht ging, hatte sie die Kraft ihm in das Gesicht zu spucken und rief hasserfüllt: „Da kannst du lange warten und wenn du mich umbringst, ich werde es nicht sagen."

Daraufhin schlug Robert wütend mit der geballten Faust auf sie ein und ein Schlag traf sie am Kopf. Sie bewegte sich nicht mehr und es sah so aus, als ob sie bewusstlos geworden wäre.

In diesem Augenblick spürte Niklas, die Hand seines Freundes auf seiner Schulter, der ihn fassungslos, mit großen Augen anblickte. Er hatte seine Anwesenheit vollkommen vergessen.

Niklas flüsterte verzweifelt: „Solange er das Messer an Lauras Hals hält, können wir es nicht riskieren, ihn anzugreifen. Ich halte diese Untätigkeit nicht mehr aus. Wo bleibt denn die Polizei?"

Als Laura sich bewegte, stellte er erleichtert fest, dass sie doch bei Bewusstsein war.

In der Zwischenzeit zischte Robert: „Du hast es nicht anders gewollt, du willst es wohl auf die harte Nummer. Jetzt werde ich dir beibringen, was es heißt, mit mir zu spielen. Ich werde dich schon gefügig machen. Wenn ich mit dir fertig bin, wirst du dir wünschen, dich meinen Anweisungen nicht widersetzt zu haben." Mit diesen Worten verschwand seine Hand in Lauras Hose.

Während Laura leise wimmerte: „Bitte nicht, Robert", ließ er achtlos das Messer fallen, er fummelte an seinem Hosenknopf herum, um ihn zu öffnen und stöhnte.

„Jetzt!", rief Niklas und sprang mit Andreas aus dem

Gebüsch hervor, warf Robert voller Wucht zu Boden und verpasste dem überrumpelten Boxer einen Kinnhaken, Andreas kam ihm zur Hilfe und trat mit voller Kraft zwischen Roberts Beine.

Als Robert zu Boden ging, überließ Niklas ihn Andreas, der Robert mit Hilfe des Elektroschockers endgültig außer Gefecht setzte.

Niklas dachte geistesgegenwärtig daran, das Messer mit dem Fuß unter einen Busch zu kicken, damit es außerhalb Roberts Reichweite war. Schließlich wandte er sich voller Sorge Laura zu.

„Laura", rief Niklas angstvoll und ich konnte sehen, dass seine Augen vor Panik fast schwarz funkelten. Er ließ sich neben mir auf die Knie fallen, nahm mich vorsichtig in den Arm und flüsterte tonlos: „Was hat der Dreckskerl mit dir gemacht? Es tut mir so leid, dass ich diese unfassbare Intrige geglaubt habe. Aber es klang alles so plausibel. Ich bin bei dir, dir passiert nichts mehr. Alles wird gut werden", stammelte er hilflos vor sich hin, als ich in seinen Armen anfing zu weinen.

„Lass mich nicht mehr alleine", flehte ich leise und er versprach es mir. Als ich mich etwas beruhigt hatte, ließ er mich kurz los, um mir seine Softshelljacke vorsichtig anzuziehen, um wenigstens meine Nacktheit zu bedecken. In seinen Armen wurde ich schläfrig und ich hörte Niklas nur noch aus weiter Ferne, wie durch Watte sprechen: „Laura, schau mich an, bleib bei mir", und dann bekam ich nichts mehr mit und mir wurde schwarz vor Augen.

Nichts ist mehr so,
wie es vorher war

Als ich erwachte, fiel es mir schwer die Augen zu öffnen. Alleine diese Aufgabe kostete mich schon allerhand Kraft. Nachdem ich es geschafft hatte, erblickte ich einen fremden, mir unbekannten Raum. Ich erkannte an der sterilen, weißen Einrichtung, dass es sich um ein Krankenzimmer handeln musste. Panisch stellte ich mir die Frage, warum ich mich in einem Krankenhaus befand, als plötzlich schonungslos das ganze Wissen, wie eine geballte Kraft auf mich einstürzte. Ergeben schloss ich wieder die Augen und wünschte mir den gnädigen Zustand des Schlafens und Vergessens zurück, in welchem mich keine negativen Gedanken befielen.

„Laura, Gott sei Dank, du bist wach. Wie geht es dir?"

Als ich meine Augen wieder öffnete, drehte ich mich mühsam in die Richtung, aus der die Stimme ertönte. Ich sah Niklas an meinem Bett sitzen, der mich aus übernächtigten Augen sorgenvoll betrachtete.

Ich hatte ihn zuvor gar nicht bemerkt, weil mich jede Bewegung unglaublich viel Anstrengung kostete und ich mich deshalb nicht im Zimmer umgesehen hatte. Als ich ihn erblickte, kam der ganze Schmerz mit voller Wucht zurück. Ich hörte Roberts Stimme wie er, während er mich quälte, ständig über Niklas sprach. Ich hörte Niklas hasserfüllten Rundumschlag, als ich ihn am meisten gebraucht hätte. Ich sah mich, wie ich Roberts Liebkosungen gezwungenermaßen erwidern musste. Die ganze demütigende Situation überforderte mich so sehr, dass ich qualvoll ausrief: „Lass mich in Ruhe, ich möchte dich nicht sehen. Geh weg!"

„Laura, es tut mir so unglaublich leid was geschehen ist und dass ich dir Untreue unterstellt habe. Ich möchte für dich da sein, lass dir doch bitte von mir helfen!"

Ich konnte es einfach nicht aushalten, ihn in meiner Nähe zu haben. Er war mit dem Unglück, welches mir widerfahren war, so eng verknüpft, dass ich es nicht mehr voneinander trennen konnte. Sobald ich ihn ansah, schwebten ständig die hässlichen Bilder von Robert und mir, geistig vor meinen Augen, obwohl ich sie verzweifelt zu unterdrücken versuchte.

Erstickt rief ich den Tränen nahe: „Bitte gehe, ich kann dich nicht ertragen."

Da betrat eine Krankenschwester das Zimmer, die mit geschultem Blick sofort die Lage richtig einschätzte und Niklas freundlich, aber bestimmt aus dem Zimmer beorderte. Er wollte noch einmal protestieren, aber als er sah, dass ich mittlerweile zu schluchzen begonnen hatte, gab er nach.

Lilly, die Krankenschwester, kümmerte sich rührend um mich. Sie versprach Niklas nicht mehr zu mir zu lassen, sollte ich es nicht wünschen und gab mir ein leichtes Beruhigungsmittel, damit ich wieder einschlafen konnte.

Als ich nach drei Stunden erneut erwachte, ging es mir etwas besser. Ich war erstmals wieder bei klaren Gedanken. Bald darauf betrat ein Arzt das Zimmer, um mich über meinen Gesundheitszustand aufzuklären. Robert hatte mir vier Rippen gebrochen und mein verwirrter Zustand rührte von einer schweren Gehirnerschütterung her. Außerdem hatte ich eine Platzwunde über dem rechten Auge und unzählige Prellungen und Quetschungen davongetragen. Benommen sank ich in mein Kissen zurück.

Ich wurde gefragt, ob sie jemanden verständigen sollten. Ich überlegte kurz, meine Eltern befanden sich auf vierwöchiger Kreuzfahrt, auf welche sie jahrelang gespart hatten. Jana, Vanessa und Katrin wohnten weit weg. Meine anderen Freunde wollte ich im Moment nicht um mich haben und Niklas schon gar nicht.

Plötzlich fiel mir ein, welche Person ich gerne sehen wollte und fragte zögerlich: „Vielleicht könnten Sie Frau

Petersen Bescheid geben, die Mutter meines Freundes?"

Ich sehnte mich nach dieser freundlichen, herzlichen Person, die mich jedes Mal, wenn wir uns trafen, wie ihre eigene Tochter behandelte. Schwester Lilly erwiderte daraufhin: „Vielleicht befindet sie sich sogar hier. Zumindest war sie schon einmal hier und hat sich nach Ihrem Zustand erkundigt. Ich schaue nach, ob sie im Haus ist, sonst werde ich sie anrufen", mit diesen Worten verließ sie das Zimmer wie ein Wirbelwind.

Kurze Zeit später betrat Brigitte den Raum und nahm mich wortlos in den Arm. Ich schämte mich, schon wieder in Tränen auszubrechen, aber Brigitte strich mir beruhigend über den Rücken und ließ mich weinen. Nach einer Weile beruhigte ich mich etwas und sie fragte mich vorsichtig: „Wie geht es dir, Laura? Es tut mir so leid, was passiert ist."

Ich murmelte: „Nicht besonders gut. Aber die Schmerzen haben durch die Medikamente etwas nachgelassen und sind zu ertragen."

„Ich bin jederzeit für dich da, wenn du mich sehen möchtest. Ich komme zu jeder Tages- und Nachtzeit, du brauchst mich einfach nur anzurufen", bot sie mir liebevoll an.

Ich verspürte dieser warmherzigen Person gegenüber ein großes Gefühl der Zuneigung und war froh, sie in dieser schwierigen Situation um mich zu haben.

„Wenn du darüber sprechen möchtest, was vorgefallen ist, höre ich dir zu", sie schaute mich ernsthaft und prüfend an.

„Das ist wirklich lieb von dir. Im Moment will ich das Ganze einfach nur vergessen, aber ich komme irgendwann bestimmt auf dein Angebot zurück. Ich hätte allerdings eine Bitte an dich", sagte ich zögerlich, da mir meine nächsten Worte schwerfielen: „Würdest du dich bereit erklären bei mir zu bleiben, wenn die Polizei mit mir sprechen möchte? Ich weiß nicht, ob ich das alleine durchstehe."

„Natürlich werde ich dem Gespräch beiwohnen, wenn du das möchtest", sagte sie zu meiner Erleichterung sofort.

Sie verabschiedete sich bald darauf von mir, da ich viel Ruhe benötigte und schon wieder eine tiefe Müdigkeit verspürte, die mich kurz darauf einschlafen ließ.

Am nächsten Tag hatte sich die Polizei angekündigt. Da sich mein Allgemeinzustand deutlich gebessert hatte, gab der behandelnde Arzt sein Einverständnis für die Vernehmung.

Brigitte war wie versprochen zur Unterstützung gekommen und beklommen wartete ich gemeinsam mit ihr auf die Polizistin.

„Guten Tag Frau Hellwig, mein Name ist Frau Reitberger, ich bin Kriminalhauptkommissarin. Ich hoffe, es geht Ihnen schon etwas besser. Wenn Sie während des Gespräches eine Pause benötigen oder unterbrechen wollen, geben Sie mir einfach Bescheid, dass stellt kein Problem dar", sagte sie freundlich.

Ich fühlte mich sogleich etwas wohler, da sie sich mir gegenüber sehr entgegenkommend verhielt.

Sie forderte mich auf, mit der Erzählung zu beginnen.

Ich atmete einmal tief durch, sah Brigittes ermunternden Blick und begann mit leicht zitternder Stimme von Roberts plötzlichem Auftauchen in der Nähe unserer Wohnung zu beginnen. Nachdem ich eine Weile stockend erzählt hatte, fiel es mir langsam leichter mein Erlebtes mitzuteilen. Ich redete schnell weiter und dachte nur daran, es möglichst rasch hinter mich zu bringen. Ich war dankbar dafür, dass Frau Reitberger mich während meiner Vernehmung nicht unterbrach.

Erst als ich die Flucht aus dem Schrebergarten wiedergab, merkte sie überrascht auf und fragte mich rasch nach der Adresse oder einer Beschreibung des Tatortes, da ihr dieser Umstand bis dahin nicht geläufig gewesen war.

Anschließend fuhr ich fort: „Ich weiß, es war leichtsinnig und kaum nachvollziehbar, dass ich nach meiner Befreiung, nicht sofort die Polizei verständigt habe. Aber ich stand wohl unter Schock und konnte nicht logisch handeln. Mein gesamtes Denken war darauf ausgerichtet, zu meinem Freund zu gelangen. Zwar war mir bewusst gewesen, dass es nur eine Frage der Zeit wäre, bis Robert zurückkommen würde, aber ich kam gar nicht auf die Idee, während meiner Flucht, Fremde um Hilfe zu bitten."

Als ich mit den Worten schloss, dass ich mich nach Niklas Befreiung an nichts mehr erinnern konnte, begann sie mich über das Geschehene aufzuklären.

„Nachdem Ihr Freund den Notruf abgesetzt hatte, wurden sicherheitshalber sogleich die Rettungskräfte verständigt und ein Krankenwagen angefordert. Als wir am Tatort ankamen, verhafteten meine Kollegen Herrn Breitner, der versucht hatte zu fliehen. Die Sanitäter leisteten erste Hilfe und nahmen Sie stationär im Krankenhaus auf. Schließlich wies uns Herr Petersen darauf hin, dass dies schon der zweite Übergriff auf Sie gewesen sein musste. Deshalb beschafften wir uns für seine Wohnung einen Durchsuchungsbefehl und nahmen die Beweise auf. Wir fanden unter anderem auf seinem Handy, neben dem schon von Ihnen beschriebenen Foto, auch noch eine ganze Reihe weiterer Fotos und Videos von Ihnen, die er gemacht haben musste, während sie bewusstlos waren."

Schockiert über diese Neuigkeit, blickte ich sie sprachlos an. Brigitte, die meine Hand hielt, drückte sie fest, um mir Mut zuzusprechen.

„Diese zeigen Sie, unbekleidet und gefesselt auf dem Bett liegend, ich weiß, dass dies schwer für Sie sein muss. Für den Prozess sind diese Beweise aber von großer Bedeutung und könnten bewirken, ihn für eine längere Zeit in das Gefängnis zu schicken", sprach sie beruhigend auf mich ein.

„Außerdem haben wir festgestellt, dass Herr Breitner wegen gefährlicher Körperverletzung und Sachbeschädigung vorbestraft ist. Umstände, die das Strafmaß deutlich höher ausfallen lassen werden", teilte die Kommissarin mir wenigstens eine gute Nachricht mit.

Während des Gespräches kontrollierte eine Krankenschwester in regelmäßigen Abständen meinen Gesundheitszustand. Als sie den Raum erneut betrat und mein blasses, eingefallenes Gesicht sah, sagte sie entschieden und resolut: „Frau Hellwig benötigt nun Ruhe, ich muss Sie bitten für weitere Fragen ein anderes Mal erneut zu kommen."

Die Polizistin erhob sich sogleich und versprach sich bei Neuigkeiten und weiteren Fragen zu melden und verabschiedete sich von uns.

Kaum hatte sie den Raum verlassen, schlug ich mir die Hände vor mein Gesicht und sagte verzweifelt: „Das darf nicht wahr sein. Ich komme mir vor, als würde ich mich inmitten eines Albtraumes befinden."

„Laura, du bist stark, du wirst diese Krise überwinden. Bedenke, du bist nicht alleine. Es gibt viele Menschen, die dich lieben und dir die Kraft geben werden, mit dieser Situation fertig zu werden. Gib dir einfach etwas Zeit", entgegnete sie fest und unerschütterlich.

Ich war über ihre Unterstützung und ihren Glauben an mich dankbar. Vor allem aber war ich erleichtert, dass sie ihren Sohn mit keinem Wort erwähnte und auch nicht versuchte mich dahingehend zu drängen, ihm eine Chance zu geben.

Während meines Krankenhausaufenthaltes versuchte Niklas zu meiner Erleichterung keinen weiteren persönlichen Kontakt aufzunehmen. Er hatte seiner Mutter einen Blumenstrauß mit einer Karte für mich mitgegeben, was ich zwar sehr süß von ihm fand, aber dennoch änderte es nichts an der Tatsache, dass ich ihn nicht sehen wollte.

Nach einer Woche wurde ich zunehmend unruhiger und wollte möglichst bald entlassen werden. Brigitte hatte mir angeboten, die nächsten Tage bei ihr zu Hause zu verbringen, um mich in Ruhe zu erholen. Anfangs zögerte ich, da ich es Niklas gegenüber ungerecht fand, mich bei seinen Eltern einzuquartieren. Aber Brigitte nahm mir diese Angst, indem sie mir mitteilte, dass sie mit ihrem Sohn gesprochen hatte und er froh wäre, wenn ich mich in ihrer Obhut befände. So blieb ich einige Tage bei ihr, ruhte mich viel aus, las ein Buch und sprach mich mit Brigitte aus. Ich fand auch den Mut, ihr meine Beweggründe nahe zu legen, warum ich es nicht ertragen konnte, Niklas zu sehen, obwohl ich ihn so sehr liebte und mich nach seiner Gesellschaft sehnte. Sie zeigte Verständnis für mich und meinte, ich dürfe mir so viel Zeit lassen, wie ich benötige und Niklas müsse die Geduld aufbringen abzuwarten. Sie war zuversichtlich, dass unsere Liebe groß genug sei, um diesen Schicksalsschlag zu meistern.

Nachdem ich fünf Tage bei Familie Petersen lebte, fühlte ich meine Lethargie und Resignation schwinden und begann mich zunehmend besser und stärker zu fühlen. Meine Lebens- und Kampfgeister schienen langsam zurückzukehren.

Eines Abends kam Brigitte auf mich zu und bat mich um ein Gespräch. „Eigentlich wollte ich mich nicht einmischen, aber ich wollte dir die Information nicht vorenthalten. Ich denke, es ist wichtig, dass du es erfährst."

Neugierig sah ich sie an.

„Niklas hat nicht von Beginn an geglaubt, dass du dich von ihm getrennt hast", begann Brigitte zu sprechen.

Instinktiv wollte ich sie zurechtzuweisen, als mir klar wurde, dass es um Niklas ging. Aber welches Recht hatte ich, ihre mütterliche Fürsprache zu unterbrechen? Ich war dankbar, dass sie sich bisher aus unseren Beziehungsproblemen komplett herausgehalten hatte.

„Das weiß ich, Robert hat mir Niklas Antworten gezeigt."

„Ja, aber anschließend hat er alle Hebel in Bewegung gesetzt, um Roberts Adresse herauszufinden. Schließlich konnte Kristian ihm weiterhelfen. Leider kam er zu spät, als er am nächsten Tag bei Robert klingelte, hatte dieser dich schon in den Schrebergarten gebracht."

Diese Neuigkeiten musste ich erst einmal verdauen. Darüber hatte mich nicht einmal Frau Reitberger aufgeklärt. Wahrscheinlich hatte sie diese Information erst nach unserem Gespräch erhalten. Fast hätte Niklas es geschafft mich zu befreien und mir wäre viel Leid erspart geblieben.

„Roberts Nachbarin hatte ihm den Eindruck vermittelt, dich zu kennen und hatte bestätigt, dass ihr ein Paar seid. Daraufhin hat Niklas aufgegeben, da er keinerlei Gründe fand, ihr nicht zu glauben."

Erneut zog es mir den Boden unter den Füßen weg. Wie kam diese Frau darauf solche Lügen zu verbreiten? Damit hatte sie es geschafft Niklas von seiner Fährte abzubringen.

„Warum hat sie das behauptet? Ich habe Roberts Nachbarin nie zu Gesicht bekommen. Wie hat er es geschafft ihr einzureden, dass sie mich kennt?" Fassungslos sah ich Brigitte an.

„Das wird bestimmt im Prozess aufgeklärt werden. Oder du rufst morgen bei Frau Reitberger an und erkundigst dich. Frau Walter wird bestimmt ebenfalls aussagen müssen."

Kurz darauf zog ich mich zurück, weil ich in Ruhe nachdenken wollte. Ich kam zu dem Schluss, dass es mir eigentlich egal war, wie Robert es angestellt hatte. Im Prozess würde ich es früh genug erfahren, wie er sie beeinflusst hatte.

Viel wichtiger war die Erkenntnis, dass Niklas zu Beginn nicht geglaubt hatte, dass ich ihn betrog. Es half mir sehr, aber dennoch konnte ich mich nicht überwinden ihn anzurufen. Seine furchtbaren Worte machten es nicht ungeschehen.

Am folgenden Abend waren Niklas Eltern bei Bekannten eingeladen. Ihrer besorgten Nachfrage zum

Trotz, konnte ich sie davon überzeugen, mich alleine zu lassen. Als ich mein Buch unterbrach, um eine Kleinigkeit zu essen, hörte ich auf dem Weg in die Küche, einen Schlüssel im Türschloss. Erstarrt blieb ich stehen und einen Moment später stand mir Niklas gegenüber. Diesen Augenblick hatte ich gefürchtet und zugleich herbeigesehnt. Als ich ihn erblickte, fühlte ich, wie alle Kraft aus meinem Körper entwich. Ich stellte fest, dass ich mich noch nicht in der Lage sah, einer Begegnung mit ihm entgegenzutreten und dieser standhalten zu können.

Ich rief tonlos: „Was machst du hier? Du hast mir versprochen abzuwarten, bis ich dich sehen möchte."

„Ich verspüre eine große Sehnsucht nach dir, Laura lass dir doch von mir helfen. Ohne dich fühle ich mich alleine und verloren. Zur Untätigkeit verbannt zu werden, fühlt sich alles andere als gut an", antwortete er beschwörend.

„Es geht nicht, kannst oder willst du das nicht verstehen? Sobald ich dich sehe, kehrt der ganze Schmerz zurück, obwohl ich dachte, diesen schon überwunden zu haben", flüsterte ich leise.

„Du kannst mir nicht verbieten hier aufzutauchen, immerhin wohnen hier meine Eltern", erwiderte Niklas trotzig.

Wenn die Situation nicht so ernst gewesen wäre, hätte mich die Versuchung gelockt zu lachen. Ich erlebte den früheren Niklas, bockig wie ein Kleinkind, das nicht akzeptieren konnte, wenn es nicht nach seinem Willen lief.

„Dann fahr ich eben nach Hause", sagte ich resigniert, ich konnte keine Energie aufbringen, mich mit ihm zu streiten.

„Nein, so habe ich das nicht gemeint. Es tut mir leid, immer mache ich alles falsch. Du kannst natürlich bei meinen Eltern bleiben, so lange zu willst", lenkte er sofort ein und schien über meine Reaktion entsetzt zu sein.

„Ich will einfach meine Ruhe haben. Ist das so schwer zu begreifen?", schrie ich plötzlich, überfordert mit der ganzen Situation.

„Was ist denn hier los?", sagte eine erstaunte, männliche Stimme in die auftretende Stille hinein.

Klaus blickte von seinem Sohn zu mir und erfasste die Lage mit einem geschulten Blick.

Streng fragte er Niklas: „Was machst du hier? Ich dachte, wir hätten eine klare Absprache getroffen."

Kleinlaut blickte Niklas zu Boden und wusste nicht, was er erwidern sollte. Mittlerweile betrat Brigitte den Raum, sie hatte in der Zwischenzeit das Auto in die Garage gefahren.

Mir war die Situation unendlich peinlich und ich verließ fluchtartig das Zimmer. Oben angekommen, holte ich meinen Koffer und warf meine Sachen hinein. Mir war deutlich geworden, dass ich nicht länger hierbleiben konnte. Um vollständig zur Ruhe zu kommen, musste ich eine größere Distanz zwischen mich und Niklas bringen. Er war einfach zu unzuverlässig und ich konnte mich nicht auf seine Versprechungen verlassen.

Währenddessen drangen laute Worte aus dem Erdgeschoss zu mir herauf. Niklas schien sich mit seinen Eltern zu streiten. Ich hörte Brigitte aufgebracht rufen, ob er den Verstand verloren hätte. Anscheinend lege er es darauf an, mich von hier zu vertreiben. Sie warf ihm Egoismus vor, er solle nicht immer seine Bedürfnisse vor die der anderen stellen. Irgendwann hörte ich die Haustüre zu knallen und als ich vorsichtig aus dem Fenster blickte, sah ich Niklas Cabrio davonbrausen.

Auf der einen Seite fühlte ich große Erleichterung und auf der anderen Seite einen tiefen Schmerz, als ich ihn davonfahren sah. Dies war das schwer zu ertragende Dilemma, in dem ich mich befand. Ich konnte nicht ohne ihn leben, aber mit ihm anscheinend auch nicht.

Zum ersten Mal in meinem Leben erfuhr ich, wie schmerzvoll Liebe zu einem anderen Menschen sein konnte. Ich spürte die große, schier unüberwindliche Kluft, die sich zwischen Niklas und mir aufgetan hatte. Ich wusste, dass es von meiner Seite ausging und ich nur einen Schritt auf ihn zugehen bräuchte, um diese zu überwinden. Verzweifelt wurde mir klar, dass ich das nicht konnte.

Was wäre, wenn ich keinen Weg fand mit meinen Emotionen umzugehen? Früher trug ich die Furcht in mir, dass mich ein Mann verletzen könnte, indem er mich verließ. Niemals hätte ich mir vorstellen können, dass nun ich es war, die es nicht schaffte einen versöhnlichen Schritt auf Niklas zuzugehen. Ich hatte es in der Hand den größten Schmerz zu lindern und dennoch war es mir unmöglich. War es die Liebe wirklich wert, solchen Pein erleiden zu müssen? Während ich einen schmerzhaften Stich bei dieser Frage verspürte, wurde mir dennoch im selben Augenblick bewusst, dass die einzig richtige Antwort Ja lautete. Ich durfte nur nicht den Glauben an die Macht der Gefühle verlieren. Momentan hinderten sie mich mein Glück aufzunehmen, aber ich hoffte inständig, dass es selbige sein würden, die mir irgendwann behilflich wären, meinen Kummer zu überwinden.

Es klopfte vorsichtig an meiner Türe: „Darf ich hereinkommen?", fragte Brigitte mich.

Auf meine Zustimmung hin, betrat sie den Raum. Als ihr Blick auf meinen Koffer fiel, sagte sie fassungslos: „Du lässt dich doch nicht durch Niklas unmögliches Auftreten von hier vertreiben, oder?"

Ich blickte sie traurig an und erwiderte: „Ich möchte nicht schuld sein, dass ihr euch mit eurem einzigen Sohn streitet. Sein Platz ist hier, nicht meiner. Ich werde morgen nach Hause reisen, vielleicht seid ihr so lieb und helft mir einen Flug zu buchen."

„Das kommt gar nicht in Frage, du bist gar nicht in der Lage eine Flugreise durchzustehen. Sei vernünftig, weder deine Gehirnerschütterung noch deine Rippenbrüche sind ausgeheilt", versuchte Brigitte mir in das Gewissen reden.

Doch ich blieb stur, beharrte auf meinen Entschluss und ließ mich von ihr nicht umstimmen.

Daraufhin versprach sie mir mit sorgenvollem Blick, sich um den Flug zu kümmern und mich zum Flughafen zu fahren.

Als sie mich alleine ließ, rief ich Vanessa an. Ich verspürte plötzlich große Sehnsucht nach ihrer ruhigen, besonnenen Art und mit einem Mal konnte ich ihr erzählen, was mir widerfahren war. Zuerst reagierte sie vollkommen schockiert, aber durch ihre souveräne Haltung, erlangte sie ihre Fassung schnell wieder und sie versprach mich morgen vom Flughafen abzuholen. Ich war erleichtert das schwierige Gespräch hinter mich gebracht zu haben. Auf der anderen Seite war es befreiend gewesen, mich meiner besten Freundin anvertraut zu haben.

Geduld ist eine Tugend,
die nicht jeder besitzt

Wütend und fassungslos fuhr Niklas von seinen Eltern nach Hause.

„Wie können sie sich erlauben, so mit mir umzugehen?", schimpfte er vor sich hin. In Wirklichkeit war ihm sein unmögliches Verhalten, welches er an den Tag gelegt hatte, leider nur zu bewusst. Aber er benötigte ein Ventil, um seine Aggressivität loszuwerden. Deshalb mussten seine Eltern daran glauben, indem er lautstark über sie herzog. Er bereute sein unüberlegtes Handeln und natürlich war ihm bewusst, dass der Fehler auf seiner Seite lag. Hoffentlich hatte er Laura nicht zu sehr aus der Fassung gebracht. Eigentlich war er beruhigt gewesen, sie bei seiner Mutter in guten Händen zu wissen. Sollte er sie mit seinem unangebrachten Auftritt verjagt haben, könnte er sich das nicht verzeihen. Wie sollte sie ohne Brigittes Hilfe zurechtkommen? Er wusste, dass es noch zwei Wochen dauerte, bis Lauras Eltern aus dem Urlaub kamen und er war sich nicht sicher ob ihr ihre Freundinnen beistehen konnten. Ihre Berliner Freunde hatte Laura, seines Wissens nach, nicht sehen wollen.

Er machte sich große Sorgen um seine Freundin und es tat ihm weh, dass sie sich von ihm nicht helfen lassen wollte. Auf der einen Seite konnte er ihr Verhalten natürlich nachvollziehen. In der größten Not, als sie ihn am meisten gebraucht hätte, war er nicht für sie da gewesen. Er hatte sie auf das Übelste beschimpft und sie wie den letzten Abschaum behandelt. Auf der anderen Seite sah alles danach aus, als ob sie ihn wirklich betrogen hätte. Wie hätte er ahnen können, dass dies eine gut eingefädelte Intrige war? Trotzdem wusste er nicht, wie er mit seinem schlechten Gewissen umgehen sollte. Dass Laura nicht bereit war ihm zu verzeihen, machte die Sache für ihn nicht leichter.

Frustriert ließ er sich zu Hause auf einen Stuhl fallen und dachte über die verfahrene Situation nach, in der er sich befand. So sehr er auch überlegte, er kam zu keiner Lösung. Konnte er sich nicht einfach damit abfinden, noch länger abzuwarten? Er würde wahnsinnig werden, wenn er weiterhin nichts von Laura hörte.

Bald darauf klingelte das Telefon, seine Mutter war am Apparat und sagte kühl: „Ich wollte dir nur mitteilen, was du mit deinem unangebrachten Auftritt angerichtet hast. Laura fliegt morgen nach Hause."

Vor Schreck sprang Niklas auf die Füße, ließ beinahe das Telefon fallen und erwiderte fassungslos: „Das darf sie nicht machen, du musst Laura davon abhalten!"

„Glaube mir, ich habe alles versucht, aber sie lässt sich nicht umstimmen. Sie kann genauso stur sein, wie du."

Als Brigitte bemerkte, in welch schlechter Verfassung sich ihr Sohn befand, überkam sie Mitleid. Sie fügte etwas freundlicher hinzu: „Ich weiß, dass du es nur gut gemeint hast, aber halte dich bitte das nächste Mal an unsere Absprachen. Du siehst was dabei herauskommt."

„Es tut mir wirklich leid, aber anscheinend kann sich keiner vorstellen, wie ich mich fühle. Meiner Freundin geht es schlecht, woran ich nicht ganz unschuldig bin, das gebe ich zu. Aber ich bekomme keine Gelegenheit es wieder gut zu machen. Ich würde sie so gerne unterstützen und ihr Halt geben. Aber ich werde zur Untätigkeit verdammt. Das fühlt sich furchtbar an. Und das hat rein gar nichts mit Egoismus zu tun, wie du mir vorgeworfen hast."

„Irgendwann wird Laura darüber hinwegkommen und dann wird sie bereit sein, dich wieder zu sehen. Ihr werdet die Situation gemeinsam meistern können, da bin ich mir sicher. Du musst nur Geduld haben. Ich bin deine Mutter, ich weiß, wie schwer dir das fällt", schloss Brigitte ihre Erklärung.

Nach dem Telefonat fühlte er sich noch ruheloser und beschloss sich mit Andreas zu treffen, der sich schon mehrmals, genau wie Lauras andere Freunde, nach ihr erkundigt hatte. Seine Freunde gaben ihm keine Schuld, zumindest hatte es niemand offenkundig ausgesprochen, wie sie die Situation insgeheim bewerteten, wusste er nicht.

Allerdings fühlte sich Kristian schuldig, ihm Lauras Verrat eingeredet zu haben. Niklas konnte ihn beruhigen, dass er genauso Opfer von Roberts Intrige geworden war, wie er selbst.

Andreas hatte versucht Niklas sein schlechtes Gewissen zu nehmen. Daher wusste er, dass sein bester Kumpel seine damalige Reaktion verstehen konnte. Sein Freund hatte noch nie ein Blatt vor den Mund genommen, wenn er mit Niklas Handlungen nicht einverstanden war.

Zwar kritisierte er ihn für seinen Besuch bei Laura, aber auf der anderen Seite brauchte es dafür nicht viele Worte. Er hatte sofort registriert, dass Niklas auch ohne ihn wusste, dass er Mist gebaut hatte.

„Es bringt weder dir noch Laura etwas, wenn du dich nun mit Selbstvorwürfen quälst. Du kannst es nicht mehr ändern, die gesagten Worte lassen sich nicht mehr rückgängig machen. Du musst jetzt vernünftig bleiben, Ruhe bewahren und abwarten, bis Laura von sich aus auf dich zukommt."

„Das ist so leicht gesagt", seufzte er und erwiderte missmutig: „Jeder meint mir gute Ratschläge geben zu müssen. Aber wie schwer es mir fällt, diese zu befolgen, dafür hat kein Mensch Verständnis. Aber danke, dass du mir zuhörst und versuchst mich aufzubauen."

„Hast du eigentlich bezüglich Roberts Prozess etwas von der Polizei gehört? Wisst ihr schon wann die Gerichtsverhandlung ist? Ich werde bestimmt als Zeuge geladen", erkundigte sich Andreas.

„Frau Reitberger, die zuständige Kriminalkommissarin, meinte der Verhandlungsbeginn könnte sich noch eine Weile hinziehen. Es dauert anscheinend ziemlich lange, bis sowohl Staatsanwaltschaft, als auch die andere Rechtsseite ihre Beweislage beendet haben. Ich bin aber ganz froh über den Aufschub, so hat Laura länger Zeit zu sich selbst zu finden und Kraft zu sammeln, um Robert entgegenzutreten. Außerdem hoffe ich, dass sie mich bis dahin wieder an ihrem Leben teilhaben lässt und ich sie beim Prozess unterstützen kann."

„Stimmt, daran habe ich gar nicht gedacht. Es wäre für Laura eine große Unterstützung, dich bei der Verhandlung an ihrer Seite zu haben", bemerkte Andreas zustimmend.

Nach kurzem Schweigen fuhr er fort: „Ich bin immer noch fassungslos darüber, dass Robert sich als Psychopath entpuppt hat. Ehrlich gesagt, ich fand ihn schon etwas seltsam. Aber ich hätte ihm niemals solche monströsen Gedanken und Handlungen zugetraut. Ich finde es erschreckend, dass du es den Menschen oftmals nicht ansehen kannst, wie gestört sie sind."

Niklas blickte ihn an und sagte leise: „Wir haben es nicht bemerkt. Laura hingegen schon, das ist auch ein Punkt, weshalb ich mir so große Vorwürfe mache. Gleich nach dem ersten Kennenlernen hatte sie mich auf Roberts Verhalten angesprochen. Sie sagte sogar, dass er ihr ein wenig Angst mache. Sie muss gespürt haben, dass mit ihm etwas nicht stimmt. Ich habe es natürlich nicht ernst genommen. Nein, schlimmer noch, ich habe ungehalten darauf reagiert, weil sie an jedem meiner Freunde, etwas auszusetzen hatte. Daraufhin hatte sie sich kein einziges Mal mehr negativ zu Robert geäußert. Ich glaube, sie wollte keine weitere ergebnislose Auseinandersetzung riskieren, da ich ihr gegenüber so uneinsichtig aufgetreten bin."

Man konnte Niklas ansehen, dass er durch die Erlebnisse der letzten Tage deutlich gezeichnet war. Er war blass, unrasiert, hatte schwarze Augenringe, wirkte übermüdet und sah deutlich älter als seine 27 Jahre aus.

„Hör auf dich fertig zu machen, damit hilfst du Laura kein bisschen", redete ihm sein Freund ins Gewissen.

Niklas war froh über seinen besten Kumpel, mit dem

er seine Probleme bereden konnte und dass Andreas jederzeit für ihn da war und ihm zuhörte. Das Gespräch und Andreas Bemühungen ihn aufzubauen, hatten ihm gutgetan. Zumindest vorübergehend konnten ihn die guten Ratschläge der anderen davon überzeugen, dass er Ruhe bewahren musste.

Genau drei Tage lang hielt er sich an ihre Tipps und Anweisungen. Dann erkannte er, dass es der falsche Weg war. Er wusste plötzlich genau, was er zu tun hatte.

Auf den Regen folgt der Sonnenschein

„Du versprichst mir sofort anzurufen, wenn du zu Hause angekommen bist", forderte Brigitte mich besorgt auf, als sie sich am Flughafen von mir verabschiedete. Mit Tränen in den Augen umarmte sie mich und drückte mich vorsichtig an sich. Ich winkte ihr noch einmal zu und ging dann mit schweren, langsamen Schritten Richtung Sicherheitskontrolle.

In München angekommen, empfingen mich die sorgenvollen Mienen von Vanessa und Katrin.

Ich war froh beide zu sehen und sie umarmten mich erst einmal und ich rief: „Vorsicht, meine Rippen sind noch nicht richtig verheilt", und Katrin entschuldigte sich erschreckt.

Auf der Heimfahrt herrschte Schweigen, da sie mir erst einmal keine Fragen stellen wollten. Ich versuchte, während der Fahrzeit, ein wenig zu schlafen. Als wir bei mir zu Hause ankamen, bat ich meine Freundinnen zu mir hinein, erzählte ihnen bei einer Tasse Kaffee die ganze Geschichte und ließ kein Detail aus.

„Laura, es ist wirklich furchtbar, was dir angetan worden ist. Ich war gestern während unseres Telefonates erst einmal sprachlos. Es tut mir leid, dass ich nicht für dich da war. Aber wir wussten ja nicht, wie schlecht es dir geht, sonst wären wir sofort gekommen", sagte Vanessa schuldbewusst.

„Ich bin froh, dass ihr nun für mich da seid", sagte ich leise: „Bis jetzt hat mir Brigitte geholfen. Aber nach dem Vorfall mit Niklas wurde mir klar, dass ich dort nicht bleiben kann."

„Du kannst dich jederzeit bei uns melden, wenn du uns brauchst", sagte Katrin, während sie mir einen Kuss auf meine Stirn drückte.

„Es wäre nett, wenn morgen jemand die Krankmeldung

bei meiner Arbeitsstelle vorbeibringen könnte. Die andere ist abgelaufen und sie benötigen die Aktuelle. Ich habe aber keine Energie mich damit auseinanderzusetzen", bat ich meine Freundinnen.

„Kein Problem, das kann ich erledigen", sagte Vanessa, deren Boutique ganz in der Nähe lag.

Die beiden leisteten mir noch einige Stunden Gesellschaft, dann verabschiedeten sie sich von mir, da ich müde war und zu Bett gehen wollte. Durch die Schmerzmittel hatte ich wenigstens keine Probleme einzuschlafen, da Müdigkeit eine gerngesehene Nebenwirkung darstellte.

Einige Tage später saß ich trübsinnig zu Hause. Ich war in meiner Bewegungsfreiheit deutlich eingeschränkt, da die Rippenbrüche nicht so schnell verheilten, wie ich mir das gewünscht hätte. Mit der Zeit wurde mir ziemlich langweilig. Fernsehen, lesen und im Internet surfen füllte mich irgendwann nicht mehr aus. Leider kreisten die Gedanken in meiner großzügigen Freizeit ständig um Robert und die Tat, die er mir angetan hatte. Oftmals konnte ich nur durch die Einnahme eines leichten Beruhigungsmittels Schlaf finden, denn sobald ich die Augen schloss, befand ich mich in Roberts Fängen. Brigitte hatte mir vorgeschlagen, therapeutischen Beistand zu suchen, aber soweit war ich momentan noch nicht. Ich konnte mir nicht vorstellen, wie mir eine fremde Person bei der Bewältigung helfen könnte.

Natürlich war es mir auch nicht möglich, Niklas vollständig aus meinem Bewusstsein zu verdrängen. Ständig kamen unliebsame Erinnerungen an ihn hoch und beschäftigten mich. Ich verspürte in Gedanken an ihn immer noch viel Kummer und Trauer, sodass ich mich einfach nicht imstande sah, ihn zu sehen. Es tat mir leid, ihn so schlecht zu behandeln. Bestimmt war die bestehende Situation auch für ihn alles andere als leicht. Auch konnte ich seine Beweggründe sich mit mir auszusprechen, verstehen. Trotzdem verspürte ich ihm gegenüber Ärger. Es war typisch für ihn, dass er sich nicht an Absprachen hielt und meine Wünsche ignorierte. Niklas hatte mir in den letzten Tagen zahlreiche Nachrichten geschrieben und versucht mich anzurufen, aber ich hatte sie allesamt ignoriert und nicht eine einzige gelesen.

Ich lief durch die Wohnung, da ich schon den ganzen Tag eine große Unruhe in mir verspürte.

Ausgerechnet heute hatte keiner Zeit für mich. Katrin hatte Spätschicht und Vanessa war mit Sebastian für einen Kurztrip weggefahren.

Jana hatte mich gestern besucht, musste aber zurück nach München, da sie eine wichtige Klausur schreiben musste. Außerdem hatte mich ihre fürsorgliche, mitleidige Umgangsweise fast wahnsinnig gemacht. Ich wusste natürlich, dass sie es nur nett gemeint hatte, aber ihr übertriebener Beistand war unerträglich gewesen. Deshalb war ich erleichtert, als sie sich auf den Heimweg nach München gemacht hatte.

Heute sehnte ich mich sogar nach ihrer Art, mit dem Geschehenen umzugehen. An manchen Tagen fiel es mir unglaublich schwer alleine zu sein. Ein Umstand, mit dem ich vor Roberts Vergehen nie Probleme hatte. Im Gegenteil, früher genoss ich es sogar in regelmäßigen Abständen, Zeit für mich zu haben. Aber nun war alles anders. Mein geregeltes Leben war aus den gewohnten Fugen geraten.

Plötzlich klingelte es an der Türe. Schreckhaft zuckte ich zusammen, denn seit Roberts Überfall war ich viel ängstlicher geworden. Vorsichtig ging ich zur Türe und öffnete sie einen kleinen Spalt. Als ich sah, wer vor der Haustüre stand, wollte ich diese im Reflex sofort zuknallen. Aber Niklas war schneller, er schob seinen Fuß dazwischen und stemmte die Türe auf.

Ich drückte dagegen und rief aufgebracht: „Was soll das, was machst du hier? Lass mich in Ruhe, ich kann dich nicht ertragen.“

„Laura, lass mich rein. Jetzt höre endlich mit diesem Theater auf und höre auf mich wie einen Schwerverbrecher zu behandeln. Es reicht!", entgegnete er nicht minder wütend und hieb unbeherrscht mit der Handfläche gegen die Türe.

Ich fragte mich empört, warum er das Recht besaß wütend zu sein. Das stand nur mir zu.

Natürlich hatte ich gegen seine Körperkraft keine Chance und es dauerte nicht lange, da stand er in meiner Wohnung. Da schoss eine so unglaubliche Wut auf ihn und seine Impertinenz mir gegenüber durch meinen Körper. Ich schrie ihn an und begann gleichzeitig, wie verrückt mit den Fäusten auf seinen Oberkörper einzuschlagen. Meine gesamte angestaute Aggression bekam er nun leidvoll zu spüren: „Hau endlich ab! Wenn du mich wirklich lieben würdest, könntest du meinen Wunsch nach Ruhe akzeptieren und würdest dich nicht ständig aufdrängen. ICH HASSE DICH!" Meine Stimme überschlug sich vor Aufregung fast.

Niklas versuchte mich zu beruhigen und hielt mich an den Handgelenken fest, sodass ich nicht länger auf ihn einschlagen konnte. Er schüttelte mich leicht und rief eindringlich: „Laura, ich bin hier, weil ich dich liebe. Ich lasse mich nicht länger von dir fernhalten, ich spüre, dass du mich brauchst."

Mittlerweile hatte ich zu schluchzen begonnen und versuchte mich halbherzig aus seinem eisernen Griff zu befreien.

Daraufhin ließ er meine Hände los, nahm mich in die Arme und drückte mich an sich.

Er hielt mich einfach fest und ich wurde durch seinen starken, sicheren Halt langsam ruhiger. Plötzlich fühlte es sich richtig an und ich wehrte mich nicht mehr gegen meine intensiven Gefühle Niklas gegenüber. Meine negativen Gedanken verschwanden allesamt aus meinem Gehirn, auch an Robert dachte ich in diesem Augenblick nicht mehr. Im

Gegenteil, ich verspürte nur noch den unglaublich großen Wunsch, mich fallen zu lassen, Niklas alle meine Gefühle und Befürchtungen mitzuteilen und mich von ihm trösten zu lassen. Was er durch Worte nicht geschafft hatte, gelang ihm nun durch seine Zärtlichkeiten.

Er küsste mich auf den Scheitel und während er mir über den Rücken strich, flüsterte er beschwörend: „Es wird alles gut werden, lasse dir bitte von mir helfen. Ich möchte für dich da sein."

„Ich brauche dich so sehr. Jeden Tag, jede einzelne Sekunde habe ich dich vermisst, aber andererseits konnte ich es nicht ertragen dich zu sehen", begann ich ihm mein problematisches Seelenleben zu erklären.

Niklas führte mich behutsam zur Couch. Schließlich löste er sich nur ungern aus unserer Umarmung, um mir einen Tee zu machen, damit ich einen Moment Zeit fand, mich zu sammeln. Als er mit einer Tasse Pfefferminztee zurückkam, sagte er zögernd: „Du musst jetzt nicht mit mir darüber sprechen. Wenn du noch nicht soweit bist, habe ich dafür Verständnis."

„Ich glaube, wenn ich es jetzt nicht mache, werde ich den Mut nie aufbringen", gab ich zurück. „Es tut mir leid, dass mein Verhalten dir gegenüber wie eine Bestrafung aussehen musste. Ich habe das nicht bewusst gemacht. Natürlich muss ich ehrlich zugeben, dass mich dein Verhalten mir gegenüber sehr verletzt hat. Aber ich weiß auch, warum du so reagiert hast. Dennoch ist es nicht so einfach, die Worte aus meinem Kopf zu bekommen, auch wenn einem die Vernunft sagt, dass du nichts dafürkonntest. Außerdem war es ungerecht, insgeheim zu erwarten, dass du die Situation richtig einschätzt und die Intrige erkennst."

Ich blickte ihn aus den Augenwinkeln an und nahm seine kummervolle Miene wahr.

„Das wäre aber nicht das Schlimmste gewesen. Ich konnte es nicht ertragen dich zu sehen, weil du untrennbar mit dem Erlebnis mit Robert verbunden warst."

Er blickte mich an diesem Punkt meiner Erzählung fragend an, unterbrach mich aber nicht. Wahrscheinlich hegte er die Befürchtung, mich dadurch aus meinem Erzählrhythmus zu bringen.

„Die ganze Zeit über, während ich in Roberts Wohnung festgehalten wurde, hat er ununterbrochen von dir gesprochen. Er war grenzenlos eifersüchtig auf dich und wollte ständig wissen, was du sagst, wie du mich anfasst. Er fragte mich sogar, wer von euch beiden besser küssen könne. Kannst du meine Gefühle nachvollziehen? Als ich dich das erste Mal nach dem Überfall sah, kamen sofort alle Erinnerungen an Robert hoch und ich konnte es einfach nicht mehr trennen. Ich war total überfordert und wollte nur noch alleine sein. Ich musste mich mit der Angst auseinandersetzen, dich niemals mehr als eigenständige Person zu sehen, sondern nur noch in Kombination mit Robert und den damit verbundenen unangenehmen Gedanken. Ich glaube, dies war sein Bestreben, er wollte unter allen Umständen verhindern, dass wir ein Paar bleiben."

Erst herrschte Schweigen zwischen uns und ich fragte mich ängstlich, ob Niklas mit meinen Erfahrungen zurechtkommen würde. Schließlich brach er es, indem er erwiderte: „Zum Glück hat er es nicht geschafft uns auseinander zu bringen. Auch wenn eine schwierige Zeit hinter uns liegt, ich bin so froh, dich wieder am meiner Seite zu haben. Laura, wir gehören einfach zusammen. Ich habe bemerkt, dass ich ohne dich einfach nicht leben kann."

Eigentlich hätte ich gerne einen Schlussstrich unter diese leidvolle Erfahrung gezogen, aber etwas lag mir doch noch auf der Seele. Aber es war mir unangenehm darüber zu sprechen und ich wusste nicht, wie Niklas Reaktion ausfallen würde. Insgeheim hatte ich Angst, er würde Unverständnis zeigen, aber ich wollte nicht, dass bei einem Neuanfang etwas zwischen uns stand.

„Laura, was ist los?", Niklas sah mich besorgt an. Ich versuchte ihn anzulächeln, was gründlich misslang.

„Ich muss dir noch etwas sagen, aber ich schäme mich so sehr." Bestürzt stellte ich fest, dass ich wieder einmal den Tränen nahe war.

„Du kannst mir alles sagen, ich bin bei dir." Niklas wollte mich beschützend in den Arm nehmen.

Schnell sprang ich von der Couch auf und verschränkte abwehrend die Arme vor der Brust. Es fühlte sich falsch an, in seinen Armen zu liegen und mein Geständnis zu beichten. Irgendwie musste ich es hinter mich bringen und es fiel mir leichter, indem ich räumlichen Abstand zwischen uns brachte.

„Meine Erlebnisse waren schrecklich und ich würde alles dafür geben, diese rückgängig zu machen, aber das Schlimmste war, dass ich mich irgendwann nicht mehr gegen Roberts Übergriffe gewehrt habe."

Vor Schluchzen konnte ich nicht weitersprechen, die Erinnerung an diese schmachvollen Momente war zu stark. Ich sah Roberts triumphierenden Gesichtsausdruck, als er dachte, er hätte meinen Willen gebrochen und mich davon überzeugt ihn zu lieben.

Niklas sah mich verwirrt an. „Laura, er hat dich geschlagen und fast erwürgt, es ist doch verständlich, dass du dich ihm aus Angst nicht mehr widersetzt hast. Deshalb brauchst du dich doch nicht zu schämen."

Grenzenlose Erleichterung durchfuhr mich, meine Ängste waren vollkommen unbegründet gewesen. Wie konnte ich Niklas unterstellen, dass er mein Handeln nicht verstehen würde? Zumal es sich in Wirklichkeit anders zugetragen hatte.

„Irgendwie habe ich mich darauf versteift, dass du mir gegenüber Abscheu empfinden könntest, wenn ich dir dies mitteile."

„Wie kommst du denn darauf? Laura, du kannst nichts dafür, was passiert ist, gib dir keine Mitschuld", er sah mich eindringlich an.

„Danke, das bedeutet mir sehr viel. Aber tatsächlich gab

es einen anderen Grund, warum ich es gemacht hatte, auch wenn deine Begründung naheliegend war. Es war die einzige Möglichkeit Robert in Sicherheit zu wiegen." Ich setzte Niklas über meine Fluchtpläne in Kenntnis und wie schwer es mir nun fiel mit diesem Umstand zu leben, dass ich freiwillig seine Liebkosungen über mich hatte ergehen lassen und diese sogar erwidern musste.

„Ich finde, du bist sehr mutig gewesen. Um solch einen Plan in die Tat umzusetzen, benötigt man große Stärke." Er sah mich aufmunternd an und kam vorsichtig auf mich zu. Diesmal stieß ich ihn nicht von mir.

„Ich bin glücklich, dass du bei mir bist. Es war richtig von dir, mich ein wenig unter Druck zu setzen. Vermutlich hätte es ansonsten ewig gedauert, bis ich auf dich zugekommen wäre.

Nach unserer Aussprache geht es mir viel besser." Ich küsste ihn auf den Mund und lächelte ihn an.

Reumütig erwiderte er: „Es tut mir leid, dass ich so übergriffig war, aber ich wusste mir einfach nicht mehr anders zu helfen."

Nachdenklich betrachtete ich ihn zum ersten Mal genauer. Nachdem ich wieder empfänglich für die Befindlichkeiten anderer war, musste ich feststellen, wie mitgenommen er aussah. Ich wuschelte ihm liebevoll durch sein Haar: „Ich weiß, wie schlecht du dich gefühlt haben musst. Die Person, die hilflos mit ansehen muss, wie es dem anderen nicht gut geht, hat eindeutig den schwereren Part. Zuerst musstest du zusehen, wie ich verletzt wurde und anschließend konntest du mir nicht beistehen, weil ich dich nicht an mich heranließ. Es tut mir leid, dass ich so egoistisch war." Betroffen sah ich zu Boden.

„Laura, du musst dich nicht entschuldigen. Du hattest alles Recht der Welt so zu reagieren. Was du gesagt hast stimmt, ich könnte alle Schmerzen auf mich nehmen. Aber ich kann es nicht mit ansehen und ertragen, dich leiden zu sehen. Du bist mir das Liebste auf der Welt und ich möchte, dass es dir gut geht." Er küsste mich liebevoll erst auf meine Nasenspitze und dann auf meinen Mund und ich erwiderte den Kuss begierig.

Ich hatte ihn so sehr vermisst und hatte nun einigen Nachholbedarf. Als wir uns ausgesprochen hatten, war es schon weit nach Mitternacht und wir gingen zu Bett.

Zu Beginn hatte ich das Gefühl, als wäre Niklas unsicher, wie er mit mir umgehen sollte.

Deshalb bat ich ihn schlicht: „Nimm mich einfach in die Arme."

Das ließ er sich nicht zweimal sagen und eng umschlungen war es mir das erste Mal möglich, ohne Medikamente in einen erholsamen, traumlosen Schlaf zu fallen.

Am nächsten Morgen war die Stimmung nach dem Erwachen etwas befangen. Als Niklas aufstehen wollte, hielt ich ihn spontan zurück.

„Warte!"

Überrascht über meinen eindringlichen Appell, hielt er inne und sah mich unsicher an.

Also beschloss ich ihm zu helfen und übernahm die Initiative, zog ihn zu mir hinunter und begann ihn stürmisch zu küssen. Nach einer Weile fragte er mich leidenschaftlich atmend, aber dennoch zögerlich: „Bist du dir sicher, dass du das wirklich willst? Vielleicht ist es noch zu früh."

Ich hatte in mich hineingehört und fühlte mich bereit mit Niklas zu schlafen. Plötzlich schien alles ganz einfach zu sein und ich merkte, dass es der richtige Augenblick war. Ich war der Meinung lange genug darauf verzichtet zu haben. Außerdem verspürte ich das sichere Gefühl, dass es mir helfen würde, die schlimmen Erinnerungen zu verarbeiten. Ich hoffte, dieses furchtbare Erlebnis würde nach dem Sex mit Niklas nicht mehr im Fokus unserer Beziehung stehen, sondern langsam verblassen. So sagte ich schlicht, aber sehr überzeugend: „Ja, ich bin mir ganz sicher", und genoss seine sanften Zärtlichkeiten.

Eine Frage,
die mit „Willst du" beginnt

Scheinbar waren wir aufgrund der morgendlichen An-strengung noch einmal eingeschlafen, denn als ich erwachte, räkelte ich mich erst einmal und ein wohliges, intensives Gefühl breitete sich in mir aus. Ich schlug die Augen auf und blickte geradewegs in Niklas Gesicht, der neben mir lag und mich betrachtete.

„Ich muss wohl noch einmal eingeschlafen sein." Während ich mir die Müdigkeit aus den Augen rieb, fragte ich ihn leicht vorwurfsvoll: „Beobachtest du mich schon lange?"

Er bedachte mich mit einem bestürzend tiefgründigen Blick aus seinen schönen blauen Augen. Nach einem kurzen Augenblick der Stille, als ob er seine Wortwahl noch einmal durchdachte und zurechtlegen wollte, antwortete er zögernd: „Laura, als ich die letzten Wochen ohne dich ver-bringen musste, waren es die schwersten, die ich in meinem bisherigen Leben durchstehen musste. Mir ist bewusst ge-worden, wie kostbar jeder gemeinsame Augenblick mit dir ist. Deshalb wollte ich dich fragen, ob du zu mir nach Ber-lin ziehen möchtest, um dein gesamtes Leben mit mir zu teilen? Mit jedem Abschied fällt es mir schwerer dich gehen zu lassen oder von dir fortfahren zu müssen." Niklas blickte mich gespannt und zugleich ängstlich an.

Natürlich stellte unsere Fernbeziehung keine dauerhafte Lösung dar und momentan brauchte ich Niklas Nähe und Rückhalt mehr denn je. Andererseits bedeutete Berlin für mich, an Roberts furchtbare Tat erinnert zu werden. Auch erschreckte mich die Vorstellung, mein geregeltes Leben und somit meinen sicheren Halt aufzugeben. Ich hatte eine unbefristete Anstellung in der Buchhandlung, meine besten Freunde lebten im Allgäu und auch meine Familie war in meiner unmittelbaren Nähe.

„Was ist wenn unsere Beziehung nicht gut gehen wird?", schoss mir ein unheilvoller Gedanke durch den Kopf.

Langsam hob ich meinen Blick, denn ich hatte es seit Niklas bedeutender Frage vermieden ihn anzusehen und sah ihm nun direkt in die Augen. Als ich seinen hoffnungsvollen und vertrauensvollen Blick sah, in dem er offen alle seine Gefühle zur Schau stellte, überkam mich plötzlich ein irrsinnig großes Glücksgefühl. Ich warf alle meine Bedenken über Bord. Ich dachte mir, was könnte es Schöneres geben, als mein Leben mit dem Menschen zu teilen, den ich über alles liebte und von welchem ich so viel Fürsorge, Liebe und Zuneigung zurückbekam. Er war für mich der wichtigste Mensch in meinem Leben geworden und so überkam mich ein Gefühl der Ruhe und Sicherheit, die richtige Entscheidung getroffen zu haben. Ich rief voller Glück aus: „Liebend gerne", und warf mich schwungvoll in seine Arme und versteckte mein Gesicht an seiner Brust.

„Er küsste mich vorsichtig und flüsterte: „Ich bin so froh, dass du ja gesagt hast. Du kannst dir nicht vorstellen, wie viel Angst ich hatte, du könntest dich gegen Berlin und somit gegen unser gemeinsames Leben entscheiden."

Im ersten Augenblick wollte ich empört auffahren, dass es nie zur Debatte stand, unsere Beziehung in Frage zu stellen. Aber dann wurde mir die Tatsache bewusst, dass er zumindest in einem Recht hatte. Keine Beziehung konnte langfristig eine Distanz von über 600 Kilometern überstehen, sollte sie auch auf noch so tiefgehenden Gefühlen basieren. Es würde nicht funktionieren, sich dauerhaft nur alle paar Wochen zu sehen. Wir hatten nicht die Möglichkeit das Leben des Anderen mitzugestalten, da wir an den kleinen Augenblicken und Momenten, die den Alltag des Partners ausmachten, nicht teilhaben durften.

Trotzdem konnte ich es mir nicht verkneifen sarkastisch zu erwidern: „Auf die Möglichkeit zu mir nach Kaufbeuren zu ziehen, bist du nicht gekommen, oder? Es wäre doch schön unser Leben hier zu verbringen."

Sein entsetztes Schnauben brachte mich zum Lachen. Anscheinend fand er die Vorstellung und Aussicht sein Leben im Allgäu zu verbringen, völlig abwegig. Ich seufzte gespielt und sagte selbstgefällig; „Du hast Glück, eine so anpassungsfähige Freundin zu haben. Für mich ist die Vorstellung in Berlin zu wohnen zwar ungewohnt, aber ich denke ich werde mich an das Großstadtleben gewöhnen. Hauptsache, wir können zusammen sein!"

Ich blickte ihn mit hochgezogener Augenbraue an und er entgegnete zerknirscht: „Entschuldige, aber ich kann es mir wirklich nicht vorstellen ländlich zu leben. Außerdem wird es für dich einfacher sein, einen Job in Berlin zu finden, als dass ich eine Anstellung als Sportjournalist, in einer Kleinstadt bekomme."

Mir fuhr der Schreck in die Glieder, darüber hatte ich mir noch gar keine Gedanken gemacht. Natürlich brachte ein Umzug mit sich, mich der Aufgabe zu stellen, eine neue Arbeitsstelle zu finden. Ich beschloss, mir darüber noch nicht den Kopf zu zerbrechen. Der bevorstehende Abschied von meinen Freunden und meiner Familie, belastete mich deutlich mehr.

„Ich hoffe, du wirst damit umgehen können, deine Freunde und Familie nur noch selten zu sehen", fragte mich Niklas besorgt, der anscheinend meine Gedanken lesen konnte.

„Gute Freunde bleiben einem auch über eine große Distanz erhalten, sie werden uns bestimmt regelmäßig in Berlin besuchen und wozu gibt es schließlich Telefone? Und du darfst nicht vergessen, dass ich in Iris und Sabrina neue Freunde in Berlin gefunden habe. Ich fühle mich sehr wohl in Gesellschaft deiner Clique. Zumindest hoffe ich, dass ich das weiterhin kann", schloss ich leicht bedrückt meine Erklärung.

„Unsere Freunde haben sich große Sorgen um dich gemacht. Du weißt, wie sehr dich alle lieben, du musst ihnen nur dein Vertrauen aussprechen", versuchte Niklas mich aufzumuntern.

„Das ist für mich alles andere als leicht, es ist mir zutiefst peinlich, mich in dieser Opferrolle wiederzufinden. Ich hatte mich für unverletzlich gehalten und mich der Illusion hingegeben, dass mir so etwas niemals passieren wird. Ich weiß, es ist nicht meine Schuld. Trotzdem fällt es mir schwer mit der Tatsache zurechtzukommen und mit den Reaktionen der anderen umzugehen", gab ich offen meine Befürchtungen preis. „Es war schon nicht leicht, mich gegenüber meinen Freundinnen und Jana zu öffnen. Aber sie begleiten mich schon fast mein gesamtes Leben lang, das Vertrauen ist vorhanden und ich konnte mir ihrer Reaktionen sicher sein."

„Du kannst dir für ein Treffen mit unserer Clique so viel Zeit lassen, wie du benötigst. Jeder von ihnen wird Verständnis dafür haben, wenn du noch nicht soweit bist, dich mit ihrer Anteilnahme auseinanderzusetzen", sagte Niklas sanft.

Er hatte Recht und langsam überwog die Freude, und so schob ich die Unsicherheiten, die ein Umzug mit sich bringen würde, weit von mir weg.

Eine Neuigkeit wird verkündet

Es gestaltete sich nicht so einfach, mein Umfeld an meiner Freude teilhaben zu lassen. Mein Vorhaben stieß bei Niemandem auf besonders große Gegenliebe. Als ich meine Schwester als erste von meinen Plänen in Kenntnis setzte, reagierte sie völlig ungehalten und meinte: „Das kannst du doch nicht machen! Ich brauche dich, du musst hierbleiben."

Über Janas Ernsthaftigkeit musste ich schmunzeln. Es war wieder einmal typisch für sie, ihre Befindlichkeiten in den Vordergrund zu stellen. Aber ihr Egoismus war mir ja bestens vertraut.

„Es muss dir doch klar gewesen sein, dass unsere Fernbeziehung auf Dauer keine Lösung ist."

„Dann soll er eben zu dir ziehen. Typisch Mann, immer muss die Frau nachgeben", schmollte sie vor sich hin.

„Glaubst du ernsthaft, dass sich Niklas auf dem Land wohl fühlen kann? Außerdem hat er in Berlin einen guten Job und hat sich seine jetzige Position hart erkämpft. Etwas Vergleichbares würde er so schnell nicht finden. Es wäre dumm von ihm, seine Stelle aufzugeben. Du weißt genau, dass ich mich in der Buchhandlung schon seit langem nicht mehr wohl fühle. Nun ist der Moment gekommen, an dem ich mich für einen neuen Weg entscheiden muss und ich fühle, dass dieser Entschluss der Richtige ist" versuchte ich Jana meine Beweggründe klar zu machen.

„Ich verstehe dich, aber Berlin ist so weit weg. Ihr könntet ja nach München ziehen", kam ihr ein neuer Einfall. Ich seufzte gereizt auf und sie beeilte sich zu sagen: „Mir ist bewusst, dass dies ein blöder Einfall ist, aber mir würde es gefallen."

„Jana, du kannst mir glauben, leicht ist mir diese Entscheidung nicht gefallen. Natürlich werde ich dich und meine Freunde wahnsinnig vermissen, aber dennoch ist mir

Niklas wichtiger. Es tut mir leid, es klingt hart, aber du würdest in meiner Situation auch nicht anders reagieren", beharrte ich auf meinen Standpunkt.

Zum Ende unseres Telefonates gab sie mir gnädigerweise doch noch ihren Segen und versprach mich oft zu besuchen.

Auch das Gespräch mit meinen Eltern verlief nicht viel besser. Nachdem sie von meinem Unglück erfahren hatten, waren sie noch besorgter ihre Tochter in die weite Welt zu entlassen.

Der Überfall auf mich ließ ihre Vorurteile über das Großstadtleben noch weiter anwachsen.

Seitdem musste ich ihre übertriebene Fürsorge über mich ergehen lassen. Ständig riefen sie mich an, ob es mir gut gehe. Auch Jana bekam ihre Sorgen zu spüren und wir reagierten etwas gereizt über diesen Umstand. Natürlich konnte ich ihre Beweggründe nachvollziehen, aber Jana und ich waren erwachsen und wir waren für unser eigenes Leben verantwortlich.

Vor allem meiner Mutter machte der Gedanke, dass ich zukünftig in großer Entfernung leben würde, schwer zu schaffen.

„Ich nehme sowieso kaum Anteil an deinem Leben, du bist immer zurückhaltend und nicht sehr mitteilungsbedürftig. Ich habe Angst, dass du dich gar nicht mehr melden wirst, wenn du so weit weg wohnst" gab meine Mutter ihre Befürchtungen preis.

„Mama, ich bin mir sicher, dass ich mich sogar öfters bei euch melden werde, wenn ich in größerer Entfernung wohne. Meine Sehnsucht wird wachsen und Heimweh werde ich wahrscheinlich auch oftmals verspüren", sagte ich bestimmt.

Sie seufzte und ich wusste, dass noch ein hartes Stück Arbeit vor mir lag, sie von der Richtigkeit meines Handelns zu überzeugen.

Nach diesen zermürbenden Gesprächen mit meiner Familie wurde mir vorübergehend der Mut und die Zuversicht genommen auch meine Freundinnen einzuweihen. Zu groß war meine Angst vor ihrer Reaktion. Erst einige Tage später fasste ich den Mut, ihnen meinen Entschluss zu beichten. Aber es stellte sich heraus, dass meine Befürchtungen umsonst waren. Beide zeigten sogleich Verständnis für meinen Entschluss, auch wenn sie traurig waren, mich nicht mehr so oft sehen zu können. Sie umarmten mich fest und wünschten mir viel Glück für mein neues Leben in Berlin. Katrin konnte sich natürlich nicht verkneifen mich daran zu erinnern, sie ja nicht zu vergessen. Als ob diese Tatsache überhaupt möglich wäre, dachte ich grinsend.

Während wir uns unterhielten, überkam mich der Wunsch, sie an meinen Träumen teilhaben zu lassen und ich begann leise von meinen Zukunftsplänen zu erzählen: „Für mich bedeutet der Umzug nicht nur die Tatsache mein Leben mit dem Menschen, den ich über alles liebe, zu teilen. Sondern ich bekomme die Möglichkeit meinen lang gehegten Traum in die Tat umzusetzen."

„Du sprichst in Rätseln" sagte Vanessa verständnislos.

„Ihr könnt euch bestimmt erinnern, dass ich früher oftmals davon geträumt habe, meine eigene kleine Buchhandlung zu führen. In Berlin möchte ich diesen Schritt wagen. Ich habe mich schon nach einem kleinen Laden zur Pacht umgesehen und einige infrage kommende Angebote eingeholt."

Berlin war ein ganz anderes Pflaster, dort ließe sich meine Geschäftsidee bestimmt realisieren. Nachdem ich mich sowieso beruflich neu orientieren musste, war nun der geeignete Punkt gekommen, diesen Schritt in die Tat umzusetzen. Ich war am überlegen, den Buchhandel mit einem kleinen Café zu kombinieren. Dann hätten die Kunden die Möglichkeit sich in Ruhe die Bücher anzusehen und nebenbei einen Kaffee zu trinken.

„Das Tolle ist, dass sich Iris vorstellen könnte bei diesem Projekt mit einzusteigen, da sie eine gastronomische

Ausbildung hat und den Part der Cafeteria übernehmen könnte."

Sobald ich von meinem Projekt zu erzählen begann, war ich kaum noch zu bremsen, stellte ich amüsiert fest.

Meine Freundinnen blickten mich, über diese Neuigkeiten, mit großen Augen an und Vanessa fand als erste ihre Sprache wieder: „Deine Geschäftsidee klingt gut, aber es gehört viel Mut dazu, sie in die Realität umzusetzen. Immerhin bist du als Selbstständige dem Risiko der Insolvenz ausgesetzt, falls dein Geschäft nicht so gut läuft, wie du dir das vorstellst", gab Vanessa zu bedenken.

„Manchmal muss man im Leben etwas riskieren. Ich bin der Meinung, dass du es auf jeden Fall probieren solltest. Falls es nicht klappt, kannst du dir immer noch eine Festanstellung suchen. Außerdem seid ihr durch Niklas geregeltes, monatliches Einkommen abgesichert", sprach Katrin mir Mut zu.

„Es hat noch einen anderen Grund, warum ich mich so begeistert in die Pläne meiner angehenden Selbstständigkeit stürze. Dadurch bekomme ich die Gelegenheit, vor lauter Arbeit, nicht mehr an das Erlebnis mit Robert denken zu müssen", gab ich zögernd zu.

„Es ist nicht einfach die Erinnerungen an diese schrecklichen Momente auszuschalten. Sobald ich mich allerdings mit den Gedanken an meinen eigenen Laden ablenke, habe ich das Gefühl mit der Situation zurechtzukommen. Dennoch macht mir die Vorstellung, ihn bei der Gerichtsverhandlung wiederzusehen, einige Sorgen", vertraute ich ihnen meine Befürchtungen an.

„Das kann ich nachvollziehen, ich würde dem Schwein auch nicht mehr entgegentreten wollen. Weißt du schon, wann die Gerichtsverhandlung stattfinden wird?", fragte mich Katrin mitfühlend.

„Frau Reitberger steht in regelmäßigen Kontakt mit mir und hatte bis zu diesem Zeitpunkt leider keine guten Nachrichten. Robert weigert sich auszusagen, schlimmer noch er bestreitet die Tat. Das macht seinen kranken Geisteszustand deutlich. Wie kann er auf die Idee kommen, bei der vorhandenen Beweislage zu behaupten, ich bilde mir das alles ein?", erklärte ich immer noch fassungslos.

„Das bedeutet aber nicht, dass er freigesprochen werden kann?", fragte Vanessa ängstlich.

„Nein, zum Glück sind die Beweise eindeutig. Aber für mich heißt es als Zeugin oder Opfer, wie auch immer es bezeichnet wird, aussagen zu müssen. Das wird mir nicht leichtfallen. Ich bekomme jetzt schon Albträume, wenn ich nur daran denke. Vor allem seitdem ich weiß, dass der Termin Mitte Februar stattfinden wird. Es sind nur noch zehn Wochen bis dahin", sagte ich bedrückt.

„Du Arme", sagte Katrin fürsorglich und strich mir über den Arm. Ich lächelte sie dankbar an. Ich konnte mir gut vorstellen, dass Katrin eine hervorragende Krankenschwester abgab.

Es tat mir gut zu wissen, dass meine Freunde hinter mir standen und für mich da waren, wenn es mir schlecht ging.

Es gab seit Roberts Tat gute und schlechte Momente. An manchen Tagen gelangte ich zu der Überzeugung, das Geschehene überwunden zu haben und damit souverän umgehen zu können. Ich redete mir ein, dankbar zu sein, dass ich glimpflich davongekommen war. Immerhin hätte die Geschichte leicht ein anderes, schlimmeres Ende finden können.

Allerdings änderte dieser Gedanke nichts an der Tatsache, wie hilflos ich mich fühlte. Wie sollte ich meine Angst in den Griff bekommen, dass mir so etwas nicht ein zweites Mal passierte? Deshalb folgte zumeist auf ein Hoch irgendwann zwangsläufig der Rückschlag und ich fühlte mich verzweifelt, lethargisch und depressiv. Befand ich mich in solch einer Stimmung, gelang es zumeist nicht einmal Niklas mich aus meinem Loch heraus zu holen.

In letzter Zeit konnte ich zu meiner Erleichterung feststellen, dass die positiven Momente überhandnahmen und ich immer seltener in den Zustand der Depression verfiel.

Ich hatte das Glück einen Freund zu haben, der sehr viel Geduld und Verständnis für meine Launen hatte.

Ein Umzug steht an

Drei Wochen später, an einem bitterkalten ersten Weihnachtsfeiertag, hatte die Stunde der Wahrheit geschlagen. Der Umzug nach Berlin stand an. Die ganze Landschaft sah wie in Zucker getaucht aus und die Eiskristalle, die sich durch die extremen Minusgrade gebildet hatten, gaben ein wundervolles Bild des malerischen Allgäus ab.

Ich seufzte innerlich auf, es fiel mir schwer, diese herrliche Landschaft aufzugeben, um nun in einer Großstadt zu leben. Dann versuchte ich mich wieder auf die aktuellen Geschehnisse zu konzentrieren und begann mit meinen Eltern das Auto zu beladen.

Mein Arbeitgeber zeigte sich kulant und hatte mich vorzeitig aus meinem Vertrag entlassen. Ich hatte den Einfall gehabt, mich mit meinem Anliegen direkt an ihn zu wenden, obwohl die normale Vorgehensweise vorgab, zuerst mit dem Filialleiter zu sprechen. Da ich die Befürchtung hegte, Herr Blessing könnte mir Steine in den Weg legen, kontaktierte ich direkt den Gründer der Leseparadiesbuchhandlungen, um ihm ehrlich und schonungslos von dem Überfall und dessen Folgen zu berichten. So konnte ich an sein Gewissen appellieren und er hatte mich mit nur einem Monat Kündigungsfrist aus meinem Vertrag entlassen.

Das hatte den Vorteil mich in Ruhe auf meinen Umzug vorzubereiten und ich bekam in Berlin die Gelegenheit, mein Projekt möglichst bald ins Leben zu rufen.

Meine Eltern waren, trotz ihrer Bedenken, bereit bei den Vorbereitungen zu helfen.

Niklas und ich hatten entschieden, seine bisherige Einrichtung fast komplett zu behalten. Ich hatte kleine Verbesserungsvorschläge, aber diese wollte ich in Berlin umsetzen und mit Niklas zusammen einkaufen gehen. Deshalb gestaltete sich der eigentliche Umzug relativ unkompliziert, da ich keine Möbel transportieren musste. Lediglich von einer kleinen Vitrine konnte ich mich nicht trennen. Sonst nahm ich nur meine persönlichen Dinge wie Kleidungsstücke, Dekorationsartikel und Geschirr mit. Was ich heute nicht im Auto unterbrachte, konnte ich bei meinen Eltern zwischenlagern. Die Herausforderung lag in der Wohnungsauflösung. Ich hatte beschlossen, die Möbel zu einem gemeinnützigen Möbelhaus für bedürftige Menschen zu bringen. Ich vertrat die Meinung, dass andere Personen lieber davon profitieren sollten, als sie am Wertstoffhof zu entsorgen.

Nachdem die Koffer und Umzugskisten in meinem Auto verstaut waren, war der Moment des Verabschiedens gekommen. Meine Eltern sowie Katrin und Vanessa hatten es sich nicht nehmen lassen, mir bei den letzten Vorbereitungen zu helfen. Jetzt standen wir bedrückt um mein Auto herum und ich beschloss den Augenblick nicht länger hinauszuzögern, da ich die Befürchtung hegte ansonsten in Tränen auszubrechen. Ich umarmte meine Eltern, anschließend waren meine Freundinnen an der Reihe.

„Danke für eure Hilfe, ich hätte nicht gewusst wie ich den Umzug alleine hätte bewältigen sollen. Ich werde euch vermissen, bitte kommt mich bald besuchen", appellierte ich an sie.

Dann war es soweit. Ich stieg in mein Auto, fuhr los und bevor ich die Kurve passierte, warf ich noch einen letzten Blick in den Rückspiegel und sah die Menschen, die mich liebten, hinter mir herwinken. Ich bemerkte, dass meine Augen feucht wurden und zwinkerte resolut die Tränen weg. Ich sollte mich freuen, immerhin trennte mich von meinem gemeinsamen Leben mit Niklas nur noch meine Fahrt nach Berlin.

Die Wegstrecke gestaltete sich anstrengend, da es nach einer Stunde Fahrt, plötzlich zu schneien begann. Die Schneeflocken fielen so dicht vom Himmel herab, dass ich kaum etwas erkennen konnte. Ich musste außerordentlich konzentriert fahren, um die Strecke unfallfrei zu bewältigen. Zum Glück war ich eine sichere Autofahrerin, die es sich zutraute, auch bei widrigen Wetterbedingungen an ihr Ziel zu gelangen. Trotzdem war ich erleichtert, als sich die Wetterkapriolen nach zwei Stunden beruhigten und ich die Strecke bei trockener Fahrbahn fortsetzen konnte. Als ich am Berliner Stadtrand ankam, war von der schönen Märchenwinterlandschaft nichts mehr übriggeblieben. Es war grau, nasskalt und trüb, ein richtiges Schmuddelwetter. Meine Laune begann schlagartig zu sinken und ich schimpfte leise vor mich hin: „Was für eine schöne Begrüßung in meiner neuen Heimat."

Natürlich landete ich genau in Berlins Rushhour und stand eine geschlagene Stunde im Stau, bevor ich endlich meine neue Adresse erreichte. Nach zehnminütiger Parkplatzsuche, die nicht gerade dazu beitrug meine Stimmung zu heben, sah ich endlich eine Lücke. Erleichtert hielt ich an der Stelle, um rückwärts einzuparken. Gerade als ich den Rückwärtsgang eingelegt hatte, sah ich ungläubig im Rückspiegel, wie ein dreister Audifahrer mir meine Parklücke wegschnappte, indem er schwungvoll vorwärts hineinfuhr.

Das durfte wohl nicht wahr sein. Entschlossen ließ ich mein Fenster hinunter und rief wütend hinaus: „Sind Sie blind, oder was? Ich hatte meinen Blinker gesetzt, das müssen Sie doch gesehen haben. Ich war zuerst da. Sie können mir doch nicht einfach den Parkplatz wegnehmen."

Der Audifahrer war mittlerweile ausgestiegen und schaute mich verächtlich von oben herab an und erwiderte selbstgefällig: „Du siehst doch, ich kann. Schließlich stehe ich in der Parklücke und nicht du. Folglich muss ich wohl als erster da gewesen sein", und grinste mich unverschämt an.

„Eingebildeter Idiot", entgegnete ich und warf ihm einen verachtungsvollen Blick zu und war entschlossen, mich auf diese niveaulose Diskussion nicht weiter herabzulassen und fuhr an. Mit Wut im Bauch suchte ich weiter und fand kurz darauf vor Niklas Wohnung eine geeignete Parklücke, in die selbst ich einparken konnte. Ich holte den ersten Koffer aus dem Auto, schleppte ihn zur Türe und sperrte auf.

An unserer Wohnungstüre angekommen, riss Niklas mir halb die Türklinke aus der Hand, so stürmisch öffnete er die Türe. Als ich ihn erblickte, war es als wären die Wolken, die sich vorher in meinem Kopf befunden hatten, von einem strahlenden Sonnenschein vertrieben worden und von negativen Gedanken war nichts mehr zu spüren.

„Wie war deine Fahrt? Ich habe gehört, dass das Wetter teilweise furchtbar schlecht war. Ich habe mir Sorgen um dich gemacht."

„Anstrengend, aber zu bewältigen", war meine knappe Antwort, da ich durch den Geruch des vorbereiteten Abendessens abgelenkt war. Langsam fand sich mein Appetit wieder ein, der mir vorübergehend nach Roberts Überfall abhandengekommen war. Wir aßen erst einmal gemeinsam zu Abend, bevor er mir half meine Umzugssachen aus dem Wagen zu holen. Eigentlich hatte ich keine Lust mehr, abends in der Dunkelheit, nach draußen zu gehen, aber Niklas überzeugte mich, es lieber sofort zu erledigen. Er kannte mich mittlerweile gut und wusste, dass ich sonst wochenlang meine Dinge durch die Gegend fuhr, bevor ich sie ins Haus tragen würde. Also liefen wir einige Male, bevor mein Auto leergeräumt war.

„Jetzt bist du wirklich bei mir eingezogen. Nachdem deine Sachen nun in unserer Wohnung sind, kann ich es auch tatsächlich glauben", sagte Niklas verwundert, als wir erledigt aber glücklich auf der Couch saßen.

„Warte erst einmal ab, bis ich die Wohnung komplett umgestaltet habe. Dann werden wir sehen, ob du über meinen Einzug immer noch so froh bist", musste ich ihn aufziehen.

„Das ist in Ordnung, damit kann ich leben. Da ich im

Gegenzug nun meine persönliche Putzfrau und Köchin bekommen habe, klingt das nach einem fairen Deal", sagte
er spöttisch.

„Aua, musst du immer so brutal sein", beschwerte sich
Niklas, als ich ihm spielerisch in die Rippen boxte.

„Selber schuld, du wagst es immer wieder mich heraus-
zufordern und selbst du solltest langsam wissen, dass mit
mir nicht zu spaßen ist", drohend sah ich ihn an.

„Hilfe, jetzt bekomme ich es aber wirklich mit der
Angst zu tun", sagte Niklas lachend. „Wenn Blicke töten
könnten, würde ich wohl nicht mehr leben. Das willst du
doch nicht verantworten, oder?", treuherzig sah er mich an.

Ich tat als überlegte ich und erwiderte dann: „Der Vorteil wäre, dass ich die schöne Wohnung dann ganz für mich
alleine hätte."

„Na warte, Rache ist süß", sagte Niklas schelmisch und
begann mich zu küssen, um mich am Weiterreden zu hindern. Wir alberten eine Weile herum und genossen den ersten Abend unserer gemeinsamen Zukunft und schmiedeten
bis weit in die Nacht Pläne.

Auseinandersetzung mit einer belastenden Situation

Einige Tage später war Silvester und ich fühlte mich endlich wieder in der Lage meine Freunde zu sehen. Dennoch befand ich mich in einem Zwiespalt. Auf der einen Seite freute ich mich ungemein, die Personen, die mir in den letzten Monaten so sehr an das Herz gewachsen waren, zu treffen. Andererseits verspürte ich ein ungutes Gefühl im Magen, da ich nicht wusste, wie sie auf mich reagieren würden. Da ich wusste wie gerne Niklas das Jahr mit unseren gemeinsamen Freunden beenden wollte, hatte ich dies zum Anlass genommen, mich mit der Tatsache auseinanderzusetzen, meinen Freunden nicht ewig aus dem Weg gehen zu können. Ich war froh, dass Iris anwesend war, da ich mit ihr in den letzten Wochen mehrmals telefoniert hatte und wir beide ganz gelöst miteinander umgehen konnten.

Auch Andreas hatte ich einmal angerufen, da ich mich verpflichtet fühlte, ihm für seine Hilfe zu danken. Er hatte sehr herzlich und einfühlsam reagiert. Deshalb wusste ich eigentlich, dass ich in dieser Runde nichts zu befürchten hatte.

Trotzdem war es ein großer Unterschied mit den Leuten am Telefon, aus sicherer Distanz, zu sprechen oder ihrem Angesicht gegenüber zu sitzen. Immerhin hatte mich Andreas in dieser demütigenden Situation gesehen, was mir immer noch unglaublich peinlich war.

Als wir bei Andreas und Sabrina eintrafen, waren unsere Freunde schon da. Niklas hielt meine Hand fest in seiner und drückte diese noch einmal aufmunternd, bevor wir auf die anderen zugingen.

„Laura, ich freue mich so sehr dich endlich in die Arme nehmen zu können", rief Iris freudestrahlend. Niklas wurde von ihr gar nicht beachtet und sie drängelte ihn rücksichtslos zur Seite.

„Hallo Iris, ich freue mich auch dich zu sehen. So eine freundliche Begrüßung wäre aber nicht nötig gewesen", sagte er spöttisch.

„Typisch Niklas, du wirst dich nie ändern. Immer musst du im Mittelpunkt stehen. Wehe, die Welt dreht sich einmal nicht um dich", mischte sich Sabrina lachend in das Gespräch ein, während sie mich liebevoll begrüßte. Durch ihre lockere Umgangsweise hatten es meine Freunde geschafft, mich sofort wieder in das Gruppengeschehen mit einzubinden, ohne dass ein Gefühl des Unwohlseins oder eine Sprachlosigkeit auftrat. Dafür war ich ihnen dankbar und wir redeten eine Zeit lang über verschiedene Dinge. Natürlich wurde ich gefragt, wie es mir ginge, aber Robert wurde rücksichtsvollerweise nicht erwähnt.

Als ich zu später Stunde neben Andreas saß, fühlte ich den Wunsch mich noch einmal persönlich zu bedanken. Deshalb nahm ich meinen Mut zusammen und sprach das Thema von mir aus an: „Es tut mir leid, dass ich euch so lange nicht sehen wollte. Aber ich musste erst einmal mit mir selbst ins Reine kommen und meine Beziehungsprobleme in den Griff bekommen. Ich wollte dir aber noch einmal sagen, wie dankbar ich dir für deine Hilfe bin. Ich möchte mir nicht ausmalen, wie diese Geschichte ausgegangen wäre, wenn du und Niklas nicht gewesen wärt. Durch eure Hilfe habe ich noch einmal Glück im Unglück gehabt und bin glimpflich davongekommen."

Er blickte mich prüfend an und sagte dann nachdenklich: „Von Glück würde ich nicht gerade sprechen, wenn ich bedenke, was er dir angetan hat. Selbstverständlich kam ich Niklas, ohne Fragen zu stellen, zur Hilfe als du in Not warst."

„Du weißt genau, wie ich es gemeint habe", erwiderte ich und spielte damit auf mögliche Konsequenzen an. Das furchtbare Wort Vergewaltigung vermied ich tunlichst auszusprechen.

Danach ließen wir das Thema ruhen und sprachen von erfreulicheren Dingen.

„Iris hat uns erzählt, dass ihr plant einen Buchhandel mit integrierter Cafeteria zu eröffnen. Das klingt sehr interessant, habt ihr schon einen Laden in Aussicht?", fragte Andreas neugierig.

Bevor ich antworten konnte, hatte sich Iris in das Gespräch eingeklinkt: „Das wollte ich dir noch erzählen, Laura. Ich habe eine Anzeige im Stadtteil Prenzlauer Berg gesehen, die genau unseren Vorstellungen entspricht. Ich habe in zwei Tagen am Nachmittag einen Besichtigungstermin mit dem Ladeninhaber vereinbart." Sie schaute mich beifallsheischend an.

„Das klingt wunderbar."

Langsam nahmen unsere Zukunftspläne Gestalt an. Wir vereinbarten, uns dort übermorgen um 14 Uhr vor dem Laden zu treffen.

Kurz vor Mitternacht gingen wir nach draußen, um uns das Feuerwerk anzusehen, das in unserer Nähe stattfand. Um Punkt zwölf Uhr gingen die ersten Raketen in die Luft und Niklas und ich tauschten einen tiefsinnigen, intensiven Blick aus. In diesem Moment befanden wir uns alleine auf der Welt und küssten uns innig. Niklas flüsterte leise in mein Ohr: „Ich wünsche dir ein gutes neues Jahr, mit vielen Höhen und schönen Momenten und hoffentlich ohne Probleme und Schwierigkeiten."

Gerade als ich antworten wollte, wurde eine Rakete in unmittelbarer Nähe abgeschossen. Erschrocken versteckte ich mich, leise aufschreiend, hinter Niklas und er lachte mich wegen meiner Ängstlichkeit aus.

Wir saßen mit unseren Freunden bis vier Uhr morgens zusammen und ich genoss die schönen Momente im Kreise meiner Freunde, in welchem es mir wieder möglich war, völlig entspannt zu agieren.

Trotz meines Schlafmangels konnte ich die restliche Nacht kaum ein Auge zu bringen, da ich aufgeregt und neugierig auf die bevorstehende Ladenbesichtigung war. Iris hatte in meiner Abwesenheit schon einige leerstehende Objekte angesehen, aber bis jetzt kam ihrer Aussage nach, für unsere Pläne, keines in Frage.

Vertragsabschluss

Zwei Tage später trafen wir pünktlich auf die Minute am vereinbarten Treffpunkt ein. Vom Vermieter war weit und breit noch nichts zu sehen. Während wir warteten, bemerkte ich, dass Iris mir immer wieder heimliche Blicke zuwarf. Als ich sie fragend ansah, wurde sie verlegen und bemerkte langsam: „Ich wollte dich neulich vor den anderen nicht darauf ansprechen und es geht mich eigentlich nichts an. Aber mir ist aufgefallen, wie dünn du geworden bist. Schließlich haben wir uns einige Wochen nicht mehr gesehen."

Ich fühlte mich verpflichtet es ihr zu erklären: „Am Anfang ist es mir gar nicht aufgefallen, da ich mit anderweitigen Problemen beschäftigt war. Nach dem Erlebnis mit Robert verspürte ich zunehmend weniger Appetit. Erst als mich meine Freundinnen darauf angesprochen haben, bemerkte ich, wie meine Klamotten schlabberten."

„Ich hoffe, dir geht es wieder gut. Wir können uns nicht ansatzweise vorstellen, wie du dich gefühlt haben musst." Verständnisvoll ging sie auf meine Probleme ein.

„Du musst dir keine Sorgen machen. Ich habe es im Griff. So hatte das ganze Unheil wenigstens eine positive Begleiterscheinung. Ich habe einige Kilogramm abgenommen", sagte ich ironisch.

„Laura, das ist nicht komisch, außerdem scheinen es viele Kilogramm zu sein", bohrte sie forschend nach.

„Es stimmt schon. Ich denke, ich habe zehn Kilogramm abgenommen. Du musst dir aber keine Sorgen machen, mittlerweile halte ich dieses Gewicht. Seit ich in Berlin wohne, habe ich sogar schon wieder ein Kilo zugenommen."

Sie schien durch meine Erklärung beruhigt zu sein und wir beschäftigten uns wieder mit unserem Projekt. Neugierig versuchten wir einen Blick durch die abgedunkelten

Fensterscheiben zu ergattern.

„Zumindest die Lage würde mir sehr zusagen" gab ich meine erste Meinung kund. „Der Laden liegt zentral und ist gut erreichbar. Wie wir beobachten können, kommt viel Fußvolk vorbei."

Einige Minuten später kam ein jüngerer Mann Mitte Dreißig den Weg entlanggeeilt. Als er uns sah, wurden wir von ihm freundlich begrüßt und er fragte: „Sie sind Frau Endras, nehme ich an?" Damit sprach er zu Iris, die mit ihm telefoniert hatte. Eilig stellte ich mich ebenfalls vor und wir betraten aufgeregt den Laden. Dieser gefiel mir auf Anhieb. Trotz der abgeklebten Scheiben war erkennbar, dass es sich um einen hellen, freundlichen Raum handelte. Ich sah die fertige Inneneinrichtung schon bildlich vor mir. Ich hatte eine gute Vorstellungsgabe und besaß Kreativität. So konnte ich mir in diesem dunklen, verdreckten und renovierungsbedürftigen Gebäude, eine wunderschöne Buchhandlung mit integrierter Cafeteria vorstellen.

Als uns Herr Berger kurz alleine ließ, um uns die ungestörte Möglichkeit zu geben, den Laden zu betrachten, besprachen wir uns kurz.

„Was sagst du zu den Räumlichkeiten?", fragte mich Iris neugierig.

„Ich bin begeistert, ich kann mir unsere Geschäftsidee schon genau vorstellen. Ich bin mir nur nicht sicher, ob der Raum groß genug ist. Das ist für mich die einzige offene Frage, sonst würde ich ohne Bedenken zustimmen. Vor allem finde ich das Preis-Leistungsverhältnis in jedem Fall angemessen", meinte ich zuversichtlich.

„Ich habe einige Vergleichsobjekte gesehen und dieser Laden ist mit Abstand das beste Angebot, was ich bis jetzt bekommen habe. Über die Größe müssen wir uns keine Sorgen machen, die müsste angemessen sein. Gerade für das Café würde ich nicht zu viel Platz in Anspruch nehmen. Einige Tische sind völlig ausreichend", äußerte sich Iris zu meiner Erleichterung sehr positiv.

Wir einigten uns mit Herrn Berger, unseren Entschluss eine Nacht zu überdenken und versprachen uns morgen bei ihm zu melden. Bis dahin hielt er uns die Option offen, den Zuschlag für den Laden zu bekommen.

Aufgeregt berichtete ich Niklas am Abend, nachdem er aus der Redaktion nach Hause kam, von unserer Besichtigung. Eigentlich war es für mich schon entschiedene Sache, den Laden zu übernehmen und war mir fast sicher, dass es Iris ähnlich ging.

Niklas zeigte, obwohl er nach seiner langen Redaktionssitzung müde war, aufrichtiges Interesse und stellte mir viele Fragen. Er fand die Preisvorstellung ebenfalls in Ordnung und versprach mir, uns morgen zu unserer Abschlussverhandlung zu begleiten und dieser beizuwohnen.

Bald darauf gingen wir zu Bett, da wir beide einen langen, anstrengenden Tag hinter uns hatten. Während Niklas im Badezimmer war, suchte ich meinen Schlafanzug.

Als ich ihn nicht fand, stieg ich seufzend über das Bett, um an den Kleiderschrank zu gelangen. Da wir wieder einmal nicht aufgeräumt hatten, war ein Durchkommen auf normalem Wege nicht möglich. Auf einmal verschwand die Matratze unter mir, ich brach mit einem Fuß ein und landete mit einem lauten Knall auf dem Boden.

Niklas betrat neugierig durch den Lärm und meine Flüche angelockt, den Raum und fragte mich interessiert: „Was machst du denn da für eine seltsame Übung? Das sieht irgendwie unbequem aus. Soll das Gymnastik sein? Aber ich würde dich darum bitten, unser Bett nicht zu zerstören. Ich möchte heute ungern auf dem Fußboden schlafen."

Wütend blickte ich ihn an. „Du kannst morgen erst einmal ein neues Bett kaufen. Das ist lebensgefährlich. Ich hätte mir den Hals brechen können. Außerdem könntest du mir helfen, anstatt blöde Sprüche abzugeben."

„Anscheinend bist du zu schwer", ärgerte mich mein

Freund, den ich manchmal erwürgen könnte.

Plötzlich musste ich über die Vorstellung, welches Bild ich abgeben musste, zu lachen beginnen und Niklas war so nett mir aufzuhelfen.

„Warum bist du eigentlich so tollpatschig?", sagte er kopfschüttelnd über meine Ungeschicklichkeit.

„Ich kann gar nichts dafür, der Lattenrost ist verrutscht, das könntest du wirklich in Ordnung bringen. Für handwerkliche Aufgaben bist schließlich du zuständig", warf ich ihm vor.

„Nachdem du deinen Arbeiten auch nicht nachkommst, fühle ich mich nicht verpflichtet, dir einen Gefallen zu tun", sagte er und spielte damit auf das vorherrschende Kleiderchaos in unserem Schlafzimmer an. Eigentlich hatte ich versprochen, die Wäsche aufzuräumen.

„Ich stehe wenigstens dazu, dass ich unordentlich bin, du hingegen bist nicht besser, gib es doch zu", entgegnete ich empört.

Niklas enthielt sich einer Antwort und kam auf mich zu. Er blieb wortlos vor mir stehen und in der aufgeladenen Stille konnte ich es zwischen uns knistern hören. Da begann er mich leidenschaftlich zu küssen und flüsterte verheißungsvoll: „Anstatt zu streiten, wüsste ich da etwas Besseres, was wir tun könnten."

Ich hatte keine Gelegenheit mehr zu antworten. In dieser Situation verspürte ich ausnahmsweise kein Bedürfnis das letzte Wort zu haben. Wir fielen inmitten unserer Klamotten auf das Bett und ich verlor mich in unserer leidenschaftlichen Versöhnung.

Am Nachmittag machte ich mich gemeinsam mit Niklas auf den Weg zu unserem Treffen mit Herrn Berger. Wir liefen Händchen haltend und gut gelaunt das letzte Stück von der Haltestation zu Fuß.

„Ich bin so froh, dass wir ein geeignetes Objekt gefunden haben, dass auch noch unseren Preisvorstellungen entspricht", redete ich freudig auf Niklas ein.

Er bedachte mich mit einem amüsierten Blick und ich erwartete schon einen seiner sarkastischen Sprüche, aber zu meinem Erstaunen wurde er unvermittelt ernst und sagte leise und eindringlich: „Ich bin froh, dass es dir wieder so gut geht und du deine alte Fröhlichkeit und Unbekümmertheit zurückgewonnen hast. Ich hatte die Befürchtung, du könntest viel mehr Zeit benötigen, bis du dich wieder gefangen hast. Vor allem freue ich mich, dass du wieder genügend Energie besitzt, um so ein großes Projekt in Angriff zu nehmen."

Gerührt blieb ich stehen und sagte dankbar: „Ohne dich hätte ich mein Leben auch nicht so schnell in den Griff bekommen. Danke für deine verständnisvolle und unterstützende Hilfe."

Spontan fiel ich ihm um den Hals, küsste ihn innig und strich ihm zärtlich durch sein Haar.

Als wir uns voneinander lösten, sah ich ein Pärchen, welches uns beobachtete. Gerade als ich Niklas darauf aufmerksam machen wollte, dass wir mit unserem Verhalten einmal mehr in der Öffentlichkeit auffielen, bemerkte er die beiden und erblasste.

Kaum hörbar murmelte er vor sich hin: „Oh nein, die hat mir gerade noch gefehlt."

Bevor ich ihn fragen konnte, was er damit meinte, kam Bewegung in das Pärchen. Die Frau blieb vor uns stehen und begrüßte Niklas spöttisch: „So sieht man sich also wieder. Ich hoffe, dir geht es gut. Ich habe mittlerweile meine große Liebe gefunden. Niklas, das ist Peter, meine bessere Hälfte. Heute bin ich dir für deine Trennung dankbar, einen größeren Gefallen hättest du mir im Nachhinein betrachtet nicht machen können. Denn Peter weiß im Gegensatz zu dir, wie man mit Frauen umgeht und was wir wirklich wollen. Er ist der geborene Gentlemen."

Während der kleinen Ansprache dieser mir unbekannten Frau, wurde mir nach wenigen Sätzen klar, dass es sich um Martina handeln musste. Sie bedachte mich zu Beginn des Gespräches mit einem herablassenden Blick und schien dann entschieden zu haben, mich vollkommen zu ignorieren. Mir kam es so vor als habe sie ihre Verletztheit über Niklas Trennung, trotz gegenteiliger Behauptung, noch nicht überwunden.

Kurz darauf stellte uns Niklas auch schon vor, ohne sich von Martinas Worten provozieren zu lassen: „Martina, das ist Laura, schön dich getroffen zu haben. Ich freue mich wirklich, dass es dir gut geht. Aber wir haben es leider eilig. Einen schönen Tag wünsche ich euch noch."

Daraufhin zog er mich am Arm davon und Martina blickte uns perplex hinterher. Sie schien ungehalten über Niklas offensichtliches Desinteresse ihr gegenüber zu sein. Er schien sich nicht einmal zu bemühen, es nicht zu zeigen und ich merkte auf den ersten Blick, dass von seiner Seite keinerlei Gefühle oder Eifersucht zu erkennen war und fühlte mich erleichtert.

„Das war also Martina", sagte ich gedehnt und erwiderte trocken: „Du hattest wohl vergessen, mir mitzuteilen, wie hübsch Martina ist und dass sie ungefähr 20 Kilogramm weniger wiegt als ich."

„Laura, jetzt übertreibe nicht, du gefällst mir viel besser. Außerdem müssen wir wirklich nicht über dein Gewicht sprechen."

Er sah mich vielsagend an und ich wurde verlegen. Diese Diskussion hatten wir in den vergangenen Wochen des Öfteren geführt. Wahrscheinlich fiel es den meisten Männern tatsächlich nicht auf, wenn ihre Partnerin ein paar Kilogramm ab- oder zunahm, aber natürlich bemerkte Niklas irgendwann, dass ich kaum noch etwas aß. Nachdem ich mich unbewusst auf ungefähr 50 kg gehungert hatte, konnte er es nicht mehr mitansehen und unterstellte mir eine Essstörung. Damit hatte er mir einen gehörigen Schrecken eingejagt und seither versuchte ich wieder regelmäßige Mahlzeiten einzuhalten. Zwar fiel es mir immer noch

schwer und an manchen Tagen musste ich mich richtigge-
hend zwingen, aber immerhin begann ich wieder e in wenig
zuzunehmen. Ich hoffte so sehr, dass mein gesunder Appetit aus früheren Tagen wieder zurückkehren würde.

„Du hast ja recht, manchmal vergesse ich, dass ich so
dünn geworden bin und habe noch das Bild von mir vor
Augen, wie ich vor einigen Wochen aussah." Schnell wechselte ich das Thema: „Aber nichtsdestotrotz ist Martina
wirklich sehr hübsch, das muss ich neidlos anerkennen."

„Du weißt genau, dass ich die Trennung noch keine
Sekunde bereut habe. Jeden Tag, den wir miteinander verbringen, liebe ich dich noch ein bisschen mehr. Eine hohlköpfige Person wie meine Ex, ist doch absolut keine Kon-
kurrenz für dich", sagte er entschieden.

„Niklas", rief ich schockiert aus, als er sich mit solch
abfälligen Worten über Martina äußerte, musste dann aber
zu lachen beginnen, da ich mir ihre sauertöpfische Miene
ins Gedächtnis rief, als Niklas sie einfach stehen ließ und
mit mir weiterging.

„Sie ist einfach kein Thema mehr für mich", sagte er
abschließend und wir beschlossen uns nicht weiter mit
Martina zu beschäftigen.

Kurze Zeit später hatte ich die Begegnung vollkommen
vergessen, so sehr konzentrierte ich mich auf unsere Verhandlungen. Nachdem Niklas mir stillschweigend zu verstehen gab, dass er mit dem Geschäftsraum einverstanden
war, beschlossen Iris und ich endgültig den Schritt in die
Selbstständigkeit zu wagen und begannen unsere Vertrags-
absprachen. Wir konnten Herrn Berger überzeugen uns
entgegenzukommen. Da wir uns bereit erklärten die Reno-
vierungsarbeiten zu übernehmen, erließ er uns die ersten
beiden Monatsmieten. Außerdem konnten wir ihn überreden, unseren Mietvertrag erst ab März abzuschließen. Die
Zeit bis dahin, benötigten wir für unsere Planungen, Kal-
kulationen und Vorarbeiten.

Da wir erst ab Mai Pachtgebühren zahlen mussten,

wurde uns enormer Druck genommen vorschnell zu eröffnen. Somit hatten wir zwei Monate längeren Spielraum, unser Projekt in Ruhe umzusetzen.

Nach den Verhandlungen setzten Iris und ich unsere Unterschrift unter den Mietvertrag und wir beschlossen spontan in einer Kneipe, mit einem Glas Sekt darauf anzustoßen.

Ich rief ausgelassen: „Ich freue mich so sehr, ich würde am liebsten sofort loslegen. Aber ich muss ehrlicherweise zugeben, froh zu sein, dass wir das Geschäft zusammen aufziehen. Ich weiß nicht, ob ich den Mut besessen hätte, alleine den großen Schritt zu wagen."

„Zusammen sind wir unbesiegbar", sagte Iris mit einem Funkeln in den Augen. Wir umarmten uns und stießen gemeinsam mit Niklas auf unsere Geschäftsidee an.

Besuch aus der alten Heimat

In der darauffolgenden Woche gab es für mich einen besonderen Höhepunkt. Katrin hatte Urlaub bekommen und wollte mich einige Tage besuchen.

Ich wurde zwar durch die Vorbereitungen unseres Geschäftes ziemlich in Anspruch genommen, trotzdem überfielen mich in manchen Minuten düstere Momente und ich hatte Heimweh nach meinem alten Zuhause, meinen vertrauten Freunden und meiner Familie.

Deshalb freute ich mich sehr, Katrin zu sehen. Es war doch etwas anderes mit geliebten Menschen zu telefonieren, als sie in die Arme schließen zu können.

„Katrin, ich freue mich so sehr dich zu sehen", schrie ich durch den gesamten Gang des Flughafens. Die verständnislosen und missbilligenden Blicke der anderen Personen waren uns egal, als wir uns mit lautstarken Freudenrufen umarmten.

„Du siehst gut aus, Laura. Die Berliner Luft scheint dir bestens zu bekommen", sagte Katrin während sie mich mit intensivem Blick musterte.

„Mir geht es wirklich gut. Das Zusammenleben mit Niklas funktioniert reibungsloser als ursprünglich angenommen. Natürlich haben wir nach wie vor Meinungsverschiedenheiten und streiten öfters. Aber so bleibt unsere Beziehung erfrischend und uns wird nicht langweilig", erzählte ich ihr, während wir nach Hause fuhren.

„Ich habe es sogar geschafft mich an Silvester meinen Freunden zu stellen und es war überhaupt nicht schlimm. Sie haben das Thema Robert nicht von sich aus erwähnt, worüber ich sehr dankbar war. Aber ich habe wirklich großes Glück, hier in Berlin so nette Freunde gefunden zu haben. Ich wüsste sonst nicht, wie ich es ohne dich, Vanessa und Jana aushalten sollte, wenn ich hier niemanden außer Niklas hätte."

Katrin und ich beschlossen den schönen Januartag zu nutzen und in der Innenstadt zum Einkaufen zu gehen. Danach zeigte ich ihr unsere Lieblingscafeteria und wir genossen einen Milchkaffee im stilvollen Ambiente.

„Wir können nachher an unserem Laden vorbeigehen. Zwar haben wir noch keine Schlüssel, da wir den Mietvertrag erst ab März abgeschlossen haben, aber man kann ein wenig durch die Scheiben erkennen."

„Gute Idee, ich bin über euer Geschäftskonzept schon sehr gespannt, gib es mir doch nachher zum Lesen", sagte Katrin interessiert.

„Ich habe übrigens auch Neuigkeiten", verkündete sie mit übermütigem Blick.

Ich sah sie überrascht an und war ratlos, was sie offenbaren wollte. „Was meinst du damit? Ich kann mir kaum vorstellen, dass du mir verkünden möchtest, dass du die Liebe deines Lebens getroffen hast. Bitte sprich dich aus, du hast mich neugierig gemacht."

„Eigentlich wurde ich durch dich inspiriert, Laura", sagte sie zu meiner Verblüffung.

Als ich sie fragend ansah, sprach sie weiter: „Durch deinen mutigen und spontanen Entschluss umzuziehen und in die Selbstständigkeit zu gehen, fühlte ich mich ermutigt in meinem Leben auch etwas zu verändern. Mir wurde in meinem alten Beruf zunehmend langweilig und ich verspürte immer mehr Unzufriedenheit und Unruhe. So habe ich all meinen Mut zusammengenommen und habe mich in München an einer Schauspielschule beworben. Mir hatten bis dahin schon viele Leute, einschließlich dir gesagt, dass ich schauspielerisches Talent besäße und da es mir sehr viel Freude bereitet in andere Rollen zu schlüpfen, habe ich es einfach probiert. Du wirst es nicht glauben, sie haben mich nach der Aufnahmeprüfung tatsächlich aufgenommen. Ich kann zum nächsten Semester anfangen", rief sie glücklich aus.

„Katrin, das sind ja großartige Neuigkeiten. Ich freue

mich für dich", entgegnete ich verblüfft und umarmte sie. „Mich wundert es nicht, dass du die Aufnahmeprüfung geschafft hast. Wenn ich mich nur an deine Glanzleistung bei deinem Auftritt mit Herrn Blessing erinnere, du warst einfach fantastisch", schloss ich begeistert.

Ich fand es toll, dass wir beide den Mut besaßen, in unserem Leben etwas zu riskieren und unsichere Zukunftsentscheidungen trafen und trotzdem über diese Tatsache zufrieden und glücklich waren.

Ein Projekt nimmt konkrete Züge an

Die nächsten Wochen vergingen wie im Fluge und Katrin war nach einigen schönen Tagen in Berlin längst nach Hause gereist. Ich wurde völlig durch die Vorbereitungen und Planungen für meine Buchhandlung in Anspruch genommen. Iris und ich hatten uns die Aufgaben geteilt, sie organisierte alle Tätigkeiten, die mit dem Bereich Cafeteria zu tun hatten und ich war für die Belange der Buchabteilung zuständig. Wir setzten uns natürlich fast täglich zusammen, um unsere Erfolge oder auch Probleme und Schwierigkeiten zu besprechen und Absprachen zu treffen.

Es bedeutete für uns ein großes finanzielles Risiko, zumal ich bis zur Eröffnung über kein Einkommen verfügte. Aber wir konnten es beide kaum erwarten unseren Laden zu eröffnen und waren uns sicher, dass die Idee Erfolg haben würde. Wir hatten unsere gesamten Ersparnisse in die Renovierung und Anschaffung der Einrichtungsgegenstände und natürlich in den Einkauf der Bücher gesteckt. Zusätzlich lieh Niklas mir eine beträchtliche Summe, da die Kosten doch höher ausfielen als anfänglich vermutet. Erst wollte ich ablehnen und ein Bankdarlehen aufnehmen, aber Niklas konnte mich schlussendlich überzeugen, da er an unsere Geschäftsidee glaubte und mich unterstützen wollte.

Alleine die Auswahl der Bücher hatte mich manch schlaflose Nacht gekostet. Ich hatte mich dazu durchgerungen meine Buchhandlung vor allem auf Unterhaltungsliteratur, Romane und Kinder- und Jugendbücher zu spezialisieren. Sachbücher gab es nur einige Wenige, so hatte ich mich entschieden Koch-, Gesundheits- und Fitnessbücher und Ratgeber mit aufzunehmen. Aber ich musste meine Sparte deutlich eingrenzen, sonst wäre der Buchhandel alleine nicht zu bewältigen. Ich hatte jedes einzelne Buch liebevoll ausgesucht und aktuelle Bestsellerlisten, Neuerscheinungen und Klassiker studiert und ausgewählt. Danach hatte ich verschiedene Verlage kontaktiert, um die Buchbestellungen in die Wege zu leiten. Ich bemerkte, wie viel Freude mir diese Tätigkeit machte und spürte, dass die getroffene Entscheidung die Richtige war. In meinem alten Job hatte ich zunehmend den Spaß an der Arbeit, die mir ursprünglich so wichtig war, verloren. Nun gewann ich meine Begeisterung plötzlich wieder, da ich selbstständige Entscheidungen treffen konnte. Es gab keinen Vorgesetzten mehr, der meine Befugnisse einschränkte oder mein Potential nicht erkannte.

Auch Iris kam gut voran. Wir hatten gemeinsam die Inneneinrichtung des Cafés ausgesucht und uns für moderne Ledersessel entschieden. Die Tische waren aus dunklem Holz und durch den Kontrast der hellen, cremefarbenen Möbel gab es ein stilvolles Ambiente, das zum Wohlfühlen und Verweilen einlud. Jeden Abend fiel ich todmüde, aber glücklich in mein Bett und träumte von unserem Laden und der damit einhergehenden erfolgreichen Zukunft.

In Ordnung, ich gebe zu, dass das nicht immer so ist, manchmal kam auch Niklas in meinen Träumen vor.

Der Prozess

Mir kam es in den folgenden Tagen so vor, als hielt die Welt nur positive Momente für mich bereit, als wäre es ein einziges Festival. Ich genoss zum einen die unbeschwerte Zeit mit meinem Freund und zum anderen unsere Vorbereitungen in vollen Zügen. Leider wurde meine gute Laune mit einem Schlag zunichtegemacht, als Niklas eines Morgens, einen Brief aus dem Briefkasten holte, der an mich adressiert war.

„Der sieht ziemlich amtlich aus, ich glaube, er ist vom Gericht", sagte Niklas und blickte mich forschend und zugleich besorgt an.

Zögerlich nahm ich ihn entgegen, als ob ich mich daran verbrennen könnte und ließ ihn vorerst ungeöffnet vor mir liegen.

„Soll ich ihn aufmachen und erst einmal lesen?", schlug Niklas mir vor.

„Das ist lieb von dir, aber das muss ich selber erledigen", sagte ich trübselig. Plötzlich öffnete ich den Brief mit einer Entschlossenheit, die mich selber verblüffte und begann zu lesen. Als ich zum Ende kam, sah ich auf und sagte leise: „Es ist genau das eingetreten, was ich befürchtet hatte. Robert beteuert weiterhin seine Unschuld, somit werde ich vorgeladen, um meine Aussage zu machen." Resigniert ließ ich das Blatt Papier, welches ich immer noch in der Hand hielt, kraftlos sinken.

Niklas kam um den Tisch herum, nahm mich in den Arm und sprach leise und beruhigend auf mich ein: „Ich bin bei dir und werde auf dich aufpassen. Gemeinsam werden wir das durchstehen. Du darfst Robert nicht die Genugtuung geben, indem du ihm zeigst, wie sehr dich diese Situation belastet."

Seine eindringlichen Worte weckten meinen Kampfgeist, ich straffte die Schultern und erwiderte selbstbewusst: „Du hast Recht, ich lasse mich nicht unterkriegen und wir werden ihm zeigen, dass er es nicht geschafft hat uns auseinander zu bringen."

„So gefällst du mir", sagte Niklas anerkennend zu mir.

„Eigentlich bin ich froh, dass der Prozess nun ansteht. Hoffentlich kann ich die Gelegenheit nutzen, um endlich mit dieser unglückseligen Angelegenheit abzuschließen", erklärte ich ihm nachdenklich. „Ich glaube, dass ich anschließend viel besser mit der Situation umgehen kann. Mich wundert es, dass du noch keinen Brief erhalten hast. Frag doch einmal bei Andreas nach, ob er eine Vorladung erhalten hat", sagte ich.

„Es kann sein, dass die Briefe an die Zeugen erst ein wenig später herausgeschickt werden. Zumindest wird es nicht lange dauern, bis ich meinen bekomme."

Langsam wurde mir unwohl und mich beschlich wieder eine niedergedrückte Stimmung, von der ich eigentlich dachte, diese würde endgültig der Vergangenheit angehören.

Die nächsten Tage stürzte ich mich voller Elan von früh bis spät in die Arbeit, was zur Folge hatte, dass unser Geschäft immer mehr Konturen annahm. Ich versuchte mit dieser Taktik die anstehende Gerichtsverhandlung zu verdrängen. Mittlerweile hatten Niklas und Andreas ihre Vorladungen ebenfalls erhalten, in denen sie aufgefordert wurden, im Prozess gegen Robert auszusagen. Tagsüber gelang es mir ganz gut, alle Gedanken an den bevorstehenden Prozess zu verdrängen. Aber abends und vor allem nachts, überkam mich die eine oder andere unheilvolle Stunde. Ich versuchte mir vor Niklas nichts anmerken zu lassen, denn ich wollte ihn damit nicht belasten. Eines Nachts, wenige Tage vor Prozessbeginn, wälzte ich mich wieder einmal schlaflos von der einen Seite zur anderen. Ich verhielt mich möglichst leise, um Niklas nicht aufzuwecken, aber ohne Erfolg. Schon flüsterte er: „Was ist denn los, Laura? Kannst du nicht schlafen?"

„Entschuldige, ich wollte dich nicht stören. Aber mir gehen zu viele Gedanken durch meinen Kopf, die mich daran hindern Schlaf zu finden."

Mittlerweile war Niklas hellwach, schaltete das Licht an und sagte nachdrücklich: „Schau mich bitte einmal an."

Als ich mich unwillig zu ihm herumdrehte und ihm in die Augen blickte, erkannte er darin meine Angst, nahm mich in seine Arme und erwiderte liebevoll: „Warum möchtest du immer alles mit dir alleine ausmachen? Ich bin für dich da, du kannst deine Befürchtungen mit mir teilen."

„Ich wollte dich nicht schon wieder damit belasten. Außerdem kann ich mich tagsüber gut ablenken. Da der Prozess nun in unmittelbare Nähe rückt, werde ich immer nervöser, obwohl ich mich eigentlich nicht davon unterkriegen lassen möchte. Aber das ist leichter gesagt als getan", entgegnete ich hilflos. Es tat mir einfach gut, meine Sorgen mit einem Menschen, der mich liebte, zu teilen und in seinen Armen wurde ich langsam ruhiger.

Niklas holte mir ein Glas Wasser und machte mir fürsorglich eine Wärmflasche. Die tröstliche Wärme half mir, nachdem wir uns noch eine Weile unterhalten hatten, endlich in den ersehnten Schlaf zu sinken und ich schlief bis zum nächsten Morgen durch.

Einige Tage später war es soweit, der Tag der Gerichtsverhandlung hatte begonnen. Blass und abgespannt saß ich am Küchentisch, während Niklas versuchte mich zu überreden, eine Kleinigkeit zu essen.

„Jetzt iss doch wenigstens ein Brötchen oder einen Joghurt, damit du etwas im Magen hast", sagte er mit besorgter Stimme.

Dünnhäutig und empfindlich fauchte ich ihn an: „Ich werde wohl am besten wissen, was für mich gut ist. Wenn ich jetzt etwas esse, muss ich mich übergeben und damit würde ich im Gerichtssaal wohl keine gute Figur abgeben."

Er beschloss mich in Ruhe zu lassen, schweigend und angespannt machten wir uns fertig und zogen unsere Jacken an. Dann war es soweit und wir machten uns auf die Fahrt zum Gerichtsgebäude. Dort angekommen blickten wir uns auf der Suche nach unserem Sitzungssaal um und wurden in der Eingangshalle auch schon von meinem Anwalt erwartet.

Nachdem ich erfahren hatte, dass Robert mich als Lügnerin darstellte und alle Schuld von sich wies, war es mir lieber gewesen, kompetenten Rechtsbeistand zu erhalten, um somit als Nebenklägerin aufzutreten. Ich hatte einen Anwalt engagiert, der mich bei der Vorbereitung meiner Aussage und den damit verbundenen Fragen, die unweigerlich auf mich zukommen würden, unterstützen sollte. So fühlte ich mich etwas sicherer die Befragung durchzustehen. Mein Anwalt, Herr Kluger, sprach mir Mut zu und dann musste ich mich von Niklas verabschieden, da er als Zeuge erst später aufgerufen wurde. Er drückte noch einmal fest meine Hände, um mir seine Unterstützung und Zuversicht zu zeigen.

Dann eröffnete Richterin Frau Scholz die Verhandlung und der Aufruf der Zeugen und deren Belehrungen fanden statt. Anschließend verließen diese erneut den Raum und die Personalien des Angeklagten wurden aufgenommen. Danach trug der Staatsanwalt vor, welche Vergehen Robert angelastet wurden.

In seiner Aussage stellte er sich als unschuldig dar. Er behauptete: „Laura ging freiwillig mit mir nach Hause und wir verbrachten schöne Stunden zusammen. Sie wollte sich von ihrem Freund trennen, zumindest behauptete sie dies mir gegenüber. Warum Laura solche Verletzungen davon trug, davon weiß ich nichts. Mich würde es nicht wundern, wenn Niklas sie aus Wut, dass sie ihn verlassen wollte, so zugerichtet hat. Ich kann mir ihren Sinneswandel einfach nicht erklären."

„Herr Breitner, jetzt beenden Sie mal Ihre Märchenstunde. Die Beweislast ist so erdrückend, da können Sie sich Ihre erfundenen Geschichten sparen", entgegnete der Staatsanwalt sarkastisch.

Roberts Anwalt mischte sich ein und erwiderte: „Die Erklärung meines Mandanten klingt in meinen Ohren sehr plausibel und sind meines Erachtens eine weitere Prüfung wert."

Mir war als hörte ich nicht richtig, während ich Roberts Aussage ungläubig verfolgte. Meine Wut und Verachtung wuchs in das Grenzenlose. Ich würde es nicht zulassen, ihn mit dieser unglaublichen Geschichte durchkommen zu lassen. Meine Entschlossenheit Robert mit meiner Aussage hinter Schloss und Riegel bringen, wuchs mit jeder Minute.

Wenig später wurde auch schon mein Name aufgerufen. Mit zittrigen Beinen setzte ich mich an den ausgewiesenen Tisch und es wurden erst einmal meine Personalien aufgenommen. In dieser Zeit konnte ich meine Gedanken sammeln und ein wenig Ruhe zurückerlangen.

Dann wurde ich von der sympathischen Richterin aufgefordert den Überfall zu schildern.

Ich atmete tief durch und begann: „Am 19. Oktober am frühen Nachmittag befand ich mich nach dem Einkaufen, von der S-Bahnhaltestation auf dem Weg nach Hause. Plötzlich tauchte Robert auf. Mit einer logischen Erklärung, er hätte eine DVD für meinen Freund in seinem Auto, lockte er mich in die Nähe der Beifahrertüre. Dort angekommen, fühlte ich plötzlich, dass an dieser Situation etwas falsch war. Nachdem ich seinen irrsinnigen Blick sah, wollte ich weglaufen. Da verspürte ich einen schrecklichen Schmerz in meinem Kreuz. Im Nachhinein erfuhr ich, dass ein Elektroschockgerät diesen ausgelöst hatte. Als ich durch den Elektroschock bewegungsunfähig wurde und ihm deshalb hilflos ausgeliefert war, schob er mich auf den Beifahrersitz und fuhr davon." Ich stockte kurz, holte tief Luft und fuhr fort meine Erlebnisse wiederzugeben.

Bei einigen Details geriet ich ins Stocken und manchmal zitterte meine Stimme verräterisch.

Aber ich schaffte es, die gesamte Aussage durchzustehen ohne in Tränen auszubrechen. Diese Genugtuung wollte ich Robert nicht gönnen. Ich vermied es Blickkontakt mit ihm aufzunehmen und beendete meine Aussage mit den Worten: „Nachdem mein Freund Niklas Petersen und Andreas Schindler ihn überwältigt hatten, kann ich mich an nichts mehr erinnern. Als nächstes wachte ich im Krankenhaus auf."

Im Anschluss wurden mir viele Fragen zu Tat gestellt, sowohl von Seiten des Staatsanwaltes, als auch von der Gegenseite. Zum Glück hatte ich einen Anwalt, der mir zur Seite stand und sich bei einigen Fragen einmischte. Herr Gantz, Roberts Rechtsanwalt, besaß tatsächlich die Dreistigkeit mir vorzuwerfen, ich hätte die Tat durch mein irreführendes Verhalten herausgefordert.

Ich war fassungslos, als er die Frechheit besaß zu behaupten: „Frau Hellwig, stimmt es nicht, dass Sie während gemeinsamer Treffen, immer wieder die Nähe von Herrn Breitner gesucht haben? Somit ist nachvollziehbar, dass er durch Ihre aufreizende Art mit ihm umzugehen, falsche Schlüsse gezogen hat. Des Weiteren verstehe ich nicht, warum Sie mit Herrn Breitner nach Hause gegangen sind und nach einer gemeinsamen Nacht plötzlich solche Geschichten erzählen. Vermutlich bereuten Sie es im Nachhinein Ihren Freund betrogen zu haben, da Sie ihn nicht verlieren wollten."

„Ich erhebe Einspruch", rief mein Anwalt empört aus: „Frau Hellwig hat in ihrer Aussage gerade plausibel erklärt, dass sie nicht freiwillig mitgegangen war. Vielmehr wurde sie durch den Einsatz des Elektroschockgerätes, welches zweifelsfrei Ihrem Mandanten gehört, willenlos gemacht und wurde von ihm genötigt in sein Auto einzusteigen. Welchen Teil der Aussage haben Sie nicht verstanden, werter Herr Kollege?"

„Dem Einspruch wird stattgegeben", mischte sich die

Richterin ein, um dem Disput ein Ende zu bereiten.

Ich war während seiner Unterstellung zusammengezuckt, als habe ich einen Schlag erhalten.

Diese Reaktion auf meine Aussage hatte ich nicht erwartet. Wahrscheinlich war ich einfach zu unbedarft und naiv in die Verhandlung gegangen. Natürlich versuchte Roberts Anwalt mit allen zur Verfügung stehenden Methoden, meine Aussage zu verunglimpfen und mich als unglaubwürdig darzustellen. Es war schließlich sein Job einen Freispruch zu erlangen.

Nachdem sich meine Aussage zwei Stunden hingezogen hatte, wurde die Verhandlung erst einmal unterbrochen. Nachmittags sollte Niklas Aussage folgen.

In den kommenden Tagen waren weitere Verhandlungstage angesetzt, an welchen Andreas, die Polizisten, die Joggerin und die Rettungssanitäter, die damals am Tatort eintrafen, aussagen sollten. Außerdem wurde Frau Walter, Roberts Nachbarin seitens der Verteidigung aufgerufen.

Als ich durch die Türe des Sitzungssaales trat, erblickte ich nicht nur Niklas und Andreas, die auf mich warteten, sondern auch seine Mutter, die zu meiner Unterstützung anwesend war.

Gerührt umarmte ich nicht nur meinen Freund, sondern auch Brigitte und Andreas drückte ich fest an mich.

„Ich freue mich, dass ihr da seid", sagte ich leise.

Meine Eltern hatten ihre Unterstützung ebenfalls angeboten, aber dies hatte ich abgelehnt, da ich nicht ständig in die besorgte und mitleidige Miene meiner Mutter blicken wollte. Ich hegte die Befürchtung, dass mich ihre Anwesenheit noch hysterischer gemacht hätte, als ich es ohnehin schon war.

Anscheinend war mir die zermürbende Verhandlung und die damit einhergehende Erschöpfung anzusehen, denn Niklas fragte mich sogleich besorgt: „Wie war deine Aussage? Sind dir die Richterin und der Staatsanwalt wohl gesonnen?"

„Es war furchtbar", brach es aus mir heraus. „Aber Frau Scholz ist sehr sympathisch und freundlich. Der Staatsanwalt hat Haare auf den Zähnen, allerdings zeigt er sich mir gegenüber höflich. Außerdem schenkt er Roberts Aussage keinen Glauben und macht aus seiner Überzeugung auch keinen Hehl", begann ich zu berichten.

„Unmöglich benimmt sich Roberts Anwalt, er hatte tatsächlich die Unverschämtheit besessen mich zu fragen, warum ich freiwillig in dessen Wohnung gehe und anschließend behaupte, Robert sei ein versuchter Vergewaltiger."

„Spinnt der Idiot? Das ist ja eine absolute Frechheit", fuhr Niklas unbeherrscht über meine Ausführung auf.

„Herr Kluger hat sogleich Einspruch erhoben und dem wurde auch unverzüglich stattgegeben. Trotzdem fühlte es sich an, als ob mir die Füße unter dem Boden weggezogen wurden. Zum Glück saß ich schon", erwiderte ich mit dem Versuch, das Ganze von der humorvollen Seite zu nehmen.

„Auf jeden Fall bin ich auf deine Aussage gespannt und wie Roberts Anwalt darauf reagieren wird. Du solltest dich auf unangenehme Unterstellungen gefasst machen."

„Dem werde ich schon helfen", sagte Niklas grollend.

„Du reißt dich bitte zusammen und wirst dich an Herrn Klugers Anweisungen halten", mischte sich Brigitte nachdrücklich ein, die das Temperament ihres Sohnes kannte.

Er bedachte sie mit einem finsteren Blick, hielt dann aber vernünftigerweise seinen Mund.

Wir beschlossen in ein nahegelegenes Restaurant zu gehen, um in Ruhe Mittag zu essen.

Aber ich bekam vor Nervosität kaum einen Bissen herunter. Ein Umstand, der schon seit geraumer Zeit anhielt und ich stocherte lustlos auf meinem Teller herum. Meine mühevoll zugenommenen drei Kilogramm hatte ich in den letzten Tagen wieder verloren. Früher hätte ich mich über die Tatsache ein niedriges Gewicht zu halten, sehr gefreut, aber nicht um jeden Preis und unter diesen Umständen.

Ich war schon immer eine genussvolle Esserin gewesen. Nun schien mir die Fähigkeit mir mein Essen schmecken zu lassen, abhandengekommen zu sein. Ich hoffte, mit Abschluss der Verhandlung tatsächlich wieder zur Normalität zurückkehren zu können.

„Ich rufe Herrn Petersen in den Zeugenstand auf." Der Gerichtsdiener beorderte meinen Freund in den Sitzungssaal, als die Verhandlung fortgesetzt wurde.

Nachdem seine Personalien geklärt waren, berichtete er von den Ereignissen dieser verhängnisvollen Tage. Er begann zu erzählen, dass er am Tag der Entführung am geplanten Restaurantbesuch nicht teilnehmen konnte, da er in der Redaktion einspringen musste. Dieser Umstand war Robert natürlich nicht verborgen geblieben. Danach fasste er Roberts Intrige zusammen, die dieser gründlich und systematisch geplant haben musste, um sein Vorhaben in die Realität umzusetzen. Schonungslos legte er seine Sichtweise der Tat dar und endete mit dem Übergriff auf Robert, als dieser im Park versuchte mich zu vergewaltigen.

Im Anschluss musste auch Niklas sich unangenehmen Fragen seitens des Rechtsanwaltes stellen, der ihm tatsächlich unterstellte, der mögliche Täter meiner Verletzungen, aus verletztem Stolz, zu sein. Derart wütend hatte ich Niklas nicht einmal am Morgen nach meiner Entführung erlebt. Es sah so aus, als könne er sich nur mühselig davon abhalten, auf den Rechtsanwalt loszugehen.

Ich konnte erkennen, wie die Adern an seinen Händen sichtbar wurden, so krampfhaft hielt er sich am Tisch fest. Es kostete ihn allerhand Beherrschung nichts weiter zu erwidern als: „Selbstverständlich habe ich damit nichts zu tun." Er warf dem Anwalt noch einen finsteren, verachtungsvollen Blick zu und überließ das folgende Wort Herrn Kluger.

Herrn Gantz Bemühungen zum Trotz bemerkte ich, dass sowohl die Richterin als auch der Staatsanwalt von

Roberts Schuld überzeugt waren.

Für heute wurde die Sitzung geschlossen, die Fortsetzung wurde für Morgen um 10 Uhr festgelegt.

Müde und ausgelaugt, als hätte ich stundenlange körperliche Arbeit hinter mir, fuhren wir zu Brigitte nach Hause. Es war ihr wichtig, mir noch etwas beizustehen und deshalb hatte sie uns zum Abendessen eingeladen. Sie nahm sich am Abend Zeit mit mir in Ruhe zu reden und es tat gut, mich einmal mit einer anderen Person über das Geschehene auszutauschen.

Niklas half mir sehr das Erlebte zu verarbeiten. Aber manchmal war er hilflos, wie er in gewissen Situationen reagieren sollte, da er mich nicht durch unbedachte Worte verletzen wollte. Oftmals stand er ratlos und unbeholfen da, wenn ich wieder einmal ungerecht und empfindlich reagierte.

Brigitte ging viel souveräner mit mir um. Durch ihre Lebenserfahrung und ruhige und besonnene Art, fiel es ihr leicht mir in meiner Lage beistehen. Vielleicht konnte sich Brigitte, aufgrund der einfachen Tatsache, dass sie ebenfalls weiblichen Geschlechts war, besser in meine Lage hineinversetzen. Wie konnte Niklas nachvollziehen, wie entwürdigend es sich anfühlte, Opfer geworden zu sein und dem aus eigener Kraft nichts entgegensetzen zu können? Sie gab mir durch unser Gespräch genügend Kraft und Ruhe zurück, um mich zuversichtlich in die weitere Verhandlung blicken zu lassen.

Als wir abends im Bett lagen, gab ich meine größte Befürchtung preis: „Was passiert, sollte Robert tatsächlich freigesprochen werden? Wie soll ich ohne Angst weiterleben, wenn er mir tagtäglich über den Weg laufen kann?"

„Laura, er wird nicht freigesprochen, obwohl sein Anwalt das mit allen Mitteln probiert. Bei dieser erdrückenden Beweislage wird ihm nichts anderes übrigbleiben, als seine Verurteilung hinzunehmen. Mache dir bitte keine Sorgen."

„Das sagst du so leicht. Herr Gantz hat doch auf jede

Aussage eine gute Begründung oder plausible Erklärung parat", rief ich leicht gereizt. Ich bemerkte, wie meine Nerven wieder einmal blank lagen. Kurz darauf erwiderte ich zerknirscht: „Es tut mir leid, schließlich ist diese Situation auch für dich belastend."

Als zwischen uns wieder alles gut war, kuschelte ich mich in seine Armbeuge und schlief in seinem geborgenen Halt ein.

Der zweite Verhandlungstag begann mit Andreas Aussage. Diese stützte Niklas Erklärung bis in das kleinste Detail. Er stellte sich durch seine ruhige, bedachte Erzählweise als sehr glaubwürdig dar.

Als nächstes waren die Aussagen von Kommissarin Frau Reitberger sowie ihres Kollegen an der Reihe. Sie erklärte, welche Situation sie am Tatort vorgefunden hatten und berichtete sowohl von dem Fund des Elektroschockgerätes, sowie der Fotos und Videos, die auf Roberts Handy entdeckt worden waren.

Als die Richterin die Beweismittel zur Überprüfung offen darlegte, schloss ich ergeben die Augen, denn es war mir furchtbar unangenehm, dass Frau Scholz und der Staatsanwalt diese zu Gesicht bekommen hatten.

Herr Gantz erhob sofort Einspruch und forderte Einblick in die Beweismittel zu bekommen. Dies wurde stattgegeben und er trat an den Richtertisch heran und betrachtete diese eingehend. Dabei warf er mir undurchsichtige, abschätzige Blicke zu, die mir die Röte in das Gesicht trieben. Noch nie war ich mir bekleidet, derart nackt vorgekommen.

„Ich knalle dem Lackaffen gleich eine", hörte ich Niklas aufgebrachte Stimme unterdrückt ausrufen.

Ich musste mir das Lachen verkneifen, als ich mir die Situation bildlich vorstellte. Dann besann ich mich aber eines Besseren, da ein hysterischer Lachkrampf in diesem Moment einen seltsamen Eindruck erwecken könnte. Natürlich war mir bewusst, dass die Herangehensweise des

Anwalts nur Show war, da die Staatsanwaltschaft vorab die Pflicht hatte, ihm Einblick in ihre Beweislage gegen seinen Mandanten zu gewähren. Nach seiner Betrachtung wandte er mir einen missbilligenden Blick über den Rand seiner Brille zu: „Mein Mandant hat hierzu ausgesagt, dass er und Frau Hellwig eine Vorliebe für derartige sexuelle Praktiken hegen und es ihr Wunsch war, gefesselt zu werden."

Diesmal konnte ich mich aufgrund seiner unfassbaren Dreistigkeit nicht mehr beherrschen und rief wütend aus: „Das ist eine unglaubliche Lüge, wie können Sie eine so abartige Behauptung aufstellen? Wie können Sie derart skrupellos sein?"

Zum ersten Mal während der Verhandlung suchte ich Roberts Blick: „Jetzt sag doch wenigstens einmal die Wahrheit und steh zu deiner Tat. Aber wahrscheinlich redest du dir in deinem kranken Hirn wirklich ein, ich würde dich lieben und hätte das Ganze freiwillig mitgemacht."

Daraufhin bekam ich eine nachsichtige Rüge von Seiten der Richterin. Robert hingegen blickte mich nur mit triumphierendem, anzüglichem Gesichtsausdruck an und formte dabei einen Kussmund. Voller Ekel wandte ich mich ab und musste ein Schütteln unterdrücken.

Der Staatsanwalt kam mir zu Hilfe und sagte kühl: „Herr Gantz jetzt halten Sie sich mit Ihren unangebrachten Beleidigungen ein wenig zurück. Die Beweislage zeigt eindeutig Herr Breitners Schuld, da sind Ihre Absichten vergebliche Liebesmüh. Sie können es sich sparen, Ihre herabwürdigende Meinung kundzutun."

„Ich zeige nur eine reelle Möglichkeit auf, wie die Situation tatsächlich abgelaufen sein könnte. Schließlich waren Sie während der Geschehnisse ebenso wenig zugegen wie ich", verteidigte sich der Rechtsanwalt lautstark.

„Ruhe in meinem Gerichtssaal! Herr Gantz und Herr Kluger treten Sie bitte an den Richtertisch heran." Wie zwei kleine, gescholtene Buben wurden die beiden zu Frau Scholz zitiert, die sie mit leiser aber strenger Stimme dazu aufforderte, etwas gemäßigter miteinander umzugehen.

Anschließend wurde die Verhandlung fortgesetzt. Als nächstes wurde die Joggerin befragt, die sich aufgrund des Zeugenaufrufes bei der Polizei gemeldet hatte.

Herr Gantz blieb seiner Taktik treu, Aussagen zu verunglimpfen. Er nahm demonstrativ seine Brille ab und bedachte das junge Mädchen mit einem strengen Blick, der gestandene Mannsbilder in die Knie bezwungen hätte. „Wie lange konnten Sie Ihrer Meinung nach die vorgefundene Situation beobachten? Es können sich doch lediglich um Sekunden gehandelt haben, als Sie an dem Pärchen im Park vorbei gejoggt sind. Vielleicht haben Sie die Gegebenheit falsch eingeschätzt."

Die junge Frau schluckte hörbar, als sie den verbalen Angriff hörte. Allerdings fasste sie sich erstaunlich schnell und erwiderte sachlich: „Vielleicht handelte es sich nur um eine Momentaufnahme. Aber ich verfüge über einen gesunden Menschenverstand und der sagte mir, dass Frau Hellwig sich nicht freiwillig den Misshandlungen Ihres Mandanten aussetzte."

Dabei warf sie mir einen kurzen Blick zu und ich lächelte sie dankbar an.

Roberts Anwalt änderte seine Herangehensweise, indem er fragte: „Können Sie zweifelsfrei bezeugen, dass es sich bei dem Mann um Herrn Breitner handelte?"

Sie sah kurz zu Boden und sagte dann leise: „Nein, das kann ich nicht."

Daraufhin meinte Herr Gantz triumphierend: „Keine weiteren Fragen."

Demonstrativ stand der Staatsanwalt auf und erwiderte gedehnt: „Ich möchte hierzu nur kurz für das Protokoll anfügen, dass keine Notwendigkeit besteht den Angeklagten zu identifizieren, denn dies haben sowohl Herr Petersen als auch Herr Schindler zweifelsfrei getan." Unbeeindruckt von Herrn Gantz erbostem Blick setzte er sich wieder.

Die heutige Verhandlung endete mit der Vernehmung

der jungen Joggerin.

Am Morgen des letzten Verhandlungstages hielt ich zittrig meine Kaffeetasse fest. „Ich verstehe gar nicht, warum ich heute derart aufgeregt bin. Immerhin habe ich keine Aussage zu machen."

Niklas kam auf mich zu, er nahm mir vorsichtig die Tasse aus der Hand und stellte sie ab. Er umfasste meine Hände und erwiderte: „Wahrscheinlich liegt es daran, dass heute das Urteil verkündet wird, wenn nichts Unvorhergesehenes, wie ein erneuter Zeugenaufruf seitens des Rechtsanwaltes, vorfällt."

„Ich bete inständig, dass er seine gerechte Bestrafung bekommt," flüsterte ich matt.

Ich nahm erneut meine Kaffeetasse und trank einen Schluck. Dabei verschüttete ich durch eine fahrige Bewegung die Hälfte auf meiner Bluse. Fluchend und vor mich hin schimpfend, rief ich aus: „Das hat mir gerade noch gefehlt! Jetzt muss ich mich noch einmal umziehen."

Ich hatte mich für ein Kostüm aus zusammengehöriger Hose und Blazer in dezenten Grautönen entschieden. Zum Glück trug ich den Blazer noch nicht und musste somit nur die Bluse wechseln, die von Kaffeeflecken übersät war.

Anschließend hatten wir es ziemlich eilig. Es würde keinen guten Eindruck hinterlassen, wenn wir zu Verhandlungsbeginn zu spät kämen. Gerade noch rechtzeitig schlüpften wir in den Sitzungssaal und unmittelbar danach wurde auch schon der erste Sanitäter aufgerufen.

Die Rettungssanitäter, die meine Erstversorgung geleistet hatten und der behandelnde Arzt im Krankenhaus, machten ihre Angaben zu meinen Verletzungen, die eindeutig bewiesen, dass ich gegen meinen Willen von ihm gequält und zugerichtet wurde.

Allenfalls für den Einsatz des Elektroschockgerätes konnte Roberts Anwalt keine logische Erklärung finden. Diesmal unterließ er es mir zu unterstellen, dass ich solch eine Behandlungsmethode bevorzugen würde. Dies kam sogar ihm zu unglaubwürdig vor.

Als letzte Zeugin wurde Frau Walter in den Zeugenstand gerufen. Neugierig betrachtete ich die ältere Dame, die in den Raum getrippelt kam.

Man konnte ihr ihre Aufregung ansehen, gleichermaßen schien sie es aber zu genießen dermaßen im Mittelpunkt zu stehen. Wahrscheinlich passierte in ihrem Leben nicht besonders viel Aufregendes. Nun konnte sie zur Aufklärung einer Straftat beitragen oder diese widerlegen.

Die Richterin befragte Frau Walter zu den Vorkommnissen des 20. Oktobers.

Roberts Nachbarin schilderte die Erlebnisse des Nachmittags als sie Robert vor dem Haus angetroffen hatte. „Ich glaube nicht, dass dieser nette Junge seine Freundin mit Gewalt gezwungen haben soll, mit ihm zu kommen. Das würde er niemals tun", schloss sie schnaufend ihre Aussage und Robert grinste selbstzufrieden vor sich hin.

Mittlerweile konnte ich verstehen, warum sich viele Frauen weigerten Anzeige zu erstatten. Nun bekam ich selber unangenehm zu spüren, wie sehr Tatsachen verdreht wurden und dass die Wahrheit unter Umständen niemals ans Licht kam. Nicht immer sah die Beweislage so positiv aus, wie in meinem Fall.

Der Staatsanwalt erhob sich und fragte: „Haben Sie jemals persönlich mit Frau Hellwig gesprochen?"

„Natürlich!", entrüstete sich die Dame.

„Wann soll das gewesen sein?"

„Einspruch, das tut doch nichts zur Sache", mischte sich Herr Gantz ein.

Sein Kollege warf ihm einen erstaunten Blick zu: „Das sehe ich aber anders. Schließlich wollen wir die Glaubhaftigkeit Ihrer Zeugin überprüfen."

Frau Walter wurde von der Richterin aufgefordert zu antworten. Die ältere Dame wurde rot und stammelte: „Das muss am Nachmittag des besagten Tages gewesen sein."

Der Staatsanwalt fiel ihr sofort ins Wort: „Sie haben doch ausgesagt, dass Frau Hellwig im Auto saß und geschlafen hat, als Sie sich mit Herrn Breitner unterhalten haben."

„Sie bringen mich ganz durcheinander. Ich habe bestimmt irgendwann mit ihr gesprochen."

Wahrscheinlich hatte ihr Robert lange genug eingeredet, dass sie mich kennen würde, sodass sie es nun tatsächlich glaubte. Diese Frau hätte mir viel Leid ersparen können, wenn sie etwas aufmerksamer gewesen wäre und keine Unwahrheiten verbreitet hätte.

„Ich glaube, wir sind uns einig, dass Sie niemals persönlich mit dem Opfer gesprochen haben. Ihre gesamte Aussage basiert auf den Lügen, die Ihr Nachbar Ihnen eingetrichtert hat."

„Jetzt hören Sie doch auf meine Zeugin zu beeinflussen", fuhr Roberts Anwalt ihm in die Parade.

„Herr Kollege, sehen Sie der Tatsache ins Auge, dass Ihre Zeugin rein gar nichts gesehen hat, was Ihren Mandanten entlasten würde. Lediglich Frau Hellwigs Anwesenheit in Herrn Breitners Auto kann sie bezeugen. Glückwunsch, dieser Umstand war uns schon vorher bekannt", er warf Herrn Gantz einen herablassenden Blick zu.

„Aber Robert ist doch der Enkel meiner Freundin. Ich kann einfach nicht glauben, dass er das Mädchen entführt hat." Frau Walter schien den Tränen nahe.

Nun wurde mir schlagartig klar, warum Frau Walter derart gutgläubig auf Roberts Aussagen reagiert hatte. Anscheinend war sie mit seiner Oma befreundet und die hatte wahrscheinlich nur Gutes über ihren Enkel zu berichten gewusst. Immerhin hatte ich ja selbst den Eindruck erlangt, dass sie die einzige Bezugsperson in Roberts Leben war.

Zum Schluss der Verhandlung beantragte der Staatsanwalt in seinem Plädoyer ein Strafmaß von drei Jahren und sechs Monaten. Herr Gantz besaß die Dreistigkeit einen Freispruch aus Mangel an Beweisen zu beantragen, nachdem Robert die Tat bis zum Schluss bestritt.

Nach einer weiteren Unterbrechung, in der sich das Gericht zur Urteilsfindung in das Beratungszimmer zurückzog, sollte das Urteil verkündet worden.

Die auferlegte Zwangspause zog sich für mich endlos dahin. Ich konnte keine Sekunde stillsitzen und lief die ganze Zeit im Gang auf und ab. Ich ließ mich von Brigitte und Niklas auch nicht davon überzeugen, während der Pause in die Cafeteria zu gehen, um auf andere Gedanken zu kommen. Ich war mir sicher, dass es mir sowieso nicht gelungen wäre auch nur einen Augenblick abschalten zu können. So verbrachten wir die Zeit des Wartens vor dem Sitzungssaal. Niklas wich nur für einen Moment von meiner Seite, um uns einen Kaffee zu bringen. Dankbar nahm ich diesen entgegen, eine der wenigen Dinge, die ich in der bestehenden Situation herunterbekam. Ich konnte nicht sagen, wie viele Tassen ich in den letzten Tagen zu mir genommen hatte. Es war wohl auch besser so, denn gesund konnte dieser übermäßige Konsum nicht sein.

Dann war es endlich soweit. Der Augenblick der Wahrheit, den ich gefürchtet und auf der anderen Seite herbeigesehnt hatte, war gekommen. Niklas legte seinen Arm um meine Schultern und gemeinsam betraten wir mit demonstrativem Blick in Roberts Richtung, der besagte: wir gehören zusammen, den Saal.

Als die Richterin mit den Schöffen den Raum betrat, wurden die Anwesenden gebeten sich zur Urteilsverkündung zu erheben. Mit zitternden Knien und einem flauen Gefühl im Magen stand ich auf. Ich bereute es vorhin zwei Tassen Kaffee getrunken zu haben. Nun befürchtete ich mich jeden Augenblick zu übergeben. Reiß dich um Himmels willen zusammen Laura, ermahnte ich mich im Geiste selber.

„Herr Breitner, Sie werden der gefährlichen Körperverletzung Paragraph 224 StGB, Freiheitsberaubung, Paragraph 239 StGB, versuchter Vergewaltigung und sexueller Nötigung Paragraph 177 und 179 StGB schuldig gesprochen", gab die Richterin das Urteil bekannt.

Ich sackte vor Erleichterung zusammen und bemerkte, dass ich vor Angst die Luft angehalten hatte. Niklas fing mich gerade eben noch auf und half mir wieder auf die Beine.

Meine Schwäche war mir peinlich. Ich verspürte das dringende Bedürfnis mich zu setzen, aber mit Niklas starkem Griff schaffte ich es, den Halt wiederzufinden. Darüber hinaus hatte ich das Strafmaß gar nicht wahrgenommen. Als mich Niklas und Brigitte freudestrahlend ansahen und Brigitte mich fragte: „Bist du mit dem Urteil nicht zufrieden?", sah ich sie nur verständnislos an und musste zugeben. „Mir ist vor Erleichterung für einen Augenblick, schwarz vor Augen geworden. Ich habe lediglich mitbekommen, dass er schuldig gesprochen wurde. Aber das Strafmaß habe ich nicht gehört."

Niklas blickte mich belustigt an und sagte scherzend: „Du hättest eben meinen Ratschlag eine Kleinigkeit zu Essen, annehmen sollen." Seine Erleichterung darüber, dass dieser Albtraum endlich ein Ende hatte, war ihm deutlich in das Gesicht geschrieben.

„Wie ging es denn jetzt aus?", fragte ich ungeduldig, als keiner Anstalten machte mich aufzuklären.

„Er hat drei Jahre und vier Monate ohne Bewährung gekommen. Ich denke mit dem Urteil können wir zufrieden sein", sagte Niklas endlich.

Die Richterin hatte die Höhe des Strafmaßes vor allem durch die bestehende Tatsache begründet, dass Robert nicht aus dem Affekt gehandelt hatte, sondern diese Tat akribisch, bis in das kleinste Detail geplant hatte, um dann im passenden Augenblick seinen Plan in die Realität umzusetzen. Auch das Mitführen einer Waffe sowie die Tatsache, dass er vorbestraft war, hatten das Strafmaß beeinflusst.

Ich dachte nachdenklich darüber nach und mir entfuhr:

„Drei Jahre Ruhe vor Robert, das ist beruhigend."

Niklas hatte es natürlich gehört und sagte überzeugt: „Ich glaube nicht, dass du vor ihm noch einmal etwas zu befürchten hast. Nach seinem Gefängnisaufenthalt wird er davon kuriert sein, dir nachzustellen."

„Ich wünsche mir, dass du Recht behältst, aber jetzt lass uns feiern und auf das Urteil anstoßen", rief ich erleichtert aus, entschlossen die positive Seite zu sehen.

Am Abend wurden wir von Brigitte und Klaus zum Essen in ein Nobelrestaurant eingeladen, welches wir uns unter normalen Umständen niemals hätten leisten können.

Ich hatte meinen Appetit wiedergefunden und ließ mir das vier Gänge Menü schmecken.

„Ich kann nicht mehr", rief ich aus als ich das Dessert zur Hälfte aufgegessen hatte.

„Schade um die schöne Creme, aber wenn ich noch einen weiteren Löffel esse, platze ich", entgegnete ich. Die letzten Tage hatte ich kaum etwas gegessen, das machte sich nun bemerkbar. Mein Magen war solch große Mengen nicht mehr gewöhnt.

„Gut für mich", Niklas lächelte mich verschmitzt an und aß meine Portion auch noch auf.

„Jetzt reicht es, nicht dass du mir fett wirst", musste ich ihn aufziehen und zog ihm den Teller unter der Nase davon.

„Einmal im Jahr werde ich wohl über die Stränge schlagen dürfen" schmollte er mit treuherzigem Augenaufschlag.

Lachend gab ich ihm den Teller zurück und erlaubte ihm großzügig aufzuessen. Aus Dankbarkeit bekam ich einen Kuss von ihm, der tausendmal besser als der Nachtisch schmeckte.

Klaus und seine Frau betrachteten uns schmunzelnd. Brigitte sah man ihre Erleichterung darüber an, dass es mir wieder besserging. Zum Abschied umarmten mich beide liebevoll und wünschten uns eine gute Nacht.

Zuhause merkte ich, wie die ganze Anspannung der

letzten Tage von mir abfiel. Plötzlich überkam mich ein großes Gefühl der Sehnsucht und Leidenschaft nach meinem Freund und ich verspürte das Bedürfnis mit ihm zu schlafen. Die Tage vor Verhandlungsbeginn zeigte ich mich gereizt und abweisend und hatte es manchmal nicht einmal ertragen, von ihm angefasst zu werden. In diesem Augenblick war alles vergessen, ich verspürte ein unfassbar großes Verlangen nach ihm. Wortlos begann ich ihn zu küssen. Niklas hob mich hoch und trug mich in unser Schlafzimmer.

Ein Traum wird wahr
–
Die Eröffnung

Nach Prozessende konnte ich mein Leben wieder in geregelten Bahnen fortsetzen. Voller Konzentration kümmerte ich mich um die anstehende Eröffnung unseres Ladens. In den Tagen vor Prozessbeginn und während der Verhandlung hatte ich keine Zeit und Elan verspürt, mich mit den Belangen des Ladens auseinanderzusetzen. Zu sehr hatte mich der Gedanke an das Wiedersehen mit Robert belastet.

Iris hatte für meinen Entschluss, die Vorbereitungen einige Tage ruhen zu lassen, Verständnis gezeigt und hatte in meiner Abwesenheit weiter am Konzept gearbeitet. Auch hatte sie Belange übernommen, die meinen Buchhandel betrafen, so hatte sie einige Buchsendungen angenommen und Telefonate mit Verlagen geführt. Die Gestaltung und Planung der Cafeteria war fertig und die Möbel bestellt. Nun begann der schwere Teil der Vorbereitungen, die Renovierung unseres Ladens. Ab nächster Woche hatten wir den Laden gemietet. Herr Berger zeigte sich so freundlich uns schon einige Tage früher Einlass zu gewähren und hatte Iris gestern den Schlüssel überreicht.

Den heutigen Tag verbrachten wir im Baumarkt, um den ausgesuchten Parkettboden, Farben und weitere Utensilien, die wir für die Renovierung benötigten, zu besorgen. Dies nahm viel Zeit in Anspruch, da wir uns lange uneins über die Farbauswahl der Wände waren.

Nachdem wir einen Kompromiss schlossen, begann der anstrengende Teil.

Zuerst rissen wir die Fensterverkleidungen ab, um das Tageslicht in den Raum hereinzulassen.

Sofort erstrahlte die Räumlichkeit im hellen Glanz und wir sahen, dass aus dem Gebäude einiges herauszuholen war.

Die nächsten Wochen verbrachten Iris und ich fast jede freie Minute im Geschäft, da wir mit der Renovierung möglichst schnell fertig werden wollten. Wir konnten es kaum erwarten unseren Laden endlich einzurichten und nach unseren Vorstellungen zu dekorieren und zu gestalten.

Durch die arbeitsintensive Zeit hatte ich selten Gelegenheit an meine Vergangenheit zu denken, aber leider gab es auch noch Monate nach der Entführung Momente, in denen ich rückfällig wurde. Normalerweise verließen Iris und ich abends gemeinsam den Laden, aber heute musste Iris am Nachmittag einen Arzttermin wahrnehmen und ich beschloss die Gelegenheit zu nutzen, um mir in Ruhe noch einige Gedanken und Notizen zu machen, da mein Konzept, bezüglich der Raumgestaltung, noch nicht stimmig war. Im Nu verging die Zeit und ehe ich mich versah, war es draußen dämmrig geworden.

Plötzlich war von meiner euphorischen Stimmung, die mich jedes Mal überfiel, wenn ich an meinem Traum arbeitete, nichts mehr übriggeblieben. Hastig packte ich meine Sachen zusammen und machte mich besorgt auf den Weg zu meinem Auto. Bisher hatte ich es vermieden im Dunkeln alleine unterwegs zu sein. Mein Auto stand zwei Seitenstraßen entfernt, da ich seit der Entführung ungern mit öffentlichen Verkehrsmitteln fuhr. Die Menschenmassen überforderten mich und ich bekam jedes Mal ein beklemmendes Gefühl.

Plötzlich erschienen aus einer Hofeinfahrt zwei Männer und liefen direkt hinter mir her.

Mein Herz pochte heftig und meine Nackenhaare stellten sich auf. Meine Gedanken waren vollkommen auf Flucht eingestellt. Hektisch kramte ich in meiner Handtasche und holte mein Handy heraus.

„Jetzt geh schon ran", dachte ich hysterisch.

Nachdem ich Niklas nicht erreichen konnte, bog ich in die folgende Seitenstraße ab und sobald ich außer Sichtweite der Männer war, begann ich eine Parallelstraße weiter, zurück zu unserem Geschäft zu rennen. Ich warf die Türe hinter mir zu und versuchte meine Ängste in den Griff zu bekommen. Ich hatte Mühe Luft zu bekommen. Schließlich ebbte die Panik langsam ab und ich sackte vollkommen erschöpft, als hätte ich einen neuen Weltrekord im Sprint aufgestellt, zu Boden.

Da klingelte mein Handy. Fast wäre es mir aus der Hand gefallen, dann schaffte ich es mit meinen zitternden Händen das Gespräch anzunehmen.

„Laura, was ist los? Es tut mir leid, dass ich nicht drangehen konnte, aber wir haben gerade ein Meeting und ich musste erst einmal den Raum verlassen."

Ich konnte seiner Stimme entnehmen, dass er beunruhigt war, weil ich ihn während der Arbeit anrief. Als ich hörte, dass ich zu einem ungünstigen Zeitpunkt angerufen hatte, wollte ich ihn beruhigen und abwimmeln, aber ich schaffte es einfach nicht. Ich brauchte ihn so sehr.

Es war mir in meinem desolaten Zustand nicht einmal möglich meine Gedanken klar zu formulieren.

„Da waren zwei Männer hinter mir und ich habe Angst bekommen", brach es aus mir heraus.

„Was für Männer? Was ist denn passiert?", fragte Niklas eindringlich.

„Es ist gar nichts passiert. Das ist ja das Schlimme", antwortete ich etwas konfus.

„Laura, wo bist du?"

„Im Laden."

Niklas versprach sofort zu kommen, auf meine halbherzigen Proteste reagierte er erst gar nicht. Erleichtert beendete ich das Gespräch und wartete auf ihn. Niklas hatte seinen Chef über die Situation aufgeklärt, als es mir damals so schlecht ging und er Sonderurlaub eingereicht hatte, um für mich da zu sein. Deshalb wusste ich, dass er keine Schwierigkeiten bekommen würde, wenn er das Meeting vorzeitig verließ.

Kurz darauf pochte es an der Türe und Niklas sanfte Stimme ertönte: „Schatz, lass mich bitte rein."

Mühsam schaffte ich es auf die Beine zu kommen und stolperte zur Türe. Als Niklas den Raum betrat, nahm er mich sofort in die Arme. Mühselig stammelnd erzählte ich ihm, was passiert war.

„Ich werde nie zu einem normalen Leben zurückfinden. Ich bin ein Nervenbündel, sobald ich alleine unterwegs bin. Wie soll das weitergehen? Anscheinend habe ich mir nur eingeredet, dass mit Roberts Verurteilung diese unglückselige Geschichte für mich abgeschlossen wäre."

Niklas strich mir beruhigend über den Rücken und erwiderte bestimmt: Es ist völlig normal, dass du immer wieder Rückfälle haben wirst. Ich weiß, wie schwierig das für dich ist, aber es wird besser werden. Wo zum Teufel ist eigentlich Iris?" Sein grollender Tonfall verhieß nichts Gutes.

„Sie ist nicht meine Aufpasserin", verteidigte ich sie mit müder Stimme.

„Ich finde es dennoch nicht in Ordnung, dass sie dich alleine lässt."

„Es war meine Entscheidung hier zu bleiben, als sie ging. Also hör auf, ihr die Schuld zu geben."

Niklas brachte mich nach Hause, nachdem wir zu Abend gegessen hatten, sprach er die Begebenheit nochmals an. „Mir ist eine Idee gekommen, wie dir deine Ängste genommen werden könnten. Was hältst du davon, einen Selbstverteidigungskurs zu absolvieren? Natürlich ist dies kein Garant dafür, dass dir nichts passiert, aber es würde dir bestimmt helfen, dich sicherer zu fühlen, wenn du Techniken erlernen würdest, um dich zu verteidigen."

Ich versprach mir seinen Vorschlag durch den Kopf gehen zu lassen. Vielleicht war es tatsächlich keine schlechte Idee.

Am nächsten Morgen sah die Welt wieder freundlicher aus und ich schob den Gedanken erst einmal von mir, um mich ganz auf unsere Renovierung zu konzentrieren. Zum Glück besaßen wir sehr hilfsbereite Freunde, die uns in ihrer Freizeit bei den Vorbereitungen unterstützten.

Neben Niklas halfen uns vor allem Sabrina und Andreas häufig bei der Renovierung, aber auch Kristian, der mir gegenüber immer noch ein schlechtes Gewissen verspürte. Immerhin war er es gewesen, der Niklas durch seine Äußerungen über mich und Robert verunsichert hatte. Diese wiederum hatten mitunter den Ausschlag gegeben, dass Niklas seine Suche nach mir aufgab und mich am darauffolgenden Morgen wüst beschimpft hatte. Vor einiger Zeit hatte ich ein klärendes Gespräch unter vier Augen gesucht, um dies endgültig aus der Welt zu schaffen. Seitdem ließ er sich öfters in unserem Laden blicken und half uns mit vereinten Kräften das Geschäft zu renovieren.

Vor allem kam uns die Tatsache entgegen, dass Kristian gelernter Installateur war. Er erklärte sich schließlich bereit, die sanitären Belange zu übernehmen. Um die erforderliche Konzession für die Cafeteria zu bekommen, benötigten wir natürlich auch zugehörige Toiletten. Diese Aufgabe erledigte er unentgeltlich, worüber wir sehr dankbar waren.

„Ich bin fertig", rief er nach einigen Stunden Arbeit und blickte uns beifallsheischend an.

„Kristian du bist ein Schatz, dein erster Kaffee geht aufs Haus. Spaß beiseite, du hast dir lebenslang kostenlosen Kaffee verdient", entgegnete ich gutgelaunt, als er uns schmutzig aber zufrieden gegenüberstand.

„Das Angebot nehme ich gerne an", sagte er lächelnd.

„Habt ihr denn nichts zu tun oder warum steht ihr seelenruhig herum und unterhaltet euch?", brüllte plötzlich Niklas in mein Ohr, der leise und unbemerkt neben mir auftauchte.

Ich machte einen erschreckten Satz zur Seite und ließ meinen Pinsel fallen.

„Du bist unmöglich", rief ich halb im Spaß und halb im

Ernst.

Sobald Andreas nach der Arbeit vorbeikam, strichen wir mit vereinten Kräften die letzten Wände fertig. Anschließend begannen die Männer den Parkettboden zu verlegen. Wir hatten uns für dunklen Boden aus Kirschholz entschieden, der dem Laden eine elegante Note verlieh. Die Wände hielten wir in der Buchhandlung in dezenten, hellen Pastelltönen und in der Cafeteria hatten wir uns für ein provokantes Kaminrot entschieden. Beide Farben standen im schönen Kontrast zu dem dunklen Boden.

Während die Jungs den Boden legten, kümmerten wir Mädels uns um die Innendekoration. Ich benötigte noch einige Regale und Schränke, für die Cafeteria besorgten wir noch Dekorationsartikel wie Vasen und Gemälde für die Wände.

Am nächsten Tag war es soweit, die Sanierung war beendet. Nun konnten wir beginnen, die endgültige Inneneinrichtung zu planen. Die nächste Zeit verbrachten wir damit Bücher und Möbellieferungen anzunehmen. Nachdem Iris und ich schon am Aufbau des ersten Regals scheiterten, mussten wir kleinlaut auf die Hilfe von Niklas und Kristian zurückgreifen.

„Ihr habt wirklich zwei linke Hände. So blöd kann man doch gar nicht sein. Das ist doch ein Kinderspiel", sagte Niklas ehrlich verblüfft, als er unsere erfolglosen Bemühungen sah.

„Ich wollte dir die Gelegenheit geben, einmal den starken Mann zu demonstrieren, der den hilfsbedürftigen Frauen aus ihrer Not hilft", rief ich unschuldig mit mädchenhaftem Augenaufschlag.

„Wahrscheinlich seid ihr einfach zu faul und sucht euch nun zwei Dumme, die eure unliebsamen Aufgaben erledigen", war sein nächster schlauer Einfall.

„Niklas, wir können das wirklich nicht", rief Iris lachend über seinen Unglauben aus.

„Dann müsst ihr zwei irgendwie behindert sein. Jeder

normale Mensch kann das", sagte er fassungslos.

Als Iris und ich über seinen ungehaltenen Gesichtsausdruck zu lachen begannen, sagte er seufzend und leicht herablassend: „Dann kümmert ihr euch eben um andere Dinge, wie Vorhänge aufhängen oder ähnlichen Mädchenkram. Kristian und ich erledigen den Aufbau. Andreas muss heute arbeiten, er wird später noch vorbeikommen."

„Du bist ein Schatz", rief ich erleichtert aus und drückte ihm einen dicken Kuss auf die Wange, er brummte irgendetwas vor sich hin. Ich konnte es nicht genau verstehen, es klang aber verdächtig nach: „Für solche Arbeiten sind wir Männer wieder gut genug", und verkniff mir ein Lachen.

Zwei Tage später waren alle Möbel aufgebaut, es stellte sich als ziemlich langwierige und schwierige Aufgabe heraus, die Regale, Schränke und Küchentheke aufzubauen.

Als Niklas einmal besonders laut fluchte, konnte ich es mir nicht verkneifen, erstaunt und unschuldig zu fragen: „Hast du Probleme, Schatz? Du sagtest doch, es sei ein Kinderspiel die Schränke aufzubauen."

„Sei still, oder du kannst alleine zusehen, wie sich die Regale aufbauen", schimpfte er mit unheilvoller Stimme.

„Also ich weiß nicht, aber irgendetwas scheinst du falsch zu machen. Bei Kristian sieht das ganz einfach aus", säuselte ich zuckersüß, seine herablassenden Worte noch im Ohr. Ich kicherte lautstark los und wurde daraufhin mit weiteren finsteren Blicken bedacht. Es sah zu lustig aus, wie er sich über die Tatsache ärgerte, dass ihm der Aufbau tatsächlich Schwierigkeiten bereitete. Er, der niemals zugeben konnte, wenn er etwas nicht beherrschte.

Da mischte sich Iris in unseren Disput ein und rief: „Niklas, nicht aufgeben, denke daran: Learning by doing", und klopfte ihm gönnerhaft auf die Schulter.

„Weiber", zischte Niklas wütend.

Ich hatte ein Einsehen, ging auf ihn zu und strich ihm zärtlich über die Wange: „Du Armer, jetzt musst du deine Freizeit mit Aufgaben verbringen, die dir keinen Spaß machen. Zum Ausgleich lade ich euch heute zum Abendessen ein."

Seine unheilvolle Miene hellte sich bei meinen Worten sichtbar auf und er unterbrach seine Arbeit kurz, um mich zu küssen. Nachdem der Frieden wiederhergestellt war, konnte ich beginnen, die aufgebauten Regale an die vorgesehenen Stellen zu rücken.

Ende März waren wir endlich soweit und hatten die gröbsten Aufgaben bewältigt.

Jetzt fehlte nur noch der Feinschliff und wir benötigten die Hilfe unserer Freunde nicht mehr.

Das Einrichten des Buchhandels und der Cafeteria wollten Iris und ich uns nicht entgehen lassen. Diese Aufgabe ließ sich nicht an Außenstehende delegieren.

Am Abend trafen wir uns in einer Bar, die in der Nähe unseres Ladens gelegen war.

Iris und ich luden die anderen als Dankeschön für ihre Hilfe ein.

„Die erste Runde geht auf mich, ihr dürft euch aussuchen, was ihr wollt", bemerkte ich gutgelaunt, als unsere Freunde anwesend waren. „Ich möchte mich bei euch allen bedanken, ohne eure tatkräftige Unterstützung hätten wir unsere Eröffnung um Wochen verschieben müssen", hielt ich eine kleine Ansprache.

Daraufhin prosteten wir uns zu und Andreas fragte: „Habt ihr jetzt schon einen genauen Eröffnungstermin?"

„Wir wollen am 25. April eröffnen. Ich denke bis dahin haben wir alle Vorbereitungen abgeschlossen. Wir wollen demnächst Flyer in Auftrag geben und ein wenig Werbung machen.

„Dann werden wir an diesem Tag schon einmal alle Urlaub beantragen, damit wenigstens ein paar Leute an eurer Eröffnung teilnehmen" erwiderte Niklas scherzend.

„Kannst du nicht einmal ernst bleiben?" schimpfte Iris mit ihm und teilte ihm kurz darauf herablassend mit: „Außerdem ist das ein Samstag, du kannst das großzügige Angebot einen Tag Urlaub zu opfern wieder zurücknehmen."

Während wir gemütlich beisammensaßen, fiel mir plötzlich etwas ein. Ich beugte mich zu Niklas und flüsterte ihm ins Ohr: „Ich habe dir noch gar nicht erzählt, dass ich mich an einem Selbstverteidigungskurs angemeldet habe. Und das Beste ist, dass mich Iris und Sabrina begleiten werden."

Niklas sah mich überrascht an. Seit seinem Vorschlag hatten wir darüber nicht mehr gesprochen. Er fand es eine gute Entscheidung: „Ich bin stolz auf dich" und küsste mich liebevoll auf die Wange.

Zwei Tage vor unserer Eröffnungsfeier kamen meine Schwester, Katrin und Vanessa zu Besuch. Die drei ließen es sich nicht nehmen, mir bei den letzten Vorbereitungen zu helfen und an der Eröffnung teilzunehmen.

„Ich freue mich so sehr, dass ihr da seid", rief ich jauchzend aus und fiel allen dreien in die Arme.
Natürlich hatten sie mich einzeln schon in den Vormonaten besucht. Seit meinem Umzug war dies aber die erste Gelegenheit, in welcher unsere alte, eingeschworene Viererclique gemeinsam aufeinandertraf. Aufgeregt berichtete ich ihnen von unseren Fortschritten und natürlich von den Aufgaben, die wir in den nächsten Tagen noch zu erledigen hatten.

„Ich bin jetzt schon ziemlich nervös. Hoffentlich hat unsere Geschäftsidee Erfolg." Man konnte meiner Stimme meine Unsicherheit entnehmen. „Immerhin haben Iris und ich unsere gesamten Ersparnisse in den Laden gesteckt und besitzen keinerlei Rücklagen mehr. Außerdem hat uns Niklas einen nicht unbedeutenden Kredit gegeben. Deshalb hoffe ich auf raschen Umsatz."

„Das wird schon werden. Ich bin zuversichtlich, dass euer Konzept aufgehen wird", sagte meine unerschrockene Schwester.

Als sie den Laden betraten, verstummten sie erst einmal ehrfürchtig. Vanessa fand als erste ihre Sprache wieder und sagte erstaunt: „Da hat sich in den letzten Wochen aber einiges getan. Es sieht toll aus!"

Jana und Katrin beeilten sich ihr zuzustimmen, indem sie ausriefen: „Richtig edel."

„Schönes und stilvolles Ambiente."

Meine Freundinnen halfen Iris und mir bei den letzten Vorbereitungen und wir schafften es, bis zum Vorabend der Eröffnung, alle Aufgaben zu erledigen. Als ich das letzte Buch liebevoll in ein Regal geräumt hatte, stand ich regungslos vor meinem Werk und sah stolz und glücklich in die Zukunft.

„Laura, träumst du?", holte mich abrupt die vorwurfsvolle Stimme meiner Schwester in die Realität zurück.

„Ich habe gerade die Zukunft unseres Geschäftes vor Augen gehabt", erwiderte ich glückselig.

In dieser Nacht konnte ich erstaunlich gut schlafen. Ich trug eine Ruhe in mir, die mich selber überraschte. Die Eröffnung würde ein voller Erfolg werden, da war ich mir plötzlich ganz sicher. In den letzten Wochen waren wir immer wieder von neugierigen Passanten auf unser Vorhaben angesprochen worden. Wir erhofften uns davon, in vielen Köpfen schon vor der Eröffnung präsent zu sein. Die positive Resonanz, die wir von einigen Personen erhalten hatten, trug zusätzlich zu unserer Beruhigung bei.

„Wo bleiben denn die bestellten Häppchen?", rief ich ungehalten aus, als am nächsten Morgen um 11 Uhr immer noch nichts von dem beauftragten Catering Service zu sehen war.

Jana versprach sich darum zu kümmern und wollte nachfragen, wo unsere belegten Brötchen blieben.

Als Niklas mit einiger Verspätung eintraf, da er in der Früh kurzfristig in die Redaktion gerufen worden war, fiel sein Blick als erstes auf mich. Voller Bewunderung glitten seine Augen von Kopf bis Fuß über mein Erscheinungsbild. Er kam zu mir, griff mir heimlich an den Hintern und sagte leise: „Du siehst wunderschön aus. Ein Jammer, dass wir uns hier unter vielen Leuten befinden. Sonst könnte ich mich nicht beherrschen und würde dir das Kleid vom Leibe reißen, so heiß und sexy siehst du darin aus."

„Danke für das Kompliment, deine Idee gefällt mir. Vielleicht finden wir nachher eine kurze Lücke, um sie in die Tat umzusetzen", erwiderte ich mit verschmitztem Gesichtsausdruck.

Ich hatte mir mit meinem Erscheinungsbild viel Mühe gegeben. Ich trug ein elegantes, graues Kleid mit Taillengürtel, dazu trug ich schwarze Seidenstrumpfhose und Pumps.

Anschließend vergaß ich seinen Vorschlag, da wir uns um weitere Aufgaben zu kümmern hatten. Bis das Catering kam, füllten wir die Getränkevorräte auf und genehmigten uns eine Tasse Kaffee.

Endlich war der Lieferservice eingetroffen und wir konnten unser Buffet fertigstellen.

Dann war es soweit, fast genau ein Jahr nachdem Niklas und ich uns kennengelernt hatten, öffneten wir um Punkt 14 Uhr die Türen und warteten gespannt auf die ersten Besucher.

In der folgenden Stunde machten uns vor allem Freunde und Bekannte die Aufwartung. Wir hatten unsere Freunde angewiesen, in ihrem Bekanntenkreis über unser Projekt zu berichten und möglichst viele Leute zur Eröffnung einzuladen.

Besorgt flüsterte ich Niklas zwei Stunden später zu: „Hoffentlich lassen sich heute auch noch andere Besucher sehen, bis jetzt habe ich erst wenige unbekannte Gesichter entdecken können."

Meine Befürchtungen bestätigten sich zum Glück nicht. In den Nachmittags- und frühen Abendstunden kamen allerhand Gäste in unseren Laden, um sich neugierig von unserer Geschäftsidee erzählen zu lassen und sich im Laden umzusehen. Mir war es wichtig mit möglichst vielen Leuten ins Gespräch zu kommen, um sofort einen persönlichen Kontakt aufzubauen. Das sollte unsere Geschäftsphilosophie ausmachen. Wir wollten unseren kleinen, aber feinen Laden bekannt machen und dabei durch Präsenz und freundlichen sowie persönlichen Kundenumgang punkten. Unsere Besucher sollten sich wohl fühlen und willkommen geheißen werden, ihre Zeit hier zu verbringen.

Ich unterhielt mich mit einer freundlichen Dame, die genaueres zu unserem Konzept wissen wollte: „Mir gefällt Ihre Idee gut. Aber mir wirft sich eine Frage auf, da Ihre Kunden in der Cafeteria lesen dürfen, kann es durchaus passieren, dass Flecken entstehen. Wie gehen Sie damit um?"

„Wir stellen die Regel auf, dass Kunden zwar unbezahlte Bücher in der Cafeteria lesen dürfen, sollten sie diese aber beschmutzen, müssen sie das Buch bezahlen. Wir setzen auf ehrliche Kundschaft und ich hoffe, die Erfahrung wird zeigen, dass die meisten Leute das Buch sowieso kaufen werden, sollte es ihnen gefallen. Außerdem haben wir in der Cafeteria ein Regal mit älteren, gebrauchten Exemplaren aufgestellt, die unsere Gäste jederzeit lesen dürfen. Bei diesen Büchern ist es egal, wenn ein Fleck hineingerät", erklärte ich der interessierten Kundin.

„Das klingt nach einer plausiblen Regelung", sagte sie anerkennend und versprach, nachdem sie der erste Gast war, der ein Buch erstand, dass sie bald wieder vorbeikommen werde.

Im Laufe des Tages betraten immer mehr interessierte Personen unseren Laden und zwischenzeitlich kamen Iris und Sabrina den Wünschen der Kunden in der Cafeteria nicht mehr nach. Spontan beschlossen Vanessa und Katrin die beiden zu unterstützen. Sie erhielten daraufhin einen dankbaren Blick von Iris und meine kleine Schwester stellte sich, zu meinem grenzenlosen Erstaunen, in die

Küche, um beim Spülen des Geschirrs zu helfen.

Die nächsten Stunden vergingen wie im Fluge und ich sprach mit zahlreichen unbekannten Menschen, die ich mit Erzählungen über den Aufbau unseres Geschäftes unterhielt.

Sogar der eingeladene Reporter einer Berliner Zeitung kam vorbei, machte Fotos und hielt anschließend ein kleines Interview mit Iris und mir ab. Er versprach den Artikel in der nächsten Ausgabe zu veröffentlichen und sorgte dadurch für kostenlose Werbung. Dieser Vorschlag war von Niklas gekommen.

Es war eine rundum gelungene Veranstaltung. Als wir abends aufräumten und schließlich nach getaner Arbeit absperrten, blieb ich vor der Türe verträumt stehen. Niklas stand plötzlich hinter mir, umarmte mich und wir blickten in einem Moment der Stille in den romantischen Sonnenuntergang, dessen Licht die gesamte Berliner Silhouette in ein rotes, intensives Leuchten verwandelte.

In seinen sicheren, vertrauten Armen und im Kreise aller Menschen, die mir so viel bedeuteten, konnte ich glücklich, zuversichtlich und erwartungsfroh in unsere gemeinsame Zukunft blicken. Ich machte Gebrauch vom Zitieren eines Spruches, der mir gerade in den Sinn kam und wie ich fand, gut auf unsere Situation passte und sagte leise nur für seine Ohren bestimmt: „Wenn ich alleine träume, ist es nur ein Traum. Wenn wir gemeinsam träumen, ist es der Anfang der Wirklichkeit."

Dein Glück ist mein Glück

Niklas blickte seine Freundin liebevoll an und freute sich über ihr wiedergefundenes Glück.

Was könnte es Schöneres geben, als Laura zu betrachten, die sich über den großen Eröffnungserfolg ihrer Buchhandlung, in deren Zukunft er große Chancen sah, sehr zu freuen schien. Sie hatten es geschafft ihre Probleme zu überwinden und eine gemeinsame Zukunft zu planen und zu verwirklichen.

Er war jedes Mal auf ein Neues erstaunt, welche großen Gefühle diese zauberhafte Frau bei ihm auslöste und wie zufrieden er sich in ihrer Gegenwart fühlte. Voller Bewunderung betrachtete er seine zauberhafte Freundin und war dankbar, dass ihm das Glück zuteilwurde, seine Seelengefährtin gefunden zu haben. Während er Lauras entrückten Gesichtsausdruck betrachtete und schließlich ihren Blick auffing, der ihre ganze Liebe und Sehnsucht preisgab, fühlte er sich glücklich, glücklich wie nie zuvor in seinem Leben.